W0369253

FATALE FALLE

UNTERGETAUCHT: FBI-SERIE NO. 13

BARBARA FREETHY

BARBARA FREETHY BOOKS

Fog City Publishing

WWW.BARBARAFREETHY.COM

LOB FÜR BARBARA FREETHY

„Eine fabelhafte, fesselnde Kombination aus Romantik und Intrigen. Fans von Nora Roberts und Elizabeth Lowell werden dieses Buch lieben.“ – *NYT-Bestsellerautorin Kristin Hannah über Golden Lies*

„RISKANTES VERTRAUEN ist ein Thriller, den man nicht mehr aus der Hand legen kann. Nahtlos geht atemberaubende Spannung in knisternde Romantik über. Das Buch zieht die Leser von der ersten bis zur letzten Seite in seinen Bann.“ – *USA Today HEA-Blog*

„Barbara Freethys erstes Buch RISKANTES VERTRAUEN aus der Serie UNTERGETAUCHT ist ein emotionales, actiongeladenes Krimi-Drama, das dich nicht mehr loslässt ... Nach dem Lesen war ich absolut erschöpft, aber auf eine angenehme Art und Weise. 5 Sterne!“ – *Booklovers Anonymous*

„Freethy (Silent Fall) hat die Gabe, komplexe, ansprechende Charaktere zu erschaffen und emotional bewegende, spannende und zauberhafte Geschichten zu erzählen.“ – *Library Journal über Suddenly One Summer*

„Bei dieser Serie gab es jede Menge überraschender Wendungen, die mich rätseln ließen, was wohl als Nächstes passieren würde. Dieses Ende habe ich definitiv nicht kommen sehen! Dieses Buch war die perfekte Mischung aus Romanze und Nervenkitzel, spannend von der ersten bis zur letzten Seite!“ Kate – Bookbub

LOB FÜR BARBARA FREETHY

„Gewaltig und fesselnd ... Spannung pur, die einem den Atem raubt.“ – *NYT-Bestsellerautorin Karen Robards über Don't Say A Word*

„Ich habe diese Geschichte von Anfang bis Ende geliebt. Gleich zu Beginn von RISKANTES VERTRAUEN baut sich die Spannung auf, und schon während des Prologs begann mein Herz ein wenig schneller zu schlagen. Ich konnte nicht anders, als die Nacht durchzulesen, und so etwas mache ich normalerweise nicht.“ – *My Book Filled Life-Blog*

„Barbara Freethy hat mit dem Auftakt einer weiteren erfolgreichen Serie voll Spannung und Romantik wieder einmal einen Volltreffer gelandet ... Sie ist in Bestform. Eine großartige, gelungene Kombination aus fesselnden Charakteren und packender Handlung.“ – *Publishers' Weekly über Silent Run*

„Schenken Sie sich ein Glas Wein ein, suchen Sie sich eine gemütliche Leseecke und tauchen Sie ein in diesen spannungsgeladenen, realistischen, romantischen Thriller! 5 Sterne!“ *Perrin – Goodreads über TRÜGERISCHES VERSPRECHEN*

„Wenn Sie packende Spannung und herzzerreißende Emotionen lieben, sollte Silent Run ganz oben auf Ihrer Liste stehen. Ich konnte die Seiten nicht schnell genug umblättern.“ – *NYT-Bestsellerautorin Mariah Stewart*

„Eine Geschichte, die von Rache, Entführung und Vergebung handelt. Verwegene Täuschung ist definitiv der Spitzenreiter dieser Serie.“ Ellen – Goodreads

WEITERE BÜCHER VON BARBARA FREETHY

Lust auf mehr romantische Spannung?
Untergetaucht: FBI-Serie

RISKANTES VERTRAUEN
TÖDLICHES GERÜCHT
WAGHALSIGES SPIEL
TRÜGERISCHES VERSPRECHEN
GEFÄHRLICHE WAHL
GNADENLOSER VERRAT
FOLGENREICHER ZWEIFEL
KÜHNE JAGD
VERWEGENE TÄUSCHUNG
GEWAGTER HANDEL
PERFEKTES ZIEL
TÖDLICHER BETRUG
FATALE FALLE
BLUTIGES VORHABEN

FATALE FALLE

„Barbara Freethys explosive Romane sind einfach bombastisch!" – New-York-Times-Bestsellerautorin Toni Anderson

Als FBI-Agent Nick Caruso nach Rom eilt, um seine Großmutter vor einer drohenden Gefahr zu retten, trifft er dort unerwartet auf Isabella Rossi – die Frau, mit der er einst ein verhängnisvolles Date hatte. Isabella, eine geheimnisvolle Journalistin, sorgt für zusätzliche Konflikte in ihrer ohnehin turbulenten Partnerschaft, während sie in die düstere Unterwelt des Schmuggels und Kunstdiebstahls eintauchen, um ihre Großmütter zu beschützen.

Von den historischen Straßen Roms über Kunstgalerien bis hin zu den opulenten Villen der Stadt ist FATALE FALLE ein atemberaubender, romantischer Thriller, der nahtlos den Reiz Italiens mit einem Verbrechen auf höchstem Niveau verbindet, bei dem Liebe und Loyalität inmitten von Täuschung und Gefahr auf eine harte Probe gestellt werden.

Schaffen Nick und Isabella es, die Verbrecher rechtzeitig zu entlarven oder werden sie am Ende in einer tödlichen Falle landen?

Übersetzung: Ursula Mirwald

Weitere Informationen finden Sie auf: www.barbarafreethy.com

PROLOG

Familienzusammengehörigkeit war etwas, das Anna Caruso schon lange nicht mehr empfunden hatte. Das lag vor allem daran, dass ihre eigene inzwischen klein und über mehrere Kontinente hinweg verstreut war. Aber als sie in einem der Ausstellungsräume des Museo dei Capolavori in Rom stand und beobachtete, wie eine Gruppe von Besuchern mit ehrfurchtsvollen Blicken vor dem Gemälde ihres Schwiegervaters verweilte, wurde sie von einer Welle herzerwärmender Zufriedenheit erfasst.

Anna war keine Frau, die sich mit der Vergangenheit oder der Zukunft auseinandersetzte, schon gar nicht in ihrem Alter ... Sie war einundachtzig und zog es vor, in der Gegenwart zu leben. Diese Ausstellung jedoch ließ alle Zeitformen miteinander verschmelzen, und die Zweifel, die sie gehabt hatte, dem Museum das Bild zur Verfügung zu stellen, waren durch die Flut positiver Bemerkungen, die ihr in den letzten zwei Tagen zu Ohren gekommen waren, zerstreut worden. So viele Besucher fragten, warum man nicht schon früher von Tomas Caruso gehört hatte, lobten sein Talent und brachten ihr Bedauern darüber zum Ausdruck, dass er nicht schon zu seiner Zeit die ihm gebührende Wertschätzung erfahren hatte.

Daran war einzig und allein Tomas Schuld. Er war ein brillanter Künstler gewesen, aber auch ein Perfektionist. Nichts erschien ihm je gut genug, um es der Öffentlichkeit zu präsentieren. Das war auch der Grund gewesen, warum sie mit sich gehadert hatte, ob sie es jetzt tun sollte, befürchtete sie doch, es käme einer Art Verrat gleich. Aber das war töricht. Tomas war schon seit über fünfzig Jahren tot. Es war höchste Zeit, dass sein künstlerisches Genie anerkannt wurde.

„Dachte ich mir doch, dass ich dich hier finde", sagte Gloria Rossi und trat neben sie.

Sie bedachte ihre langjährige Freundin mit einem Lächeln. Sie hatten sich vor gut sechzig Jahren kennengelernt, als sie beide, gerade mal einundzwanzig und Kunststudentinnen aus den USA, ein Sommersemester in Rom absolvierten. Damals war sie blondhaarig gewesen und Gloria brünett. Jetzt war ihr Haar weiß, und das der Freundin schimmerte silbergrau. Auch an ihren einst jugendlichen Körpern hatte die Zeit Spuren hinterlassen, und ihre Ehemänner weilten ebenfalls nicht mehr unter ihnen. Glorias Paolo war vor acht Jahren gestorben, ihr Marcus seit einem Jahr tot.

Sie verdrängte die vertraute, stechende Trauer, die mit der Erinnerung an ihren großen, starken Mann einherging, der ihr über fünfzig Jahre lang treu zur Seite gestanden hatte, und konzentrierte sich auf ihr Gegenüber.

„Ich kann mich einfach nicht losreißen", gestand sie.

Ihre Freundin schenkte ihr ein verständnisvolles Lächeln. „Ich schaue auch immer mal wieder vorbei, wenn ich es einrichten kann."

Gloria arbeitete ebenfalls nach wie vor als Museumsführerin. Die Liebe zur Kunst bestimmte selbst nach so vielen Jahren noch ihr Leben, auch wenn keine von ihnen es je geschafft hatte, ein eigenes Gemälde auszustellen. Für die aktuelle Vernissage hatte sie das Werk ihrer Schwiegermutter, Lucinda Rossi, gestiftet, und es hing neben dem von Tomas. Die beiden Bilder ergänzten sich perfekt, wahrscheinlich, weil Lucinda und er eng befreundet gewesen waren. Leider waren beide viel zu jung gestorben.

„Ihre Werke scheinen gut anzukommen“, sagte Gloria. „Hast du die Rezension über die Ausstellung in der Zeitung gelesen? Sie haben sogar ein Foto von Tomas‘ Bild veröffentlicht. Du solltest stolz sein.“

„Das bin ich auch“, versicherte Anna ihr, trotzdem schwang ein Anflug von Sorge in ihrem Ton mit. „Ich hoffe nur, dass es kein Fehler war. Eigentlich wollte er sein Gemälde nie der Öffentlichkeit zugänglich machen, und Marcus hat diesen Wunsch Zeit seines Lebens respektiert.“

„Hör auf, dich schuldig zu fühlen, Anna. Du hast getan, was du für richtig hältst. Und da du nie erfahren wirst, was sie darüber gedacht hätten, konzentriere dich lieber auf das, was du gerade empfindest.“

„Ich bin extrem stolz“, gab sie zu.

„Ich ebenfalls.“ Gloria richtete den Blick wieder auf die Wand. „Ihre Bilder sind so intensiv, sowohl das mit dem schönen Baum und dem bunten Vogel, der gerade ein Nest baut, wie auch das andere mit der langen Reihe von Stufen, die von der Dunkelheit ins Licht führen. Schlicht und doch tiefgründig.“

„Signore“

Anna wandte den Kopf und sah sich dem Wachmann, Enrique, gegenüber, , der ihnen zu verstehen gab, dass die Besuchszeit vorüber war und er abschließen und die Alarmanlage einschalten musste.

Da sie ihn bereits hatten warten lassen, bedachte sie ihn mit einem entschuldigenden Lächeln und begab sich, gefolgt von Gloria, zum Ausgang.

Der Ausstellungsraum befand sich im Erdgeschoss des doppelstöckigen Gebäudes, und die Flurbeleuchtung war bereits gedimmt worden. Aber sie kannten das Museum in- und auswendig, sodass sie kein Problem hatten, ihren Weg zum Aufenthaltsraum der Mitarbeiter zu finden.

„Ich denke, wir sollten uns ein Abendessen und eine gute Flasche Wein gönnen“, schlug Gloria vor.

„So wie wir es jeden Abend tun?“, fragte Anna lachend. Ihre Leidenschaft für die Kunst wurde nur von ihrer Liebe zum Wein übertroffen.

„Nein. Lass uns heute mal wieder zu Valentino’s gehen. Wir essen doch nicht häufig auswärts.“

„Das hört sich gut an. Aber irgendwann heute Abend möchte ich noch Nick anrufen. Erinnere mich bitte daran.“

Ihre Freundin hob fragend eine Braue. „Ist alles okay mit deinem Enkel?“

„Ich denke schon, aber ich habe ihm vor ein paar Tagen eine Nachricht hinterlassen, weil ich gerne seine Meinung gehört hätte bezüglich der Ausstellung. Leider hat er mich nicht zurückgerufen, und noch länger konnte ich nicht warten. Wahrscheinlich ist er wie üblich im Stress, aber ich mache mir immer gleich Sorgen um ihn, wenn er sich nicht meldet, was in letzter Zeit häufiger vorkommt. Ich wünschte, er wäre nicht zum FBI gegangen und hätte lieber irgendwo einen ruhigen Schreibtischjob angenommen, anstatt sich im Außendienst ständig irgendwelchen Gefahren aussetzen zu müssen.“

„Ich bezweifle, dass er mit der Vernissage ein Problem hat“, sagte Gloria. „Er hätte dir sicherlich geraten, auf dein Bauchgefühl zu hören.“

„Gut möglich. Vielleicht ist er aber auch einfach noch sauer auf mich, weil wir vor ein paar Monaten versucht haben, ihn mit Isabella zu verkuppeln.“

Die Freundin machte eine wegwerfende Handbewegung. „Ich bitte dich! Es war doch nur ein Abendessen.“

„Schon, aber es hat nicht gefunkt zwischen den beiden, und ich kann mir nicht erklären, warum nicht. Sie sind wie füreinander geschaffen.“

„Das sehe ich auch so, allerdings sind beide ziemliche Sturköpfe, und Isabella würde sich nie jemandem unterordnen“, sagte

Gloria. „Für sie zählt anscheinend nur ihre Karriere. Auch wenn ich das nachvollziehen kann, wünsche ich mir mehr für sie, denn es ist nicht der Job, der einen nachts warmhält und einem Geborgenheit vermittelt. Immer wieder wirft sie mir vor, ich hätte keine Ahnung, wie es heutzutage als junge Frau ist, und damit hat sie bis zu einem gewissen Grad auch recht. Dennoch sollte sie meine Lebenserfahrung anerkennen und mein Wissen darum, wie wichtig die Liebe ist. Ich mache mir einfach Sorgen um sie. Sie musste ohne Vater aufwachsen und wurde zudem von ihrem Großvater abgelehnt. Das könnte ihr Verhältnis zu Männern im Allgemeinen geprägt haben."

„Mir geht es mit Nick ähnlich. Er ist mittlerweile dreiunddreißig und verbringt sein halbes Leben undercover, gibt vor, jemand anderes zu sein. Irgendwann wird er feststellen müssen, dass das Opfer, das er bringt, einfach zu groß ist."

„Vielleicht sollten wir nochmals versuchen, sie zusammenzubringen?", schlug Gloria vor.

„Warum nicht?", stimmte Anna zu. „Lass uns im Juli eine gemeinsame Geburtstagsparty veranstalten und sie dazu einladen. Sie werden schlecht ablehnen können."

„Eine ausgezeichnete Idee", lobte Gloria, während sie sich zu ihren Schließfächern begaben.

Nachdem sie ihre persönlichen Sachen herausgeholt hatten, verließen sie den Aufenthaltsraum, hatten jedoch kaum einen Fuß in den Flur gesetzt, als sie einen schockierend lauten Knall vernahmen, der durch das komplette Gebäude hallte. Er schien von der Lieferrampe auf der Rückseite des Museums zu kommen. Sie erstarrten und wechselten einen verstörten Blick. Und dann hörten sie auf der Treppe am anderen Ende des Flurs auch noch Schritte.

Verzweifelt überlegte Anna, ob sie zurück in den Gemeinschaftsraum gehen, sich einschließen und verstecken sollten, aber der Riegel an der Tür sah nicht so aus, als würde er einem gewaltsamen Eindringen standhalten. Also packte sie Glorias Hand und zog sie mit sich in die entgegengesetzte Richtung.

Wenn sie es die andere Treppe hinunterschafften, konnten sie durch die Vordertür entkommen.

Schüsse ertönten, jetzt aus dem Bereich der Ausstellung, den sie gerade verlassen hatten, und sie beschleunigten ihre Schritte. Gloria keuchte angestrengt – ihre alten Knochen waren nicht mehr zum Sprinten geschaffen –, aber keine von ihnen verlangsamte das Tempo. Die Angst trieb sie vorwärts.

Leider schien es ihnen nicht zu gelingen, der Gefahr zu entkommen. Männliche Stimmen schallten aus gefühlt sämtlichen Richtungen zu ihnen herüber. Es mussten mindestens drei Personen sein, die in das Museum eingedrungen waren.

„Wir kommen hier nicht raus“, keuchte Gloria panisch.

Damit schien sie wohl recht zu haben. „Wir müssen uns verstecken.“ Als die Stimmen immer näher kamen, zog sie Gloria hinter die große Statue eines römischen Kriegers, in der Hoffnung, dass er sie beschützen möge. „Keinen Mucks“, warnte sie ihre Freundin, und eng aneinandergekauert duckten sie sich in den Schatten der Skulptur und wagten kaum zu atmen.

Zwei Männer kamen zielstrebig den Gang entlanggeeilt. Als sie an ihnen vorbeihasteten, konnte sie ein paar Brocken ihres Gesprächs aufschnappen. Ein Wort stach deutlich aus allen anderen heraus: ihr Nachname – *Caruso*.

Entsetzt schnappte sie nach Luft, und Glorias Finger schlossen sich warnend um die ihren.

„L'hai sentito?“, fragte der eine seinen Begleiter. *„Qualcuno è qui.“*

Offensichtlich hatte er sie gehört und wusste jetzt, dass jemand in der Nähe war. Bevor sein Partner antworten konnte, ertönte eine weitere Stimme am anderen Ende des Flurs und forderte sie lautstark auf, sich zu sputen. Die Männer zögerten noch eine Sekunde, entfernten sich dann jedoch eiligen Schrittes.

Kaum waren sie an ihnen vorbei, spähte Anna vorsichtig hinter der Statue hervor. Die beiden trugen schwarze Hosen und Mäntel, deren Kapuzen sie über die Köpfe gezogen hatten, und dunkle Handschuhe. Einer von ihnen hielt eine halbautomatische Waffe im Anschlag, der andere schleppte ein Bild mit sich. Sie konnte zwar nicht erkennen, um welches es sich handelte, aber da ihr Name gefallen war, beschlich sie das schreckliche Gefühl, bei dem geraubten Kunstwerk könnte es sich um das handeln, das sie dem Museum zur Verfügung gestellt hatte.

„Sind sie weg?“, flüsterte Gloria.

„Ich hoffe es“, gab sie ebenso leise zurück.

„Was glaubst du, was sie wollten, Anna?“

„Ich hörte sie Caruso sagen.“ Angst schnürte ihr die Kehle zu.

„Das habe ich auch gehört. Und einer von ihnen erwähnte so etwas in der Art wie: Er wird überglücklich sein, hat er doch so lange darauf warten müssen.“

„Das habe ich nicht mitbekommen, mein Herz hat viel zu laut geschlagen. Haben sie einen Namen genannt, um wen es sich handelt?“

„Mehr konnte ich leider nicht verstehen.“

„Ich fühle mich furchtbar. Was, wenn das alles meine Schuld ist?“

„Ich bitte dich! Tomas‘ Gemälde kann unmöglich der Grund für diesen Überfall sein.“

„Und wenn doch?“, flüsterte Anna und blickte ihre Freundin verstört an. „O Gott, was habe ich getan?“

KAPITEL EINS

„Du bist ein elender Heuchler und Lügner. Ich hätte dir nie vertrauen dürfen."

Die vorwurfsvollen Worte gingen dem FBI-Agenten Nick Caruso nicht mehr aus dem Kopf, genauso wenig wie das Bild einer schockiert dreinblickenden Frau, die er während eines Undercover-Einsatzes hatte verraten müssen. Es stimmte zwar, aber er hatte nur getan, was nötig war. So wie immer. Trotzdem lastete die Anschuldigung schwer auf ihm.

Als er sein glatt gestyltes, braunes Haar und sein bärtiges Gesicht im Spiegel betrachtete, blickte ihm ein Fremder entgegen. Der teure Anzug und die Krawatte, die in den letzten drei Monaten seine Dienstkleidung gewesen waren, verstärkten dieses Gefühl noch. Er war mehr als bereit, sich von dem Finanzmanager Elliot Wilmington zu verabschieden, einem Mann, der tagsüber im Job die Geschäftsbücher frisierte und nachts in einer Penthouse-Wohnung lebte.

Obwohl er für diesen Auftrag in die privilegierte Welt der Reichen und Berühmten eintauchen durfte, fühlte er sich schmutzig, besudelt von Korruption und Kriminalität, die seine ständigen Begleiter waren, seit er verdeckt gegen eine Geldwäscheorganisation zu ermitteln begonnen hatte.

Er griff nach seinem Rasierer und verbannte rücksichtslos das Gestrüpp aus seinem Gesicht. Dann zog er sich aus und sprang unter die Dusche. Doch als er eine Stunde später, glatt rasiert und mit einer schwarzen Jeans und einem blauen Rundhalspullover bekleidet, beim Föhnen seiner Haare erneut in den Spiegel schaute, kam er sich immer noch fremd vor. Zwar sah er seinem früheren Ich jetzt wieder ähnlicher, und doch wusste er nicht mehr, wer er eigentlich war. Zu viele Aufträge, zu viele Monate, in denen er jemand anderes sein musste, hatten ihren Tribut gefordert.

Nick wandte sich ab und ging hinüber in das Wohnzimmer seiner kleinen Zweizimmerwohnung. Sie war nichts Besonderes, aber sie war sein Zuhause – irgendwie zumindest. Obwohl er bereits vor acht Monaten nach L.A. gezogen war, hatte er die meiste Zeit davon an anderen Orten gelebt. Jetzt jedoch war er endlich einmal hier.

Er trat durch die breite Doppelglastür hinaus auf die Terrasse. Diese war der Hauptgrund für seine Entscheidung gewesen, genau dieses Apartment zu mieten, da sie einen spektakulären Blick auf den Pazifik und den Strand von Santa Monica bot.

Es war nach vier Uhr an einem Mittwochnachmittag, und die Sonne stand an diesem späten Märztag schon niedrig. Trotzdem waren noch viele Leute unterwegs, und einige wateten sogar in dem mit Sicherheit sehr kalten Meer herum. Nick atmete tief durch. Morgen würde er vielleicht eine Radtour machen oder joggen gehen, um die innere Unruhe zu bekämpfen, die sich seiner nach wie vor bemächtigte. Heute jedoch sollte er sich vorrangig um Essen kümmern. Sein Kühlschrank und die Vorratskammer waren leer, und sein Magen knurrte. Er musste also entweder einkaufen gehen oder sich zumindest irgendwo eine warme Mahlzeit besorgen.

Gerade als er diesen Vorsatz in die Tat umzusetzen gedachte, klingelte es an der Tür. Er ging hinüber zur Sprechanlage und meldete sich mit einem misstrauischen „Ja?“

„Wir sind's, Flynn und Andi. Lass uns rein."

Verwundert, was Flynn MacKenzie, der Leiter seiner Sondereinheit, und seine Kollegin Andi Hart von ihm wollten, drückte er auf den Türöffner. Eigentlich hatte er geplant, sie erst morgen im Büro zu treffen. Es musste etwas Wichtiges vorgefallen sein. Womöglich stand ein neuer Einsatz an.

Entschlossen verdrängte er seine Erschöpfung, setzte sein Pokerface auf und öffnete den beiden.

Flynn und Andi waren bereits aus dem Fahrstuhl gestiegen und kamen den Flur entlang auf ihn zu. Wie üblich sah Flynn eher aus wie ein kalifornischer Surferboy als der Leiter einer Eliteeinheit des FBI. Sein blondes Haar war lang und verstrubbelt, und seine Kleidung bestand aus einer verblichenen Jeans und einem bunt bedruckten T-Shirt. Die braunhaarige, dunkeläugige Andi, in grauer Stoffhose und einem hellrosa Pullover, wirkte dagegen wesentlich geschäftsmäßiger. Beide trugen Einkaufstaschen, und schlagartig wurde ihm klar, was der Grund für diesen spontanen Besuch war.

„Das wäre doch nicht nötig gewesen." Er nahm Andi ihre Tüte ab und winkte sie herein. „Ich wollte gerade losziehen und mir etwas besorgen."

„Das ist Tradition", sagte Flynn, steuerte auf die Küche zu und stellte seine Tüte auf dem Tresen ab. „Besonders nach einem langen Undercover-Einsatz."

„Wir haben von allem etwas mitgebracht", verkündete Andi. „Übrigens, du siehst gut aus, Nick. Wieder mehr wie du selbst. Wirst du deine teure Garderobe vermissen?"

„Kein bisschen", antwortete er, während Flynn die Steaks herausholte und sie zusammen mit dem Salat in den Kühlschrank verfrachtete. „Wow, ihr habt euch aber wirklich ins Zeug gelegt."

„Wir haben sogar Cookie-Dough-Eiscreme gekauft", fügte Andi hinzu, griff in die Papiertüte, die er nach wie vor in der Hand hielt und zog grinsend besagte Packung heraus. „Nur für den Fall, dass du die ausgefallenen Desserts der Fünf-Sterne-Restaurants satthaben solltest."

Lächelnd stellte er die Tüte zu der anderen auf die Kücheninsel. „Ich muss gestehen, dass ich schon die ganze Zeit von etwas richtig Ungesundem und Fettigem träume. So was in der Art wie Burger und Pommes anstatt dieser ewigen Trüffel."

„Du Ärmster scheinst wirklich ein paar harte Monate hinter dir zu haben", entgegnete sie trocken, während sie das Eis im Gefrierschrank verstaute. „Was hatte ich da doch für ein Glück. Ich durfte bei meinem letzten Undercover-Einsatz als Kellnerin im schlimmsten Diner der Stadt arbeiten."

Sie hatte natürlich recht. Was die äußeren Bedingungen anbelangte, war es nicht der schlechteste Job gewesen. Dennoch hatte er gewisse Dinge mitansehen und erleben müssen, bei denen es ihm den Magen umdrehte ... und dazu brauchte es nach all den Jahren beim FBI eine Menge. Darauf jedoch wollte er nicht weiter eingehen. „Tausend Dank, Leute", sagte er stattdessen.

„Gern geschehen", erwiderte Flynn. „Du hast uns zu einem wichtigen Sieg verholfen. Viele Leute werden ins Gefängnis wandern, und das verdanken wir einzig und allein deiner hervorragenden Arbeit."

Nick zuckte mit den Schultern. „Nicht nur mir allein."

„Aber du warst mittendrin, und das ist immer die riskanteste Aufgabe", stellte Flynn mit ernster Stimme fest.

„Also, was steht als Nächstes an?", versuchte Nick, dem dieses Lob peinlich war, das Thema zu wechseln.

Sein Boss grinste. „Für dich – eine wohlverdiente Pause."

Er war sich nicht sicher, ob er das wirklich wollte, denn erfahrungsgemäß hatte es ihm noch nie gutgetan, zu viel Zeit für sich zu haben. „Bis Montag bin ich wieder fit und bereit für neue Herausforderungen."

„Kommt nicht infrage! Ich möchte, dass du dir mindestens eine Woche freinimmst", widersprach Flynn. „Seit du vor acht Monaten zu unserem Team gestoßen bist, läufst du ununterbrochen auf Hochtouren. Du hattest noch nicht einmal Gelegenheit, dich hier häuslich einzurichten."

„Ich finde, es sieht schon richtig gemütlich aus." Er war noch nie der Typ gewesen, der sich viel aus Deko machte. Für ihn musste eine Wohnung funktionell sein. „Zudem bin ich eh kaum hier."

„Ich könnte dir helfen", bot Andi an. „Zwar bin ich nicht die geborene Designerin, aber besser als du kriege ich das definitiv hin."

„Das ist lieb gemeint, danke, aber ich brauche keine Hilfe."

„So wie du war ich früher auch." Sie warf ihm einen wissenden Blick zu. „Jemand, der sich weigerte zuzugeben, dass er doch Hilfe nötig hatte."

Nick runzelte die Stirn. „Wenn ich sie bräuchte, würde ich mich nicht scheuen, darum zu bitten."

„In Ordnung", lenkte sie ein, und ein resigniertes Lächeln umspielte ihre Mundwinkel. „Dann genieße deinen Urlaub."

Er begleitete die beiden zur Tür. „Danke noch mal für die Lebensmittel."

„Ich will dein Gesicht mindestens eine Woche lang nicht sehen, haben wir uns verstanden?", sagte Flynn und hielt nochmals kurz inne, bevor er die Wohnung verließ. „Das meine ich ernst, Nick. Du bist ein hervorragender Agent, aber im Moment völlig ausgepowert. Finde wieder zu dir selbst, unternimm etwas Lustiges, geh auf ein paar Dates und lass dich erst dann wieder im Büro blicken, wenn du bereit dafür bist. Wir wissen beide, dass du diese Zeit brauchst."

„Gut, dann werde ich mich eben amüsieren."

Andi lachte. „Du klingst, als hätten wir dich gezwungen, einen Termin beim Zahnarzt auszumachen."

„Ich bin einfach nur müde."

„Siehst du, genau deshalb brauchst du diese Auszeit", sagte Flynn. „Wir sprechen uns dann übernächste Woche wieder."

„Verstanden. Und nochmals vielen Dank."

Nachdem sie gegangen waren, schloss Nick die Tür und stieß

einen Seufzer aus. Flynn hatte ja recht. Er war erschöpft, und selbst die Tatsache, dass er während des kurzen Gesprächs so tun musste, als ob er es nicht wäre, hatte ihn mehr Energie gekostet, als er im Moment noch zur Verfügung hatte. Er ging zurück in die Küche, um die restlichen Einkäufe wegzuräumen.

Dabei stieß er versehentlich gegen einen Stapel Post, der auf der Theke lag, und gut die Hälfte davon segelte zu Boden. Ein weiterer Seufzer entfuhr ihm, als er sich bückte, um alles aufzusammeln. Seine Rechnungen wurden automatisch beglichen, und einer seiner Teamkollegen hatte alle paar Tage bei ihm vorbeigeschaut, um sich zu vergewissern, dass alles in Ordnung war. Also konnte es sich bei dem, was hier herumlag, eigentlich nur um Junkmail handeln.

In diesem Moment stach ihm ein privates Schreiben ins Auge. Er legte die übrige Post zurück auf die Kücheninsel und öffnete den Umschlag. Mit wachsendem Unglauben las er den Text auf der Karte. Seine Eltern feierten ihren fünfunddreißigsten Hochzeitstag mit einer Erneuerung ihres Ehegelübdes und einem Empfang im Excelsior Hotel in Mailand am übernächsten Wochenende, und man bat um die Ehre seiner Anwesenheit.

„Was zum Teufel ..." Nick schüttelte fassungslos den Kopf. Seine Eltern, James und Danielle Caruso, hätten sich schon dreimal beinahe scheiden lassen. Beide waren leidenschaftliche und narzisstisch veranlagte, aber auch unglaublich talentierte Menschen, die sich während ihrer Ehe ständig gegenseitig betrogen. Und jetzt wollten sie sich erneut das Jawort geben?

Das ergab irgendwie keinen Sinn ... oder vielleicht doch? Sie standen gerne im Mittelpunkt, vor allem sein Vater, ein berühmter Orchesterdirigent, der stets alle und jeden zu kontrollieren versuchte. Seine Mutter war nicht ganz so extrem. Als begnadete Geigerin war sie daran gewöhnt, Teil eines Ensembles zu sein, jedoch war auch sie einem guten Soloauftritt gegenüber nicht abgeneigt.

Ein Blick auf den Datumsstempel ließ ihn erkennen, dass

diese Einladung bereits vor zwei Wochen losgeschickt worden war, also doch nicht so kurzfristig wie gedacht. Trotzdem wäre ein Anruf oder eine persönliche Nachricht angebracht gewesen, und wenn schon nicht von ihnen, dann zumindest von seiner Großmutter.

Entschlossen legte er das Schreiben beiseite. Er würde morgen darauf antworten und in höflichen Worten sein Bedauern zum Ausdruck bringen, dass ihm eine Teilnahme leider nicht möglich sei. Bestimmt würde ihnen das nicht allzu viel ausmachen. Wenn er ihnen wichtig genug gewesen wäre, hätten sie sich telefonisch gemeldet und ihm von ihrem Plan erzählt. Während seiner verdeckten Ermittlungen hatte sein Team seine persönlichen Anrufe und Textnachrichten überwacht und ihn entsprechend informiert. Seine Eltern hatten nie versucht, ihn zu kontaktieren.

Sie waren noch größere Hochstapler als er.

Plötzlich klingelte sein Telefon, und einen Moment lang dachte er, was für eine Ironie es doch wäre, wenn jetzt einer von beiden anriefe. Allerdings war es der Name seiner Großmutter, Anna Caruso, der auf dem Display aufblinkte.

„Nonna“, begrüßte er sie, und seine Freude war echt. „Ich hoffe, du rufst nicht an, um mich zu dieser Farce zu überreden, die meine Eltern abzuhalten gedenken. Ich kann mir beim besten Willen nicht vorstellen, dass sie das durchziehen.“

„O nein, Nick“, entgegnete sie. „Das ist nicht der Grund, warum ich mich melde.“

Ihr Tonfall machte ihn stutzig. „Was ist los?“

„Ich stecke in Schwierigkeiten.“

„Inwiefern?“

„Das Museum wurde heute ausgeraubt. Gloria und ich befanden uns noch drinnen, als die Diebe auftauchten. Enrique, der Wachmann, wurde angeschossen und liegt gerade im OP. Sie wissen noch nicht, ob er durchkommt.“ Die Worte sprudelten nur so aus ihr hervor.

„Mein Gott“, sagte er aufrichtig schockiert. „Bist du okay,

Nonna?“ Er konnte sich kaum vorstellen, was seine einundachtzigjährige Großmutter durchgemacht haben musste. Ein weiterer Grund, warum sie ihre Arbeit im Museum schon vor Jahren hätte aufgeben sollen. Aber sie war einfach die Art Frau, die sich immer irgendwie beschäftigen musste, wenn auch nur ehrenamtlich. Und sie war eben schon immer ein Fan der schönen Künste gewesen.

„Mir geht es gut“, versicherte sie ihm. „Ich wurde nicht verletzt, aber ich glaube, ich bin für diesen Überfall verantwortlich.“

„Wie kommst du denn darauf?“

„Du warst wahrscheinlich arbeitstechnisch nicht erreichbar, aber ich habe dir vor ein paar Tagen eine Nachricht hinterlassen, dass ich mich mit dem Gedanken trage, bei einer Vernissage im Museum ein Familiengemälde auszustellen.“

Nick erinnerte sich vage daran, dass man ihm das mitgeteilt hatte. Allerdings befand er sich da gerade in der hitzigen Endphase seiner Operation, und es hatte auch nicht so geklungen, als ob er sofort darauf reagieren musste. „Stimmt. Tut mir leid. Ich war mitten in einem Fall und konnte mich nicht melden. Aber nochmals zurück zu deiner Aussage ... Wieso gibst du dir die Schuld an dem Raubüberfall?“

„Ich weiß nicht, ob du dich an die Geschichten über das Gemälde deines Urgroßvaters erinnerst ...“

„Nur daran, dass Tomas nie wollte, dass sein Werk öffentlich gezeigt wird“, murmelte er.

„Das stimmt. Allerdings ist er jetzt seit über fünfzig Jahren tot, und die Vernissage wurde zu Ehren einheimischer Künstler veranstaltet. Also dachte ich, es wäre an der Zeit, sein Talent zu würdigen. Es fühlte sich falsch an, ihn auszuschließen. Immerhin war er in den Sechzigerjahren eine Größe in der Kunstszene. Er besaß seine eigene Galerie, gab Unterricht und war selbst ein hervorragender Maler.“

Da Anna abzuschweifen drohte, brachte er sie vorsichtig

zurück auf den Punkt. „Okay, du hast also eines seiner Gemälde dem Museum überlassen, und ...“

„Es wurde gestohlen, Nick, und Glorias Familienbild ebenso. Es gibt so viele unbezahlbare Werke und Artefakte in dem Museum, aber die Diebe haben nur drei Bilder mitgehen lassen, allesamt von lokalen und unbekannten Künstlern. Sämtliche andere haben sie ignoriert.“

Jetzt war er noch verwirrter. „Das ergibt doch keinen Sinn.“

„Tut es auch nicht“, stimmte sie zu. „Eigentlich dachte ich immer, Tomas sei einfach nur ein Perfektionist gewesen und wollte seine Werke aus diesem Grund nicht mit der Öffentlichkeit teilen. Jetzt jedoch frage ich mich, ob noch etwas anderes dahintersteckte, warum er dieses Bild all die Jahre verborgen hielt.“

„Was zum Beispiel?“

„Ich weiß es nicht, aber als die Diebe an uns vorbeiliefen, habe ich deutlich gehört, wie sie den Namen Caruso sagten. Sie hatten es gezielt auf dieses Gemälde abgesehen, Nick, und jetzt ist es weg. Enrique kämpft um sein Leben, und wenn er stirbt, ist das allein meine Schuld.“

„Aber du hast doch gerade selbst gesagt, dass noch andere Bilder entwendet wurden“, versuchte er sie zu beruhigen. „Unter anderem das von Glorias Familie. Also hör auf, dich allein dafür verantwortlich zu machen.“ Er hielt inne, als ihm noch etwas an ihren Worten auffiel. „Wie kam es eigentlich, dass ihr etwas von dem Gespräch zwischen den Dieben aufschnappen konntet?“

„Wir haben natürlich versucht zu fliehen, kamen aber nicht weit und mussten uns hinter einer Statue verstecken. Zwei der Männer liefen direkt an uns vorbei. Als einer von ihnen meinen Namen nannte, war ich so erschrocken, dass ich laut nach Luft schnappte. Ich glaube, sie haben mich gehört, aber da war noch ein weiterer Typ am anderen Ende des Flurs, der ihnen zuschrie, sie müssten verschwinden.“

„Verdammt“, fluchte er.

„Da ist aber noch mehr, Nick. Gloria hört einen von ihnen

sagen: *Er wird überglücklich sein, hat er doch so lange darauf warten müssen.* Keine Ahnung, wen sie mit *er* gemeint haben, aber es klang so, als wollte jemand exakt diese drei Bilder."

„Das sehe ich auch so." Bei dem Gedanken daran, in welcher Gefahr seine Großmutter schwebte, wurde ihm flau im Magen. „Seid ihr beide jetzt zu Hause?" Gloria war nach dem Tod seines Großvaters bei Anna eingezogen, worüber er aktuell sehr froh war.

„Ja, gerade zurückgekommen. Zuerst hat uns die Staatspolizei befragt und dann die für Kunstverbrechen zuständigen Carabinieri. Sie glauben nicht, dass wir in Gefahr sind, weil man uns nicht bemerkt hat."

„Was genau konntest du beobachten?"

„Es waren zwei Männer, die ich leider nur von hinten gesehen habe. Sie waren ganz in Schwarz gekleidet, hatten Kapuzen über den Kopf gezogen und trugen Handschuhe. Ich konnte weder ihre Gesichter noch ihre Haarfarbe ausmachen. Einer von ihnen hielt ein Gemälde in Händen und der andere eines von diesen großen Maschinengewehren."

Nick war zutiefst beunruhigt. Seine Großmutter hätte getötet werden können. Und möglicherweise hatten die Diebe ihr Keuchen gehört. Es sollte für die Verbrecher nicht weiter schwierig sein herauszufinden, wer sich außerhalb der regulären Öffnungszeiten noch im Museum aufhielt. Das könnte sie und Gloria in echte Gefahr bringen. Jede Menge Fragen zu dem Einbruch, den Sicherheitsvorkehrungen und dem Alarmsystem schossen ihm durch den Kopf, aber er wollte seine ohnehin schon aufgebrachte Nonna nicht noch weiter beunruhigen.

„Vielleicht solltet ihr nach nebenan gehen und bei Giovanni schlafen", schlug er vor und bezog sich damit auf ihren langjährigen Nachbarn.

„Es ist doch schon nach ein Uhr nachts. Ich will ihn nicht aufwecken. Es wird schon nichts passieren, oder Nick?"

Ihre besorgte Frage zerriss ihm schier das Herz. „Nein, ich

denke, das wird es nicht. Aber ich komme nach Rom. Ich nehme den ersten Flug, den ich kriegen kann."

„Bist du dir ganz sicher? Was ist mit deinem Job?"

„Ich habe gerade einen Fall abgeschlossen und kann für ein paar Tage weg."

„Es wäre schön, dich zu sehen, denn ich habe keine Ahnung, was ich als Nächstes tun soll. Aber ich muss das Gemälde unter allen Umständen zurückbekommen."

„Zunächst mal musst du im Haus bleiben und die Türen verschlossen halten. Geh nirgendwo hin, bis ich da bin. Und damit meine ich nicht nur heute Nacht, sondern auch den morgigen Tag."

„Ich verspreche es."

„Ich schreibe dir, wenn ich weiß, wann genau ich ankomme."

„Du bist so ein guter Enkel. *Ti voglio bene*."

„Ich liebe dich auch, Nonna." Sie war die einzige Person, zu der er diese Worte je gesagt und auch so gemeint hatte, die einzige Familie, auf die er sich immer verlassen konnte. Und er würde verdammt noch mal dafür sorgen, dass ihr nichts passierte.

Achtzehn Stunden später, am Donnerstagnachmittag gegen vier Uhr italienischer Zeit, schob Nick die Blende seines Flugzeugfensters hoch und bereitete sich auf den Landeanflug auf Rom vor. Er hatte ein wenig geschlafen, den Rest der Reise jedoch damit verbracht, ungeduldig die Minuten bis zu seiner Ankunft zu zählen, weil er Antworten auf die eine Million Fragen finden wollte, die ihm im Kopf herumgeisterten. Zudem hatte er versucht, ein paar Nachforschungen über seinen Urgroßvater Tomas anzustellen, da er nicht mehr viel über ihn wusste. Leider fand er nur sehr wenig über ihn, abgesehen von den allgemein bekannten Eckdaten. Er war Künstler, Lehrer und Besitzer eines Kunstgeschäfts gewesen, bis er mit sechzig überraschend starb.

Eigentlich war ihm dessen Bild herzlich egal. In erster Linie war er hier, um in Erfahrung zu bringen, was da vor sich ging und um sicherzustellen, dass seine Großmutter nicht in Gefahr schwebte. Möglicherweise gab es noch weitere Gemälde oder Kunstgegenstände von Tomas, die sie aus dem Bankschließfach geholt hatte, und er musste herausfinden, wo diese sich befanden und welchen Wert sie besaßen. Er hätte sie direkt nach den beiden anderen gestohlenen Kunstwerken fragen sollen, aber dafür war später noch Zeit. Zuerst einmal musste er ankommen.

Als das Panorama Roms vor ihm auftauchte, fühlte er sich beim Anblick der Terrakotta-Dächer, der majestätischen Denkmäler und des sich dahinschlängelnden Tibers so, als würde er nach Hause kommen. In ihm erwachten Erinnerungen an frühere Tage, als er die kopfsteingepflasterten Straßen und belebten Märkte erkundet und sich unter die allgegenwärtigen Touristenmassen und die lokalen Straßenkünstler gemischt hatte. Fast schon konnte er den gerösteten Knoblauch riechen, der aus den kleinen Restaurants in die engen Gassen strömte, und die warme Sonne auf seinem Kopf spüren.

Als Kind hatte er sämtliche Ferien hier verbracht, und die Stadt war zu seiner Heimat geworden, was vor allem seinen Großeltern zu verdanken war. Seine Eltern hatten ihn durch die ganze Welt geschleppt, und wenn sie nicht gerade auf Tournee waren, lebten sie in New York City, San Francisco oder L.A. Dennoch fühlte er sich keinem anderen Ort so verbunden wie Rom. Kein einziges ihrer prunkvollen Häuser war so gemütlich, so tröstlich und einladend gewesen wie das seiner Nonna.

Seine Großeltern hatten sich stets viel Zeit für ihn genommen, und seine Sommer in Italien waren noch immer die Highlights seiner Kindheit. Seine Großmutter kochte ihm seine Lieblingsgerichte, und sein Großvater unterhielt ihn mit spannenden Geschichten über seine Tätigkeit bei der Polizei. Tatsächlich war es Marcus Caruso gewesen, dem er seinen jetzigen Job zu verdanken hatte, weil er in ihm den Wunsch weckte, ebenfalls einen Beruf zu ergreifen, bei dem er etwas bewirken konnte. Es hatte eine Weile gedauert, bis er dieses Vorhaben in die Tat umsetzte, aber er hatte es geschafft.

Seit der Beerdigung seines Großvaters im vergangenen Jahr war er nicht mehr in Rom gewesen. Er hätte schon viel früher wiederkommen sollen, um nach seiner Nonna zu sehen, hatte es allerdings immer wieder aufgrund irgendwelcher fadenscheinigen Ausreden – keine Zeit, neues Projekt – aufgeschoben. Jetzt aber war er hier und dankbar, dass Flynn darauf bestanden hatte, er solle sich eine Auszeit nehmen. Doch selbst wenn sein Boss ihm kein grünes Licht gegeben hätte, wäre er in den nächsten Flieger gesprungen, denn Anna Caruso war die einzige Person in seinem Leben, die ihn nie im Stich gelassen hatte. Und jetzt musste er für sie da sein.

Nachdem das Flugzeug gelandet war, schaltete er direkt sein Handy ein und war erleichtert, keine panischen Nachrichten von seiner Großmutter vorzufinden. Er informierte sie knapp, dass er in spätestens einer Stunde bei ihr sein würde, und sie antwortete umgehend, dass sie es kaum erwarten könne, ihn zu sehen. Offensichtlich war bei ihr alles in Ordnung.

Da er kein Gepäck aufgegeben hatte, begab er sich direkt vor das Terminal, winkte sich ein Taxi heran und machte sich auf den Weg nach Trastevere, dem Viertel, in dem sie wohnte.

Es war schon fast fünf, als der Wagen in ihre Straße einbog, und die untergehende Sonne warf ein warmes Licht auf das alte Kopfsteinpflaster. Kaum, dass er ausgestiegen war, nahm er den Duft von frisch gebackenem Brot aus der Bäckerei am Ende des Blocks wahr, und sein Magen knurrte ob der Erinnerung an deren herzhaftes und süßes Backwerk, das er sich in seiner Jugend so oft gegönnt hatte. Er würde gleich morgen dort vorbeischauen. Aber möglicherweise hatte ja seine Großmutter bereits etwas für ihn besorgt, das auf dem Küchentisch auf ihn wartete.

Er bezahlte den Fahrer, schnappte sich seine kleine Reisetasche und ließ den Blick die Straße entlangwandern. Ein Großteil der kleinen Häuser rund um das Grundstück seiner Nonna hatte in den letzten Jahren dreistöckigen Mehrfamilienhäusern weichen müssen.

Auch Gloria, die Freundin seiner Großmutter, hatte dieses Schicksal ereilt. Nachdem ihr Mann vor acht Jahren gestorben war, sah sie sich gezwungen, ihr Heim an einen Bauträger zu verkaufen, der es in einen Komplex aus drei Wohnungen umwandelte. In dem obersten Apartment hatte Gloria noch eine Weile selbst gelebt, bis sie nach dem Tod seines Großvaters zu Anna gezogen war.

Als er entschlossenen Schrittes auf das Häuschen seiner Großmutter zumarschierte, konnte er überdeutlich die Zeichen des Verfalls erkennen: die verblasste, von Efeu überwucherte Fassade, die langen Risse im Putz und die von Rost überzogenen, gusseisernen Balkongeländer. Vielleicht war es an der Zeit, noch einmal ein ernstes Wörtchen mit seiner Nonna zu reden, was sie mit dem Gebäude anzustellen gedachte. Selbst wenn Gloria nun ebenfalls dort wohnte, war es mit Sicherheit für die beiden zu groß und zu teuer.

Er hatte das Thema früher schon angeschnitten, aber wann immer er vorschlug, es ihrer Freundin gleichzutun und es zu veräußern, hatte sie ihm deutlich zu verstehen gegeben, dass sie den Stammsitz der Familie niemals freiwillig aufgeben würde. Erst nach ihrem Tod würde es seinem Vater und im Anschluss ihm zufallen, und dann konnten sie damit machen, was immer sie wollten.

Nick bezweifelte, dass es jemals ihm gehören würde. Sein Vater hatte wenig Interesse an dem Anwesen, es sei denn, es versprach, Gewinn abzuwerfen. Mit Sicherheit würde er es direkt verkaufen. Was wahrscheinlich auch gut war, denn er konnte sich nicht vorstellen, auf Dauer hierzubleiben. Sein Leben spielte sich in den Vereinigten Staaten ab.

Die große Eingangstür schwang mit einem lauten Knarren auf und Anna Caruso, der die Erleichterung überdeutlich ins Gesicht geschrieben stand, trat heraus. Ihr Haar war weiß, ihre olivfarbene Haut noch immer gebräunt – ein Zeichen für ihre

Leidenschaft für die Sonne –, aber um die Augen und den Mund herum zeigten sich deutlich mehr Falten. Sie sah müde aus, war aber trotz allem stilvoll gekleidet. Sie trug eine schwarze Hose und einen hellblauen Pullover, der die Farbe ihrer Augen unterstrich.

„Oh, Nick!“, rief sie, als sie die Stufen hinuntereilte, um ihn zu umarmen. „Wie schön, dich zu sehen.“

Von ihr hatte er schon immer die liebevollsten Umarmungen bekommen, und auch diese stellte keine Ausnahme dar. Tatsächlich fühlte es sich an, als wollte sie ihn gar nicht mehr loslassen, als bräuchte sie die tröstende Nähe ebenso wie er. Schließlich trat sie einen Schritt zurück und sagte dieselben Worte wie jedes Mal, wenn sie ihn nach einer längeren Abwesenheit wiedersah: „Du bist viel zu dünn, *Amore mio*.“

Er grinste. „Nun, ich hoffe, du hast Gebäck von Dalinda für mich besorgt.“

„Natürlich habe ich das.“ Ihre Miene veränderte sich, als ein Auto in die Straße einbog.

Nick drehte sich um und sah, wie das Fahrzeug zwei Häuser weiter anhielt.

„Ach, es ist nur Lorenzo“, sagte sie, und Erleichterung schwang in ihrer Stimme mit, als sie dem Mann, der gerade ausgestiegen war, zuwinkte.

„Wer ist Lorenzo?“

„Der Vater meines Nachbarn. Ein ganz reizender Mensch.“ Sie hielt inne, als ein weiteres Fahrzeug die Straße entlangkam. Dieses fuhr wesentlich langsamer, und in dem Maße, wie ihr Unbehagen wuchs, wuchs auch das seine.

„Lass uns reingehen!“, drängte er und schob sie ins Haus, darauf bedacht, sie mit seinem Körper abzuschirmen. Als er die Tür schloss, sah er, wie der Wagen die Straße hinunter verschwand. Wahrscheinlich hatte es nichts zu bedeuten, aber die Nervosität seiner Großmutter hatte sich auf ihn übertragen. Solange er nicht wusste, was hier vor sich ging, würde er doppelt wachsam bleiben.

Der Eingangsbereich wies ähnliche Alterungsspuren auf wie das Äußere des Gebäudes. Der Holzboden war verwittert, und dem alten Kronleuchter, der über dem runden Glastisch in der Mitte des Foyers hing, fehlten diverse Glasfragmente. Die Tapete hingegen war noch immer hell und farbenfroh und verlieh dem Raum ein warmes Ambiente.

„Nick", begann seine Großmutter und lenkte seine Aufmerksamkeit zurück auf sich. „Es gibt da noch etwas, das ich dir gestehen sollte."

Ihr angespannter Tonfall gefiel ihm ganz und gar nicht. „Und das wäre? Ist noch etwas passiert?"

„Nicht direkt."

Bevor sie ein weiteres Wort sagen konnte, traten zwei Damen aus dem angrenzenden Wohnzimmer zu ihnen heraus. Gloria, mit ihrem silbernen Haar und ihrem freundlichen Lächeln, erkannte er sofort und erwiderte es. Dann jedoch entdeckte er die jüngere Frau, die hinter ihr stand.

Die irritierend klugen, braunen Augen und das dunkelbraune Haar, das ihr schönes Gesicht in Wellen umrahmte, gehörten zu Glorias Enkelin, Isabella Rossi, der heißesten und nervigsten Person, die er je getroffen hatte.

Im Gegensatz zu ihrer Großmutter, die ein konservatives Strickkleid anhatte, trug Isabella schwarze Jeans, hochhackige Stiefel und einen dunkelroten Pullover, der ihre Kurven vortrefflich zur Geltung brachte. Sie war ein Bild von einer Frau ... Wenn nur ihre Persönlichkeit ebenso ansprechend wäre.

Er hatte schon seit Jahren immer wieder von ihr gehört, war ihr aber erst vor drei Monaten zum ersten Mal persönlich begegnet. Isabella war gerade nach Los Angeles gezogen, und seine Großmutter und Gloria bestanden darauf, dass die beiden sich trafen.

Nonna war der festen Überzeugung gewesen, dass sie Gefallen aneinander finden würden. Seinen Einwand, dass er keine Hilfe dabei brauchte, eine Frau kennenzulernen, hatte sie damit abgetan, dass es ihr nur darum ginge, sich zu vergewissern, dass die Enkelin ihrer ältesten Freundin in dem fremden Land zurechtkäme. Also hatte er sie zum Essen eingeladen, und der Abend endete in einer Katastrophe. Für ihn war es das schlimmste Date seines Lebens gewesen, und er war sich sicher, dass Isabella ebenso empfand.

„Hallo, Nick", sagte diese nun, und in ihren Augen lag nicht der kleinste Hauch von Wärme.

„Isabella", grüßte er knapp zurück.

Ein angespanntes Schweigen folgte.

„Wer möchte etwas trinken?", fragte seine Großmutter mit erzwungener Fröhlichkeit.

„Bestimmt wir alle", beeilte Gloria sich hinzuzufügen. „Ich helfe dir mit den Gläsern, Anna, und ihr zwei ... könnt euch ein wenig unterhalten."

Die beiden Damen verschwanden, und Nick konnte nur hoffen, dass dieses Treffen nicht Teil eines ausgeklügelten Plans war, um Isabella und ihn erneut zusammenzubringen. Nein, so weit würden die zwei dann doch nicht gehen.

„Wann bist du angekommen?", wandte er sich an die junge Frau.

„Etwa fünf Minuten vor dir." Sie verschränkte die Arme vor der Brust und bedachte ihn mit einem finsteren Blick.

„Weißt du, was hier vor sich geht?", fragte er.

„Nur das Nötigste. Die beiden waren letzte Nacht im Museum, als es ausgeraubt wurde. Der Wachmann, ein guter Freund von ihnen, wurde angeschossen und befindet sich offenbar in kritischem Zustand. Es wurden mehrere Gemälde entwendet, von denen zwei unseren Familien gehörten. Wie ist dein Stand der Dinge?"

Er wünschte, er könnte sagen, er wüsste mehr als sie, aber das tat er nicht. „Ich habe auch keine weiteren Informationen. Allerdings bin ich überrascht, dass du vor mir hier warst. Ich habe den ersten Flieger aus L.A. genommen, dich aber nicht an Bord gesehen."

„Ich war gerade in New York, als ich den Anruf meiner Großmutter erhielt.“

„Wohnst du nicht mehr in L.A.?“

„Doch, aber ich war dieses Wochenende auf einer Junggesellinnenparty eingeladen. Die habe ich natürlich abgesagt und bin sofort hergekommen, als ich hörte, was passiert ist.“ Sie räusperte sich. „Eine unangenehme Situation, oder?“

Nick zuckte mit den Schultern. „Ich kann damit umgehen.“

„Ich auch“, versicherte sie ihm hastig. „Wir müssen uns nicht mögen, Nick, aber wir sorgen uns beide um unsere Großmütter. Von daher sollten wir uns darauf konzentrieren, wie wir ihnen helfen können.“

„Worauf denn sonst?“

Sie presste die Lippen zusammen. „Du willst es mir absichtlich schwer machen, oder?“

„Ich verstehe deine Frage nicht. Wir hatten ein einziges Date, aus Respekt vor dem Wunsch unserer Großmütter. Sonst war da nichts zwischen uns. Ende der Geschichte.“

Sie starrte ihn an, und unter ihrem undurchdringlichen Blick wurde ihm ganz anders.

„Ich wünschte, dem wäre so“, murmelte sie. Dann machte sie auf dem Absatz kehrt und ging zurück ins Wohnzimmer.

KAPITEL ZWEI

Isabella atmete mehrmals tief durch, bevor sie den Salon betrat, einen großen Raum voller Antiquitäten und einem massiven Steinkamin. Sie verfluchte denjenigen, der auf die Idee gekommen war, ihn anzuschüren, denn seit Nicks Auftauchen lief ihr der Schweiß in Strömen den Rücken hinunter und sie fühlte sich äußerst unwohl. *Es ist nur die Wut*, versuchte sie sich einzureden.

Dieser Kerl war nichts weiter als ein eingebildeter Besserwisser mit einer viel zu hohen Meinung von sich selbst. Sie war schon des Öfteren an diesen Typ Mann geraten und konnte ihn von daher gut einschätzen. Allerdings wünschte sie, er wäre nicht so verdammt attraktiv und ihr Körper möge nicht so komplett anders auf ihn reagieren, als ihr Gehirn es ihm befahl. Egal ... sie würde ihn einfach so gut wie möglich ignorieren und sich lediglich auf ihre Großmutter und Anna konzentrieren. Obwohl sie bezweifelte, dass es ihr gelänge, da er ihre Aufmerksamkeit magisch anzuziehen schien.

Als sie Stimmen hörte und sah, wie ihre Großmutter, Anna und Nick das Zimmer betraten, zwang sie sich zu einem Lächeln. Gloria trug einen Teller mit Gebäck und Keksen, während Nick ein offensichtlich schweres Tablett mit einem Krug Limonade und vier Gläsern vor sich her balancierte.

Sie ließen sich auf den beiden langen Sofas nieder, die sich an einem kunstvoll geschnitzten Couchtisch gegenüberstanden. Nick schenkte ihnen ein, während ihre Großmutter ihr den Teller mit den süßen Teilen reichte. Dankbar griff sie nach einem der Kekse, denn auch für sie war es eine lange Reise gewesen. Zwar war sie nicht so viele Stunden unterwegs gewesen wie er, hatte aber ebenfalls zu wenig Schlaf abbekommen und brauchte jetzt dringend Zucker, um sich weiterhin auf den Beinen halten zu können.

Ihm schien es nicht viel anders zu ergehen, denn er verschlang sein Schokoladencroissant in drei schnellen Bissen. „Das schmeckt sogar noch besser, als ich es in Erinnerung hatte", lobte er.

Anna bedachte ihn mit einem liebevollen Lächeln. „Du hast Gebäck von jeher geliebt, mein Junge."

Isabella fragte sich verwundert, warum man seinem durchtrainierten Körper diese Vorliebe für Süßes nicht ansah. Okay, er lebte in L.A., wo Körperkult und Sport großgeschrieben wurden. Sie wohnte jedoch ebenfalls seit sechs Monaten dort, und auch sie trainierte regelmäßig, fühlte sich aber bei Weitem noch nicht so fit wie erhofft. Zu ihrer Verteidigung musste sie anbringen, dass sie sehr viel arbeitete ... Aber tat er das nicht ebenfalls? Na ja, er war ein Mann. Männer konnten locker Gewicht verlieren, indem sie einfach mal eine Mahlzeit ausließen. Das war so unfair.

„Also, dann erzählt mal ganz genau, was passiert ist", sagte Nick, nachdem er sich den Mund mit einer Serviette abgewischt hatte.

Ihre Großmütter wechselten einen Blick, und dann begann Anna zu reden. Auch wenn Gloria ihr ebenbürtig war, war meist sie die Wortführerin.

Je mehr sie über die Ereignisse im Museum berichtete, desto

besorgter wurde Isabella. Sie sah beinahe bildlich vor sich, wie sich die beiden im Schatten einer Statue versteckt hatten und beteten, dass sie nicht erschossen wurden, und schlagartig wurde ihr bewusst, dass sie gestern ihre Großmutter hätte verlieren können. Welch unsagbar schrecklicher Gedanke. Ihre Nonna hatte ihr sozusagen das Leben gerettet, als sie sechzehn war, und die Vorstellung, sie könnte nicht mehr da sein, war schier unerträglich.

„Ihr beide müsst furchtbare Angst gehabt haben", sagte sie, als Anna kurz innehielt, um Luft zu holen.

„Allerdings", bestätigte sie. „Besonders, als ich meinen Namen hörte. Aber es geht uns gut, und es tut uns so leid, dass ihr beide alles stehen und liegen lassen musstet, um hierherzukommen."

„Ihr müsst euch nicht entschuldigen", sagte Isabella. „Ich bin einfach nur froh, dass euch nichts passiert ist. Habt ihr gestern noch mit der Polizei gesprochen?"

„Ja, zuerst mit Kommissar Vincenzo von der Polizia di Stato, und anschließend mit Kommissar Lavezzo vom Carabinieri T.P.C.", antwortete Anna. „Kommissar Lavezzo leitet das Team zum Schutz des kulturellen Erbes und wird den Diebstahl untersuchen, da sie auf Raubzüge dieser Art spezialisiert sind."

„Aber nicht unbedingt auf solche wie diesen hier", unterbrach Gloria sie. „Der Capitano war verwundert, warum nur diese drei Gemälde gestohlen wurden, wo das Museum doch voll ist mit Werken von viel größerem Wert. Die Frage konnten wir ihm natürlich nicht beantworten. Er schien auch nicht sonderlich zuversichtlich zu sein, dass wir sie zurückbekommen."

„Von wem stammt denn das dritte Bild?", hakte sie nach.

„Von Frederico Germain", antwortete ihre Großmutter. „Er war ein Freund von Lucinda und leitete die Kunstakademie, die Anna und ich besuchten, als wir als junge Studentinnen nach Rom kamen. Lucinda unterrichtete ebenfalls dort."

„Lebt er noch?", erkundigte sich Nick.

„Nein, er ist schon vor Jahren gestorben. Seine Enkelin, Louisa Del Vecchio, hat dem Museum das Gemälde für diese Ausstellung zur Verfügung gestellt. Sie führt auch die Schule weiter. Aber ich glaube nicht, dass Fredericos Bilder wertvoller waren als die von Tomas oder Lucinda. Er war talentiert, ja, aber nicht sonderlich kommerziell oder erfolgreich."

„Es ergibt alles keinen Sinn", stimmte Anna ihr zu. „Das Schlimmste ist, dass die Gemälde, die wir beschützen sollten, jetzt verschwunden sind."

„Ich finde, es gibt Schlimmeres", warf Nick trocken ein. „Aber natürlich kann ich nachvollziehen, warum du deswegen so aufgewühlt bist."

„Marcus hat das Gemälde seines Vaters schon vor langer Zeit in einen Tresor gelegt, und ich hätte es dort lassen sollen. Aber nach all den Jahren dachte ich einfach, es sei eine Schande, dass nie jemand sehen durfte, wie talentiert er war. Ich habe einen großen Fehler begangen."

„Nicht nur du, Anna", sagte Gloria in dem Versuch, ihre Freundin zu trösten. „Lucindas Werk war ebenfalls lange Zeit in seinem Versteck, und auch ich habe es herausgeholt und dem Museum zur Verfügung gestellt."

„Wo war denn Lucindas Gemälde, Grandma?", fragte Isabella neugierig.

„Es war ungerahmt, eine lose Leinwand, die zusammengerollt zwischen den Bildern lag, die deine Mutter als junges Mädchen gemalt hat. Ich glaube, Sylvie hatte es irgendwann einmal an sich genommen, um es zu studieren. Als ich dann aus meiner Wohnung ausziehen musste, habe ich es ganz hinten in einem Schrank entdeckt." Gloria warf ihr einen fragenden Blick zu. „Ist das wichtig?"

„Womöglich. Du hast doch erwähnt, dass einer der Diebe sagte, dass jemand lange darauf gewartet hätte, diese Bilder in die Finger zu bekommen. Aber wenn sie sich all die Jahre in eurem Besitz befanden, frage ich mich, warum nicht jemand schon früher versucht hat, sie zu stehlen. Okay, Tomas' Gemälde lag in einem Tresor, aber auf das von Lucinda traf das nicht zu. Warum also haben die Diebe nicht schon längst in den Häusern der Nachkommen danach gesucht?"

„Jetzt, wo du es erwähnst ...", sagte Anna langsam. „Es wurde tatsächlich einmal bei uns eingebrochen. Aber das ist lange her, geschah kurz nach Tomas' Tod. Vandalen verwüsteten das komplette Haus. Marcus nahm an, dass es sich um eine Diebesbande handelte, die in der Nachbarschaft ihr Unwesen trieb, denn wir waren nicht die Einzigen, die es erwischte. Bei Gloria sind sie ebenfalls eingedrungen und haben alles auf den Kopf gestellt."

„Stimmt, das hatte ich ganz vergessen", erinnerte sich diese. „Es war eine so schwierige Zeit nach dem Tod von Tomas und Lucinda, dass der Einbruch mich zwar beunruhigt, aber diesem ansonsten furchtbaren Jahr lediglich einen weiteren schrecklichen Moment hinzufügt hat. Weit größere Sorgen machte ich mir damals um Paolos emotionalen Zustand, der ja seine Mutter verloren hatte. So war ich einfach nur froh, dass nichts Wertvolles abhandenkam."

„Moment mal", unterbrach Nick sie und zog damit die Aufmerksamkeit aller auf sich. „Sind Lucinda und Tomas denn zur gleichen Zeit gestorben?"

„Nicht nur das, sondern auch zusammen", bestätigte Gloria. „Bei einem Brand in Tomas' Haus. Die beiden hatten abends oft gemeinsam gemalt, und wenn es spät wurde, übernachtete Lucinda regelmäßig bei ihm im Gästezimmer. Offenbar hatte einer der beiden geraucht und heiße Asche auf das Sofa fallen lassen, die das Feuer verursachte."

„Ich glaube nicht, dass ich je etwas darüber gehört habe, wie Lucinda starb", sagte Isabella, als sie über diese neuesten Erkenntnisse nachdachte.

„All das geschah auch lange vor deiner Geburt", erwiderte ihre Großmutter.

„Und ich erinnere mich nur daran, dass Tomas bei einem Brand ums Leben gekommen ist, nicht aber, dass jemand bei ihm war“, murmelte Nick. „Hatten die beiden etwas miteinander?“

„Nein, natürlich nicht!“, entgegnete Gloria. „Sie waren nichts weiter als gute Freunde, denn Lucinda war ebenfalls verheiratet und hätte ihren Mann nie betrogen. Sie war nicht diese Art von Frau, sondern einfach eine sehr leidenschaftliche und dennoch loyale Person.“

„Aber sie übernachtete im Haus eines Mannes, der nicht ihr Ehemann war“, warf Isabella ein. „Das muss doch für jede Menge Klatsch und Tratsch gesorgt haben.“

Ihre Großmutter machte eine abwehrende Handbewegung. „Sie waren Künstler. Tomas gab oft Kurse in seinem privaten Atelier, und dann waren auch noch andere Leute zugegen. Lucindas Ehemann Eduardo verstand, dass sie sich durch Kunst ausdrücken musste, und er vertraute ihr und Tomas. Immerhin waren sie alle seit Jahren befreundet.“ Sie hielt kurz inne. „Eduardo reiste auch sehr viel, sodass sie irgendwann entschieden, ihr Haus aufzugeben und bei uns zu leben. Das war ein weiterer Grund, warum Lucinda einen Platz zum Malen brauchte.“

Das leuchtete Isabella zwar ein, trotzdem fand sie die ganze Sache etwas seltsam.

„Eduardo war nicht in der Stadt, als das Feuer ausbrach“, fuhr ihre Großmutter fort. „Und als er zurückkehrte und vom Tod seiner Frau erfuhr, war er am Boden zerstört. Seine Trauer bei Lucindas Beerdigung brach mir das Herz. Und auch dein Großvater war so erschüttert, dass weder er noch Eduardo sie je wieder erwähnten. Ich fand das nicht richtig, aber wenn ich mich eingemischt hätte, wäre die Situation eskaliert.“

Isabella war nicht überrascht, das zu hören. Ihr Großvater Paolo war ein harter Mann gewesen – barsch, streng, unversöhnlich und sogar ein wenig grausam. Sie hatte immer das Gefühl gehabt, dass ihre Großmutter von ihm niedergemacht wurde, was diese natürlich nie zugeben würde. Aber sie hatte ja hautnah miterlebt, wie er seine Frau und ihre eigene Mutter behandelte, ganz zu schweigen von ihr selbst.

„Also“, meldete sich Nick wieder zu Wort, „fassen wir das Ganze nochmals zusammen: Tomas und Lucinda waren Malerkollegen, beste Freunde und starben gemeinsam bei einem Feuer, das in seinem Haus ausbrach.“

„Ja, und das Gebäude brannte bis auf die Grundmauern nieder“, bestätigte Gloria.

„Und Tomas‘ Gemälde wurde nicht zerstört?“, wandte er sich an Anna.

„Nein. Da seiner Meinung nach zu viele Leute bei ihm ein und aus gingen, brachte er es schon Monate vorher zu Marcus und bat ihn, es an einem sicheren Ort für ihn aufzubewahren. Eigentlich dachte ich sogar, es wären zwei Gemälde gewesen, habe im Tresor aber nur eines gefunden.“

„Und Lucindas Bild erlitt ebenfalls keinen Schaden“, fuhr er fort, „weil es sich in ihrem Haus befand, oder besser gesagt in deinem, Gloria. Exakt in dem Haus, das kurz nach dem Brand von Einbrechern verwüstet wurde.“

Sie setzte sich ein wenig aufrechter hin. „Glaubst du, dass jemand direkt nach ihrem Tod nach den Gemälden gesucht haben könnte?“

„Ich jedenfalls bin dieser Meinung“, mischte Isabella sich ein. „Und könnte mir auch gut vorstellen, dass das Feuer kein Zufall war.“

„Oh“, sagte ihre Großmutter, und die Überraschung stand ihr deutlich ins Gesicht geschrieben. „Wirklich?“

„Wir müssen unbedingt mehr darüber in Erfahrung bringen, wie sie starben“, fuhr ihre Enkelin fort, aber Nick unterbrach sie. „Nein“, sagte er und schüttelte entschieden den Kopf. „Diese Tragödie liegt Ewigkeiten zurück. Wir sollten uns darauf konzentrieren, was jetzt vor sich geht, wer in das Museum eingebrochen ist und ob die Behörden irgendwelche Hinweise auf die Diebe haben.“

„Aber es könnte einen Zusammenhang zwischen der Vergangenheit und der Gegenwart geben“, argumentierte sie.

„Unsere oberste Priorität ist es, dafür zu sorgen, dass unsere

Großmütter in Sicherheit sind." Sein Blick wanderte zu Anna. „Ich möchte, dass ihr beide für eine Weile von hier verschwindet. Es wäre ein guter Zeitpunkt für einen kleinen Urlaub."

„Aber das können wir nicht so ohne Weiteres", protestierte diese.

„Warum nicht?", fragte er herausfordernd.

„Wir werden uns doch nicht von ein paar Dieben aus unserem Zuhause vertreiben lassen."

„Es muss ja nicht für lange sein", versuchte Nick sie zu beschwichtigen. „Die Carabinieri werden die Männer schon bald aufgespürt haben, und dann bekommt ihr eure Bilder zurück."

„Ich glaube nicht, dass sie allzu viel Energie auf diesen Fall verwenden", mutmaßte seine Großmutter. „Die Gemälde waren nicht wertvoll."

„Dennoch für jemanden wertvoll genug, um sie zu stehlen."

„Wenn wir jetzt weggehen und keinen weiteren Druck auf die Polizei ausüben, bleiben sie für immer verschwunden. Das kann und werde ich nicht zulassen. Ich schulde es meinem Mann, seinem Vater und allen Carusos. Ich muss kämpfen."

Isabella begann zu erkennen, woher Nick seine Starrköpfigkeit hatte.

„Anna hat recht. Wir bleiben hier!", mischte sich nun auch Gloria ein. „Mir liegt ebenfalls viel daran, Lucindas Arbeit zurückzubekommen."

Nick warf ihr einen vielsagenden Blick zu, aber Isabella war nicht bereit, sich auf seine Seite zu schlagen und ihm das Kommando zu überlassen.

„Anna und ich brauchen niemanden, der unsere Kämpfe für uns ausficht", fuhr ihre Großmutter fort. „Und außerdem wollen wir euch nicht in Gefahr bringen. Deshalb haben wir schon vor eurer Ankunft folgenden Entschluss gefasst: Wir werden etwas Leckeres für euch kochen, dann machen wir uns alle zusammen einen gemütlichen Abend, und morgen fliegt ihr wieder nach Hause."

„Ich gehe nicht, solange ich nicht weiß, was hier los ist“, sagte Nick entschieden.

„Ich ebenso wenig“, verkündete Isabella.

„Warum besprechen wir das nicht beim Essen?“, schlug Anna vor. „Ihr müsst doch beide extrem hungrig sein.“

„Ich werde meine Meinung nicht ändern, Nonna“, sagte Nick. „Wenn du dich nicht überreden lässt zu gehen, bleibe ich ebenfalls. Isabella steht es natürlich frei zu tun, was sie möchte.“

Sie warf ihm einen irritierten Blick zu. „Wie schon gesagt, bleibe ich ebenfalls.“

„Tja, so wie es aussieht, haben wir ein volles Haus“, merkte ihre Großmutter an. „Komm, Anna, wir sollten anfangen zu kochen.“

„Ich kann gerne helfen“, bot Isabella an.

Zum ersten Mal seit ihrer Ankunft lächelte ihre Großmutter. „Du magst in vielen Dingen gut sein, Schatz, aber Kochen gehört definitiv nicht dazu.“

„Auch das kann ich mittlerweile“, verteidigte sie sich.

„Nein, bitte. Ruh dich ein wenig aus. Wir übernehmen das.“ Mit diesen Worten verschwanden die beiden alten Damen in Richtung Küche.

Kaum, dass sie das Zimmer verlassen hatten, wandte Nick sich an sie. „Wir sollten zusammenarbeiten, um sie zum Gehen zu bewegen. Du hättest ruhig meine Partei ergreifen können.“

„Du hast doch selbst gesehen, dass sie sich mit Händen und Füßen dagegen sträuben.“

„Weil sie nicht wissen, womit sie es hier zu tun haben.“

„Du doch ebenso wenig.“

Er presste die Lippen zu einem festen Strich zusammen. „Aber im Gegensatz zu euch verfüge ich über die notwendigen Ressourcen, um es herauszufinden.“

„Dann leg besser direkt los. Je schneller wir die Sache hinter uns bringen, desto besser. Ich werde in der Zwischenzeit bei der Zubereitung des Abendessens helfen.“

„Ich dachte, du kannst nicht kochen“, sagte er, als sie sich ebenfalls erhoben.

„So schlecht, wie Grandma denkt, bin ich nun auch wieder nicht. Aber was mir aufgefallen ist ... Du hast dich nicht angeboten. Das ist wahrscheinlich unter deiner Würde, oder? Der gnädige Herr ist es offensichtlich gewohnt, bedient zu werden.“

„Du kennst mich überhaupt nicht, Isabella.“

„O doch, ich denke, ich kenne dich sogar sehr gut, Nick“, erwiderte sie entschieden.

Er schüttelte den Kopf. „Nein, das tust du nicht.“

„Ich weiß beispielsweise, dass es dir absolut egal ist, wenn du zu spät zu einem Treffen erscheinst, während einer Verabredung permanent am Telefon hängst und kaum, dass deine Begleitung einmal kurz auf die Toilette geht, kommentarlos verschwindest.“

Er verzog schuldbewusst das Gesicht, denn alles, was sie vorbrachte, entsprach der Wahrheit.

„Mir kam ein wichtiger Job dazwischen. Aber immerhin habe ich dir Geld für das Essen und das Taxi da gelassen und dir am nächsten Morgen eine Nachricht geschickt, um mich zu entschuldigen.“

„Ein wahrer Gentleman“, erwiderte sie sarkastisch.

„Es tut mir leid. Ich hätte dir an diesem Abend direkt absagen sollen, dachte aber, ich könnte mich kurz loseisen. Es hat nicht funktioniert. Und dass ich ohne ein Wort abgehauen bin, war unhöflich von mir, das gebe ich zu, aber du hast ewig gebraucht, und ich musste dringend los.“

Damit hatte er recht. Sie hatte sich auf der Toilette absichtlich viel Zeit gelassen, weil sie genervt war, mit einem Mann essen zu müssen, der sie genauso respektlos behandelte wie ihr letzter Freund. Schließlich entschied sie, das Ganze noch vor dem Dessert zu beenden, doch als sie zurück an den Tisch kam, stellte sie erstaunt fest, dass Nick ihr zuvorgekommen war.

Nachdem man ihr jahrelang von dem ach so tollen Nick Caruso vorgeschwärmt hatte, war sie von ihm in natura unglaublich enttäuscht. Andererseits war sie es gewohnt, dass Männer sie enttäuschten. Und diese Nacht war auch für sie ein Albtraum gewesen. Hätte sie sich doch nie auf dieses Treffen eingelassen, nur um ihrer Großmutter einen Gefallen zu tun.

„Wir brauchen diese alte Sache nicht nochmals aufzuwärmen“, sagte sie. „Du magst mich nicht und ich dich ebenso wenig. Belassen wir es einfach dabei.“

KAPITEL DREI

Als Isabella das Wohnzimmer verließ, klingelte es. Sie zögerte, ging dann zum Fenster neben der Tür und spähte durch den Vorhang nach draußen. Auf der Veranda stand ein Mann in dunkelblauer Uniform. Er hatte tiefschwarzes Haar, war von großer, schlanker Statur und schien in seinen Fünfzigern oder Sechzigern zu sein.

„Wer ist das?", erkundigte sich Nick, der neben sie getreten war.

„Offensichtlich ein Polizeibeamter." Sie schob den Vorhang zurück und öffnete. „Hallo. Kann ich Ihnen helfen?"

Als der Blick des Mannes über ihr Gesicht wanderte, fiel ihm die Kinnlade herunter. „Sie ... Du siehst aus wie Sylvie", stotterte er verwirrt.

Bei diesen unerwarteten Worten verspannte sich Isabella. „Sylvie ist meine Mutter. Ich bin Isabella Rossi."

„Ah, *sì*, ihre Tochter." Er schüttelte den Kopf, als ob er seinen Augen nicht trauen konnte. „Bitte verzeih, dass ich dich so angestarrt habe. In unserer Jugend waren Sylvie und ich eng befreundet, und du erinnerst mich sehr an sie." Er presste die Lippen aufeinander. „Es hat mir sehr leidgetan, als ich von den Schwierigkeiten hörte, in die sie geraten ist. Umso mehr freut es mich, dass sie nach Italien zurückgekehrt ist – nach Florenz."

Bei der Erwähnung dieses Kapitels im Leben ihrer Mutter wechselte Isabella schnell das Thema. „Wie kann ich helfen?"

Bevor er antworten konnte, kamen ihre Großmutter und Anna zu ihr in den Eingangsbereich.

„Stefano!", rief ihre Großmutter erfreut aus. „Bist du es wirklich?"

„*Sì*", antwortete er, und sie packte ihn an der Hand, zog ihn ins Haus und gab ihm einen Kuss auf jede Wange. „Wie schön, dich zu sehen. Es ist Ewigkeiten her."

„Seit Marcus' Beerdigung", bestätigte er mit einem traurigen Nicken. „Ich wollte mich schon lange umsehen, habe aber irgendwie nie die Zeit dafür gefunden. Das tut mir aufrichtig leid."

„Jetzt bist du ja hier." Glorias Miene wurde ernst. „Allerdings wahrscheinlich nicht nur, um Hallo zu sagen, oder?"

„Nein. Ich habe gehört, was gestern im Museum passiert ist und wollte mich vergewissern, dass es euch gut geht."

„Das ist lieb von dir. Bei uns ist alles in Ordnung." Sie trat einen Schritt zurück, damit Anna ihn ebenfalls begrüßen konnte.

„Hast du schon meinen Enkel kennengelernt?", fragte diese.

„Nein, noch nicht. Isabellas Anblick hat mich komplett aus der Fassung gebracht, gleicht sie doch ihrer Mutter aufs Haar." Stefano wandte sich an Nick. „Pardon, ich hätte mich vorstellen sollen. Ich bin Stefano Gangi, ein langjähriger Freund der Familie und Kommissar bei der Bundespolizei. Dein Großvater Marcus war einer meiner Mentoren."

„Meiner ebenfalls", erwiderte Nick. „Was kannst du uns über die Ermittlungen berichten?"

„Sie obliegen Capitano Lavezzo vom Carabinieri T.P.C. Wie ich hörte, war das Sicherheitssystem abgeschaltet, sodass es keinerlei Videoaufnahmen von den Dieben oder dem genauen Ablauf gibt. Anscheinend kamen sie durch die Hintertür an der Laderampe ins Gebäude. Da kein Alarm ausgelöst wurde, dauerte es einige Zeit, bis die Polizei von einem Spaziergänger informiert wurde, der sagte, er habe Schüsse im Museum gehört."

„Was ist mit den Außenkameras?"

„Die waren ebenfalls außer Betrieb", entgegnete Stefano mit grimmiger Miene. „Soweit ich weiß, war der Wachmann der einzige Augenzeuge, und der ist nach wie vor nicht vernehmungsfähig." Er blickte zu den beiden alten Frauen hinüber. „Ihr konntet die Männer ebenfalls nicht identifizieren, oder?"

„Nein, wir hatten uns versteckt", bestätigte Gloria. „Wir haben lediglich ein paar Sätze aufgeschnappt, als sie an uns vorbeigingen. Einer von ihnen erwähnte den Namen Caruso und dass sich jemand freuen würde, die Kunstwerke zu bekommen, auf die er so lange gewartet hat."

„Okay, ich wusste nicht, dass ihr sie reden gehört habt. Würdet ihr denn die Stimmen wiedererkennen?"

„Das glaube ich nicht", zweifelte Gloria.

„Gibt es sonst noch irgendetwas?", hakte Stefano nach. „Wenn die Zeugen ein wenig Zeit zum Nachdenken hatten, fallen ihnen oft kleine Details wieder ein, wie die Art der Kleidung, die Haarfarbe oder eine bestimmte Schuhmarke. Ist das bei euch auch der Fall?"

„Bei mir nicht." Sie blickte Anna an. „Du hast mehr gesehen als ich."

„Trotzdem war das sehr wenig, und dazu beide Männer nur von hinten. Sie waren komplett in Schwarz gekleidet: Hose, Mantel, Kapuze und Schuhe. Sogar ihre Hände steckten in schwarzen Handschuhen. Es gab nichts, woran man sie hätte identifizieren können. Leider, denn ich möchte unbedingt, dass sie gefasst und für das bestraft werden, was sie Enrique angetan haben, und ich will unsere Gemälde zurückhaben."

„Ich verstehe", sagte Stefano mit einem Nicken. „Habt ihr noch weitere Bilder von euren Verwandten hier im Haus?"

„Nein", sagte Anna.

„Glaubst du denn, wir sind in Gefahr, Stefano?“, fragte Gloria ängstlich.

„Eigentlich nicht. Mir ist draußen nichts Außergewöhnliches aufgefallen, ihr habt niemanden erkannt und besitzt keine weiteren Gemälde. Warum also sollten die Diebe nach wie vor hinter euch her sein? Sie haben ja bekommen, was sie wollten.“

„Da bin ich aber erleichtert.“

„Dennoch möchte ich, dass ihr mich anruft, sollte euch noch etwas einfallen, das zur Aufklärung des Falls beitragen könnte.“ Er zog seine Visitenkarte hervor und reichte sie ihr. „Hier ist meine Nummer.“

„Danke, Stefano“, sagte Gloria. „Wir wissen deine Sorge wirklich zu schätzen.“

„Keine Ursache. Für mich war es stets so, als würde ich zu eurer Familie gehören.“ Er hielt kurz inne. „Hat Sylvie dir eigentlich erzählt, dass wir vor ein paar Tagen miteinander telefoniert haben?“

„Nein. Ich wusste gar nicht, dass ihr noch Kontakt habt.“

„Hatten wir auch nicht, fast dreißig Jahre lang. Dann jedoch erfuhr ich von einer gemeinsamen Freundin, dass sie zurück in Italien ist und in einer Galerie arbeitet. Die Bekannte gab mir ihre Nummer, also rief ich sie an. Natürlich war sie ziemlich überrascht, von mir zu hören, aber wir haben uns gut unterhalten und beschlossen, uns bald einmal zu treffen.“

„Das wäre schön. Ihr beide seid euch damals so nahegestanden, und ich glaube, meine Tochter könnte einige ihrer alten Freunde gebrauchen, die ihr bei ihrem Neuanfang zur Seite stehen.“

„Jetzt sollte ich aber gehen“, sagte Stefano. „Bitte seid vorsichtig.“

„Wir versprechen es. Und bitte halte du uns bezüglich der Ermittlungen auf dem Laufenden.“

„Das werde ich gerne tun.“

Nachdem Gloria die Tür hinter ihm geschlossen hatte, fragte

Nick: „Stimmt das wirklich, dass sich keine weiteren Bilder in eurem Besitz befinden?“

Seine Frage überraschte Isabella, aber noch erstaunter registrierte sie, dass ihre Großmutter plötzlich äußerst schuldbewusst dreinblickte.

„Wie, Grandma?“, hakte sie nach. „Ich dachte, du hast lediglich die eine lose Leinwand gefunden.“

„Zumindest keine weiteren Gemälde“, erwiderte sie hastig. „Diesbezüglich habe ich nicht gelogen. Allerdings war da auch noch ein Skizzenbuch. Es enthält jedoch nur sehr rudimentäre Zeichnungen. Dafür würde sich mit Sicherheit niemand interessieren.“

„Was ist mit dir, Nonna?“, wandte Nick sich an Anna.

„Ich war immer der Meinung, dass es ein weiteres Bild von Tomas gäbe, das er Marcus zur Aufbewahrung anvertraut hätte, aber es ist weder hier noch im Tresor. Keine Ahnung, wo es abgeblieben ist. Als ich jedoch das aktuelle aus der Bank holte, fand ich einige Briefe zwischen ihm und einer Frau, die lediglich mit dem Kürzel *J* bezeichnet wurde. Ich wüsste nicht, wer das sein soll, aber vielleicht hat er ihr sein Werk geschenkt. Sie hat sich zumindest für etwas bedankt, das er ihr geschickt hat.“

In Isabellas Kopf überschlugen sich die Gedanken um mögliche Optionen. Ihr Job als Journalistin bestand vorwiegend darin, Spuren zu verfolgen, Informationsfäden zu entwirren und die Wahrheit herauszufinden. Bislang hatte sie jedoch keinen festen Anhaltspunkt. „Ich möchte das Skizzenbuch und die Briefe sehen.“

„Ich ebenfalls“, stimmte Nick ihr zu. „Gibt es sonst noch einen Nachlass der beiden?“

„Tomas hatte ein paar persönliche Gegenstände“, sagte Anna. „Die befinden sich ebenfalls im Tresor. Wir können gerne morgen zusammen zur Bank gehen.“

„Okay.“ Nick schwieg kurz. „Hat es niemanden von euch verwundert, dass Stefano so überraschend hier auftauchte und Fragen stellte?“

„Warum sollte es das?“, fragte Gloria erstaunt. „Er ist mit Sylvie zusammen aufgewachsen, und Paolo und ich waren mit seinen Eltern befreundet.“

„Und Marcus hat ihn während seiner Anfangszeit bei der Polizei unter seine Fittiche genommen“, fügte Anna hinzu. „Ich weiß noch, wie glücklich er war, dass Stefano diese Laufbahn einschlug. Er war nämlich ein ziemlich wilder junger Mann. Warum bist du ihm gegenüber so misstrauisch?“

„Er schien mir ein wenig zu sehr daran interessiert zu sein, was ihr gesehen habt und ob sich noch weitere Kunstwerke in eurem Besitz befinden.“

„Er wollte sich einfach vergewissern, dass wir in Sicherheit sind.“

„Hoffen wir mal. Zumindest habt ihr ihm deutlich zu verstehen gegeben, dass ihr weder die Stimmen wiedererkennen würdet noch irgendetwas gesehen habt.“

„Du machst mir Angst, Junge“, sagte seine Großmutter mit besorgter Miene.

„Ich bitte dich einfach, vorsichtig zu sein, sogar Leuten gegenüber, die du schon dein Leben lang kennst. Jeder trägt eine Maske. Jeder verfolgt seine eigenen Absichten.“

In seinen Worten lag eine Härte, die Isabella vermuten ließ, dass er nicht nur auf die aktuelle Situation anspielte. Auf die jedoch sollte sie sich konzentrieren, anstatt sich Gedanken über einen Mann zu machen, den sie nicht einmal besonders mochte.

„Du bist so zynisch, Nick“, sagte Anna und stieß einen traurigen Seufzer aus.

„Ich nenne es realistisch.“

„In seinem letzten Lebensjahr hatte dein Großvater denselben Ausdruck in den Augen wie du jetzt, eine Art desillusionierte Verbitterung“, fügte sie hinzu. „Es gefällt mir gar nicht, diese auch bei dir entdecken zu müssen.“

„Ich bin einfach müde, Nonna, und habe deshalb meine Worte vielleicht nicht so beschönigend gewählt, wie ich es hätte tun sollen. Dennoch stehe ich zu ihnen. Stefano mag der weltbeste Freund sein, aber die einzigen Menschen, mit denen ihr über diesen Vorfall reden solltet, befinden sich hier in diesem Raum."

„Ich verstehe."

„Ich ebenfalls", mischte Gloria sich ein. „Und wir werden vorsichtig sein, versprochen. Dennoch bin ich überzeugt, er ist nur vorbeigekommen, weil er sich Sorgen macht, und aus keinem anderen Grund. Aber egal, wir widmen uns dann mal wieder dem Abendessen."

Nachdem ihre Großmütter in der Küche verschwunden waren, wandte sich Isabella an Nick. „Glaubst du wirklich, Stefano hatte bei seinen Fragen irgendwelche Hintergedanken?"

„Keine Ahnung. Hat deine Mutter jemals über ihn gesprochen?"

„Nein. Sie erwähnte ab und zu einen Jungen, in den sie in ihrer Jugend verknallt war, aber ich weiß nicht, ob er das war. Obwohl er ja sagte, er sei ihr bester Freund gewesen. Also wenn nicht er, sollte er zumindest wissen, um wen es sich bei dem Typen gehandelt hat."

„Vielleicht könntest du deine Mutter fragen?"

Sie schüttelte entschieden den Kopf. „Sie ist für diesen Fall nicht relevant. Es gibt keinen Grund, sie anzurufen."

„Tatsächlich?", fragte er herausfordernd. „Immerhin ist sie Glorias Tochter. Und warum ist sie eigentlich nicht hier, wenn sie doch in Florenz lebt?"

„Mom ist definitiv nicht die Person, die man in einer Krise um Hilfe bitten würde. Deshalb werden wir sie auch nicht in die Sache hineinziehen." Sie atmete tief durch. „Grandma hat mir angeboten, das Zimmer im Dachgeschoss zu nehmen. Ich werde vor dem Abendessen noch schnell auspacken."

„Was ist denn zwischen dir und deiner Mutter vorgefallen?", fragte er neugierig.

„Das geht dich nichts an."

„Beantwortest du jemals eine Frage?"

„Du hattest während unseres Dates ausreichend Zeit, mir

Fragen zu stellen. Damals allerdings warst du nicht interessiert, und jetzt habe ich kein Interesse, ins Detail zu gehen."

„Ich habe mich dir gegenüber unpassend verhalten, und das tut mir wirklich leid, Isabella. Allerdings hatte ich gerade an diesem Abend extrem viel um die Ohren. Schon klar, das ist keine wirkliche Entschuldigung. Allerdings musst du zugeben, dass du mich von der ersten Sekunde an auf dem Kieker hattest."

„Das ist doch wohl verständlich, oder? Du warst viel zu spät und ich durfte eine geschlagene halbe Stunde lang die mitleidigen Blicke der anderen Gäste über mich ergehen lassen, die sich fragten, ob mein Verehrer überhaupt noch kommen würde. Und als du dann endlich aufgetaucht bist, hast du dich nicht einmal entschuldigt."

„Ganz bestimmt habe ich gesagt, dass es mir leidtut."

„O nein, mein Lieber. Deine genauen Worte lauteten: *Ich dachte, wir würden einen Tisch draußen kriegen*. Die jedoch waren für Pärchen reserviert, und da du ewig nicht kamst, musste ich wohl oder übel drinnen bleiben."

„Bist du sicher, dass ich mich nicht zuerst entschuldigt habe?"

„Absolut hundertprozentig sicher!"

„Womöglich spielt dir dein Gedächtnis einen Streich. Immerhin hattest du bei meiner Ankunft schon jede Menge Alkohol intus."

„Wie hätte ich die Zeit denn sonst totschlagen sollen?", erwiderte sie verärgert und gleichzeitig ein wenig schuldbewusst, weil ihm natürlich nicht entgangen war, dass sie beschwipst war. „Außerdem ging auch mir so einiges im Kopf herum, dennoch habe ich es durchgezogen. Du warst derjenige, der letztendlich ohne Erklärung abgehauen ist. Ich bin zwar schon des Öfteren sitzen gelassen worden, aber noch nie *während* eines Dates."

„Ich musste dringend zurück ins Büro. Wir hatten einen Notfall."

„Ja, das erwähntest du bereits, aber ich bin mir sicher, deine Kollegen hätten das auch ohne dich auf die Reihe bekommen, wenn dir wirklich etwas an dieser Verabredung gelegen hätte. Warum hast du mich überhaupt zum Essen eingeladen, wenn du doch so gar keinen Bock auf mich hattest?"

„Meine Großmutter wollte, dass wir uns kennenlernen."

„Und? Entweder man hat Lust oder man lässt es bleiben."

Er bedachte sie mit einem prüfenden Blick. „Hattest du denn Lust darauf? Ich kann mich nicht erinnern, auch nur das kleinste Lächeln in deinem Gesicht gesehen zu haben."

„Weil ich stinksauer war, dass du mich so lange hast warten lassen."

„Anscheinend hast du ein Problem mit Leuten, die zu spät kommen", merkte er trocken an.

„Nur mit solchen, die denken, ihre Zeit ist wichtiger als meine." Sie machte eine wegwerfende Handbewegung. „Dieses Gespräch führt zu nichts. Du wirst eh nie einsehen, dass der Fehler bei dir lag."

„Doch, das tue ich bereits."

„Aber deine Entschuldigung ist nicht aufrichtig gemeint."

„Dann wiederhole ich es noch einmal: Ich hätte die Verabredung absagen sollen, weil ich gerade an diesem Abend zu viel auf dem Tisch hatte und mich weder pünktlich loseisen noch bleiben konnte. Und ich durfte dir nicht einmal eine Erklärung dafür liefern. Ich habe mich dir gegenüber äußerst unfair verhalten."

Sie starrte ihn ungläubig an, schockiert darüber, dass er sich tatsächlich entschuldigt hatte und aufrichtig zerknirscht klang. „Okay", entgegnete sie schließlich.

„Sonst hast du nichts dazu zu sagen?"

„Ich weiß nicht, was du von mir hören willst, Nick."

„Du könntest mich bitten, dir dein Verhalten ebenfalls zu verzeihen. Selbst nachdem wir den Teil mit der Verspätung abgehakt hatten, bist du mir bei allem, was ich gesagt habe, beinahe an die Gurgel gesprungen."

Damit könnte er recht haben, allerdings war sie nicht gewillt, das zuzugeben.

„Ich konnte mich des Gefühls nicht erwehren, dass du ebenfalls null bei der Sache und mit den Gedanken ganz woanders warst“, fügte er hinzu.

Sie fuhr sich mit der Zunge über die Unterlippe. „Ich hätte dieses Treffen besser auch abgesagt“, gab sie zu. „Aber ich wollte Großmutter nicht enttäuschen und mir weiterhin bei jedem Besuch anhören müssen, dass ich dich unbedingt kennenlernen sollte.“

„Ich ebenfalls. Tja, damit haben wir zumindest eine Sache gemeinsam: Wir beide wollten es den alten Damen recht machen. Das ist doch eine Basis, auf der wir aufbauen können, oder?“

„Wie meinst du das?“

„Lass uns einen Waffenstillstand schließen. Wenn wir uns permanent bekriegen, macht das die Situation nicht besser.“

„Einverstanden. Wir rufen einen Waffenstillstand aus ... Für unsere Großmütter.“

Nick streckte ihr die Hand entgegen. „Schlag ein.“

Widerwillig legte sie ihre Hand in seine, und als sich seine warmen Finger um die ihren schlossen, schoss eine Hitzewelle durch ihren Körper, sodass sie sie abrupt zurückzog. Aber wahrscheinlich nicht schnell genug ...

KAPITEL VIER

Nick war froh, diesen Krieg mit Isabella beendet zu haben. Als sie die Treppe hinaufging, blickte er ihr hinterher und bewunderte ihre sexy Kurven. Klar, sie war eine starrköpfige Frau, die um jeden Preis gewinnen wollte, aber auch verdammt attraktiv.

Womöglich war es keine gute Idee gewesen, sich mit ihr zu versöhnen, denn er spürte deutlich, dass da noch etwas anderes zwischen ihnen brodelte, wodurch Komplikationen vorprogrammiert zu sein schienen. Er sollte besser auf der Hut sein, denn würde er Isabella verletzen, träfe das auch ihre Großmutter und somit deren beste Freundin, seine Nonna.

Energisch verdrängte er sie aus seinen Gedanken, zog sein Handy heraus und wählte Flynns Nummer. Es war Donnerstagmorgen in L.A., und eigentlich sollte er bereits im Büro sein.

„Vergiss es, du wirst heute nicht zur Arbeit kommen", sagte Flynn, ohne sich mit einer Begrüßung aufzuhalten. „Ich habe dir doch gesagt, du sollst dir freinehmen, Nick."

„Und ich habe deinen Befehl befolgt, denn ich bin in Rom."

„Tatsächlich? Fantastisch. Ein Urlaub in Italien hört sich gut an."

„Leider ist es alles andere als ein Urlaub. Meine Großmutter wurde Zeugin eines Raubüberfalls in dem Museum, in dem sie ehrenamtlich arbeitet. Ein Gemälde, das sie für die Ausstellung zur Verfügung stellte, wurde ebenfalls gestohlen. Es war eines der wenigen Werke meines Urgroßvaters, was merkwürdig ist, da er nicht einmal einen großen Namen als Künstler hatte."

„Okay, das hatte ich jetzt nicht erwartet. Wie kann ich helfen?"

„Möglicherweise mit ein paar Kontakten in der Kunstszene. Ich werde morgen als Erstes mit einem gewissen Kommissar Lavezzo vom Carabinieri T.P.C. sprechen, bin mir aber nicht sicher, ob er sehr entgegenkommend sein wird. Du hast doch bereits mit Kunstkriminalität in Italien zu tun gehabt, oder? Kennst du den Typen zufälligerweise?"

„Nicht persönlich, aber ich habe seinem Team einmal bei einem Fall als Berater zur Seite gestanden. Sie waren ziemlich reserviert, was ich nachvollziehen konnte, weil man mich ihnen einfach so vor die Nase gesetzt hatte. Dennoch waren alle sehr professionell, und wir hatten das gleiche Ziel: die gestohlenen Werke wiederzufinden."

„Okay. Wie gesagt, ich werde ihn morgen früh anrufen. Kannst du dir erklären, warum die Diebe drei Gemälde von unbekannten Künstlern mitgehen, aber weitaus wertvollere Stücke zurückließen?" Flynn hatte mehr als nur Erfahrung mit Kunstverbrechen. Sein Vater war anfangs Galerist und im Anschluss daran ein sehr erfolgreicher Kunstdieb gewesen und befand sich, soweit Nick wusste, nach wie vor auf der Flucht vor der Gerichtsbarkeit.

„Ich würde sagen, die Gemälde haben einen gewissen Wert, nur ist nicht ersichtlich, worin dieser besteht. Was kannst du mir darüber sagen?"

„Ehrlich gesagt, so gut wie nichts. Ich weiß weder etwas über das Motiv noch den Stil. Dazu müsste ich erst meine Großmutter fragen. Sie sagte mir nur, dass es vor etwa fünfzig Jahren auf den Wunsch ihres Schwiegervaters hin versteckt wurde und dass er und eine weitere Malerin, deren Werk ebenfalls gestohlen wurde, bei einem Brand gemeinsam ums Leben kamen."

„Das klingt hochinteressant, aber warum fragst du mich nicht, was du wirklich wissen willst?"

Wie üblich besaß Flynn einen sechsten Sinn und kam direkt auf den Punkt. „Also gut. Hast du noch Kontakt zu deinem Vater?"

„Nein. Ich habe Sam Beringer nicht mehr gesehen, seit er mir vor ein paar Jahren das Leben gerettet hat. Danach ist er erneut untergetaucht."

Ach ja ... Beinahe hätte er vergessen, dass Flynn seinen Namen geändert hatte, um nicht mit seinem Vater in Verbindung gebracht zu werden. „Tut mir leid, ich hätte nicht fragen sollen. Er ist sicherlich nicht unbedingt dein Lieblingsthema."

„Ist er nicht, aber ich habe mit seiner Entscheidung, so zu leben, wie er es möchte, meinen Frieden gemacht. Ich an deiner Stelle würde damit beginnen, das Leben der Künstler, deren Bilder gestohlen wurden, genauer zu durchleuchten."

„Sie sind alle tot. Es wird nicht einfach werden, an Informationen zu gelangen."

„Aber eine gewisse Person ist noch am Leben, jemand, der den Wert ihrer Arbeiten kennt und gewillt war, alles auf eine Karte zu setzen, um sie zu bekommen."

„Und dabei sogar einen Menschen zu töten, nämlich den Wachmann", murmelte Nick. „Was mich jedoch am allermeisten beunruhigt, ist, dass meine Großmutter und ihre Freundin zur Tatzeit noch im Museum waren und sich versteckten. Wenn dieser Jemand das herausfindet, ist es ihm womöglich egal, dass sie nichts gesehen haben und niemanden identifizieren können."

„Du solltest die beiden Damen dazu überreden, mit dir in den Urlaub zu fahren."

„Ich habe bereits vorgeschlagen, dass sie die Stadt verlassen sollen, aber speziell meine Nonna bleibt hartnäckig und weigert sich."

„Scheint in der Familie zu liegen", erwiderte Flynn leichthin.

„Gut möglich", gab Nick zu.

„Okay. Ich werde ein paar Anrufe tätigen und schauen, ob ich jemanden finde, der sich mit italienischen Kunstverbrechen auskennt. Vielleicht kann diese Person dir helfen herauszufinden, warum ausgerechnet diese Gemälde gestohlen wurden." Er hielt kurz inne. „Eine Sache, die ich über diese Art von Diebstählen gelernt habe, ist, dass sowohl die Künstler als auch die Täter nicht immer nach logischen Gesichtspunkten handeln. In der Kunst geht es um Leidenschaft, die sich bis zur Besessenheit steigern kann. In diesem Metier kannst du nicht zwei und zwei zusammenzählen und erwarten, dass dabei vier herauskommt."

„Verstanden. Und danke schon mal für deine Hilfe. Ich bin weniger daran interessiert, das Bild zurückzubekommen, als meine Großmutter zu beschützen, aber das eine wird ohne das andere nicht funktionieren."

„Wahrscheinlich nicht. Aber noch einmal: Sobald du dafür gesorgt hast, dass sie in Sicherheit ist, solltest du dir einen richtigen Urlaub gönnen. Ich meine es ernst, Nick. Du hast großartige Arbeit für mich geleistet, aber so allmählich habe ich den Eindruck, du bist ausgepowert, auch wenn du das nicht zugeben willst."

„Ich werde darüber nachdenken." Er atmete tief durch und beendete das Gespräch. Flynn hatte recht. Er war am Ende seiner Kräfte. Es war nicht nur die Arbeit in dessen Team, die für diese Erschöpfung verantwortlich zeigte, sondern auch die Jahre davor, in denen er von einem Einsatz zum anderen hetzte.

Allerdings konnte er sich noch keine Pause gönnen, solange er um das Leben seiner Großmutter und deren Freundin bangen musste.

Als der Geruch von gebratenem Knoblauch und Zwiebeln durch den Flur zog, begann sein Magen lautstark zu knurren, und er folgte dem köstlichen Duft in die Küche. Er fand seine Großmutter am Herd, auf dem es in drei verschiedenen Töpfen vor sich hin köchelte. Sie trug wie immer ihre Lieblingsschürze. Der Anblick rief in ihm viele schöne Erinnerungen wach und weckte in ihm erneut das Gefühl, zu Hause zu sein.

„Essen ist fast fertig“, sagte sie, während sie die Sauce umrührte. „Gloria ist nur kurz nach oben gegangen, um Isabella beim Auspacken zu helfen. Beide werden im zweiten Stock wohnen, und du kannst dein altes Zimmer am Ende des Flurs neben meinem haben.“

„Perfekt.“ Er stibitzte sich eine Olive von einem Teller mit Antipasti, den sie bereits auf dem Tisch angerichtet hatte. „Klappt das Zusammenleben mit Gloria gut?“

„O ja. Wir haben beide ein komplettes Stockwerk für uns allein, nicht, dass wir den Platz bräuchten. Die Mahlzeiten nehmen wir gemeinsam ein und schauen auch zusammen fern, genießen einfach die Gesellschaft des anderen. Wir stehen uns so nahe wie Schwestern.“

„Ihr beide kennt euch ja auch schon sehr lange.“

„Einundsechzig Jahre, ist das nicht unglaublich? Wir waren einundzwanzig, als wir für einen Sommer nach Rom kamen, um zu studieren. Damals hatten wir keine Ahnung, worauf wir uns da einließen, aber wir waren bereit für ein Abenteuer.“

„Habt ihr es bekommen?“

„Nicht nur eines, tausende. Ich wünschte nur, dein Großvater wäre noch hier, um daran teilzuhaben. Ich vermisse ihn sehr.“

Er nickte. Ihre Worte berührten einen Teil seines Herzens, den er normalerweise unter Verschluss hielt. „Ich ihn ebenfalls.“

„Das Leben ohne ihn ist nicht einfach, aber seit Glorias Einzug zumindest ein wenig leichter geworden. Es ist schön, nicht allein sein zu müssen, besonders nachts.“ Sie hielt kurz inne. „Ich freue mich riesig, dass du gekommen bist, mein Junge. Obwohl ich bestimmt einige deiner beruflichen Pläne durchkreuzt habe, ist es schön, dich hier zu haben. Ich war mir nicht sicher, ob das überhaupt noch einmal passieren würde.“

„Ich freue mich auch. Und außerdem ... Du hattest doch eh gehofft, dass wir uns nächste Woche treffen, auf dieser Feier, auf der meine Eltern gedenken, ihr Ehegelübde zu erneuern", sagte er spitz. „Du hättest mich wirklich vorwarnen können, Nonna."

Sie warf ihm einen schuldbewussten Blick zu. „Ja, ich weiß, aber Danielle sagte mir, dein Vater würde dich diesbezüglich anrufen, und da wollte ich mich nicht einmischen."

„Hat er aber nicht getan. Ich habe nur eine formelle Einladung bekommen, so wie jeder andere auch. Sie enthielt nicht einmal eine persönliche Zeile."

„Okay, aber da du schon mal hier in Rom bist, könntest du doch eigentlich bis zum nächsten Wochenende bleiben, dann nach Mailand weiterfahren und an den Feierlichkeiten teilnehmen."

„Auf keinen Fall!", antwortete er knapp.

„Bitte überlege es dir. Deine Eltern lieben dich und hätten dich mit Sicherheit gerne dabei."

„Ich kann diese Farce nicht mitansehen, wenn sie so tun, als wäre zwischen ihnen alles perfekt. Immerhin durfte ich ihre Beziehung aus erster Hand miterleben, und sie war alles andere als toll."

„Natürlich hatten sie ihre Probleme, aber dennoch ist da etwas zwischen ihnen. Sonst wären sie nicht all die Jahre zusammengeblieben."

„Wenn das zwischen den beiden Liebe sein soll, kann ich nur hoffen, dass ich mich niemals verliebe."

Anna runzelte die Stirn. „Die Liebe zwischen zwei Menschen kann etwas Wundervolles sein, mein Junge. Es macht mich traurig, dass du so negativ denkst und sie aus deinem Leben verbannst."

„Nicht bewusst, aber meine Erwartungen an sie sind verständlicherweise nicht sonderlich hoch. Wie dem auch sei, lass uns dieses Thema abhaken."

„Wenn du nicht mit mir darüber reden willst, dann vielleicht mit deinen Eltern."

„Ganz ehrlich, Nonna ... Wenn sie mich wirklich dabei haben wollten, hätten sie anrufen können. Aber so funktioniert unsere

Familie eben nicht. Sie haben ihr Leben und ich das meine. Und vermutlich ist diese Zeremonie nur ein Vorwand, eine Art Werbung für ein bevorstehendes Konzert oder so etwas in der Art.“ Er schob sich eine weitere Olive in den Mund. „Kommen wir zurück zum eigentlichen Problem. Hat Großvater dir je erzählt, warum die Gemälde in dem Tresor verwahrt wurden?“

„Ich kann dem, was ich vorhin sagte, nichts weiter hinzufügen. Tomas wollte sein Werk in Sicherheit wissen, verborgen vor der Blicken der anderen Künstler, die in seinem Atelier ein und aus gingen.“

„Aber warum? Er war ein begnadeter Maler. Warum also wollte er seine Bilder der Öffentlichkeit vorenthalten? Wieso hat er sie denn sonst erschaffen, wenn nicht, um sie zu zeigen?“

„Es könnte etwas damit zu tun haben, dass er ein absoluter Perfektionist war. Wenn ein Gemälde nicht seinen Ansprüchen genügte, wollte er es auch nicht ausstellen.“

„Okay, aber dann hätte er es auch nicht seinem Sohn zur Aufbewahrung übergeben müssen, oder? Für mich klingt das so, als wollte er es aus einem anderen Grund verstecken. Aber aus welchem?“ Seine Gedanken kreisten um das Puzzle, das so allmählich in seinem Kopf Gestalt annahm. „Welches Motiv hatte das Bild? Und hat er es tatsächlich selbst gemalt?“

„Wie bitte? Du glaubst doch nicht etwa, er hat es gestohlen?“ Ihre Augen wurden kreisrund vor Schock. „Dein Urgroßvater war kein Dieb.“

„Ich ziehe nur sämtliche Möglichkeiten in Betracht. Tomas wusste anscheinend, dass jemand hinter dem Gemälde oder sogar beiden Gemälden her war. Deshalb bat er Großvater, sie für ihn an einem sicheren Ort zu deponieren. Kurz darauf stirbt er bei einem Brand, der sein komplettes Atelier zerstört. Irgendwie zu viele Zufälle, findest du nicht auch?“

Sie warf ihm einen erschrockenen Blick zu. „Wenn man es auf die Art zusammenfasst, dann schon. Ich allerdings habe es nicht so gesehen. Das Feuer war ein Unfall, eine Tragödie, aber kein Rätsel.“

„Womöglich war es aber kein Unfall. Jemand könnte das Feuer absichtlich gelegt haben, um Tomas und seine Arbeiten zu vernichten. Und Lucinda war einfach zur falschen Zeit am falschen Ort. Oder sie besaß ebenfalls etwas, auf das es diese Person abgesehen hatte, denn ihr Gemälde wurde ja auch gestohlen."

„Sie hat es aber nie versteckt. Es war nicht einmal gerahmt und lag einfach lose irgendwo zwischen Sylvies Sachen."

„Was es schwierig gemacht hätte, es zu finden. In eure beiden Häuser wurde eingebrochen. Ich kann nicht glauben, dass Grandpa das nicht merkwürdig fand, nachdem er seinen Vater durch ein Feuer verlor."

„Marcus war verzweifelt, als Tomas starb und konnte keinen klaren Gedanken fassen."

„Ich wünschte, ich hätte das Gemälde sehen können", murmelte Nick.

„Ein Foto kann ich dir zeigen", sagte Anna und griff nach ihrem Handy. „Ich habe im Museum diverse Bilder geschossen." Sie öffnete ihre Galerie und reichte ihm ihr Telefon. „Das erste ist Tomas' Werk, das zweite das von Lucinda."

Nick vergrößerte die Aufnahme, um mehr erkennen zu können. Leider hatte er sich nie sonderlich für Kunst interessiert und wusste nur wenig darüber. Tomas' Gemälde war das leuchtende Farbenspiel eines blätterreichen Baumes mit einem Vogel, der sich gerade ein Nest baute. Den Hintergrund dominierten Rosa-, Violett- und Orangetöne, die einen Sonnenuntergang darstellten.

„Natürlich sieht es in natura viel besser aus", sagte seine Großmutter. „Es sind die Pinselstriche, die die Szene lebendig werden lassen."

Er nickte nur und wandte sich Lucindas Bild zu. Sie hatte als Motiv eine Treppe gewählt, die nach oben führte und dann nach rechts abbog, jede Stufe eine Mischung aus verwitterten Brauntönen. Ein heller Fleck in der oberen rechten Ecke tauchte sie in ein beinahe gespenstisches Licht. Der Rest des Gemäldes wurde von düsterer Schwärze verschluckt. „Das wirkt ziemlich trostlos.“

„Stimmt, aber beide sind genial, findest du nicht auch?“

„Ganz ehrlich, Nonna, ich habe nicht die geringste Ahnung von Malerei.“ Er scrollte zum nächsten Foto, das wesentlich farbenfroher war und eine Karnevalsszene in einem Park zeigte. „Und was ist das für ein Bild?“

Anna beugte sich vor, um einen Blick darauf zu werfen. „Das hat eine Frau namens Lisette gemalt.“

„Es ist viel lebendiger als die beiden anderen, findest du nicht auch?“

„Schon, aber das Museum hat kein bestimmtes Thema vorgeschrieben. Die einzige Anforderung war, dass jeder der Künstler in Rom geboren sein musste.“

„Haben die Diebe nicht noch ein Werk mitgehen lassen? Hast du davon auch ein Foto?“

„Ja, von allen zwölf, die ausgestellt waren. Scroll einfach weiter. Es sollte gleich kommen. Fredericos Gemälde zeigt geometrische, farbige Motive und gemusterte Fliesen.“

Nick blätterte weiter, bis er darauf stieß. Wie sie es beschrieben hatte, bestand Fredericos Gemälde aus einer Kombination von Formen und Farben, die für ihn keinen Sinn ergaben. Es könnte sich um Boden- oder Deckenfliesen oder einfach nur um Figuren handeln, aber wie schon bei den beiden anderen Bildern waren auch hier die Ränder unscharf. Jedenfalls hatte er keine Ahnung, ob es gut war oder nicht, aber womöglich jemand anderes. „Darf ich mir die Fotos auf mein Handy weiterschicken?“

„Aber natürlich.“

Also drückte er auf Senden und speicherte sie in einem entsprechenden Ordner ab, um diesen bei Bedarf an einen Experten weiterleiten zu können. Dann gab er Anna ihr Telefon zurück.

„Trotz allem war es eine schöne Ausstellung“, sagte sie, als sie ihr Handy auf den Tresen legte. „Sämtliche Bilder kamen gut an, obwohl die Künstler durchweg unbekannt waren."

„Das glaube ich dir gerne, allerdings scheint die Liebe zur Kunst meine Generation übersprungen zu haben."

„Die deines Vaters ebenso. Allerdings hat James sie durch die zur Musik ersetzt, womit er ebenfalls einen Beitrag zur Weltkultur leistet, nur eben in anderer Form."

Aufgrund ihrer Worte fragte Nick sich, was wohl der seine sein mochte. Vielleicht der, dass er die Welt etwas sicherer machte.

„Bitte versteh mich nicht falsch, deine Arbeit ist auch wichtig", sagte Anna beschwichtigend, die von jeher in der Lage zu sein schien, seine Gedanken zu lesen.

„Ja, ich weiß."

„Das hoffe ich doch."

Angesichts des vielsagenden Blickes, mit dem sie ihn bedachte, räusperte er sich und wechselte das Thema. „Ich würde sehr gerne Tomas' Briefe sehen."

„Natürlich. Wir gehen morgen gemeinsam zur Bank. Allerdings weiß ich nicht, ob sie sonderlich hilfreich sein werden. Die Frau wird nicht namentlich erwähnt, und wahrscheinlich ist auch sie längst nicht mehr am Leben. Tomas wäre ja mittlerweile ebenfalls weit über hundert."

„Vielleicht war sie um einiges jünger als er."

„Das könnte natürlich sein." Sie legte den Löffel nieder und lenkte nun ihrerseits das Gespräch in eine andere Richtung: „Also, wegen Isabella ..."

Nick hob abwehrend die Hände. „Darauf möchte ich nicht weiter eingehen."

„Du hast mir aber nie erzählt, was an diesem Abend vorgefallen ist, und laut Gloria war Isabella ebenfalls sehr vage. Aber man kann die Spannung zwischen euch beiden förmlich mit Händen greifen."

„Wir hatten nicht unbedingt das, was man als Dreamdate

bezeichnen könnte. Ich habe mich nicht gerade von meiner besten Seite gezeigt, sie aber ebenso wenig."

„Und das bedeutet was?"

„In erster Linie bedeutet es, dass du es bitte gut sein lassen solltest, Nonna. Wir sind hier, um Gloria und dir zu helfen. Konzentrieren wir uns einfach auf die aktuellen Ereignisse."

Seine Großmutter nickte zögerlich. „Also gut. Ich werde keine weiteren Fragen darüber stellen. Dennoch finde ich, Isabella ist eine reizende Frau, und vielleicht solltest du ihr eine zweite Chance geben."

„Selbst, wenn ich das wollte, würde sie sie nicht annehmen. Nun dann ... Was kann ich tun, um dir beim Kochen zu helfen?"

„Kann ich dir irgendwie helfen, Schatz?", fragte Gloria.

„Danke, aber ich bin so gut wie fertig, da ich nur wenige Sachen mitgebracht habe", antwortete Isabella, als sie ihre Kleider im Schrank aufhängte, während ihre Großmutter auf dem Einzelbett in dem sehr kleinen Zimmer Platz nahm, das offenbar normalerweise als eine Art Rumpelkammer diente. In einer Ecke stand eine Nähmaschine, daneben stapelten sich Stoffe, und ein Korb quoll über von Garn und ein paar angefangenen, aber noch nicht fertiggestellten Strickarbeiten. Außerdem gab es noch einen Liegesessel am Fenster, von dem aus man einen atemberaubenden Blick auf den Fluss hatte. Das war schon mal ein Pluspunkt. Auch mit dem Bett konnte sie leben, zumal sie ohnehin nicht vorhatte, sich länger als nötig hier aufzuhalten.

„Ich hoffe, du wirst es bequem haben", sagte ihre Großmutter. „Die Matratze macht mir allerdings einen recht harten Eindruck. Möchtest du vielleicht lieber mein Zimmer nehmen?"

Gloria war schon immer großzügig gewesen, eine Eigenschaft, die niemand sonst in der Familie geerbt zu haben schien, sie selbst eingeschlossen. „Keine Sorge, ich komme zurecht."

„Ich weiß es wirklich zu schätzen, dass du hergeflogen bist, Kind, aber das hättest du nicht tun müssen.“

„Ich wollte es aber ... musste es einfach“, ergänzte sie, als sie den Blick ihrer Großmutter erwiderte. „Du hast damals auch keine Sekunde gezögert und bist zu mir in die Staaten geflogen.“

„Das war doch eine völlig andere Situation. Du warst sechzehn Jahre alt und deine Mutter wurde gerade verhaftet.“

„Und du bist jetzt einundachtzig und warst Zeugin eines brutalen Raubüberfalls. Die Umstände sind nicht viel besser.“

„Ich muss gestehen, nach dem Vorfall war ich tatsächlich ziemlich durcheinander, aber jetzt geht es mir schon wieder gut. Ich habe mich im Griff.“

Sie wusste, dass ihre Großmutter das nur zu gerne glauben wollte, aber ihr gebrechliches Aussehen und das leichte Zittern ihrer Hände sagten etwas anderes. Blieb zu hoffen, dass es wirklich nur die Nerven waren und nicht der Beginn einer schlimmeren Krankheit. „Du musst all das nicht allein durchstehen.

„Ich bin nicht allein. Anna ist doch hier.“

Fast war Isabella ein wenig neidisch auf die langjährige enge Beziehung der beiden Frauen. Solch eine Freundin, die alles über sie wusste und umgekehrt, war ihr nie vergönnt gewesen. Aber das lag zum Großteil an ihr selbst. Wenn Menschen sich ihr gegenüber öffneten, zog sie sich stets zurück, weil sie wusste, dass sie ihrerseits dazu nicht bereit war.

„Anna ist großartig, aber trotzdem möchte ich helfen.“

„Aber sollte ich in Gefahr sein, bist du es aufgrund deiner Anwesenheit ebenfalls, und das macht mir Angst.“

„Ich glaube nicht, dass dir Gefahr droht, aber wir müssen unbedingt mehr über Lucindas Gemälde herausfinden. Wo ist dieses von dir erwähnte Skizzenbuch?“

„Auf dem Dachboden. Leider ist die Beleuchtung dort oben nicht gerade gut, sodass ich es jetzt, wo es bereits dämmrig wird, nicht finden würde. Ich hole es gleich als Erstes morgen früh herunter. Außerdem bist du bestimmt müde von der Reise und der Zeitverschiebung.“

„Ein wenig“, gab sie zu und ließ sich auf der Chaiselongue nieder. „Aber nach einer vernünftigen Mahlzeit bin ich bestimmt wieder fit und einsatzfähig.“

„Du hast dich kein bisschen verändert“, stellte ihre Großmutter lächelnd fest, wurde jedoch gleich darauf ernst. „Wir sollten über deine Mutter reden und darüber, warum ihr kaum noch Kontakt habt.“

„Haben wir doch. Wir schreiben uns gelegentlich Nachrichten. Es ist nicht anders als in den letzten Jahren.“

„Sie sagte mir, du hättest weder reagiert, als sie dir von ihrem Umzug nach Florenz erzählte, noch, als sie dir Fotos von ihrem neuen Haus schickte und erwähnte, wie sehr sie sich freue, alte Freunde wiederzusehen.“

„Damit waren mit Sicherheit *männliche* Freunde gemeint. Ich habe einfach keine Lust mehr, mir ihre Männergeschichten anzuhören. Die Typen entpuppen sich stets als Verlierer, und meine Ratschläge ignoriert sie sowieso.“ Sie hielt kurz inne. „Obwohl ... Jetzt, wo ich Stefano kennengelernt habe, vermute ich, dass sich diese Bemerkung auf ihn bezog.“

„Ich denke aber nicht, dass Sylvie etwas Ernstes mit ihm im Sinn hat. Sie wollen sich lediglich über die alten Zeiten austauschen. Und das würde ihr wahrscheinlich guttun. Ihr Leben geriet völlig aus den Fugen, als sie in die Staaten ging. Vielleicht kann sie es zurückgewinnen.“

„Das bezweifle ich. Sie trifft schreckliche Entscheidungen, Grandma, und lässt sich von niemandem etwas sagen. Wenn sie etwas oder jemanden will, ist sie felsenfest davon überzeugt, dass das die beste Idee der Welt ist. Ich kann und will mich nicht länger in ihr verkorkstes Leben hineinziehen lassen. Das packe ich nicht mehr. Tut mir leid, wenn du mich jetzt für hart und grausam hältst, aber so ist es nun mal.“

„Ich verstehe dich durchaus, dennoch habe ich die Hoffnung noch nicht aufgegeben, dass sich zwischen euch eines Tages alles zum Guten wendet.“

„Hast du ihr von dem Überfall erzählt?“

„Nein. Sie ist gerade dabei, sich wiederzufinden, da wollte ich sie nicht auch noch mit dieser Sache belasten, ihr nicht das Gefühl geben, sie müsse hierher kommen und mir beistehen. Und das wollte ich auch in deinem Fall nicht."

„Trotzdem bin ich froh, hier zu sein, und du kannst immer auf mich zählen, wenn du jemanden brauchst."

„Du bist so ein liebes Kind, Isabella. Schade, dass du kaum jemanden diese Seite von dir sehen lässt."

„Lieb ist nicht gerade ein Attribut, mit dem sich eine hart gesottene Journalistin gerne schmückt."

„Du bist viel mehr als nur das, von daher möchte ich dich noch etwas zu Nick fragen, bevor wir wieder nach unten gehen."

„Und das wäre?", fragte sie misstrauisch.

„Du hast mir nie erzählt, was an dem Abend eures Treffens vorgefallen ist. Deine Erklärung klang ziemlich rätselhaft, und du schienst genervt zu sein."

„Nick und ich haben uns nicht gut verstanden, die Sache ist abgehakt. Es geht uns beiden gut damit."

„Da hatte ich bei seiner Ankunft aber einen ganz anderen Eindruck. Ihr habt beide ziemlich gestresst gewirkt. Ich kann auch überhaupt nicht nachvollziehen, warum du ihn nicht magst. Er ist so ein netter Mann."

„Der Zeitpunkt für ein Kennenlernen war denkbar schlecht." So gerne sie ihrer Großmutter sein idiotisches Verhalten auch in allen Details geschildert hätte, war ihr klar, dass sie sich dadurch nur wieder schlecht fühlen würde. „Mach dir keine Sorgen, Grandma."

„Ich bin nicht besorgt, lediglich enttäuscht, hatte ich doch so sehr gehofft, ihr würdet Gefallen aneinander finden. Aber wer weiß ... Vielleicht lernst du ihn jetzt ja besser kennen und änderst deine Meinung noch."

„Du hast im Moment schon genug um die Ohren, da musst du nicht auch noch die Kupplerin spielen."

„Ich wünsche mir eben nichts sehnlicher, als dass du die wahre Liebe findest, mein Schatz. Leider hattest du in deiner

Jugend keine guten Vorbilder, aber der richtige Partner ist etwas Wunderbares."

Isabella musste sich auf die Zunge beißen, um nichts darauf zu entgegnen, denn sie glaubte nicht, dass Gloria den richtigen Partner gefunden hatte, auch wenn sie ihr Leben lang mit ihm zusammengeblieben war. Doch es war sinnlos, diese Geschichte erneut auszugraben. „Gib mir einfach ein wenig Zeit, das selbst herauszufinden, okay? Aktuell bin ich mehr an Lucindas Liebesleben interessiert."

Ihre Großmutter bedachte sie mit einem strengen Blick. „Du verrennst dich da in etwas. Ich habe dir doch schon gesagt, dass sie und Tomas keine Affäre hatten."

„Aber wenn sie bei ihm übernachtet hat, während ihr Mann verreist war, muss das doch für Klatsch und Tratsch gesorgt haben. Ich kann nicht glauben, dass sich niemand das Maul darüber zerrissen hat. Und Großvater ... Er war solch ein Moralapostel. Wenn ich bedenke, wie er Mom behandelt hat, als sie unverheiratet schwanger wurde ... Aber das Verhalten seiner Mutter hat er einfach so hingenommen?"

„Natürlich war Paolo besorgt, dass sie damit ihrem Ruf schaden könnte und hat sie auch darauf angesprochen. Sie jedoch versicherte ihm, dass Tomas und sie lediglich Freunde seien, Künstler mit gemeinsamen Interessen, und sie sich nichts zu Schulden hatte kommen lassen. Zudem war sie auch nicht wirklich an seiner Meinung interessiert. Lucinda hatte ihren eigenen Kopf. Soweit ich weiß, hat Paolo sich sogar an seinen Vater gewandt, mit der Bitte, diesem Treiben ein Ende zu setzen. Aber Eduardo war immer viel zu sehr auf seine Arbeit fixiert, und solange Lucinda glücklich war und ihn in Ruhe ließ, schien er sich nicht weiter an der Beziehung der beiden zu stören."

„Hast du sie je darauf angesprochen?"

„O nein. Ich wollte mich da nicht einmischen, sondern habe nur versucht, ihr eine gute Schwiegertochter zu sein."

Fast war Isabella versucht zu sagen, dass ihre Großmutter das vielleicht ab und zu einmal hätte tun sollen, verkniff sich diese

Worte aber im letzten Moment. Immerhin war Gloria ihr zu Hilfe geeilt, als sie sie am meisten brauchte. Es stand ihr nicht zu, sie zu verurteilen.

„Wie auch immer, Lucinda und Tomas weilen schon lange nicht mehr unter uns“, fuhr die alte Dame fort. „Es spielt keine Rolle mehr, was zwischen den beiden war oder nicht war.“

„Das sehe ich anders. Ihre Geschichte könnte durchaus Auswirkungen auf das aktuelle Geschehen haben. Sie starben zusammen bei einem Brand, und ihre Gemälde wurden zur gleichen Zeit gestohlen. Das kann kein Zufall sein. Wir müssen versuchen, alles über die beiden und ihre Beziehung herauszufinden.“

„Ich weiß nicht, Isabella. Ich will das Vermächtnis unserer Fammilie nicht zerstören, sondern schützen. Als ich Paolo heiratete, nahmen mich die Rossis mit offenen Armen auf. Lucinda behandelte mich wie ihre eigene Tochter und ich liebte sie. Sie war die Künstlerin, die ich immer sein wollte, und lebte ihren Traum. Ich hingegen gab den meinen auf. Versteh mich bitte nicht falsch ... Ich bedauere nichts, denn ich bekam stattdessen einen wundervollen Ehemann, eine Tochter und eine bezaubernde Enkelin. Aber ich habe sie immer bewundert und möchte keinesfalls ihren Ruf beflecken. Ich weiß, dass du mit der Familie nichts am Hut hast, aber ich habe noch eine Schwägerin, einen Schwager, Nichten, Neffen und diverse Großnichten und Großneffen. Sie würden nicht wollen, dass ich Lucindas Andenken schädige.“

Die Erwähnung all dieser Angehörigen, die nie Teil ihres Lebens gewesen waren, rief eine gewisse Verbitterung in Isabella hervor. Gleichzeitig fragte sie sich, wo denn alle waren. Warum war keiner von ihnen hergekommen, um sich davon zu überzeugen, dass es ihrer Großmutter gut ging? „Hast du mit irgendeinem von ihnen über den Überfall gesprochen?“

„Ja, gestern, mit Victor, meinem Neffen. Seine Eltern sind krank, und er wollte sie mit dieser Nachricht nicht beunruhigen, obwohl er sich natürlich große Sorgen um mich macht. Aktuell hält er sich noch in Paris auf, kommt aber morgen zurück und schaut dann mit seiner Tochter Joelle direkt vorbei. Joelle ist deine Cousine zweiten Grades, Schmuckdesignerin und sehr kreativ. Als ich sie an Weihnachten sah, fragte sie mich nach Lucindas Arbeiten und wollte wissen, ob ich noch irgendwo etwas von ihr aufbewahrt hatte. So kam ich eigentlich erst auf die Idee, die Sachen durchzusehen, die ich aus meiner Wohnung mitgebracht und auf dem Dachboden verstaut hatte."

„Hast du ihr gesagt, dass du das Gemälde gefunden hast?"

„Ich schickte ihr letzte Woche eine Nachricht, aber da war sie bereits mit ihrem Vater verreist. Vor ein paar Tagen rief sie mich dann an und sagte, sie könne kaum erwarten, es nach ihrer Rückkehr zu sehen."

„Also wusste sie, dass du vorhattest, es dem Museum für die Ausstellung zu überlassen?"

„Ja, und Victor ebenfalls. Beide waren begeistert von der Idee und hielten die Vernissage für die perfekte Hommage an Lucindas Talent. Und jetzt, wo das Bild weg ist, fühle ich mich noch schlechter, weil Joelle es nun vielleicht nie mehr zu Gesicht bekommt."

Bisher hatte Isabella sich nie für irgendjemanden aus dieser Großfamilie interessiert und auch kein Bedürfnis verspürt, einen von ihnen kennenzulernen. War es Zufall, dass Joelle sich plötzlich nach Lucindas Arbeiten erkundigt hatte? Möglich, aber immerhin war sie ebenfalls Künstlerin und vielleicht einfach nur auf der Suche nach Inspiration.

„Wir sollten allmählich wieder nach unten gehen", sagte ihre Großmutter und erhob sich. „Das Abendessen ist bestimmt gleich fertig. Anna bereitet ein Festmahl vor, von daher hoffe ich, du bist hungrig."

„Und wie", erwiderte sie. Aber als sie die Treppe hinuntergingen, stand ihr der Sinn eher nach Informationen als nach Essen.

Sie war nach Rom gekommen, weil sie dachte, ihre Grandma sei zufälligerweise in einen Raubüberfall verwickelt worden, doch so allmählich traten immer mehr persönliche Aspekte in den Vordergrund. Und das fühlte sich seltsam an. Eigentlich hatte sie die Familie Rossi von Kindheit an gehasst, weil sie weder ihre Mutter noch sie zu akzeptieren schienen. Jetzt jedoch brannte sie darauf, mehr über jeden einzelnen von ihnen zu erfahren.

KAPITEL FÜNF

Nach einem köstlichen, jedoch opulenten Abendessen hatte Nick zwölf Stunden durchgeschlafen und fühlte sich am Freitagmorgen deutlich besser. Diese Ruhepause war dringend nötig gewesen, und nun konnte er sich mit neuer Energie der anstehenden Aufgabe widmen.

Nach einer langen, heißen Dusche schlüpfte er in dunkle Jeans und ein blaues Poloshirt und ging hinunter in die Küche. Sie war leer, aber auf dem Tisch standen bereits eine Kanne Kaffee und ein Teller mit Croissants. Also nahm er Platz und bediente sich.

Während er aß, überprüfte er den Posteingang auf seinem Handy und entdeckte eine Nachricht von Flynn. Dieser riet ihm, Francesca Ribaldi zu kontaktieren, eine in Rom ansässige Kunsthistorikerin, mit der er vor Jahren bei einem Kunstdelikt zusammengearbeitet hatte. Möglicherweise konnte sie den Wert der Gemälde ermitteln und herausfinden, warum sie gestohlen wurden.

Sofort tippte er die Nummer ein, die Flynn ihm gegeben hatte, aber nach mehrmaligem Klingeln ging nur die Mailbox ran. Er hinterließ eine kurze Nachricht mit dem Namen seines

Chefs und bat um dringenden Rückruf. Kaum, dass er aufgelegt hatte, betrat Isabella die Küche.

Auch sie sah deutlich erholter aus als am Vortag. Das dunkle Haar fiel ihr in losen Wellen über die Schultern, ihre braunen Augen funkelten hellwach, und ihre Haut strahlte geradezu. Sie trug Jeans und einen cremefarbenen Pullover über einem weißen Tanktop. Als sie ihn am Tisch sitzend entdeckte, zögerte sie kurz, kam dann jedoch auf ihn zu. In der einen Hand hielt sie einen übergroßen Zeichenblock.

„Was hast du denn da?", fragte Nick interessiert.

„Lucindas Skizzenbuch. Meine Großmutter hat es vor ein paar Minuten vom Dachboden geholt." Sie schlug die erste Seite auf, und er sah eine ziemlich detaillierte Bleistiftskizze.

„Für eine grobe erste Zeichnung sieht das schon sehr gelungen aus", sagte er.

„Allerdings. Eigentlich perfekt", murmelte sie, während sie sie studierte. „Und irgendwie kommt mir die Szene vage bekannt vor, als ob ich sie schon einmal gesehen hätte, aber ich weiß nicht mehr, wo." Sie blätterte um und betrachtete die nächste Skizze. „Das scheint mir eher ein Rohentwurf zu sein." Sie zeigte die schemenhaften Umrisse eines Gesichts.

Während Isabella Seite um Seite eingehend betrachtete, nippte Nick an seinem Kaffee und fragte sich, inwieweit dieses Buch ihnen weiterhelfen sollte. Es enthielt keine fertigen Gemälde und war von daher nicht sonderlich wertvoll. Und sie wussten ja bereits, dass Lucinda Malerin gewesen war. Vielleicht war Isabella nur aufgrund der familiären Bindung daran interessiert.

„Weißt du viel über deine Urgroßmutter?", erkundigte er sich.

„Nein."

„Haben weder deine Mom noch deine Großmutter dir je etwas über sie erzählt?"

„Meine Mutter sagte einmal, Lucinda hätte sie dazu inspiriert, ebenfalls Künstlerin zu werden, aber sie wurde erst nach deren Tod geboren und hat sie von daher nie persönlich kennengelernt. Keine Ahnung, wie oder wann sie ihr Skizzenbuch in die Finger bekam. Wahrscheinlich hat sie es, ebenso wie die lose Leinwand, irgendwann in jungen Jahren auf dem Dachboden entdeckt. Da sie schon immer sehr gerne zeichnete, hat Großmutter sie offensichtlich ermutigt, Lucindas Werke zu studieren, zumindest das Wenige, was davon übrig war."

Nick hatte Sylvie nie persönlich getroffen, aber laut seiner Nonna waren diese und ihr Mann wegen Betrügereien in Schwierigkeiten geraten und sogar im Gefängnis gelandet. Er hatte nie nach den genauen Einzelheiten gefragt, aber jetzt, wo er Isabella kannte, war er doch neugierig geworden.

„Deine Mutter war eine Zeit lang in Haft, oder?", fragte er.

Sie versteifte sich. „Du weißt doch wohl, dass die Antwort darauf Ja lautet."

„Das schon, aber nichts über die Hintergründe. Was hat sie sich zuschulden kommen lassen? Wie lange war sie in Haft? Und wie alt warst du damals?"

Isabella warf ihm einen irritierten Blick zu, und er dachte erst, sie würde sich erneut weigern, darauf zu antworten. Dann jedoch sagte sie: „Ich war sechzehn, als sie verurteilt wurde, und sie saß etwas mehr als zwei Jahre ein. Die Anklage war Teil einer langen, komplizierten Geschichte."

„Wo bist du in dieser Zeit geblieben? Bist du zu deinem leiblichen Vater gezogen?"

„Den gab es in meinem Leben nie, und mein Stiefvater wanderte gemeinsam mit ihr ins Gefängnis. Ich wäre in einer Pflegefamilie gelandet, wenn Grandma nicht gekommen wäre. Unser Haus wurde von der Bank gepfändet, aber sie mietete eine Wohnung in meinem Viertel, sodass ich weiterhin auf meine Schule gehen und das Jahr dort beenden konnte. Während der Ferien holte sie mich dann zu sich nach Rom, wo ich meinen Großvater ertragen musste, der mich hier eigentlich überhaupt nicht haben wollte, erinnerte ich ihn doch stets an den sündigen Lebenswandel seiner Tochter." In ihrer Stimme schwang ein bitterer Unterton mit.

„Das ist echt scheiße. Für mich stellten die Sommer bei meinen Großeltern immer eine wundervolle und willkommene Abwechslung zum Leben mit meinen Eltern dar."

„Tja, ich konnte es kaum erwarten, wieder von hier wegzukommen. Im Herbst ging Großmutter dann mit mir zurück nach Chicago und blieb bei mir, bis ich meinen Abschluss gemacht hatte. Sie tat das gegen Paolos Willen. Es war eines der wenigen Male, dass sie ihm die Stirn bot." Sie hielt inne, und ihre braunen Augen funkelten nachdenklich. „Sie hat mich gerettet, und dafür kann ich ihr nicht genug danken. Wer weiß, was aus mir geworden wäre, wenn sie sich nicht bereit erklärt hätte, bei mir zu bleiben."

„Was hast du nach der Highschool gemacht?"

„Ich ging nach New York aufs College, und sie kehrte nach Italien zurück. Zwei Monate später starb Paolo und sie machte sich große Vorwürfe, weil sie nicht da gewesen war, als er krank wurde, obwohl er ihr eh nichts über seine gesundheitlichen Probleme erzählt hätte. Er war ein stolzer, arroganter Mann. Nachdem sie ihre Entscheidung getroffen hatte, bei mir zu bleiben, war sie für ihn Luft."

Nick konnte sich diese Reaktion lebhaft vorstellen, auch wenn er nie wirklich etwas mit Paolo zu tun gehabt hatte, außer vielleicht ab und an bei einem gemeinsamen Abendessen. „Ja, er kam immer sehr kalt und distanziert rüber. Ich kann mich nicht erinnern, ihn jemals lächeln gesehen zu haben. Was für ein Kontrast zu deiner liebenswerten Großmutter."

„Allerdings. Ich kann nicht nachvollziehen, wieso die beiden eine Beziehung eingegangen und so lange zusammengeblieben sind, außer, dass Grandma schon immer sehr religiös war und ihr Gelübde ernst nahm. Für sie war die Ehe ein Versprechen auf Lebenszeit, und damit hat sie sich ihres wahrscheinlich ruiniert. Aber das würde sie natürlich nie zugeben."

Obwohl Isabella harsch und kühl klang, konnte Nick die Emotionen in ihren Augen sehen. Kein Wunder, dass sie nach allem, was ihr als Teenager widerfahren war, eine solche Schutzmauer um sich herum errichtet hatte. Diese war nötig gewesen, um zu überleben, und Mitgefühl übermannte ihn. „Es tut mir leid, dass du all das durchmachen musstest."

„Mir auch. Aber das ist Vergangenheit, erledigt und vergessen."

Das wagte er zu bezweifeln. „Stehst du deiner Mutter jetzt nahe?"

„Überhaupt nicht. Als sie aus dem Gefängnis entlassen wurde, lebte ich in New York und sie in Chicago. Manchmal besuchte ich sie während der Schulferien, aber eigentlich war ich so wütend auf sie, dass ich den Kontakt gar nicht zulassen wollte. Als ich älter wurde, fasste ich kurzzeitig den Vorsatz, unsere Beziehung zu kitten. Dann jedoch ließ sie sich auf einen anderen Mann ein, und ich sah endgültig keinen Sinn mehr darin. Ab und zu schicke ich ihr mal eine Nachricht, aber das war's auch schon. Meine Gefühle ihr gegenüber sind sehr zwiegespalten – ich liebe und hasse sie gleichzeitig." Sie biss sich auf die Unterlippe. „Das sollte ich besser nicht laut sagen. Grandma wäre sehr traurig, wenn sie das hören würde."

„Sie ist aber nicht hier, und ich weiß Ehrlichkeit zu schätzen."

Sie bedachte ihn mit einem skeptischen Blick. „Ein Typ, der Tag für Tag vorgibt, jemand anderer zu sein, legt Wert auf Ehrlichkeit?"

„Vielleicht genau aus diesem Grund. Für mich ist sie ein seltenes Gut."

„Da magst du recht haben. Die meisten Leute spielen eine Rolle. Ich habe gelernt, nicht alles für bare Münze zu nehmen." Sie räusperte sich. „Apropos Eltern ... Wo stecken eigentlich deine? Warum sind sie nicht hier bei Anna?"

„Sie befinden sich auf einer Konzerttournee. Großmutter sagte mir, sie hätte meinen Vater informiert, aber den interessiert es herzlich wenig, dass das Gemälde verschwunden ist. So ist das mit allem, was nicht mit ihm, meiner Mutter oder der Musik zu tun hat."

„Für mich klingt das so, als ob auch du nicht unbedingt das beste Verhältnis zu ihnen hast", sagte sie, und die Neugier war ihr deutlich anzumerken.

Nick zuckte mit den Schultern. „Sie spielen schon lange keine Rolle mehr in meinem Leben."

„Und warum? Haben sie dich schlecht behandelt?"

„Das nicht, aber ich war ihnen schlichtweg egal. Eigentlich war ich nicht geplant. Die ersten Jahre wurde ich von Kindermädchen großgezogen, und später setzten sie mich regelmäßig im Sommer hier ab, um in Ruhe verreisen zu können. Aber wie schon gesagt, bei meinen Großeltern verbrachte ich meine glücklichsten Tage."

„Was war mit Oma und Opa mütterlicherseits?"

„Die waren geschieden und lebten an verschiedenen Orten, sodass ich sie nur selten zu Gesicht bekam."

„Hmm", murmelte sie und warf ihm einen nachdenklichen Blick zu. „Eigentlich dachte ich ja, wir hätten so gar nichts gemeinsam, außer der Liebe zu unseren Großmüttern, aber da scheint noch so einiges mehr zu sein."

„Du bist sehr schnell darin, ein Urteil zu fällen, Isabella."

„Kann gut sein. Das ist anscheinend ein Wesenszug, den mir mein lieber Großvater vererbt hat, und darüber bin ich alles andere als glücklich."

Er grinste. „Zudem vermutest du immer das Schlimmste in einem Menschen."

„Auch damit hast du recht, aber so werde ich wenigstens nicht verletzt. Und wie steht es mit dir?"

„Diese Frage kann ich dir gar nicht wirklich beantworten."

Erneut machte es *Klick* zwischen ihnen. Da war dieses natürliche Verständnis, eine seltsame Verbindung, die Nick einen prickelnden Schauer über den Rücken jagte. Isabella schien sie ebenfalls zu spüren, denn sie versteifte sich und wandte sich wieder dem Skizzenbuch zu. Und er konnte nicht anders, als sie zu beobachten. Sie war wahrhaft eine der schönsten Frauen, denen er je begegnet war, allerdings eine mit vielen Ecken und Kanten, einer aggressiven Abwehrhaltung und jeder Menge Ballast. Jetzt jedoch, da er mehr über sie wusste, konnte er besser verstehen, warum sie stets das Gefühl hatte, sich verteidigen zu müssen und nur ungern die Kontrolle abgab.

„Das ist ja seltsam“, sagte sie plötzlich und riss ihn aus seinen Gedanken.

„Was denn?“

„Auf dieser Zeichnung ist eine Zahl, versteckt in einem Kratzer auf dem Holz.“ Sie drehte die Skizze herum, damit er sie besser sehen konnte. „Es scheint eine Zwei zu sein. Was sie wohl zu bedeuten hat?“

„Die wäre mir gar nicht aufgefallen, wenn du mich nicht darauf hingewiesen hättest.“

„Dieser scharfe Blick ist eines der wenigen positiven Dinge, die ich meiner Mom zu verdanken habe. Sie hat mich immer gedrängt, mir Kunstwerke ganz genau anzuschauen, weil Künstler anscheinend dazu tendieren, in ihren Werken Hinweise einzubauen, die man ansonsten nicht bemerken würde.“

„Und die Zwei könnte so ein verdeckter Hinweis sein?“

„Wer weiß“, murmelte sie, gerade als ihre Großmütter die Küche betraten.

„Worüber sprecht ihr?“, fragte Gloria.

„Ich habe mir gerade diese Skizze angesehen und auf dem Stück Holz die Zahl Zwei entdeckt. So wie sie eingefügt wurde, ist sie allerdings kaum zu erkennen.“

Anna und Gloria warfen ebenfalls einen Blick auf die Zeichnung. „Für mich sieht das aus wie eine Stufe“, sagte Gloria. „Vielleicht war diese Skizze die Vorlage für das gestohlene Gemälde mit der Treppe.“

„Ich sehe auch ganz deutlich eine Ziffer“, sagte Anna. „Das ist ja merkwürdig. Ich bin mir ziemlich sicher, dass sie auf dem endgültigen Bild fehlt.“

Nick zog sein Handy heraus und vergrößerte das fragliche

Foto. „Stimmt, hierauf kann ich sie nicht finden, aber es ist auch schwierig, jedes Detail zu erkennen."

„Wahrscheinlich hat sie auf dem Entwurf nur etwas herumexperimentiert", seufzte Isabella. „Ich dachte einfach, ich wäre auf einen Hinweis gestoßen."

Hinweise zu finden, schien ihr vorrangiges Ziel zu sein, aber mit ihren Bemühungen, ein altes Skizzenbuch zu entziffern, verschwendete sie nur wertvolle Zeit. Nick beschloss, das Ruder zu übernehmen. „Wir sollten uns auf den eigentlichen Raub konzentrieren. Ich muss unbedingt mit Kommissar Lavezzo sprechen. Hat er dir seine Nummer gegeben, Nonna?"

„Ja, das hat er", bestätigte Anna. „Ich habe sie in meiner Tasche aufbewahrt. Einen Moment, ich gehe sie holen."

Er trank seinen Kaffee aus und wartete auf ihre Rückkehr, während Isabella und Gloria weiter Lucindas Skizzen studierten. Nur Augenblicke später war seine Großmutter zurück und reichte ihm eine Visitenkarte.

Er griff erneut nach seinem Telefon und wählte die darauf vermerkte Nummer. Als eine Frau sich meldete, bat er, mit dem Capitano verbunden zu werden. Sie antwortete, er sei im Moment nicht zu sprechen, aber sie könne gerne eine Nachricht aufnehmen.

„Ich bin Nick Caruso, Anna Carusos Enkel", informierte er sie. „Anna war eine der Zeuginnen des Überfalls auf das Museo dei Capolavori Romani. Ich würde gerne mit ihm über den Stand der Ermittlungen sprechen und kann dazu auch jederzeit in seinem Büro vorbeikommen. Da ich nicht nur der Enkelsohn bin, sondern zudem auch FBI-Agent, verfüge ich möglicherweise über zusätzliche Ressourcen, die hilfreich für ihn sein könnten."

„*Un momento*", erwiderte sie und legte ihn in die Warteschleife, kam aber kurz danach wieder an den Apparat. „Er könnte sich heute Mittag mit Ihnen treffen. Würde Ihnen das passen?"

„Perfekt, danke." Er notierte sich die Adresse, die sie ihm nannte, und beendete das Gespräch. Seine Großmutter warf ihm einen fragenden Blick zu. „Kommissar Lavezzo hat ein Treffen um zwölf Uhr angeboten." Ein Blick auf seine Armbanduhr verriet ihm, dass es erst kurz nach zehn war. Ihnen blieb also noch etwas Zeit. „Vielleicht könnten wir direkt zur Bank gehen und vor meinem Termin schon mal die Briefe und sämtliche anderen Dinge aus dem Tresor holen?"

„Unserem Termin", verbesserte ihn seine Großmutter. „Ich werde natürlich mitkommen. Immerhin bin ich eine Kronzeugin."

„Das schaffe ich auch allein, Nonna. Du hast ihm ja bereits alles erzählt, was du beobachtet hast. Ich bin mehr daran interessiert zu erfahren, wie sie vorgehen, um die Diebe zu fassen. Und dazu sollte ich professionell auftreten, also ein Gespräch zwischen zwei Beamten der Strafvollzugsbehörden anstreben."

Seine Großmutter wirkte nicht sehr überzeugt. „Ich mache so etwas ständig, Nonna. Das gehört zu meinem Job."

„In Amerika. Aber wir sind hier in Italien", merkte sie an.

„Das ist mir bewusst, und ich werde respektvoll sein. Vertrau mir."

„Das tue ich doch."

„Vielleicht sollte ich mitgehen", schaltete Isabella sich ein. „Um die Interessen meiner Großmutter zu vertreten."

„Wie lieb von dir, Kind", sagte Gloria, „aber Victor und Joelle kommen mittags vorbei und ich möchte unbedingt, dass du sie kennenlernst."

Er war erleichtert, dass Gloria Isabella einen dringenden Grund gegeben hatte, hierzubleiben, da er den Carabinieri-Offizier unbedingt allein treffen wollte.

„In Ordnung", antwortete diese widerwillig.

Nick erhob sich. „Bist du bereit zu gehen, Nonna? Wie weit ist es bis zur Bank? Brauchen wir ein Taxi oder können wir laufen?"

„Es sind schon ein paar Kilometer. Lass uns mein Auto nehmen. Es steht in der Garage."

„Prima. Dann wollen wir mal."

Anna nahm ihre Sachen an sich, und gemeinsam gingen sie zur Hintertür hinaus durch den Garten in die Garage. Der knallgelbe, zweitürige Fiat 500 wies mehrere Dellen an der hinteren Stoßstange auf, und er warf ihr einen schiefen Blick zu. „Was ist denn da passiert?"

„Jemand ist rückwärts in mich hineingefahren. Das war eine sehr beunruhigende Erfahrung, und seitdem lasse ich den Wagen lieber stehen. Es gibt so viele unvorsichtige Fahrer."

Das Funkeln in ihren Augen verriet ihm, dass das nur ein Teil der Geschichte war. Aber da sie sich entschieden hatte, nicht mehr zu fahren, ließ er es dabei bewenden.

Es kostete ihn einiges an Mühe, sich in das winzige Fahrzeug zu quetschen, aber zumindest sprang der Motor an und das war alles, was zählte.

„Wie schön, dass du hier bist und dich um alles kümmerst, Nick", sagte sie, als er aus der Garage fuhr. „Manchmal erinnerst du mich an Marcus. Er war auch stets so fürsorglich. Das vermisse ich sehr." Sie lächelte ihn mit feuchten Augen an. „Aber ich sage mir immer, was ich für ein Glück hatte, ihn über fünfzig Jahre an meiner Seite zu haben. Ich sollte mich nicht beklagen. Er war ein guter Mann."

„Ja, das war er."

„Und Tomas ebenfalls. Ich weiß, du und Isabella denkt, er hatte eine Affäre mit Lucinda, aber ich glaube nicht, dass dem so war. Er war ein sehr tugendhafter Mensch. Zudem bin ich mir sicher, dass der Briefwechsel mit dieser anderen Frau erst nach dem Tod seiner Ehefrau begann. Sie starb ungefähr sechs Jahre vor ihm."

„Steht auf den Briefen ein Datum?"

„So genau habe ich sie mir nicht angesehen, glaube mich aber zu erinnern, einen Tag und einen Monat gelesen zu haben, jedoch keine Jahreszahl."

„Du weißt also nicht, wann sie geschrieben wurden oder wie sie das Feuer in seinem Haus überstehen konnten?"

„Nein, leider nicht", gab sie zu. „Ich wusste nicht einmal von deren Existenz, bis ich das Gemälde abholte. Marcus hat sie mir gegenüber nie erwähnt. Ich wünschte, er wäre jetzt hier, damit ich ihn dazu befragen könnte."

„Ich ebenfalls", stimmte Nick ihr zu.

„Ich will das Bild zurückhaben, möchte aber auf keinen Fall der Familie wehtun, Junge. Ist es falsch, dir die Briefe zu zeigen? Mache ich einen Fehler, indem ich versuche herauszufinden, warum es gestohlen wurde? Was, wenn ..." Sie verstummte.

Er hielt an einer Ampel an und warf ihr einen prüfenden Blick zu. „Wenn ...?"

„Was, wenn Tomas etwas Schlimmes getan hat? Wenn Marcus ihn gedeckt hat?"

Ihre Fragen überraschten ihn, speziell die zweite. „Hältst du das für möglich?"

„Ich weiß nicht, aber nach dem, was mit dem Gemälde passiert ist, frage ich mich, ob ich wirklich noch weiter in der Vergangenheit herumgraben sollte. Vielleicht würde die Wahrheit jemandem in der Familie schaden – mir, dir, uns allen ..."

„Ich habe keine Angst vor der Wahrheit, Nonna, sondern eher vor dem, was wir nicht wissen. Darin liegt die Gefahr. Und deshalb müssen wir so viel wie möglich in Erfahrung bringen."

KAPITEL SECHS

„Was hast du vor, Liebes?“, fragte ihre Großmutter, als Isabella ihren Laptop auf den Küchentisch stellte und ihn aufklappte.

„Ich will ein wenig recherchieren und muss auch meine E-Mails überprüfen. Oder soll ich dir bei der Vorbereitung fürs Mittagessen helfen?“ Gloria hatte bereits damit begonnen, ein Antipasto sowie ein Nudelgericht für den Besuch von Victor und Joelle zuzubereiten. Wann immer Leute zu Besuch kamen, legte sie sich mächtig ins Zeug.

„Nicht nötig, ich habe alles im Griff. Wie läuft es derzeit mit der Arbeit? War der Umzug nach L.A. eine gute Entscheidung?“

„Definitiv. Ich brauchte diesen Neuanfang.“

„Nicht nur vom Job, sondern auch von Joel, richtig?“

„Von allem“, entgegnete sie vage.

„Ich weiß, dass er dir sehr wehgetan hat. In der einen Minute hast du mir noch Fotos und Nachrichten geschickt, die mir zeigten, wie glücklich du bist, und in der nächsten war er aus deinem Leben verschwunden.“

„Bei einer Trennung wird immer jemand verletzt.“ Sie öffnete ihr E-Mail-Postfach und überflog die Liste der Nachrichten.

„Und wer war es in diesem Fall – er oder du?“

Isabella blickte zu ihr auf. „Was glaubst du?“

Gloria sah sie mitleidig an. „Das tut mir so leid, Schatz. Der nächste Mann ist bestimmt besser."

Diese Aussage entlockte ihr ein Lächeln. „Gut möglich, aber im Moment bin ich ganz froh, allein zu sein. Einen Freund zu finden, ist nicht meine oberste Priorität. Viel mehr möchte ich Karriere machen und mir in Los Angeles ein neues Leben aufbauen."

„Es gibt niemanden dort, der dich interessiert?"

„Nicht wirklich." Als sie das verräterische Funkeln in den Augen ihrer Großmutter bemerkte, warf sie ihr einen warnenden Blick zu. „Untersteh dich, es auch nur auszusprechen, Grandma!"

„Du weißt doch gar nicht, was ich denke."

„O doch, das tue ich. Übrigens, deine Sauce kocht gleich über."

Ihre Großmutter eilte zurück an den Herd, und Isabella öffnete ihre Suchmaschine, bereit, das zu tun, was sie immer tat, wenn sie eine Spur verfolgte: Sie begann zu recherchieren. Schon als sie zum ersten Mal von dem Raub im Museum hörte, hatte sie sich gefragt, ob es im letzten Jahr noch weitere Einbrüche gegeben haben mochte. Nach kurzer Suche stieß sie auf einen Artikel über einen Überfall auf eine Kunstgalerie in Florenz sechs Monate zuvor. Nur ein Gemälde von David Leoni wurde entwendet.

„Kennst du einen Maler namens David Leoni?", fragte sie.

„Ja, warum?", fragte Gloria und drehte sich zu ihr um.

„Sein Bild wurde vor sechs Monaten aus einer Kunstgalerie in Florenz gestohlen. Es war das einzige Werk, das entwendet wurde. Ist er berühmt?"

„Er hatte recht bescheidenen Erfolg. Ich habe ihn vor Jahren mal in Tomas' Atelier getroffen."

Bei dieser Bemerkung beschleunigte sich ihr Puls. „Ernsthaft?"

„Ja. Er war damals ein sehr junger Mann, wahrscheinlich erst achtzehn oder neunzehn. Ich erinnere mich, dass Tomas mir sagte, David sei sein Protegé. Er wollte ihm helfen, etwas aus seinem Talent zu machen."

„Und auch sein Gemälde wurde als einziges aus dieser Galerie gestohlen. Das kann kein Zufall sein. Lebt er noch?"

„Ich habe keine Ahnung."

Isabella öffnete eine neue Registerkarte und tippte *David Leoni* ein, doch wurden ihr eine Million Treffer angezeigt. Der Name war schlichtweg zu gebräuchlich. Sie schränkte ihre Suche auf Künstler, Diebstähle und den Namen der Galerie ein und entdeckte eine öffentliche Seite über ihn, die seinen Geburtstag und sein Todesdatum aufwies, das achtzehn Monate zurücklag.

„So wie es aussieht, ist er vor etwas mehr als eineinhalb Jahren gestorben."

„Das ist traurig, denn er war sogar jünger als ich. Was war die Todesursache?"

„Darüber steht hier nichts, aber ich stehe erst am Anfang meiner Recherche und werde bestimmt noch mehr finden", sagte sie zuversichtlich.

„Mit Sicherheit", bestätigte ihre Großmutter, und in ihren Augen spiegelte sich Bewunderung wider. „Weil du niemals aufgibst."

„Stimmt, das tue ich nicht."

„Manchmal macht mir das aber auch Sorgen."

„Und weshalb? Hartnäckigkeit ist doch eine gute Charaktereigenschaft."

„Durchaus, es sei denn, sie wird zu einer Obsession und bringt einen dazu, andere ebenso wichtige Bereiche des Lebens zu vernachlässigen."

„Wenn es um mein Leben geht, denkst du immer nur an das eine", erwiderte Isabella verärgert. „Liebe, Liebe und nochmals Liebe."

„Oder das Fehlen derselbigen."

„Es ist nicht so, dass ich mich zu Hause vergrabe, Grandma. Ich treffe mich durchaus mit Männern. Bisher habe ich nur noch niemanden gefunden, der mich mehr interessiert als mein Job.

Vielleicht wird das eines Tages passieren, vielleicht aber auch nicht. Darüber mache ich mir keine Gedanken, und du solltest es ebenfalls nicht tun."

Sie hatte kaum zu Ende gesprochen, als sie aus dem Garten ein lautes Poltern vernahmen. Gloria sprang auf, die Augen vor Angst geweitet.

„Was war das?", fragte sie erschrocken.

Isabella erhob sich ebenfalls. „Es klang so, als käme es aus dem Garten."

„Untersteh dich, nachzusehen! Als ich das letzte Mal ein ähnliches Geräusch hörte, waren Männer mit Gewehren dafür verantwortlich."

„Dann lass uns besser nach oben gehen." Sie packte die Hand ihrer Großmutter und zog sie mit sich, war sich jedoch nicht sicher, ob es die richtige Entscheidung war, sich im oberen Stockwerk zu verstecken, anstatt zu versuchen, nach draußen zu gelangen. Sollte sich jedoch jemand dort herumtreiben, waren sie im Haus besser aufgehoben.

Sie eilten die Treppe hinauf, und als sie im zweiten Stock ankamen, atmete Gloria schwer. Auf dem Treppenabsatz befand sich ein Fenster, das auf den Garten hinausging, und Isabella spähte vorsichtig durch die Vorhänge. Sie konnte nicht alles sehen, jedoch zumindest einen Schatten neben dem kleinen Schuppen ausmachen.

„Ist da jemand?", fragte ihre Großmutter.

„Ich dachte, ich hätte jemanden gesehen, aber jetzt ist er verschwunden." Einige Minuten verharrten sie noch still auf ihrem Beobachtungsposten, aber es blieb ruhig. „Ich denke, es ist okay, wenn ich jetzt nach unten gehe und nachsehe."

„Nein, bitte nicht", bat ihre Großmutter und drückte ihre Hand. „Lass uns lieber die *Polizia* anrufen."

„Womöglich ist da gar nichts. Und außerdem habe ich mein Handy unten gelassen."

„Ich meines ebenfalls."

Während Isabella noch überlegte, was sie tun sollte, klingelte es an der Tür, und erneut fuhren sie zusammen.

„Ein Einbrecher würde kaum läuten“, stellte Gloria fest. „Wahrscheinlich ist es ein Nachbar, der nach uns sehen will. Oder vielleicht sind es auch schon Victor und Joelle, einfach ein wenig früher als geplant.“

„Gleich eine ganze Stunde?“

„Keine Ahnung“, sagte ihre Großmutter, als die Glocke erneut ertönte. „Auf jeden Fall kein Verbrecher.“

„Okay, ich sehe nach.“ Sie joggte die Treppe hinunter, und Gloria folgte ihr, wenn auch deutlich langsamer. Vorsichtig spähte sie durch das kleine Fenster neben der Tür. Auf der Veranda standen ein älterer Mann und eine Frau in ungefähr ihrem Alter. „Ist Joelle rothaarig?“, fragte sie.

„Ja. Zumindest war sie es, als ich sie das letzte Mal gesehen habe.“

„Dann sind sie es tatsächlich.“ Sie öffnete die Tür, und ihre Großmutter trat neben sie.

„Entschuldigung, wir sind zu früh“, grüßte Victor, an Gloria gewandt. „Falls es gerade ungünstig ist, können wir auch nochmal kurz weg auf einen Kaffee und später wiederkommen.“

„Sei nicht albern. Ich freue mich, euch beide zu sehen“, antwortete diese, ging auf die beiden zu und umarmte und küsste erst ihren Neffen und dann dessen Tochter.

„Wir waren nicht sicher, ob du überhaupt zu Hause bist“, sagte Joelle. „Weil es so lange gedauert hat, bis du geöffnet hast.“

„Ich war oben“, erklärte Gloria. „Das ist übrigens Isabella, Sylvies Tochter.“

Joelle riss überrascht die grünen Augen auf. „Isabella? Ich hätte nie erwartet, dass wir uns tatsächlich einmal begegnen würden.“ Dann trat sie vor und gab ihr einen Kuss auf jede Wange.

„Mir war das sofort klar“, warf Victor ein und begrüßte sie nun ebenfalls. „Du siehst deiner Mutter sehr ähnlich.“

„Freut mich, euch kennenzulernen. Kommt doch bitte herein.“

Nachdem die beiden an ihr vorbei in den Flur getreten waren, warf Isabella noch schnell einen Blick auf die Straße. Sie war menschenleer. Während Gloria ihre Gäste ins Wohnzimmer geleitete, sperrte sie die Haustür ab und begab sich anschließend durch die Küche und den Waschraum zum hinteren Ausgang. Der Riegel war noch vorgelegt, was sie als gutes Zeichen wertete. Sie schob ihn nach oben, entriegelte die schwere Tür und ließ den Blick über den kleinen Garten und die Veranda wandern, bis er an dem Schuppen in der Ecke hängen blieb.

Der stand weit offen, und zwei Gießkannen, die normalerweise direkt daneben abgestellt wurden, lagen auf der Seite. Kurz überlegte sie, ging dann jedoch die Treppe hinunter und durchquerte den Hof. Auch wenn sie nicht glaubte, dass noch jemand da war, wollte sie sich lieber vergewissern.

Am Schuppen angelangt, spähte sie in das schummrige Innere. Es war ein kleiner Raum, in dem hauptsächlich Gartengeräte aufbewahrt wurden. An einer Wand stapelten sich diverse Kisten, und eine von ihnen war offensichtlich umgefallen, denn ihr Inhalt – allem Anschein nach Weihnachtsschmuck – lag auf dem Boden verstreut. Hatte sich womöglich ein Tier daran zu schaffen gemacht? Das wäre denkbar, dennoch vermutete sie, dass ein Mensch hier drin gewesen war.

Eilig zog sie sich aus der Hütte zurück und schloss sie ab. Dann eilte sie zurück ins Haus und schob den Riegel vor. Etwas atemlos lehnte sie sich gegen die Tür und überlegte, was sie tun sollte. Die Polizei verständigen? Was aber konnte sie denen sagen? Selbst wenn jemand in dem Schuppen gewesen war, war derjenige längst über alle Berge. Zudem war nichts gestohlen worden. Sah sie womöglich schon Gespenster? Oder hatte Nick doch recht, und die Gefahr war noch nicht vorüber?

Während sie über ihre Optionen nachdachte, hörte sie Lachen aus dem Wohnzimmer herüberschallen.

Ihre Großmutter schien den Besuch ihrer Verwandten zu

genießen. Und vorerst waren sie in Sicherheit. Sie würde einfach warten, bis Victor und Joelle wieder weg waren, und später mit Großmutter sowie Nick und Anna darüber diskutieren, was passiert sein könnte.

Nachdem der Bankangestellte die Tür zu einem großen Schließfach geöffnet hatte, ließ er Nick und seine Großmutter allein im Tresorraum zurück, damit sie sich in Ruhe dessen Inhalt widmen konnten. Da Anna das Gemälde bereits herausgeholt hatte, befanden sich nur noch zwei verschlossene Pappschachteln darin.

„Die hier ist die von Tomas", sagte sie, nahm die oberste heraus und stellte sie neben ihn auf einen kleinen Tisch.

„Und was ist in der anderen?"

„Unsere persönlichen Papiere und Dokumente – also die von Marcus und mir. Er sagte, es sei sicherer, sie hier aufzubewahren als im Haus."

„Die sollten wir auch kurz durchsehen."

Anna runzelte zwar die Stirn, zog dann jedoch auch diese Kiste hervor. „Von mir aus."

Nick wandte sich zuerst der von Tomas zu und hob den Deckel an. Ein Gummiband hielt drei Briefe zusammen. Daneben lag ein Samtbeutel, nach dem er als Erstes griff und einen schweren Ring zutage förderte. „Was ist das?"

„Tomas' Ring, nehme ich an, da er sich hier bei seinen persönlichen Sachen befand. Allerdings kann ich mich nicht erinnern, ihn je an ihm gesehen zu haben."

Nick drehte ihn in den Fingern und studierte die Gravur. „Hast du eine Ahnung, was dieses Muster darstellt? Es sieht so aus, als wäre in der Mitte ein Buchstabe – ein *P*."

„Nein, tut mir leid."

„Und er hat ihn zu Lebzeiten nie getragen?"

„Nicht, dass ich wüsste, aber ich habe ihn auch nicht so oft zu Gesicht bekommen. Er war ein vielbeschäftigter Mann, und ich hatte mich während seiner letzten Jahre um ein Baby zu kümmern. Ehrlich gesagt, habe ich diese Kiste vor letzter Woche noch nie gesehen. Es war immer nur Marcus, der Dinge in den Tresor legte oder herausholte."

Das klang merkwürdig. „Hat Grandpa dich absichtlich von hier ferngehalten? Hattest du je das Gefühl, er würde etwas vor dir verheimlichen?"

„Nein, natürlich nicht. Wir waren immer offen und ehrlich zueinander."

In ihrem Blick lag etwas, das ihn stutzig machte. „Was verschweigst du mir, Nonna?"

Sie zögerte kurz, sagte dann jedoch: „Also, er hat mir nie verboten, hierherzukommen. Aber kurz bevor er starb, war er wegen irgendetwas nervös. Eines Tages, als wir unterwegs waren, um Besorgungen zu machen, sagte er, er müsste kurz ein paar Dinge in den Tresor legen und bat mich, im Auto zu warten. Es hat allerdings nur eine Minute gedauert."

„Hast du eine Ahnung, weshalb er so nervös war?"

„Nein. Er war ja bereits im Ruhestand. Alles lief bestens zwischen uns und mit der Familie ... Aber irgendetwas hatte er auf dem Herzen, worüber er nicht reden wollte. Außerdem bekam er ständig zu den unmöglichsten Tages- und Nachtzeiten seltsame Anrufe. Als ich ihn darauf ansprach, sagte er nur, jemand, den er kannte, würde eine schwere Zeit durchmachen und er versuchte, ihm zu helfen. Ich habe nicht weiter nachgefragt, da ich ja wusste, wie sehr er in seiner Rolle als Mentor aufging. Bestimmt hatte es nichts zu bedeuten, aber weil du nach Heimlichtuerei gefragt hast, kam mir das wieder in den Sinn."

Nick dachte kurz über ihre Worte nach. „Sein Autounfall ... Er ist auf regennasser Fahrbahn ins Schleudern geraten, richtig? Oder war noch ein weiterer Wagen beteiligt?"

„Nein, dafür war allein die nasse Straße verantwortlich. Die *Polizia* hat den Unfall gründlich untersucht, war er doch einer von ihnen. Hunderte kamen zu seiner Beerdigung."

„Ja, das weiß ich noch“, murmelte er. Natürlich war das, was seinem Großvater widerfahren war, ein Unfall gewesen. Was auch sonst? Er war zu dem Zeitpunkt achtzig Jahre alt und hatte seit mehr als einem Jahrzehnt nicht mehr als Polizist gearbeitet. Er war in nichts verwickelt gewesen, und es gab kein Geheimnis. Vielleicht hatten ihn einfach die Probleme dieser anderen Person beschäftigt. Aber das war aktuell nicht von Bedeutung. Er sollte sich besser wieder auf Tomas konzentrieren.

Plötzlich jedoch wurde ihm bewusst, dass sowohl sein Großvater als auch sein Urgroßvater keines natürlichen Todes gestorben waren. Ein Brand und ein Autounfall. Hatten beide einfach nur Pech gehabt?

„Wollen wir die Kisten mit nach Hause nehmen?“, fragte Anna. „Dann können wir sie in aller Ruhe durchschauen.“

„Das ist eine gute Idee.“ Er schloss den Deckel von Tomas‘ Box und klemmte sich beide unter den Arm, während seine Großmutter die Tür des nun leeren Tresorfachs verriegelte. Dann folgte sie ihm nach draußen.

Am Auto angekommen, verstaute er die Kisten auf dem Rücksitz und setzte sich hinters Steuer. Kaum, dass er aus der Parklücke gefahren war und sich in den Verkehr eingefädelt hatte, fiel ihm ein Wagen auf, der sich an sie dranzuhängen schien.

Sein Puls beschleunigte sich, als er in den Rückspiegel blickte und einen Mann in einem schwarzen Kapuzenpulli und mit einer dunklen Sonnenbrille erkannte. Er erhöhte das Tempo und wechselte mehrfach die Spur, aber das andere Fahrzeug blieb ihm dicht auf den Fersen.

„Nick, warum fährst du so schnell und noch dazu in die falsche Richtung?“, fragte seine Großmutter und klammerte sich am Türgriff fest.

„Wir werden verfolgt.“

„Was?“ Sie schaute über die Schulter. „Der Mann trägt ein ebensolch schwarzes Sweatshirt mit Kapuze wie die Diebe, die ich im Museum gesehen habe. Glaubst du, es ist einer von ihnen?“

„Ich weiß es nicht.“

„Warum sollte er hinter uns her sein?“

„Vielleicht ist er das gar nicht, aber er klebt mir schon eine geraume Weile an der Stoßstange.“

„Was hast du jetzt vor?“

„Zu Lavezzos Büro fahren – Piazza San Ignazio. Weißt du, wie man dort hinkommt?“ Er wollte nicht langsamer werden, nur um die Adresse in sein Handy einzugeben.

„Ja. Bieg an der nächsten Ampel rechts ab.“ In den nächsten Minuten folgte er ihren Anweisungen, wobei er den Verkehr und speziell das Auto hinter ihnen genau im Auge behielt. Das Fahrzeug hatte sich inzwischen etwas zurückfallen lassen. Vielleicht hatte der Typ erkannt, dass er ertappt worden war.

Als er vor dem Palazzo Raguzzini anhielt, wo sich das Hauptquartier der Carabinieri befand, raste der Wagen an ihm vorbei. Glücklicherweise konnte er das Nummernschild erkennen, bevor er um die Ecke bog, und tippte es direkt in sein Handy ein.

„Er ist weg, entspann dich“, sagte er zu seiner Großmutter, die sich nach wie vor am Griff festklammerte. „Es ist nichts passiert.“

„Vielleicht ist er uns gar nicht gefolgt. Sonst hätte er doch ebenfalls angehalten, als wir es taten, oder?“

„Gut möglich.“ Er wollte seine Großmutter nicht beunruhigen, war sich jedoch absolut sicher, dass der Wagen hinter ihnen her war. Das bereitete ihm große Sorgen. Was auch immer hier passiert sein mochte, war definitiv noch nicht vorbei.

KAPITEL SIEBEN

Nachdem Nick das Auto geparkt hatte, begab er sich mit Anna in das Hauptquartier des Carabinieri T.P.C., ein Gebäude aus dem achtzehnten Jahrhundert. Fast hatte er vergessen, wie beeindruckend die historischen Bauwerke Roms waren ... ein krasser Gegensatz zu den Polizeibüros, in denen er normalerweise ein und aus ging.

Sie passierten die Sicherheitskontrolle und machten sich auf den Weg nach oben, wo Nick mit Kommissar Antonio Lavezzo verabredet war. Der saß in einem der Eckbüros mit Blick auf die Piazza. Er schien in seinen Fünfzigern zu sein, hatte hellbraunes Haar und wachsame, grüne Augen. Nachdem Nick sich als FBI-Agent und Enkel von Anna Caruso vorgestellt hatte, nahmen seine Großmutter und er auf den Stühlen vor dem Schreibtisch Platz.

„Wie fühlen Sie sich heute, Signora?", erkundigte sich der Capitano.

„Noch ziemlich mitgenommen, vor allem nach dem, was gerade passiert ist."

Lavezzo richtete sich auf und musterte sie neugierig. „Was ist denn passiert?"

„Wir wurden von einem Mann in einem schwarzen Kapuzenshirt und mit dunkler Sonnenbrille verfolgt“, antwortete Nick. „Ich habe mir das Kennzeichen notiert.“

„Geben Sie es mir.“ Lavezzo griff nach einem Stift und notierte die Zahlenkombination, die Nick von seinem Handy ablas. „Ich kümmere mich direkt nach unserem Gespräch darum.“

„Dafür wären wir Ihnen äußerst dankbar. Wie laufen die Ermittlungen? Konnte der Wachmann Ihnen irgendwelche brauchbaren Informationen liefern?“

„Unglücklicherweise war es ihm nicht möglich, die Diebe zu identifizieren, und das Sicherheitssystem wurde gehackt, wodurch der Alarm und die Kameras ausgeschaltet waren.“

„Wie geht es Enrique? Wird er wieder gesund?“, mischte Anna sich ein.

„Ja. Sein Zustand ist nach wie vor ernst, aber aller Voraussicht nach kommt er wieder auf die Beine.“

„Gott sei Dank“, seufzte sie erleichtert auf.

„Was ist mit den gestohlenen Gemälden?“, hakte Nick nach. „Haben Sie eine Ahnung, warum sie den anderen, wertvolleren Werken vorgezogen wurden?“

„Das ist der Teil des Überfalls, der uns am meisten Kopfzerbrechen bereitet. Offensichtlich war jemand bereit zu töten, um sie in seinen Besitz zu bekommen. Also scheinen sie einen gewissen Wert zu haben, der sich uns bisher jedoch nicht erschließt. Ich habe bereits mehrere Kunstexperten kontaktiert, aber niemand konnte mir die Frage beantworten. Keiner dieser Künstler war wirklich bekannt, und alle drei sind bereits vor Jahren gestorben. Allerdings stehen wir noch ganz am Anfang unserer Recherchen und hoffen, im Zuge derer auf weitere Hinweise zu stoßen. Dennoch kann es Wochen, Monate, manchmal sogar Jahre dauern, um gestohlene Gemälde aufzuspüren.“

„Diese Zeit haben wir aber nicht. Ich mache mir Sorgen um die Sicherheit meiner Großmutter. Womöglich denken die Verbrecher, sie könnte sie identifizieren.“

„Aber das kann ich doch gar nicht“, mischte Anna sich erneut ein.

„Wann haben Sie bemerkt, dass das Auto Ihnen folgt?“, fragte der Kommissar. „Als Sie Ihr Haus verließen?“

„Nein. Wir waren gerade noch kurz bei der Bank. Scheinbar hat es sich dort an unsere Fersen geheftet.“

„Und als Sie hier anhielten, fuhr es vorbei? Und hat dabei riskiert, dass Sie das Kennzeichen sehen?“

„Ja, und das war seltsam, als ob es dem Fahrer egal gewesen wäre.“

„Wie lauten der Name und die Adresse der Bank?“, fragte Lavezzo und griff erneut nach seinem Stift.

Nick gab ihm die gewünschten Informationen und fügte noch hinzu: „Vielleicht gibt es dort in der Nähe eine Kamera, die den Wagen aufgenommen hat. Es war ein blauer Toyota Yaris.“

„Warum lassen Sie mir nicht Ihre Nummer hier und ich melde mich, sobald ich etwas herausgefunden habe? In der Zwischenzeit wäre es vielleicht klug, Ihre Großmutter aus Rom wegzubringen. Nehmen Sie sie doch mit sich zurück in die Staaten.“

„Darüber haben wir auch schon ausführlich diskutiert, nicht wahr, Nonna?“

„Ja, und ich habe ihm klar gemacht, dass ich meine eigenen Entscheidungen treffe. Das tue ich schon länger, als ihr beide auf der Welt seid“, entgegnete sie scharf.

Kommissar Lavezzo nickte. „Bitte entschuldigen Sie, Signora. Ich möchte Sie lediglich in Sicherheit wissen.“

„Die Diebe zu finden, die das Gemälde meines Schwiegervaters gestohlen haben, wäre ein Schritt in die richtige Richtung“, sagte sie pikiert.

„Seien Sie versichert, dass ich alles in meiner Macht Stehende tun werde, um die gestohlenen Gemälde ihren rechtmäßigen Besitzern zurückzubringen.“

„Vielleicht kann ich Ihnen helfen?“, bot Nick an. „Ihnen unsere Ressourcen zur Verfügung stellen?“

„Ich weiß Ihr Angebot wirklich zu schätzen, aber mein Team verfügt über ein umfassendes Fachwissen, insbesondere, wenn es um italienische Künstler und deren Werke geht.“

„Daran hege ich keinen Zweifel, aber wenn Sie Ihre Meinung ändern sollten, melden Sie sich jederzeit.“

„Das werde ich. Wenn Sie mich jetzt jedoch entschuldigen würden? Die Arbeit ruft“, erklärte Lavezzo und erhob sich. „Danke, dass Sie vorbeigekommen sind.“

Eigentlich hatte Nick ihm noch wesentlich mehr Fragen stellen wollen, doch es war offensichtlich, dass der Kommissar nicht an einer Zusammenarbeit mit ihm interessiert war. Also griff er nach Annas Arm und verabschiedete sich.

„Glaubst du, er wird die Gemälde finden?“, fragte seine Großmutter, als sie die Treppe hinuntergingen.

„Ich hoffe es, Nonna.“ Als sie jedoch das Gebäude verließen und sich auf den Heimweg machten, war das Wiederauffinden der Kunstgegenstände seine geringste Sorge. Irgendwie passte hier nichts zusammen, und das zerrte an seinen Nerven. Er musste dringend herausfinden, was vor sich ging, bevor noch Schlimmeres passierte.

Obwohl sie sich anfangs ein wenig unbehaglich gefühlt hatte, fand Isabella das Treffen mit ihren Verwandten dann doch ganz unterhaltsam. Nach einem mehr als reichhaltigen Mittagessen hatte sie sich mit Joelle ins Wohnzimmer zurückgezogen, um einen Kaffee zu trinken, während ihre Großmutter Victor das Haus zeigte.

Victor entpuppte sich als charmanter, kultivierter Mann, der viel von der Welt gesehen hatte und es liebte, über seine Reisen sowie über Wein und Essen zu sprechen. Joelle war nicht ganz so umgänglich wie ihr Vater, eher kunstorientiert und extravagant, und hin und wieder auch sehr sarkastisch.

Sie hatte Gloria jede Menge Fragen über Lucindas Kunst sowie den Raubüberfall gestellt und wollte ganz genau wissen, wo sie gewesen war und was sie gehört hatte. Ihrer Großmutter schienen die Fragen nichts auszumachen, obwohl sie sich zu den Details eher vage äußerte. Vielleicht hatte Nicks Warnung, niemandem außer ihnen vier zu trauen, doch gefruchtet.

Dennoch musste Isabella zugeben, dass sie Victor und Joelle mehr mochte, als sie erwartet hätte. In jenem Sommer, den sie in Rom verbrachte, hatte ihr Großvater sie von jeglicher Familie ferngehalten, von daher war sie automatisch davon ausgegangen, dass niemand sie kennenlernen wollte. Aber womöglich war dem gar nicht so gewesen.

Auch jetzt musterte Joelle sie wieder mit unverhohlener Neugier.

„Was ist?", fragte sie, während sie an ihrem Kaffee nippte.

„Ich frage mich nur gerade, wie es wohl so ist, Journalistin zu sein", sagte Joelle. „Reist du durch die ganze Welt? Führst du Interviews mit Staatsoberhäuptern? Berichtest du über grausame Verbrechen?"

„Ja, ich habe Kongressabgeordnete und Senatoren befragt und über einige Straftaten berichtet, allerdings bin ich nicht international unterwegs. Meine Berichterstattungen beschränken sich auf die USA", sagte sie lächelnd und genoss es, dass sich endlich einmal jemand für sie interessierte und nicht nur für die Tatsache, dass sie Sylvies Tochter oder Glorias Enkelin war. „Aber vielleicht kommt das ja eines Tages noch."

„Immerhin bist du jetzt schon mal in Rom, und es klingt, als hättest du eine persönliche Geschichte, die es zu verfolgen gilt."

„Sieht ganz danach aus. Eigentlich bin ich nur gekommen, um mich zu vergewissern, dass es meiner Großmutter gut geht. Inzwischen jedoch interessiere ich mich sehr für Lucindas Leben."

„Ja, unsere Urgroßmutter war offensichtlich eine faszinierende Frau. Obwohl verheiratet, verbrachte sie viel Zeit mit anderen Männern, war abenteuerlustig und kunstinteressiert, rauchte und trank jede Menge Wein."

Bei diesen Worten blickte Joelle richtig neidisch drein, und Isabella musste lachen. „Woher weißt du das alles?"

„Meine Grandma hat mir viel über Lucinda erzählt. Sie sagte, ihre Mutter sei wie eine helle Flamme gewesen, die nie erlosch. Welche Ironie des Schicksals, dass sie ausgerechnet bei einem Brand sterben musste. Aber zuvor genoss sie ihr Leben in vollen Zügen. Sie lebte ihre Träume. Für mich war sie stets eine Inspiration."

„Für mich allmählich ebenfalls."

„Du führst doch bereits ein außergewöhnliches Leben und hattet diese Art von Ansporn anscheinend nie nötig."

„Erzähl mir etwas über dich, deinen Beruf als Schmuckdesignerin. Arbeitest du auch für Prominente?"

„Ein paar. Ich bin noch dabei, mir einen Kundenstamm aufzubauen. Aber ich liebe es, Dinge für Menschen zu kreieren, die ihre Persönlichkeit widerspiegeln. Das ist meine Spezialität. Ich war bereits auf einigen Modeschauen in Berlin, Paris und London und konnte dort sowohl Designer als auch Promis von mir überzeugen."

„Das klingt aufregender als das Leben, das Lucinda führte."

„So allmählich fängt es an, sich dahingehend zu entwickeln", stimmte Joelle lachend zu. „Aber noch stehe ich ganz am Anfang. Ich möchte erfolgreich sein, jeder soll mich kennen. Wahrscheinlich dürfte ich das gar nicht laut aussprechen, aber du gehörst ja zur Familie. Ich wünschte, ich hätte dich schon früher kennengelernt, Isabella, denn ich war von jeher fasziniert von der Tochter des schwarzen Schafes, über die wir nicht sprechen durften. Ich schwöre, wann immer dein Großvater ein Wort über seine Tochter verlor, klang es, als ob ... Ich will das lieber nicht wiederholen, aber es war alles andere als nett, was er so von sich gab."

„Mom war bei ihm unten durch, weil sie schwanger wurde, ohne verheiratet zu sein."

„Und? Das ist doch kein Verbrechen. Zudem hat Sylvie eine wunderschöne Tochter bekommen, also war doch alles gut, oder?"

Offensichtlich war Joelle niemand, der vorschnell urteilte, was sie Isabella noch sympathischer machte. „Hast du einen Laden hier in Rom oder arbeitest du von zu Hause aus? Ich würde mir deinen Schmuck gerne einmal ansehen."

„Hauptsächlich von zu Hause aus, aber ich verkaufe meine Kreationen an verschiedene Geschäfte oder auf Kunst- und Schmuckausstellungen. Gerne kann ich dir einige davon zeigen. Wie lange hast du vor, in Italien zu bleiben?"

„Das weiß ich noch nicht genau. Wahrscheinlich kommen wir erst dazu, wenn diese Sache hier geklärt ist, aber auf jeden Fall noch vor meiner Abreise."

„Das würde mich freuen. Wie ich gehört habe, wohnt deine Mutter mittlerweile in Florenz. Hast du vor, sie zu besuchen?"

„Das muss ich mir noch überlegen."

„Es überrascht mich, dass sie nicht hier ist, um Gloria zur Seite zu stehen."

Isabella zuckte nur mit den Schultern. „Anscheinend ist sie mit ihrem eigenen Leben beschäftigt."

„Was hältst du von diesem Raubüberfall? Gibt es da ein Geheimnis hinter Lucindas Bild? Ich kann nicht nachvollziehen, warum jemand in ein Museum einbricht, um es zu stehlen."

„Ich ebenso wenig. Vielleicht war es nur zufälligerweise Teil des Coups."

„Coup ist so ein sexy Wort. Es erinnert mich an einen James-Bond-Film."

Diese Bemerkung amüsierte Isabella. „Wohl war, aber nach allem, was meine Großmutter erzählt hat, war der Vorfall eher furchterregend als sexy."

„Entschuldige, dass ich Witze darüber reiße. Dabei bin ich doch froh, dass ihr nichts passiert ist. Gloria ist so eine liebenswerte Person. Ich wünschte nur, sie hätte mir schon früher von Lucindas Gemälde erzählt. Jetzt bekomme ich es womöglich nie zu sehen, und das macht mich traurig. Sie hat keine Ahnung, wer es gestohlen haben könnte, oder? Hat auch nichts gesehen, als sie und Anna sich versteckten?“

„Nein.“ Isabella schüttelte den Kopf und wunderte sich, warum Joelle ihr dieselbe Frage wieder und wieder stellte, wenn auch in leicht abgewandelter Form, als ob sie vermutete, man würde etwas vor ihr verheimlichen.

„Sie muss doch im Laufe der Jahre vielleicht die ein oder andere Geschichte darüber gehört und sich so ihre Gedanken gemacht haben“, beharrte die junge Frau.

„Ist deinem Vater denn etwas zu Ohren gekommen?“, konterte Isabella.

„Nur Gerüchte, dass sie und Tomas eine Affäre hatten.“

„Großmutter sagt, das sei nicht wahr.“

„Ob wahr oder nicht ... als verheiratete Frau bei einem alleinstehenden Mann zu übernachten, muss in jener Zeit doch einen Skandal heraufbeschworen haben. Klar, sie war eine sehr moderne Frau, die damalige Gesellschaft jedoch war es nicht. Sie hätte uns bestimmt so einiges erzählen können, wäre sie nicht so jung gestorben.“

„Ich glaube nicht, dass wir unabhängig von ihrem frühen Tod in den Genuss gekommen wären. Immerhin war sie so viel älter.“

„Ja, schon klar, aber ich finde, Lucinda war die schillerndste Figur in unserer kompletten Familie. Und jetzt bin ich noch neugieriger auf sie, weil das einzige Erbe, das sie uns hinterlassen hat, gestohlen wurde. Lass uns Telefonnummern austauschen, damit wir einen Termin für ein weiteres Treffen vereinbaren können. Und solltest du noch etwas über unsere verwegene Urgroßmutter herausfinden, sag mir bitte unbedingt Bescheid.“

„Das werde ich“, versicherte sie ihr und gab ihr ihre Nummer, obwohl sie nach wie vor ein wenig irritiert war von Joelles aufgeschlossener, kumpelhafter Art.

„Ich schicke dir gleich mal eine Nachricht“, sagte diese und tippte kurz etwas in ihr Handy.

Als Isabella die Zeile las, musste sie lächeln. *Hey Cousinchen, ich bin's, Joelle.* „Ich hatte noch nie eine Cousine“, gab sie zu.

„Tja, jetzt hast du eine.“

„Das finde ich klasse.“

„Ich auch“, stimmte Joelle zu.

In diesem Moment ertönten Stimmen, und beide wandten sich der Tür zu. Eigentlich hatte Isabella Victor und ihre Großmutter erwartet, aber stattdessen betraten Anna und Nick das Wohnzimmer.

„Wer ist denn dieser attraktive Mann?“, murmelte Joelle und stand auf.

„Nick“, erklärte sie und erhob sich ebenfalls.

„Joelle?“, fragte Anna erstaunt, und ein Lächeln breitete sich auf ihrem Gesicht aus. „Meine Güte, du bist ja richtig erwachsen geworden.“

„Das bin ich schon seit einer geraumen Weile, Signora Caruso.“

„Ich habe dir doch gesagt, du sollst mich Anna nennen“, korrigierte diese sie und küsste sie auf beide Wangen. „Hast du jemals Nick kennengelernt, meinen Enkel?“

„Definitiv nicht, denn an diese Begegnung würde ich mich erinnern“, antwortete die junge Frau. Sie bedachte Nick mit einem strahlenden Lächeln und zog ihn dann zu sich heran, um ihn ebenso herzlich zu begrüßen, wie seine Großmutter es gerade bei ihr getan hatte.

Isabella runzelte die Stirn und wusste eigentlich nicht, warum es sie störte, dass Joelle ihn küsste, denn ihr stand wahrlich nicht der Sinn danach. Okay, rein objektiv gesehen war sie schon ein wenig neugierig, immerhin war er ein sehr attraktiver Mann. Seine Persönlichkeit hingegen fand sie so gar nicht ansprechend.

Nick schien die Aufmerksamkeit zwar zu genießen, dennoch machte er einen leicht unkonzentrierten Eindruck, und auch

Annas Lächeln war angespannt. Ob bei der Bank etwas vorgefallen war? Da Joelle jedoch bereits ausreichend unter Beweis gestellt hatte, wie neugierig sie war, wollte sie in deren Beisein nicht nachfragen.

Glücklicherweise kehrten in diesem Moment Gloria und Victor zurück, und nachdem auch Letzterer sich vorgestellt hatte, drängte er zum Aufbruch, da für ihn am Nachmittag noch eine Besprechung anstand.

Seine Tochter schien enttäuscht zu sein, was Isabellas Ansicht nach daran lag, dass sie Nick gerne näher kennengelernt hätte. Victor jedoch schob sie unerbittlich in Richtung Tür.

„Ich hoffe, wir sehen uns bald wieder", sagte sie. „Wir könnten ja alle zusammen was trinken gehen. Was meint ihr? Nick? Isabella?"

„Hört sich gut an", sagte dieser.

Als ob sie bei diesem Date das dritte Rad am Wagen sein wollte. Aber als ihre Cousine einen fragenden Blick in ihre Richtung warf, erwiderte sie lediglich: „Klar, gerne. Wir machen bei Gelegenheit was aus."

„Ich melde mich bei dir."

Gloria begleitete die beiden hinaus und Anna ließ sich ächzend aufs Sofa fallen, während Nick abrupt das Zimmer verließ.

„Alles in Ordnung?", erkundigte sie sich besorgt.

„Ach, Liebes, ich glaube nicht."

Bei diesen Worten krampfte sich Isabellas Magen zusammen. „Habt ihr im Tresor etwas gefunden?"

Bevor Anna antworten konnte, kehrten Nick und Gloria zurück. Ersterer hatte zwei Kartons bei sich, die er auf dem Couchtisch abstellte.

„Was ist da drin?", fragte sie neugierig.

„Die Briefe, die Tomas und eine Person mit der Initiale *J* einander geschrieben haben sowie ein Ring", antwortete er und nahm zusammen mit ihrer Großmutter am Tisch Platz. „Mehr können wir dazu bisher nicht sagen, weil wir uns den Inhalt noch nicht genauer angesehen haben.“

„Dann lasst uns das jetzt machen“, drängte Isabella, aber er hob abwehrend die Hand. „Gleich. Zuerst müssen wir uns unterhalten.“

„Allerdings“, stimmte Anna ihm zu.

„Ist etwas passiert?“, fragte Gloria beunruhigt.

„Jemand ist uns von der Bank zum Büro der Carabinieri gefolgt“, erzählte Nick. „Die Person trug ein schwarzes Sweatshirt mit Kapuze und eine dunkle Sonnenrille, von daher konnte ich ihr Gesicht nicht erkennen.“

„Wie die Männer im Museum“, hauchte Gloria.

„Ja. Als wir am Polizeirevier ankamen, beschleunigte der Fahrer und flüchtete. Ich konnte mir zumindest das Kennzeichen merken, und Capitano Lavezzo wird versuchen, den Halter ausfindig zu machen. Außerdem meinte er, es wäre für alle Beteiligten besser, Rom für eine Weile zu verlassen, und da stimme ich ihm zu. Diese Aktion heute gefällt mir nicht. Womöglich denken die Diebe, ihr habt etwas gesehen oder gehört, oder aber sie vermuten noch weitere Gemälde in eurem Besitz. Was auch immer gerade geschieht, es ist noch nicht vorbei.“

„Wir bleiben einfach im Haus“, schlug Anna vor. „Hier wird uns nichts passieren und ...“ Sie hielt inne, als Gloria einen schweren Seufzer ausstieß. „Möchtest du lieber weg?“, fragte sie ihre Freundin.

„Eigentlich nicht, aber ich befürchte, dass es hier nicht so sicher ist wie angenommen. Isabella und ich haben vorhin im Garten befremdliche Geräusche gehört.“

„Wie bitte? Warum hast du das nicht schon früher gesagt?“ Nick bedachte Isabella mit einem vorwurfsvollen Blick.

„Weil ich überhaupt noch nicht dazu gekommen bin. Bisher hast du ja ohne Punkt und Komma geredet“, konterte sie. „Wir waren gerade in der Küche, als wir hinten im Garten ein Poltern vernahmen. Also eilten wir nach oben, aber als ich aus dem Fenster sah, konnte ich nichts weiter als einen Schatten entdecken. Kurz darauf klingelte es an der Tür, und Victor und Joelle kamen herein. Nachdem Großmutter sie ins Wohnzimmer geführt hatte, ging ich nach draußen, um nachzusehen. Die Tür zum Schuppen stand offen, und eine Kiste mit Weihnachtsdekoration lag auf dem Boden. Keine Ahnung, ob es ein Mensch oder ein Tier war, der sie umgestoßen hat."

„Das reicht jetzt", sagte Nick entschieden. „Ich werde euch alle von hier wegbringen, am besten sogar raus aus Italien. Wohin möchtet ihr? Ich komme natürlich für eure Tickets auf. Wie wäre es mit L.A.? Ihr könntet eine Weile bei mir wohnen. Ich habe zwei Schlafzimmer. Und um euch die Zeit zu vertreiben, könntet ihr meine Wohnung ein wenig aufpeppen. Bisher habe ich so gut wie nichts an den Wänden hängen. Und Isabella wäre ebenfalls vor Ort und würde sich um euch kümmern."

Als diese sich daran erinnerte, wie verängstigt und aufgewühlt ihre Großmutter gewesen war, als sie sie die Treppe hinaufscheuchte, war ihr klar, dass Nick wieder einmal recht hatte. Auch wenn sie es nur ungern zugab. „Ich finde, das ist eine gute Idee", stimmte sie ihm von daher zu und wandte sich an die beiden alten Damen. „Ihr beide wart doch schon seit Ewigkeiten nicht mehr in den Staaten, oder?"

„Das ist wohl wahr." Gloria blickte zu ihrer langjährigen Freundin hinüber. „Was hältst du davon, Anna?"

„Ich möchte eigentlich nur unsere Gemälde zurückhaben und befürchte, dazu wird es nicht kommen, wenn wir jetzt untertauchen."

„Ich werde alles in meiner Macht Stehende tun, um das zu erreichen", versicherte Nick ihr. „Aber das wird mir eher gelingen, wenn ich mir nicht die ganze Zeit über Sorgen um euch machen muss."

„Dafür werde ich mir schreckliche Sorgen um *dich* machen. Ich will nicht, dass dir etwas passiert, mein Junge."

„Ich kann selbst auf mich aufpassen. Außerdem habe ich tagtäglich mit derartigen Fällen zu tun. Das ist mein Job, und ich bin gut darin."

Anna stieß einen resignierten Seufzer aus. „Also gut, überredet. Ich gehe nach Los Angeles, aber nur, wenn Gloria mitkommt."

Diese nickte zögerlich. „Das wäre wahrscheinlich das Beste."

„Dann hätten wir das ja geklärt." In Nicks Stimme schwang Erleichterung mit. „Ich werde mein Team entsprechend informieren, damit sie sich um euch kümmern. Und Isabella ist ja auch noch da."

„Nein", warf diese ein und lenkte damit alle Blicke auf sich. „Anna und Grandma müssen weg, da stimme ich dir absolut zu. Ich jedoch bleibe hier, denn ich will die Gemälde ebenfalls finden."

„Ich brauche deine Hilfe nicht", erwiderte er knapp.

„Ich deine ebenso wenig. Und ich werde nicht gehen, ob es dir passt oder nicht." Als sie bemerkte, wie ihre Großmutter und Anna ein kleines, verschwörerisches Lächeln austauschten, runzelte sie die Stirn. „Was ist daran so amüsant?"

„Ich finde nur, dass das vielleicht gar keine so schlechte Idee ist", antwortete Gloria. „So könnten Nick und du euch besser kennenlernen."

„Darum geht es überhaupt nicht", antwortete sie mit fester Stimme.

„Du wirst dich doch gut um sie kümmern, nicht wahr, Nick?", wandte Gloria sich an ihn.

„Ich werde es versuchen, kann aber für nichts garantieren. Sie wäre in Los Angeles ebenfalls besser aufgehoben."

„Das hast du aber nicht zu entscheiden", unterbrach Isabella ihn. „Ich kann mich um mich selbst kümmern. Das habe ich fast mein ganzes Leben lang gemusst. Mach dir keine Sorgen um mich, Grandma."

„Wenn ich zwanzig Jahre jünger wäre, würde ich mich euch widersetzen, aber leider habe ich nicht mehr die Kraft dazu. Denkt einfach daran, dass ihr als Team mehr erreichen könnt, als wenn jeder auf sich allein gestellt wäre." Sie erhob sich. „Komm, Anna, lass uns nach Flügen suchen."

„Versucht, auf dem nächstmöglichen Flieger Plätze zu ergattern. Und bitte nicht in der Economy, sondern in der ersten Klasse. Ich möchte, dass ihr es so bequem wie möglich habt.“

Kaum, dass sie das Zimmer verlassen hatten, wandte er sich an Isabella. „Hör zu, ich kann ja verstehen, dass du bleiben willst, aber das hier ist keine von den Geschichten, denen du üblicherweise hinterherjagst. Ich wollte es vor unseren Großmüttern nicht so drastisch formulieren, aber es könnte verdammt gefährlich werden. Diese Typen haben eiskalt einen Wachmann niedergeschossen, und nach dem Vorfall mit unseren Verfolgern und dem möglichen Einbruch in den Schuppen glaube ich nicht, dass das schon alles war.“

„Ich bin mir der Risiken durchaus bewusst, Nick, denke aber, ich könnte dir eine Hilfe sein. Wir werden die Werke nur dann wiederfinden, wenn wir mehr über die Personen in Erfahrung bringen, die sie gemalt haben. Mir ist klar, dass du daran nicht wirklich interessiert bist, aber ich schon. Jeder von uns kann seine Stärken nutzen: Du kümmerst dich um die Zusammenarbeit mit den Gesetzeshütern und ich übernehme die Recherche. Vielleicht würden wir ein besseres Team abgeben, als du dir aktuell vorstellen kannst.“

Er stieß einen frustrierten Seufzer aus. „Durch deine Sturheit könntest du ernsthaft in Gefahr geraten.“

„Du doch ebenfalls, denn du gehst das gleiche Risiko ein wie ich.“

„Ich bin für derartige Situationen ausgebildet. Sie sind mein Job. Warum aber willst du dein Leben für ein paar alte Schinken aufs Spiel setzen?“, fragte er herausfordernd. „Zudem liebst du doch deine Arbeit und möchtest sie baldmöglichst wieder aufnehmen, oder? Was also versuchst du mit diesem Verhalten zu erreichen?“

Seine Fragen brachten Isabella kurz ins Grübeln. Natürlich liebte sie ihren Beruf, in den sie über kurz oder lang auch zurückkehren musste. Aber nicht sofort. Und nachdem sie heute ihre Angehörigen kennengelernt hatte, wollte sie unbedingt mehr über sie erfahren. „Ich möchte helfen, Lucindas Gemälde zurückzuholen“, sagte sie schließlich. „Aber es geht mir nicht nur darum. Die heutige Begegnung mit Joelle und Victor hat mir klargemacht, dass ich eine Familie habe, über die ich so gut wie nichts weiß, und eine Geschichte, die nie die Meine sein durfte. Zum ersten Mal in meinem Leben fühle ich mich wie ein Rossi, und dennoch habe ich keine Ahnung, was das bedeutet, weil mir die Hintergründe fehlen.“

„Du könntest auf etwas stoßen, das dir nicht gefällt.“

„Gut möglich, aber trotzdem möchte ich weiter nachforschen.“

„Das ist doch kein plausibler Grund, dich dieser Gefahr auszusetzen.“

„Was bitte ist denn dein Grund? Auch du könntest in die Staaten zurückkehren und die Aufklärung des Falls den Carabinieri überlassen. Wenn deine Großmutter sich auf deine Forderung einlässt und von hier verschwindet, ist sie nicht länger in Gefahr und deine Anwesenheit ebenfalls nicht mehr erforderlich.“

„Ich glaube nicht, dass sie gehen würde, wenn ich nicht bleibe, um nach dem Rechten zu sehen. Sie fühlt sich so schuldig wegen der Sache. Ich muss das für sie in Ordnung bringen.“ Nick hielt kurz inne. „Natürlich kann ich dich nicht zwingen zu gehen, bin jedoch nach wie vor nicht glücklich über deine Entscheidung.“

„Dann kannst du mir hinterher gerne vorhalten, dass du mich ja gewarnt hättest.“

„Allerdings nicht, wenn du tot bist“, erwiderte er ernst.

Diese Worte jagten Isabella einen Schauer über den Rücken. „Ich werde mein Möglichstes tun, um das zu verhindern. Und dann kann ich dir hinterher sagen: Hatte ich nicht recht?“

„Dann hoffen wir mal, dass es nicht anders kommt.“

KAPITEL ACHT

Der Rest des Freitags verging wie im Flug, während Isabella den beiden alten Damen beim Packen half. Anschließend arrangierte sie für Los Angeles einen Abholservice, der sie am Flughafen in Empfang nehmen würde, und eine weitere Firma, die Lebensmittel liefern sollte. Nick hatte ihr zwar erzählt, dass seine Kollegen nach Abschluss seines Undercover-Einsatzes so einiges vorbeigebracht hatten, dennoch waren sein Kühlschrank und die Vorratskammer praktisch leer, da er in den letzten Monaten kaum zu Hause gewesen war. Glücklicherweise hatte einer seiner Freunde einen Schlüssel zu seiner Wohnung, und der würde den beiden Frauen unter die Arme greifen.

Auch wenn Isabella nicht unbedingt erpicht darauf war, zukünftig mit Nick allein zu sein, war sie doch erleichtert, ihre Großmutter schon bald an einem sicheren Ort zu wissen. Es war ihr nicht entgangen, wie atemlos, blass und ängstlich Gloria gewesen war, als sie sie vorhin die Treppe hinaufgejagt hatte. Sie, ebenso wie Anna, hatte in den letzten Tagen zu viel durchmachen müssen und brauchte unbedingt etwas Ruhe. Immerhin waren beide über achtzig.

Kurz vor zwanzig Uhr brachte Nick Anna und Gloria zum Flughafen, und Isabella machte sich daran, die nach einem hastig zubereiteten Abendessen ziemlich verwüstete Küche aufzuräumen. So ganz verlassen in dem großen alten Haus, überkam sie ein mulmiges Gefühl. Plötzlich hörte sie überall knarrende und knarzende Geräusche. Sie redete sich ein, dass es lediglich ihre Fantasie war, die ihr einen Streich spielte, und ermahnte sich, sich zusammenzureißen. Immerhin würde Nick bald zurück sein, und diese kurze Zeit sollte sie doch wohl überstehen.

Ursprünglich hatte er vorgeschlagen, sie sollte mitkommen, da es besser wäre, wenn sie zusammenblieben. Allerdings war mit all dem Gepäck kein Platz mehr in Annas winzigem Fiat gewesen, und er wollte für die Fahrt keinen fremden Wagen organisieren. Also hatte Isabella sich einverstanden erklärt, im Haus auf ihn zu warten. Normalerweise hatte sie kein Problem mit dem Alleinsein, war sie doch seit ihrer Kindheit daran gewöhnt. Um über die Runden zu kommen, hatte ihre Mutter oft zusätzlich nachts gearbeitet, und so war sie bereits in jungen Jahren auf sich allein gestellt gewesen.

Gefallen hatte ihr das nicht, aber wenn sie nicht verhungern wollten, musste sie wohl oder übel in den sauren Apfel beißen. Dennoch hatte sie sich nicht selten stundenlang verängstigt unter ihrem Bett versteckt, wenn jemand ihrer Meinung nach an der Wohnungstür rüttelte, oder sogar einen Tisch unter die Klinke geschoben, um denjenigen am Eindringen zu hindern. Am Ende war immer alles gut gegangen. Niemand war je hereingekommen.

Stattdessen ging die Gefahr von einem Mann aus, den sie anfangs sehr gemocht hatte: ihrem Stiefvater Gary. Das, was so vielversprechend begann, hatte ein schlimmes Ende genommen, wie so manch andere guten Dinge auch. An den meisten gab sie ihrer Mutter die Schuld, aber die letzte Katastrophe in Bezug auf ihre Karriere hatte sie selbst zu verantworten. Sie war bei ihrem Chef in Ungnade gefallen, und als sie ihm eröffnete, sie müsse dringend nach Rom, um ihre Großmutter zu retten, konnte sie sich des Gefühls nicht erwehren, dass er kurz davon stand, sie zu feuern. Glücklicherweise hatte er eingelenkt und lediglich gesagt, er hoffe, dass diese Auszeit ihr guttue und sie mit einer positiveren Einstellung zurückkäme. Das hatte sie sich ganz fest vorgenommen, denn sie war tatsächlich im Unrecht gewesen, auch wenn sie das nur ungern zugab.

Nachdem Isabella die Spülmaschine beladen und eingeschaltet hatte, ging sie hinüber ins Wohnzimmer und setzte sich auf die Couch. Sie wollte endlich einen Blick in die Schachteln werfen, die Nick von der Bank mitgebracht hatte, und erfahren, was in den Briefen stand.

Zuerst jedoch griff sie nach einem kleinen Beutel aus Samt und zog einen breiten, massiven Männerring heraus. Er war silbern und schwarz, mit dem Buchstaben *P* in der Mitte, der von einem Muster aus Linien und Spiralen umgeben war. *Was hatte dieses P zu bedeuten?* Es passte weder zu Tomas' Initialen noch zu dem *J* der Person, der er geschrieben hatte.

Sie hielt ihn hoch ins Licht und drehte ihn hin und her, um die Zeichen aus verschiedenen Blickwinkeln zu betrachten. Beinahe erweckte es den Eindruck, als enthielten sie noch eine weitere Botschaft, aber es gelang ihr nicht, diese zu entschlüsseln. Enttäuscht legte sie ihn zur Seite und zog den Stapel mit drei Briefen heraus. Der erste befand sich in einem Umschlag ohne Absender. Er war an Tomas Caruso an eine Adresse in Rom adressiert, von der sie annahm, dass er dort gewohnt hatte.

Sie öffnete ihn und nahm ein einzelnes Blatt heraus. Am rechten oberen Rand stand ein Datum, jedoch keine Jahreszahl. Leider war der Brief auf Italienisch verfasst. Sie beherrschte die Sprache zwar ein wenig, aber ihre Kenntnisse hielten sich in Grenzen. Wenn sie bei ihrer Großmutter war, hatten sie immer Englisch miteinander gesprochen.

Also zückte sie ihr Handy und tippte die Zeilen in ihre Übersetzungs-App ein. Glücklicherweise umfasste der Brief nur zwei Absätze.

Die Übersetzung lautete:

25. März

Tomas,

ich hoffe, dieser Brief erreicht Dich bei guter Gesundheit. Deine Nachricht und Dein spezielles Geschenk habe ich erhalten und verspreche, es stets in Ehren zu halten, da ich weiß, wie viel es Dir bedeutet. Wie Du bereits erwähntest, sind unser beider Herzen daran gebunden. Wenn ich zurückdenke an all das, was im vergangenen Jahr geschehen ist, drohen mir die Tränen in die Augen zu steigen. Aber ich muss sie zurückhalten, denn niemand darf erfahren, wie viel es mir bedeutet hat, mit Dir zu arbeiten.

Dadurch, dass ich Dich kennenlernen und Teil der Gruppe werden durfte, bin ich zu einem anderen Menschen und einer besseren Künstlerin geworden. Ich fühle mich inspiriert und erfüllt von einem Sinn für Rechtschaffenheit, den zu empfinden ich nie für möglich gehalten hätte. Bis ich Dich traf, war ich gefangen in meinem kleinen, unbedeutenden Leben. Durch Dich jedoch fand ich Zugang zu einer größeren, schöneren Welt, in der ich etwas bewirken kann.

Ich weiß, ich bin ohne Abschied gegangen, aber ich musste es tun, und Du weißt, warum. Dennoch denke ich noch immer oft an Dich und hoffe, dass es Dir gut geht und Du glücklich bist. Vielleicht werden wir uns eines Tages wiedersehen. Das ist mein geheimer Wunsch.

In Liebe. J

Mit wild klopfendem Herzen ließ Isabella das Blatt sinken, und Dutzende Gedanken schossen ihr durch den Kopf. Das Geschenk, das Tomas *J* geschickt hatte, konnte alles Mögliche sein. Zwar war nicht direkt von einem Gemälde die Rede, aber *J* hatte ihre gemeinsame Arbeit und die Verbundenheit ihrer Herzen mit diesem Präsent erwähnt, sodass die Vermutung nahelag, es könnte sich um ein Kunstwerk handeln.

Ihre Beziehung schien sehr persönlich, sehr leidenschaftlich gewesen zu sein, von daher griff sie neugierig nach dem nächsten Brief. Er stammte ebenfalls von *J* und war wieder ohne Absender an dieselbe Anschrift in Rom adressiert. Offensichtlich wollte *J* unter allen Umständen ihren Aufenthaltsort geheim halten.

Isabella gab auch diesen Text in ihre Übersetzungs-App ein.

14. April

Tomas,

ich mache mir Sorgen um Dich. Mir sind Gerüchte zu Ohren gekommen, dass Deine Loyalität ins Wanken geraten ist und die Dinge sich zuspitzen. Eigentlich ist es keine gute Idee, wieder mit Dir in Kontakt zu treten, aber ich konnte nicht widerstehen. Mein Herz ist wie versteinert. Bitte sei vorsichtig, wem Du vertraust. Es wäre möglich, dass jemand, der Dir nahesteht, seine eigenen Geheimnisse hat, seine eigenen Pläne durchzusetzen versucht. Pass auf Dich auf.

In Liebe. J

Jetzt galt Isabellas Sorge Tomas. Sie wusste nicht genau, wann er gestorben war. Das musste sie dringend herausfinden. Und auch auf diesem Schreiben befand sich keine Jahreszahl, aber sollte er im Mai oder Juni umgekommen sein, könnten diese Zeilen ein klarer Hinweis darauf sein, dass das Feuer womöglich doch kein Unfall war.

Sie nahm den letzten Brief aus dem Stapel und bemerkte, dass er als unzustellbar zurückgeschickt worden war. Die Anschrift lautete: J.J., Postfach 2310, 50123 Florenz, Italien. Die Rücksendeadresse war das Haus, in dem sie sich gerade aufhielt. Der Umschlag war schon einmal geöffnet worden, aber von wem? Von Tomas selbst? Von seinem Sohn Marcus? Oder von seiner Schwiegertochter Anna?

Sie zog den Briefbogen heraus. Die Handschrift war eine andere, energischer, mit klaren, harten Strichen. Tomas musste ihn an die geheimnisvolle *J* geschrieben haben. Schnell tippte sie auch diese italienischen Worte in ihr Handy ein und wartete ungeduldig auf die Übersetzung.

Ob J. J. tatsächlich ihre Initialen waren? Oder hatte er den Buchstaben lediglich wiederholt, um keinen Nachnamen zu nennen? Die gesamte bisherige Korrespondenz war ja äußerst vorsichtig formuliert gewesen.

Endlich wurden die englischen Worte angezeigt.

16. Juni

Meine liebste J,

Du hattest recht mit Deiner Warnung. Alles geht schief. Es gibt einen Verräter in unserer Mitte. Jetzt mache ich mir Sorgen um Dich. Bitte pass gut auf Dein Geschenk auf. Niemand darf je erfahren, dass es sich in Deinem Besitz befindet. Mittlerweile bedauere ich, es Dir geschickt zu haben. Eigentlich wollte ich Dir damit eine Freude machen, und jetzt bringt es Dich womöglich in Gefahr.

Ich fürchte, unsere Träume waren zu groß. Ich dachte, wir hätten mehr Macht, glaubte, wir wären eine Einheit. Aber das Böse findet uns durch das gedämpfte Licht unserer Kunst. Obwohl ich hoffte, wir hätten genug getan, scheint das nicht der Fall zu sein. Alles könnte zusammenbrechen.

Ich habe mein Werk meinem Sohn übergeben. Seine Fragen konnte ich nicht beantworten, aber ich weiß, dass er es sicher verwahren wird. Ich bete, dass es Dir gut geht und Du glücklich bist. Bitte lass mich wissen, ob dem so ist. Auch wenn wir getrennt sind, bist Du immer noch meine Inspiration, meine Muse, mein Ansporn, ein besserer Mensch zu sein. In ewiger Liebe. Tomas.

Isabella atmete tief durch. Tomas‘ starke und emotionale Worte berühren sie sehr. Aus diesen Zeilen sprach ein liebender Mann, aber auch einer, der Angst hatte, seine Welt könnte dem Untergang geweiht sein. Und er sollte Recht behalten, denn er war bei einem mysteriösen Brand ums Leben gekommen, der, wie es immer mehr den Anschein hatte, absichtlich gelegt wurde.

Sie fragte sich, warum der Brief zurückgekommen war. Hatte er die falsche Adresse angegeben oder war diese mysteriöse *J* weggezogen? Sollte er im selben Jahr verfasst worden sein wie der ihre, dann lagen zwischen den beiden Schreiben gerade einmal drei Monate. *Was war in diesen drei Monaten geschehen?*

Wie traurig, dass die Frau seine liebevollen Worte nie erhalten hatte.

Sie las sich die Übersetzung noch einmal durch. Tomas hatte eine kryptische, mitunter sogar poetische Sprache verwendet, und auch wenn die Übersetzung oft ein wenig danebenlag, kam das Wesentliche doch verständlich rüber. Anscheinend war er Teil einer Gruppe gewesen, der auch *J* einst angehörte. Sie hatte ihn gewarnt, den Menschen um ihn herum nicht zu vertrauen, und er hatte ihr geantwortet, dass es einen Verräter unter ihnen gäbe. *Alles geht schief.* Was aber meinte er mit *alles*? Worin war Tomas da nur verwickelt gewesen? *Das Böse findet uns durch das gedämpfte Licht unserer Kunst.* Eine höchst sonderbare Aussage. Und er war offensichtlich der Überzeugung, dass sie nicht genug getan hatten. Wenn sie nur wüsste, was er damit anzudeuten versuchte.

Ihr Telefon vibrierte und kündigte eine eingehende Nachricht von Nick an. Er hatte ihre Großmütter abgesetzt und war auf dem Heimweg. Sie schickte ihm ein Daumen-hoch-Zeichen zurück. Auch wenn sie über die Zusammenarbeit mit ihm alles andere als erfreut war, brannte sie darauf, ihm zu erzählen, was sie herausgefunden hatte.

Sie mussten unbedingt diese *J* aufspüren oder zumindest in Erfahrung bringen, wer sie war. Eindeutig hatte sie die Gruppe und Tomas vor dessen Tod verlassen. Und selbst wenn sie nicht mehr am Leben sein sollte, kannte vielleicht einer ihrer Nachkommen ihre Geschichte und wusste etwas über dieses ominöse Geschenk. Irgendwie schien es eine besondere Bedeutung gehabt zu haben, denn beide hatten mehr als einmal darauf hingewiesen, dass es unbedingt sicher verwahrt werden musste.

Nach wie vor verstand Isabella allerdings nicht, warum die gestohlenen Gemälde so wichtig waren.

War es die Kunst an sich? Die Maltechnik? Das Motiv? Hing es mit den Künstlern zusammen? Oder dachte sie in eine komplett falsche Richtung?

Dazu mussten sie einfach mehr über Tomas und Lucinda herausfinden. Sie konnte es kaum erwarten, tiefer in die Materie einzutauchen, aber an einem späten Freitagabend würde sich dazu nicht mehr allzu viel Gelegenheit bieten. Das Internet wäre zwar hilfreich, aber für gezieltere Informationen sollte sie sich besser in der örtlichen Bibliothek schlaumachen oder das Gespräch mit Menschen in Museen oder Galerien suchen. Sie musste mit der Kunstszene vertraut werden, am besten ein paar ältere Künstler ausfindig machen, die ihr mehr über die Szene der Sechzigerjahre erzählen konnten.

Beinahe wünschte sie, sie hätten ihre Großmutter und Anna nicht nach L.A. geschickt. Auch wenn Nick vielleicht besser Italienisch sprach als sie, würde man sie als Außenseiter abstempeln, und sie mussten sich das Vertrauen der Italiener erst hart erarbeiten. Egal, die Sicherheit der beiden alten Damen stand an erster Stelle, und sie würden bestimmt Mittel und Wege finden, um an die nötigen Informationen zu gelangen. Und nachdem sie erkannt hatte, dass dieser Raubüberfall eine persönliche Sache war, war sie entschlossener denn je.

Es war schon irgendwie unglaublich, wie sehr Nick und sie mit ihren Großmüttern und ihren Urgroßeltern, Tomas und Lucinda, verbunden zu sein schienen. Was auch immer vor fünfzig Jahren geschehen sein mochte, es beeinflusste sie selbst jetzt noch.

Allein schon die Tatsache, dass sie erneut auf Nick traf, was sie nach dem katastrophalen Date weder erwartet noch gewollt hatte. Doch je mehr sie über ihn erfuhr, desto weniger negativ war sie ihm gegenüber eingestellt. Natürlich würde er nach seiner Rückkehr erneut versuchen, die Führung an sich zu reißen, aber sie hatte nicht vor, ihm diese zu überlassen.

Isabella legte die Briefe und den Ring zurück in die eine Schachtel und wollte gerade die andere öffnen, um herauszufinden, was sich wohl darin befand, als plötzlich sämtliche Lichter im Haus ausgingen. Die Dunkelheit, die sie umfing, jagte ihr einen Angstschauer über den Rücken. Es war weder regnerisch noch stürmisch. *Warum also dieser plötzliche Stromausfall?*

Sie hatte sich kaum ihr Handy geschnappt und die Taschenlampe eingeschaltet, als sie an der Haustür ein Geräusch vernahm. Derjenige oder diejenigen klopften und klingelten nicht, versuchten aber offensichtlich, ins Innere zu gelangen. Isabella schnappte sich die beiden Kisten, sprang auf und eilte durchs Wohnzimmer die Treppe hinauf. Keine Sekunde zu früh, denn schon öffnete sich die Tür mit einem Knarren.

Das Herz schlug ihr bis zum Hals, während sie so leise wie möglich weiter hinauf in den zweiten Stock schlich. Dort verstaute sie die Kisten in dem Wäscheschrank im Flur hinter einem Stapel Handtücher, hastete weiter ins Schlafzimmer ihrer Großmutter und verriegelte die Tür hinter sich. Ihre Hand zitterte so stark, dass sie ihr Handy fallen ließ, noch bevor sie Hilfe anfordern konnte. Es schlitterte über den Boden und verschwand unter dem Bett, von wo aus ein schwacher Lichtschein hervordrang. Der Rest des Raumes versank in Finsternis. Vom Erdgeschoss drangen Männerstimmen zu ihr herauf. Es handelte sich um mindestens zwei Personen, und sie waren nicht gerade leise. Offensichtlich fühlten sie sich sicher und vermuteten, dass sich außer ihnen niemand im Haus befand. Das könnte ihr zum Vorteil gereichen.

Gleich darauf ertönte ein lautes Krachen, als ob ein Möbelstück umgeworfen worden wäre, und sie zuckte zusammen. Und dann näherten sich weitere Rufe und schwere Schritte. Jemand kam ins Obergeschoss.

Ihr blieb keine Zeit, um ihr Telefon zu holen. Sie musste schleunigst eine Waffe finden. Wenn jemand ins Zimmer eindrang, konnte sie ihn vielleicht überrumpeln, denn sich im Schrank zu verstecken, würde mit Sicherheit nicht funktionieren. So wie es klang, stellten die Männer das Haus auf den Kopf, und sie würden gewiss in sämtlichen Räumen nachsehen.

Entschlossen ging sie hinüber zur Kommode, schnappte sich eine massive, schwere Keramikvase und trat damit hinter die Tür. Das Unterfangen war riskant, aber sie wusste nicht, was sie sonst hätte tun können. Keinesfalls jedoch würde sie sich kampflos ergeben.

KAPITEL NEUN

Als Nick vor dem Haus seiner Großmutter in die Einfahrt einbog, beschlich ihn ein ungutes Gefühl. Es lag völlig im Dunkeln, nur durch einen Spalt in der Jalousie vor dem Wohnzimmerfenster blitzte Licht auf. Zudem stand die Haustür weit offen. Er hielt an, schaltete die Scheinwerfer aus, sprang aus dem Wagen und wünschte, er hätte seine Waffe mit nach Italien bringen können. Aber selbst ohne sie musste er etwas unternehmen. Isabella war da drin und steckte höchstwahrscheinlich in Schwierigkeiten.

Den Schlüssel seiner Großmutter in der Hand haltend, schlich er an der Wand entlang zur Rückseite des Hauses. Als er die Hintertür erreichte, konnte er deutliche Einbruchsspuren ausmachen, aber sie war nach wie vor verschlossen. Offenbar hatten die Verbrecher aufgegeben und sich zum vorderen Eingang begeben. Schnell presste er den Notrufknopf auf seinem Telefon, steckte den Schlüssel ins Schloss und drehte ihn so leise wie möglich um. Beim Eintreten vernahm er laute Geräusche aus dem Wohnzimmer. Anscheinend war gerade jemand dabei, die komplette Einrichtung zu zerlegen.

Eilig öffnete er die oberste Küchenschublade, entnahm ihr ein langes, scharfes Messer und machte sich auf, den Flur entlang, dankbar dafür, dass er sich hier so gut auskannte und auch im Dunkeln genau wusste, wohin er sich wenden musste.

Leider hatte er keine Idee, wo Isabella steckte, und konnte nur beten, dass sie sich versteckt hatte und nicht verletzt war. Auch im oberen Stockwerk vernahm er Schritte. Als er um die Ecke lugte, entdeckte er einen Mann in dunkler Kleidung und mit einer Mütze auf dem Kopf, an der sich eine Art kleiner Scheinwerfer befand. Dessen Strahl beleuchtete eine Szene der Verwüstung. Der Typ hatte bereits das Glas der Vitrine eingeschlagen und versuchte gerade, sie von der Wand zu reißen.

Nick bewegte sich vorsichtig auf den Dieb zu, in der Hoffnung, ihn überrumpeln zu können, trat jedoch dummerweise auf knirschende Glasscheiben. Der Mann wirbelte herum und richtete eine Waffe auf ihn.

Mit einem Sekundenbruchteil Vorsprung stürzte Nick sich auf ihn und schlug ihm mit der linken Hand die Pistole weg, während er ihm mit der rechten die Klinge in den Arm rammte.

Der Typ brüllte auf, stieß seinen Angreifer von sich und rannte, lautstark auf Italienisch fluchend, aus dem Raum.

Nick jagte ihm hinterher, aber just in dem Moment, als der Einbrecher durch die Haustür floh, vernahm er von oben einen Schrei. Daher ließ er von ihm ab, zog sein Handy hervor, schaltete die Taschenlampe ein und rannte, immer zwei Stufen auf einmal nehmend, die Treppe hinauf. Als er Glorias Zimmer erreichte, entdeckte er Isabella, die mit einem großen, starken Angreifer kämpfte.

Der Typ war exakt so gekleidet wie sein Kumpane im Untergeschoss, ebenfalls ganz in Schwarz mit einem Scheinwerfer auf der Mütze. Aus einer klaffenden Wunde an seinem Kopf sickerte Blut, dennoch hatte er die Hände um Isabellas Hals gelegt und hielt sie gegen die Wand gedrückt.

Der stand die Panik überdeutlich ins Gesicht geschrieben, und sie lief bereits blau an. Nick zögerte keine Sekunde, warf sich nach vorn und rammte dem Mann das Messer in den Rücken.

Der Einbrecher schrie schmerzerfüllt auf, wirbelte herum und schlug Nick mit dem Handrücken so hart ins Gesicht, dass dieser rückwärts taumelte und das Telefon, das er in der linken Hand hielt, in hohem Bogen davonflog.

Isabella rutschte zu Boden und schnappte nach Luft.

Glücklicherweise fand Nick innerhalb von Sekunden sein Gleichgewicht wieder und griff erneut an. Dieses Mal bohrte er seinem Gegner das Messer in den Bauch, aber leider war der Stich nicht tief genug, um ihn auszuschalten.

Minutenlang rangelten sie um die Waffe, aber aufgrund des spärlichen Lichts und der Schatten gestaltete sich ihr Kampf schwierig.

„Lauf!", brüllte er Isabella zu, denn er wollte sie einfach nur aus dem Zimmer haben.

Sie setzte sich tatsächlich in Bewegung, allerdings nicht in Richtung Tür. Stattdessen sprang sie aufs Bett und griff nach der Nachttischlampe. Als er ihre Absicht erkannte, schubste er den Mann von sich, und sie versetzte ihm einen Schlag auf den Kopf.

Der Kerl sackte in sich zusammen und fiel mit dem Gesicht nach unten auf den Boden, wo er das Bewusstsein verlor.

„Habe ich ihn umgebracht?", fragte sie atemlos, noch immer den Sockel der Lampe in Händen haltend, deren Glas- und Keramiksplitter jetzt über die Tagesdecke verteilt waren.

„Nein, keine Sorge, du hast ihn lediglich ausgeknockt."

Sie ließ ihr provisorisches Schlaginstrument auf die Matratze fallen und krabbelte aus dem Bett, und Nick hob sein Telefon vom Boden auf und richtete den Strahl der Taschenlampe auf sie. Das braune Haar hing ihr wild ins Gesicht, und in ihren Augen spiegelten sich die unterschiedlichsten Emotionen wider. „Bist du okay?", fragte er besorgt.

Sie nickte, aber ihre Hand wanderte automatisch an ihre Kehle, wo sich bereits violette Flecken abzeichneten. „Du bist gerade noch rechtzeitig gekommen", stammelte sie, sichtlich erschüttert von der Vorstellung an das, was hätte passieren können.

Als er in der Ferne das Heulen von Sirenen vernahm, überkam ihn eine Welle der Erleichterung. „Endlich."

„Hast du die Polizei gerufen?", fragte Isabella. „Eigentlich wollte ich das direkt machen, aber als ich den Typen die Treppe hochkommen hörte, fing ich dermaßen an zu zittern, dass mir mein Handy aus der Hand rutschte." Sie ließ sich auf die Knie nieder und spähte unters Bett, und Nick leuchtete ihr über die Schulter. „Ich hab's", sagte sie, schnappte sich das Telefon und erhob sich wieder.

„Am besten, du gehst nach unten, erzählst den Beamten, was vorgefallen ist, und führst sie nach oben. Ich behalte inzwischen den Kerl hier im Auge. Er könnte der beste Hinweis sein, den wir haben."

„Da muss aber noch ein weiterer Mann sein. Ich habe zwei Leute sprechen hören."

„Der ist leider abgehauen. Ich wollte ihm gerade nachsetzen, als ich dich schreien gehört habe."

„Ich habe wirklich versucht, den Typen niederzuschlagen, ihn mit der Vase jedoch nur an der Schläfe erwischt. Daraufhin fing er an, mich zu würgen." Erneut fasste sie sich an den Hals. „Ich bekam keine Luft mehr, vor meinen Augen verschwamm alles, und ich war überzeugt, mein letztes Stündlein hätte geschlagen."

Nick sah, wie die Angst das Adrenalin in ihrem Blut verdrängte. „Es ist alles ausgestanden, und dir ist nichts passiert."

„Ja, ich weiß, dennoch sitzt mir der Schreck noch in den Gliedern. Aber okay, ich gehe nach unten."

Sie hatte kaum das Zimmer verlassen, als der Mann sich regte. Seine Augen waren noch immer geschlossen, die Maske jedoch war verrutscht und enthüllte seine Kinnpartie, die ein kurz geschorener Bart zierte. Er schien in seinen Dreißigern zu sein und war ganz in Schwarz gekleidet: Jeans, Sweatshirt und Mütze. Allerdings trug er nicht die schwarzen Handschuhe, die Nick bei dem anderen Einbrecher aufgefallen waren, und so konnte er unschwer erkennen, dass seine Finger stark tätowiert waren. Hoffentlich half das der Polizei, ihn zu identifizieren, damit sie endlich eine erste Spur hatten.

Isabella kehrte mit zwei bewaffneten Beamten zurück, die den Strahl ihrer Taschenlampen durch den Raum wandern ließen. Als sie dem Mann am Boden Handschellen anlegten, kam dieser vollauf zu Bewusstsein und begann, sich heftig zu wehren. Sie zerrten ihn auf die Füße und schoben ihn in den Flur und die Treppe hinunter, und Nick und Isabella folgten dem Trio.

Als sie den Eingang erreichten, betraten gerade zwei weitere Polizisten das Haus. Einer von ihnen half, den Gefangenen zum Streifenwagen zu bringen, während der andere sich als Kommissar Ferrara vorstellte und sie ins Wohnzimmer bat. Als ihre Taschenlampen den Raum erhellten, schnappte Isabella hörbar nach Luft.

„O mein Gott! Ich kann nicht glauben, dass sie hier alles kurz und klein geschlagen haben“, keuchte sie.

„Wie es scheint, haben die Einbrecher nach etwas gesucht“, kommentierte der Kommissar den Schauplatz der Verwüstung. „Haben Sie eine Ahnung, was das gewesen sein könnte?“

„Wahrscheinlich ein Gemälde“, antwortete Nick. „Dies ist das Haus meiner Großmutter, Anna Caruso. Sie war am Donnerstag Zeugin des Raubüberfalls auf das Museo dei Capolavori Roma. Bei einem der gestohlenen Werke handelte es sich um ein Familienerbstück.“

„Meine Großmutter, Gloria Rossi, wohnt ebenfalls hier“, ergänzte Isabella. „Und auch ihr Bild wurde entwendet.“

„Ihre Namen bitte“, forderte Ferrara sie auf.

„Nick Caruso, Isabella Rossi“, antwortete Nick für sie beide. „Sie müssen dringend Capitano Lavezzo vom Carabinieri T.P.C. informieren. Er ermittelt in der Museumssache, und dieser Einbruch heute dürfte damit in Verbindung stehen.“

Der Beamte nickte. „Bitte warten Sie kurz hier.“

„Anna und Gloria wären am Boden zerstört, wenn sie das

sehen würden“, murmelte Isabella. „Gott sei Dank waren sie nicht hier.“

„Und du hättest ebenfalls nicht im Haus sein sollen. Ich hätte dich nicht allein zurücklassen dürfen.“

„Mir wäre nichts passiert, wenn ich nicht dieses verdammte Telefon hätte fallen lassen. Dann wäre die Polizei schon viel früher vor Ort gewesen. Ich hätte es besser machen müssen.“

Anscheinend hatte Isabella recht häufig das Gefühl, sie hätte irgendetwas besser machen können. Ihre Erwartungen an alle, vor allem jedoch an sich selbst, waren extrem hoch. „Dennoch hätte ich dich dieser Gefahr nicht aussetzen dürfen.“

„Hör auf, dir Vorwürfe zu machen, Nick. Hierzubleiben war meine eigene Entscheidung. Zudem war im Auto ohnehin kein Platz mehr. Es gab also nur diese beiden Optionen: sie entweder mit dem Taxi zum Flughafen zu schicken oder mich zurückzulassen.“

Damit hatte sie natürlich nicht ganz unrecht, aber er hätte sie zumindest auffordern können, im Nachbarhaus auf seine Rückkehr zu warten. Egal, es war sinnlos, im Nachhinein über mögliche Alternativen nachzugrübeln. „Du musst einen Riesenschreck bekommen haben, als plötzlich der Strom weg war, oder?“

„Allerdings. Ich saß gerade auf der Couch und ging die Briefe durch, die du von der Bank mitgebracht hattest. Plötzlich gingen die Lichter aus, und gleichzeitig hörte ich jemanden an der Tür. Also schnappte ich mir die Schachteln, nahm sie mit nach oben, versteckte sie im Wäscheschrank und schloss mich dann im Zimmer meiner Großmutter ein. Als der Typ die Tür auftrat und hereingestürmt kam, habe ich versucht, ihn mit der Vase außer Gefecht zu setzen, was leider nicht wirklich geklappt hat.“

Ihre Reaktionsfähigkeit und ihr Mut beeindruckten Nick. „Gut gemacht.“

„Na ja, eigentlich glaube ich nicht, dass sie sich für die Boxen interessiert hätten. Sie waren mit Sicherheit auf der Suche nach einem Bild.“ Ihr Blick wanderte zu der demolierten Vitrine.

„Dachten sie etwa, es wäre dahinter versteckt? Der Kerl, der entkommen ist, hatte aber nichts in der Hand, oder?“

„Nein, lediglich eine Waffe.“

„Eine Waffe?“, wiederholte sie verblüfft. „Wie konntest du ihn da überrumpeln?“

„Ich hatte das Überraschungsmoment auf meiner Seite, und zudem ein langes Küchenmesser.“ Er ließ seinen Lichtstrahl durch das Zimmer wandern. „Als ich mich auf ihn stürzte, flog ihm die Pistole aus der Hand, aber ich konnte nicht erkennen, wo sie gelandet ist. Und als ich dich schreien hörte, wollte ich keine weitere Zeit mit der Suche danach vergeuden.“

Er ging auf den Schrank zu und entdeckte sie unter einem kleinen Beistelltisch, ließ sie jedoch liegen, für den Fall, dass die Polizei Fingerabdrücke nehmen wollte. Ihre beste Spur jedoch war der Kerl, den sie in Gewahrsam genommen hatten. Hoffentlich war die ganze Sache bald ausgestanden.

Nur Sekunden später gingen die Lichter wieder an, was sowohl Erleichterung als auch eine noch deutlichere Erinnerung an das Geschehene mit sich brachte.

Als Kommissar Ferrara mit einem weiteren Beamten zurückkehrte, deutete Nick auf die Waffe unter dem Tisch, damit sie diese an sich nehmen konnten.

„Kommissar Lavezzo wird in Kürze hier sein“, informierte Ferrara sie. „Er möchte mit Ihnen beiden persönlich über den Vorfall sprechen. In der Zwischenzeit werden wir den Tatort fotografieren und sämtliche Beweismittel sicherstellen, die wir finden können.“ Prüfend betrachtete er Isabellas Gesicht. „Ich bräuchte auch ein paar Bilder von den Verletzungen, die Sie erlitten haben. Das können wir direkt erledigen, oder möchten Sie lieber erst einmal ins Krankenhaus fahren, um sich untersuchen zu lassen?“

„Gerne jetzt gleich. Eine Untersuchung in der Klinik ist nicht nötig, es geht mir gut“, versicherte sie ihm. Sie hob ihr Haar, damit er Fotos von den blauen Flecken an ihrem Hals machen konnte.

Als Nick ihre Blessuren nun so deutlich sah, stieg erneut Wut in ihm hoch. Sie hätte so etwas keinesfalls durchmachen dürfen. Eigentlich sollte er Isabella so schnell wie möglich aus dieser Situation herausholen, konnte ihr aber schlecht befehlen zu gehen. Darauf würde sie sich nicht einlassen. Vielmehr musste er ihr klarmachen, in welcher Gefahr sie sich befand, und dass sie beim nächsten Mal womöglich nicht mehr so glimpflich davonkäme. Wobei er natürlich hoffte, dass es kein nächstes Mal gab.

Nachdem der Kommissar mit den Fotos fertig war, stellte er fest: „Die Eingangstür ist beschädigt. Sie müssen sie verbarrikadieren. Haben Sie die entsprechenden Werkzeuge und Materialien zur Hand?"

„Keine Ahnung, aber ich werde mir etwas einfallen lassen", antwortete Nick.

„Okay. Ich muss wieder los, lasse aber zwei Beamte hier, bis Capitano Lavezzo eintrifft, um Ihre Aussagen aufzunehmen."

„Danke", erwiderte er knapp.

Nachdem der Kommissar und sein Kollege auch noch das Wohnzimmer aus jedem erdenklichen Winkel abgelichtet hatten, legte Isabella die Kissen zurück auf die Couch und setzte sich. Sie war mittlerweile sogar noch blasser als zuvor, und die Würgemale an ihrem Hals traten deutlich hervor. Bei ihrem Versuch, einen Mann zur Strecke zu bringen, der ihr körperlich um einiges überlegen war, hatte sie Stärke und Mut bewiesen. Dennoch konnte er ihren Schmerz und die Enttäuschung darüber, es nicht geschafft zu haben, nur zu gut erkennen.

„Ich hole dir ein Glas Wasser", bot er an.

„Nein", erwiderte sie scharf, fuhr sich jedoch gleich darauf mit der Zunge über die Unterlippe. „Ich meine ... Es geht mir gut, ich brauche gerade wirklich nichts."

Nick hatte jedoch eher den Eindruck, dass sie nicht allein sein wollte.

„Was wollen wir bezüglich der Tür unternehmen?", fragte sie.

„Mein Großvater hatte immer Holz im Schuppen gelagert. Vielleicht ist davon noch etwas übrig."

„Glaubst du, sie werden wiederkommen?"

„Eigentlich nicht, aber wer weiß?"

Isabellas Blick bohrte sich in den seinen. „Sie haben das, was sie suchten, nicht bekommen."

„Weil es wahrscheinlich gar nicht hier ist. Sobald Lavezzo den Täter verhört hat, werden wir hoffentlich mehr wissen. Seine Ergreifung könnte den dringend benötigten Durchbruch bedeuten, denn wenn er uns Details über seine Auftraggeber verrät, sind wir dem Aufenthaltsort der Gemälde schon ein gutes Stück nähergekommen."

„Wenn er überhaupt redet. Auf mich machte er einen fiesen, brutalen Eindruck. Seine Augen waren eiskalt, völlig emotionslos. Ich bin mir sicher, er hätte mich umgebracht, ohne mit der Wimper zu zucken."

Nick konnte die Bestürzung und Verunsicherung in ihrer Stimme hören, was auch völlig verständlich war. Mit Sicherheit hatte sie sich noch nie zuvor in solch einer schlimmen Lage befunden. „Morgen früh bringe ich dich zum Flughafen", sagte er bestimmt. „Du fliegst zurück nach L.A. und bleibst bei unseren Großmüttern, bis sich hier alles geklärt hat."

Sie schüttelte entschieden den Kopf, und so allmählich schien ihr Kampfgeist zurückzukehren. „Ich laufe nicht weg."

„Das hat doch nichts mit Weglaufen zu tun, sondern damit, zu wissen, wann man besser den Rückzug antritt."

„Hast du ebenfalls vor zu verschwinden?"

„Nein, aber das ist etwas anderes."

„Weil du ein Mann bist?"

„Weil ich FBI-Agent bin und im Gegensatz zu dir darauf geschult wurde, derartige Fälle zu lösen."

„Ich fände es nach wie vor besser, wenn wir zusammenblieben. Heute Abend hat das doch gut funktioniert. Du hast mich gerettet, und ich dich", erinnerte sie ihn.

„Deine Großmutter würde mich umbringen, wenn dir etwas zustieße."

„Und Anna mich, wenn dir etwas passieren sollte, weil du auf dich allein gestellt warst."

„Sie würde dir keinesfalls die Schuld daran geben."

Isabella hob kraftlos die Hand. „Bitte hör auf zu versuchen, mich zum Gehen zu bewegen, Nick. Jetzt, wo ich in dieser Sache mit drinstecke, werde ich sie auch bis zum Ende durchziehen."

„Du hast keine Ahnung, wie dieses Ende aussehen könnte. Heute Abend hast du überlebt, aber wer weiß, was beim nächsten Mal passieren wird?"

Sie schluckte schwer, wobei sie vor Schmerz das Gesicht verzog, ließ sich jedoch nicht beirren. „Vielleicht ändere ich meine Meinung irgendwann, aber nicht hier und jetzt. Wenn du bleibst, bleibe ich ebenfalls."

„Ich hoffe, du wirst diese Entscheidung nicht bereuen."

„Glaub mir, ich auch."

Als Kommissar Lavezzo das Haus betrat, atmete Isabella erst einmal tief durch. Sie fühlte sich nicht annähernd so tapfer und mutig, wie sie Nick glauben lassen wollte. Einerseits würde sie nichts lieber tun, als den nächsten Flieger gen Heimat zu nehmen, andererseits jedoch wollte sie auch bleiben, um herauszufinden, was hier eigentlich vor sich ging. Irgendwie schien ihre Familie in etwas Undurchsichtiges, Gefährliches verwickelt zu sein, und sie musste wissen, in was.

Noch immer innerlich zitternd, erhob sie sich und gesellte sich zu Nick und dem Kommissar, die bereits über die Vorkommnisse diskutierten. Persönlich kannte sie den Capitano bisher nicht, aber Nick schien ihm erzählt zu haben, wer sie war und was ihr widerfahren war.

Der Beamte bedachte sie mit einem scharfen Blick, der an

ihrem Hals hängenblieb. „Wie ich hörte, wurden Sie angegriffen, Signorina Rossi. Brauchen Sie ärztliche Hilfe?“

„Nein danke, es geht mir gut“, entgegnete sie und versuchte verzweifelt, sich auf ihren wackeligen Beinen aufrecht zu halten.

Nick schien ihr desolater Zustand nicht entgangen zu sein, denn er deutete auf das Sofa und schlug vor, sich zu setzen. Er nahm neben ihr Platz, und der Kommissar auf der ihnen gegenüberliegenden Couch. An diesem Freitagabend trug er äußerst legere Kleidung, was in Anbetracht der späten Stunde nicht weiter verwunderlich war.

„Wissen Sie bereits etwas über die Männer, die hier eingebrochen sind?“, fragte Isabella.

„Bislang nicht. Der Verletzte wird gerade medizinisch versorgt. Er hatte natürlich keinen Ausweis bei sich, aber wir sollten ihn in Kürze identifiziert haben. Kommissar Ferrara hat mir zwar bereits berichtet, was sich zugetragen hat, aber ich würde es gerne auch noch einmal von Ihnen hören, Signorina. Sie saßen in diesem Zimmer, als die Männer ins Haus eindrangen?“

„Ja. Zuerst gingen die Lichter aus. Dann hörte ich jemanden an der Haustür hantieren, rannte die Treppe hoch und versteckte mich im Schlafzimmer meiner Großmutter. Einer von ihnen kam nach oben, der andere blieb hier unten.“ Erneut blickte sie sich in dem verwüsteten Raum um und bemerkte erst jetzt, dass die Einbrecher sogar die schweren Vorhänge von den Stangen gerissen hatten. „Sie müssen angenommen haben, es gäbe noch ein weiteres Gemälde hier im Haus. Immerhin haben sie fast die komplette Einrichtung zerlegt. Da steckte eine Absicht dahinter.“

„Dieser Meinung bin ich auch. Wissen Sie, ob es tatsächlich noch ein Bild hier gibt?“

„Jedenfalls keines, das von Tomas Caruso oder Lucinda Rossi gemalt wurde“, antwortete sie.

„Womöglich andere Wertsachen, die hier versteckt wurden?“, hakte Lavezzo nach.

„Davon scheint jemand überzeugt zu sein."

„Sie beide sollten sich für heute Abend ein Hotelzimmer nehmen. Oder noch besser: direkt in den nächsten Flieger nach Hause steigen. Hier gibt es für Sie nichts zu tun."

„Wir wägen gerade unsere Optionen ab", sagte Nick. „Allerdings bin ich sehr daran interessiert zu erfahren, was der Mann im Krankenhaus zu sagen hat."

„Ich ebenfalls. Das könnte der Durchbruch in diesem Fall sein." Der Kommissar hielt inne, als ein weiterer Mann den Raum betrat. Es war Stefano, der mit besorgter Miene auf sie zugeeilt kam.

„Gangi", sagte Lavezzo verwundert, „was machen Sie denn hier?"

„Capitano", antwortete dieser knapp, und die beiden Männer wechselten einen abschätzenden Blick. Offensichtlich kannten sie sich, waren einander aber nicht sonderlich grün. „Ich bin ein Freund der Familie", fügte er hinzu, bevor er sich an Isabella und Nick wandte. „Bitte sagt mir, dass euren Großmüttern nichts geschehen ist."

„Sie sind nicht mehr hier, sondern haben Italien vorsichtshalber verlassen", antwortete Nick.

„Gott sei Dank", sagte Stefano erleichtert. „Wo halten sie sich denn auf?"

„Das spielt keine Rolle. Wichtig ist nur, dass sie in Sicherheit sind."

„Ausgezeichnet. Ich habe gehört, dass einer der Einbrecher gefasst wurde. Konnten Sie ihn bereits identifizieren?" Mit dieser Frage wandte er sich an Lavezzo.

„Bisher nicht, aber wir werden hoffentlich bald wissen, mit wem wir es zu tun haben."

„Wenn ich Ihnen irgendwie helfen kann, lassen Sie es mich bitte wissen", bot Stefano an.

„Vielen Dank, aber wir haben alles im Griff, Kommissar", konterte Lavezzo. „Aber vielleicht können Sie die beiden hier überzeugen, dass es klüger wäre, in die Staaten zurückzukehren."

„Das habe ich ihnen bereits vorgeschlagen. Es wäre die beste Entscheidung."

„Wir werden es uns überlegen", versprach Nick.

„Also gut." Kapitän Lavezzo nickte resigniert. „Wir bleiben in Kontakt."

„Ich bringe Sie noch hinaus."

Während Nick den Kommissar nach draußen begleitete, setzte Stefano sich neben Isabella. „Da sind Würgemale an deiner Kehle", stellte er bestürzt fest.

„Du solltest mal den anderen Typen sehen", versuchte sie zu scherzen.

„Ja, ich habe gehört, dass er verletzt wurde, aber das tut mir auch nicht leid, wenn ich sehe, was er dir angetan hat. Soll ich dich in die Klinik bringen?"

„Nicht nötig, ich bin okay."

Er bedachte sie mit einem prüfenden Blick. „Ich weiß, Signor Caruso ist FBI-Agent, aber wir sind hier nicht in den USA und seine Möglichkeiten, dich zu beschützen, insofern ziemlich eingeschränkt. Er hat ja nicht einmal eine Waffe bei sich, oder?"

Isabella fand die Frage äußerst seltsam. „Vorhin hat er sich ein Messer aus der Küche genommen und auf den Typen, der mich zu erwürgen versuchte, eingestochen. Er hat mir das Leben gerettet."

„Das war reines Glück. Beim nächstes Mal ..."

„Werden wir besser vorbereitet sein", beendete sie seinen Satz. „Wenn wir denn bleiben ... Wie Nick schon sagte, haben wir uns bislang nicht entschieden. Wir hätten nie damit gerechnet, dass jemand ins Haus eindringt. Unsere Großmütter haben bei dem Raubüberfall nichts gesehen, und sie sind nicht im Besitz weiterer Kunstwerke."

„Bist du dir dessen ganz sicher? Sie könnten etwas haben, von dessen Existenz sie nichts ahnen. Ich weiß, dass Gloria vor einigen Monaten eingezogen ist. Vielleicht befindet sich noch etwas unter ihren Sachen, das für jemanden von wert ist."

„Da ist nichts", erwiderte sie barsch, und Nicks Warnung,

niemandem zu trauen, schoss ihr wieder durch den Kopf. Klar, Stefano war Polizist, und noch dazu von Annas Ehemann ausgebildet worden. Es war unwahrscheinlich, dass er etwas anderes vorhatte als zu helfen, dennoch kamen manche seiner Fragen ihr sonderbar vor. Aber vielleicht war das einfach die italienische Art, ein Verbrechen aufzuklären.

Nur Augenblicke später kehrte Nick zurück und bat: „Stefano, würde es dir etwas ausmachen, hier bei Isabella zu bleiben, während ich im Schuppen nach einer Sperrholzplatte für die Eingangstür suche?"

„Mit Vergnügen."

„Danke. Ich bin gleich wieder da."

„Du musst nicht auf mich aufpassen, Stefano", versicherte sie ihm. „Da du keine Uniform trägst, hast du bestimmt schon Feierabend, oder?"

„Stimmt, aber ich hatte meine Kollegen gebeten, mich zu benachrichtigen, wenn irgendetwas in diesem Haus vorfallen sollte."

„Du hast dir also schon vorher Sorgen gemacht?"

„Ja", bestätigte er mit einem ernsten Nicken. „Mir hat gar nicht gefallen, wo eure Großmütter da hineingeraten sind, aber genau wie ihr hätte ich nicht damit gerechnet, dass so etwas passieren würde. Ich bin froh, dass sie nicht hier waren." Er hielt kurz inne. „Hast du darüber schon mit deiner Mutter gesprochen?"

„Nein. Du?"

Er setzte sich ein wenig aufrechter hin und schüttelte dann den Kopf. „Wir hatten kurz vor diesem Vorfall Kontakt. Das erste Mal nach über dreißig Jahren."

„Das ist eine lange Zeit."

„Und doch so, als wäre kaum ein Tag vergangen. Die Jahre dazwischen verblassten zu nichts. Sobald sie sich eingelebt hat, werde ich nach Florenz fahren und sie besuchen."

„Du sagtest, ihr seid Jugendfreunde gewesen, aber war da mehr zwischen euch?"

Ein Lächeln umspielte seine Lippen, doch gleichzeitig trat ein nachdenklicher Schimmer in seine Augen. „Damals bildeten wir uns ein, wir seien ineinander verliebt."

„Tatsächlich? Also so richtig Freund und Freundin?"

„Ich für meinen Part würde es so nennen, aber deine Mutter mochte kein Schubladendenken. Sie war ein Freigeist und träumte von einem Leben, das sie hier in Italien nie haben würde. Sie wollte nach Amerika, weit weg von ihrem Vater, der sehr streng mit ihr war, um Künstlerin zu werden wie ihre Großmutter."

„Ja, sie erzählte mir oft, dass sie es kaum erwarten konnte, aufs College zu gehen. Wart ihr noch zusammen, als sie fortzog? Warst du sehr traurig?"

„Allerdings. Sie brach mir das Herz und nahm ein Stück davon mit sich in die Ferne."

„Hast du nie in Erwägung gezogen, rüberzufliegen und sie zumindest zu besuchen?"

„Doch, natürlich. Im ersten Jahr schrieben wir uns auch noch sehr häufig. So allmählich jedoch ließ der Kontakt nach. Irgendwann hörte ich dann, dass sie mit jemandem zusammenlebte, und da wusste ich, dass es endgültig vorbei war." Er schwieg kurz. „Aber vergessen habe ich sie nie. Sie war meine erste große Liebe. Umso trauriger war ich, als ich erfahren musste, dass sie in ihrem Leben einige schwerwiegende Fehler begangen hatte."

„Tja, sie trifft leider nicht immer die klügsten Entscheidungen."

„Steht ihr beide euch nahe?"

„Nicht wirklich", antwortete sie achselzuckend.

„Warum nicht?"

„Das ist eine zu lange Geschichte für diese späte Stunde."

„Bitte entschuldige, es geht mich ja auch nichts an." Er hielt inne, als sie ein klopfendes Geräusch vernahmen. „Klingt, als hätte Nick Holz gefunden." Stefano erhob sich. „Ich werde mal schauen, ob ich ihm helfen kann. Pass gut auf dich auf, Isabella."

„Das tue ich immer“, murmelte sie, aber er hatte den Raum bereits verlassen.

Sie wartete ein paar Minuten, hörte noch weiteres Gehämmer sowie die Stimmen der beiden Männer. Da es sie interessierte, worüber sie sprachen, zwang sie sich aufzustehen und begab sich in den Eingangsbereich. Leider war die Unterhaltung mittlerweile verstummt, und da Nick sich auf der anderen Seite eines massiven Stücks Sperrholz befand, wandte sie sich der Treppe zu und ging nach oben.

Nachdem sie die Kisten aus dem Wäscheschrank geholt hatte, begab sie sich erneut in das Schlafzimmer ihrer Großmutter. Der Anblick der zerbrochenen Lampe und Vase, des unordentlichen Betts, des Bluts auf dem Boden und der Wand, gegen die sie gepresst worden war, während sie um ihr Leben kämpfte, löste eine Vielzahl unterschiedlichster Emotionen in ihr aus. Die Schachteln glitten ihr aus den Händen, gerade in dem Moment, als Nick das Zimmer betrat.

„Isabella?“, fragte er beunruhigt, aber sie konnte nicht antworten. Ihr ganzer Körper zitterte, und Tränen stiegen ihr in die Augen. Verzweifelt bemühte sie sich, sie wegzublinzeln. Sie würde nicht weinen. Sie weinte nie.

„Hey“, sagte er mit sanfter Stimme, während er sich ihr näherte.

Sie blickte zu ihm auf und biss sich auf die Unterlippe, versuchte, sich zusammenzureißen.

„Es ist doch gut ausgegangen. Dir ist nichts passiert“, beruhigte er sie und zog sie an sich.

Kurz versteifte sie sich, um nicht in seiner Umarmung zu versinken, ließ sich dann aber doch fallen, da ihre Beine nachzugeben drohten. Nick zog sie noch dichter zu sich heran, bis ihr Kopf an seiner Schulter ruhte, und sie schmiegte sich an ihn.

Ein paar Schluchzer entrangen sich ihrer Kehle, und sie kämpfte hart dagegen an.

„Wein ruhig“, flüsterte er.

„Nein ... Ich will keine Schwäche zeigen.“

„Isabella, sieh mich an."

Eigentlich wollte sie vermeiden, dass er ihre Emotionen in ihrem Gesichtsausdruck las. Aber er schien auf eine Reaktion zu warten, und so hob sie langsam den Blick.

„Du bist nicht schwach, sondern unglaublich mutig. Nervig, aber eben auch mutig", fügte er mit einem Lächeln hinzu.

„Nervig bist du ebenfalls", sagte sie, weil ihr diese Worte leichter als andere über die Lippen kamen. „Aber immerhin hast du mir heute Abend das Leben gerettet."

„Und du mir das meine."

„Dann steht es unentschieden zwischen uns."

„Du kannst es nicht lassen, die Punkte zu zählen, oder?"

„Wie soll ich denn sonst wissen, ob ich gewinne?"

Er grinste. „Gutes Argument. Ja, wir sind quitt."

Plötzlich veränderte sich etwas zwischen ihnen. Isabella spürte, wie ihr ein Schauer über den Rücken jagte, der nichts mit Angst oder Kälte zu tun hatte, sondern mit der glühenden Hitze, die sich zwischen ihnen breitmachte.

Nick schien sie ebenfalls zu spüren, denn er ließ sie abrupt los und trat einen Schritt zurück. Dabei bedachte er sie mit einem Blick, den sie nur schwer zu deuten vermochte. „Lass uns nach unten gehen", sagte er.

„Gute Idee." Sie schaute zu Boden, wo die Kisten lagen. Einer der Deckel war weggeflogen, aber sie waren glücklicherweise nicht kaputtgegangen.

Nicks Blick folgte dem ihrem. „Ich denke, wir bringen sie besser in die Küche. Durch die konnten die Diebe nicht ins Haus gelangen. Dort sieht alles wie immer aus."

Ein wenig Normalität konnte sie jetzt gut gebrauchen. Also schnappte sich jeder von ihnen eine der Boxen und sie begaben sich nach unten.

KAPITEL ZEHN

Isabella nahm am Küchentisch Platz, während Nick in der Auswahl an Kräutertees seiner Großmutter stöberte, weil er der Meinung war, sie bräuchten dringend etwas zur Beruhigung. „Es gibt Kamille und Jasmin", verkündete er schließlich. „Welchen möchtest du?" Dabei blickte er sie absichtlich nicht an, denn die paar Sekunden, in denen sie in seinen Armen gelegen hatte, hatten ihn merklich aufgewühlt. Und er musste gestehen, es hatte ihm gefallen, die Verletzlichkeit hinter ihrem harten Äußeren sehen zu dürfen ... vielleicht ein wenig zu sehr.

„Kamille klingt okay, obwohl ich eigentlich kein großer Teetrinker bin."

„Ich ebenso wenig, außer, wenn ich hier bin." Er schaltete den Herd an und wandte sich schließlich doch ihr zu. „Laut Grandma ist Tee das perfekte Mittel für jede Stimmung. Wenn du glücklich bist, feierst du mit einer Tasse. Solltest du traurig sein, tröstet er dich. Und in Stresssituationen hilft er dir beim Entspannen."

„Warst du als Kind denn oft angespannt?"

„Nicht unbedingt, aber zumindest leicht reizbar. Das jedoch hat mir mein Großvater in den Ferien, die ich hier verbrachte, gründlich ausgetrieben, und anschließend dauerte es immer gute drei Monate, bis ich in alte Verhaltensmuster zurückverfallen bin."

„Was war der Auslöser für diese Reizbarkeit?"

„Meine Eltern." Er verschränkte die Arme vor der Brust und lehnte sich gegen den Tresen, während er darauf wartete, dass das Wasser kochte. „Sie schleppten mich um die ganze Welt, ob ich wollte oder nicht. Ständig musste ich die Schule wechseln und wieder von Neuem anfangen. Und sobald ich alt genug war, schickten sie mich den Sommer über hierher, weil sie mich mal eine Weile loswerden wollten."

„Das klingt nicht sehr spaßig."

„War es auch nicht. Bis auf die Monate, die ich bei meinen Großeltern verbringen durfte. Plötzlich waren da Menschen, denen ich am Herzen lag, die mit mir redeten und hören wollten, was ich zu sagen hatte. Mein Großvater war ein wunderbarer Mann. Hast du ihn je kennengelernt?"

„Ich habe Marcus nur ein einziges Mal getroffen, mochte ihn aber auf Anhieb. Er war so viel herzlicher als mein Grandpa, lachte viel und gerne und war richtig witzig."

„Stimmt. Zudem besaß er einen messerscharfen Verstand und engagierte sich unheimlich für seine Gemeinschaft, Freunde und Nachbarn. Er wollte immer alle beschützen und jedem beistehen. Sie alle gehörten für ihn zur Familie, und ihr Wohlergehen lag ihm am Herzen."

„Ist er der Grund dafür, dass du FBI-Agent geworden bist?"

„Zum Teil bestimmt, allerdings habe ich mich nicht von Anfang an der Strafverfolgung gewidmet."

Erstaunt musterte sie ihn. „Ach, nein? Was hast du denn zuvor getan?"

„Mein Interesse galt ursprünglich dem Finanzwesen. Da ich schon immer Zahlen mochte, habe ich mir nach dem College einen Job in diesem Bereich gesucht."

Isabella schüttelte ungläubig den Kopf. „Das hätte ich jetzt nicht erwartet. Und wie in aller Welt bist du anschließend beim FBI gelandet?"

Er antwortete nicht sofort, da in diesem Moment der Kessel pfiff. Also goss er erst einmal heißes Wasser in zwei Tassen, fügte die Teebeutel hinzu und brachte sie zum Tisch. Dann nahm er ihr gegenüber Platz. „Ich bin bei der Arbeit auf eine illegale Geldwäsche-Operation gestoßen und habe mich vom FBI überreden lassen, sie bei dieser Sache als verdeckter Informant zu unterstützen. Anscheinend machte ich meine Sache gut, denn sie haben mich direkt im Anschluss rekrutiert. Und da mir dieser Job viel mehr Spaß machte, als anderen Leuten dabei zu helfen, reich zu werden, bin ich dort hängengeblieben."

„Meine Großmutter erzählte mir, du arbeitest überwiegend undercover."

„Richtig. Einen Großteil der Zeit verbringe ich damit, ein anderer Mensch zu sein."

„Wie ist das so?", fragte sie neugierig.

„Verdammt hart." Er war selbst überrascht von der Ehrlichkeit seiner Aussage.

„Und was ist der schwierigste Part daran? In eine andere Identität zu schlüpfen? Permanent lügen zu müssen?"

Er überlegte kurz. „Nichts davon ist einfach. Wenn ich solch einen Auftrag zugewiesen bekomme, nehme ich einen falschen Namen an, baue mir eine neue Identität auf, lege mir eine gefakte Hintergrundgeschichte zurecht und nähere mich schrittweise denjenigen an, auf die ich es abgesehen habe. Ich muss ihr Vertrauen gewinnen, um akzeptiert zu werden, nur um es am Ende zu missbrauchen, selbst das unschuldiger Beteiligter. Einige Ermittlungen ziehen sich über Monate hin, was bedeutet, dass ich lange Zeit in dieser Rolle ausharren muss. Das kann ganz schön heikel sein, und es ist keine Seltenheit, dass man irgendwann sein wahres Ich aus den Augen verliert." Er räusperte sich, weil er das Gefühl hatte, zu viel von sich preisgegeben zu haben. „Am Ende hat es sich jedoch bisher immer gelohnt. Wir konnten schon häufig üble Verbrecher und große kriminelle Organisationen zur Strecke bringen."

„Zumindest das muss dir doch eine gewisse Befriedigung verschaffen."

„Tut es auch, aber das klingt jetzt positiver, als es ist. Auf diesem Weg treffe ich sehr oft auf Menschen, die in eine gewisse Grauzone fallen und dann als Kollateralschaden enden."

„Aber sie haben sich doch für diesen Weg entschieden, oder etwa nicht? Wenn sie dann zu Schaden kommen, trifft doch dich keine Schuld."

„Auch wieder richtig."

„Irgendwie klingst du ein wenig müde, Nick."

„Das bin ich auch. Bevor meine Großmutter anrief, legte mein Boss mir nahe, mir eine Auszeit zu nehmen. Anfangs habe ich mich mit Händen und Füßen dagegen gewehrt, denn obwohl mir klar war, dass ich die dringend nötig habe, fühle ich mich immer besser, wenn ich arbeiten kann."

„Mir geht es ebenso. Mein Job ist der einzige Bereich in meinem Leben, in dem ich mich sicher fühle und alles im Griff habe. Na ja, meistens jedenfalls."

Er zog fragend eine Augenbraue hoch. „Das klingt nach einer interessanten Geschichte."

„Genau das ist das Problem. Anstatt als objektive Beobachterin zu fungieren, wurde ich selbst zur Geschichte. So etwas sollte nicht passieren."

„Was ist denn geschehen?"

„Ich habe einem Kongressabgeordneten ins Gesicht gesagt, dass ich ihn für ein korruptes Arschloch halte und alles daransetzen werde, um ihn dranzukriegen."

„Das war dein genauer Wortlaut?", fragte er lachend.

„Ich habe nur die Wahrheit gesagt", verteidigte sie sich. „Aber mein Chef war nicht gerade begeistert. Er zwang mich, meine Notizen einem Kollegen zu übergeben und Urlaub zu nehmen."

„Und wie hast du auf diese Anordnung reagiert?"

„Mir glücklicherweise auf die Zunge gebissen und mich gefügt."

„Tatsächlich? Es gibt Situationen, in denen du nicht das sagst, was du gerade denkst oder fühlst?“

„Gelegentlich“, erwiderte sie und schnitt eine Grimasse. „Ich liebe meinen Job. Aber ich hätte den Arsch des Abgeordneten besser gleich an die Wand nageln sollen, ohne ihn vorher zu beleidigen. Dieser Fehler wird mir kein zweites Mal passieren.“ Sie nahm einen Schluck von ihrem Tee. „Jedenfalls kam der Trip nach Italien für mich zu einem günstigen Zeitpunkt. Auch wenn es bisher alles andere als ein Urlaub ist, finde ich das nicht weiter schlimm. Ich bin ohnehin nicht sonderlich gut im Seele baumeln lassen.“

So allmählich begann Nick zu erkennen, wie viel sie doch gemeinsam hatten, was ihn nicht wenig beunruhigte. Insofern brachte er das Thema zurück auf die Schachteln aus dem Banktresor. „Und ... Hast du die Briefe gelesen?“

„Ja. Zwei waren von *J* an Tomas. Im ersten Brief sprach sie von einem Geschenk, das er ihr gemacht hatte, und dass sie gut darauf achtgeben würde. Im zweiten warnte sie ihn, dass jemand im Begriff stehen könnte, ihn zu verraten.“

„Interessant. Und wie genau?“

„Leider ging sie nicht ins Detail. Daraufhin schrieb Tomas ihr, aber anscheinend konnte sein Brief nicht zugestellt werden und kam zurück. Er war jedoch geöffnet, also muss ihn jemand gelesen haben. Vielleicht er selbst?“

„Oder meine Großeltern“, grübelte Nick. „Grandma schien über den Inhalt Bescheid zu wissen.“

„Seinem Schreibstil nach zu urteilen, war Tomas in diese *J* verliebt. Er machte sich Sorgen um sie, bedauerte aufrichtig, ihr dieses Geschenk geschickt zu haben und fragte sich, ob das ein Fehler gewesen sein könnte. Er erwähnte, der Meinung gewesen zu sein, alle würden am gleichen Strang ziehen, was offensichtlich nicht der Fall war. Aus seinen Worten spricht die pure Angst. Wenn du möchtest, kannst du die Übersetzung lesen. Ich habe sie auf meinem Handy abgespeichert. Oder sprichst du fließend Italienisch?“

„Früher, als ich meine Sommer hier verbracht habe, schon, aber das ist eine geraume Weile her und meine Kenntnisse sind von daher ziemlich eingerostet.“

„Dann ist auch für dich die Übersetzung leichter zu verstehen.“

„Ich lese sie später. Hast du den Ring gesehen?“

„Ja, er ist ein wahres Prachtstück. Allerdings frage ich mich, was der Buchstabe *P* darauf zu bedeuten hat. Die Initiale passt zu keiner Person, die wir kennen.“

„Nein, leider nicht.“

Isabella tippte auf die zweite Box. „In die hier habe ich bislang nicht hineingeschaut.“

„Laut meiner Großmutter befinden sich darin ihre persönlichen Unterlagen.“

„Dann wollen wir doch mal sehen.“ Sie hob den Deckel an und nahm einen Stapel alter Dokumente heraus. Es handelte sich unter anderem um Annas und Marcus‘ Geburtsurkunden, eine Heiratsurkunde, ein Schulabschlusszeugnis sowie die Tauf- und Kommunionsbescheinigungen ihres Sohnes, James Caruso. Isabella legte alles auf den Tisch zwischen ihnen, damit Nick ebenfalls einen Blick darauf werfen konnte.

„Sieht exakt nach dem aus, was Grandma gesagt hat“, murmelte er. „Lediglich persönliche Papiere, nichts, was mit den Gemälden zu tun haben könnte.“

„Moment mal ... Das könnte interessant sein.“ Sie reichte ihm einen Führerschein, auf dem der Name Juliette Sabatini stand.

Die Frau auf dem Foto hatte kurze schwarze Haare, große dunkle Augen und einen melancholischen Gesichtsausdruck. Das Dokument war schon vor vielen Jahren abgelaufen. Dem Geburtsdatum nach zu urteilen, müsste diese Juliette jetzt dreiundachtzig Jahre alt sein ... Wenn sie denn noch am Leben war.

„Keine Ahnung, wer das sein soll“, sagte er stirnrunzelnd und starrte auf das Bild. „Und warum Großvater dieses Dokument in der Kiste mit seinen persönlichen Unterlagen aufbewahrt hat.“

„Ihre Adresse ist in Florenz und ihr Name beginnt mit einem J“, stellte Isabella fest.

Nick runzelte erneut die Stirn. „Stimmt, aber warum befand er sich dann nicht bei den Briefen?“

„Vielleicht ist er versehentlich hier hineingerutscht.“

„Ich werde Großmutter fragen, ob sie weiß, wer diese Juliette ist. Allerdings landet sie erst in ein paar Stunden, also müssen wir uns wohl oder übel noch etwas gedulden.“

„Eventuell finden wir im Internet etwas über sie.“ Isabella erhob sich, um ihren Laptop zu holen, den sie zuvor auf der Kücheninsel abgestellt hatte, und er beobachtete sie dabei, wie sie mit entschlossener Miene den Namen in die Suchmaschine eintippte. Sie war definitiv niemand, der Wichtiges auf die lange Bank schob, und das, nachdem sie erst vor Kurzem beinahe erwürgt worden und vor Angst schier zusammengebrochen war. Jetzt jedoch war ihr Kampfgeist zurück. Selbst diese schlimme Erfahrung hatte sie nicht aus der Bahn geworfen.

Er hatte im Laufe der Jahre bereits mit vielen harten, mutigen Frauen zusammengearbeitet, aber sie alle waren darauf trainiert worden, mit Gefahrensituationen wie dieser umzugehen. Auf Isabella traf das nicht zu, dennoch stellte sie Entschlossenheit unter Beweis und verfügte über einen ausgeprägten Überlebensinstinkt. Diese beiden Charakterzüge könnten sie jedoch auch immer wieder in Schwierigkeiten bringen, also lag es wohl an ihm, dafür zu sorgen, dass das nicht geschah.

„Ich finde nichts“, murmelte sie genervt.

„Du hast doch gerade erst angefangen.“

„Ich habe ja auch nicht gesagt, dass ich aufgebe, nur, dass mir auf den ersten Blick nichts ins Auge springt.“

Während er einen weiteren Schluck Tee trank, spürte er, wie ihn die Müdigkeit zu übermannen drohte, und nicht nur aufgrund des heutigen Abends. Die letzten Monate forderten ihren Tribut. Wahrscheinlich wäre anstatt eines Beruhigungstees ein Energydrink die bessere Wahl gewesen.

Auch Isabella gähnte und rieb sich die Augen, und sein Blick wanderte automatisch zu der Uhr an der Küchenwand. Obwohl es erst dreiundzwanzig Uhr war, kam es ihm wesentlich später vor. „Ich denke, wir sollten für heute Schluss machen und unsere Recherche morgen fortsetzen."

„Ich bin noch gar nicht müde und kann gerne noch etwas weitermachen."

„Davon bin ich überzeugt, aber irgendwann solltest du dir etwas Ruhe gönnen, auch wenn du Angst davor hast einzuschlafen."

Sie hob den Kopf und schaute ihn an. „Habe ich nicht", entgegnete sie trotzig, aber Nick konnte hinter ihre Fassade blicken. Sie wollte nicht erneut als schwach abgestempelt werden. Also probierte er einen anderen Ansatz. „Ich brauche dich morgen aber frisch und ausgeruht, denn ich habe ein Treffen mit einer Kunsthistorikerin ausgemacht."

„Tatsächlich? Wie hast du das denn arrangiert?"

„Einer meiner Kollegen, der jahrelang auf Kunstdelikte spezialisiert war, hat sie früher als Informantin benutzt und mir ihre Kontaktdetails weitergeleitet. Ich habe ihr direkt eine Nachricht geschickt und auf dem Heimweg vom Flughafen ihre Antwort erhalten. Sie erwartet uns morgen um elf Uhr."

„Großartig. Vielleicht kann sie uns sagen, was es mit den Gemälden von Tomas und Lucinda auf sich hat."

„Genau das ist meine Hoffnung. Also, machen wir Schluss für heute?"

„Einverstanden." Wenn auch widerwillig, klappte sie ihren Laptop zu. „Ich glaube, ich bin jetzt tatsächlich auch müde. Das muss an dem Tee liegen."

„Dann geh ruhig schon mal nach oben. Ich mache nur noch das Licht aus."

„Vielen Dank."

Nachdem Isabella das Zimmer verlassen hatte, überprüfte Nick erneut die Hintertür, löschte die Lichter in der Küche und im restlichen Erdgeschoss und begab sich anschließend ebenfalls hinauf in den ersten Stock.

Er betrat sein Schlafzimmer, das sich nach wie vor wie der Rückzugsort seiner Jugend anfühlte. Seine Großmutter hatte kaum etwas verändert. Lediglich die Bettwäsche war neu, aber an den Wänden hingen noch immer seine Poster, und in einer Ecke lehnte seine Gitarre, ein Geschenk seines Großvaters. Allerdings hatte er sich stets standhaft geweigert, diese zu spielen. Musik gehörte in die Welt seiner Eltern, nicht in die seine.

Marcus war der Meinung gewesen, er besäße ein gewisses Talent, das er mit Sicherheit von seiner Mutter oder seinem Vater geerbt hatte, und hatte ihn mehr oder weniger gedrängt, es zumindest zu versuchen, um ihnen dadurch näherzukommen. Aber als verbohrter Teenager hatte er diesen Vorschlag natürlich rigoros abgelehnt, da er mit deren Welt nichts zu tun haben wollte.

Er ließ sich auf dem Bett nieder, streifte die Schuhe ab, streckte sich aus und starrte an die Decke. Zweifellos war er ein störrisches Kind gewesen und zu einem nicht minder störrischen Mann herangewachsen. Jetzt und hier jedoch, umgeben vom Erbe seiner Familie, fragte er sich, ob er manchmal nicht etwas zu engstirnig reagiert hatte. Okay, vielleicht nicht in Bezug auf seine Eltern, aber womöglich, was die restliche Verwandtschaft anbelangte. So richtig kennengelernt hatte er lediglich zwei seiner Cousins, aber das war es dann auch schon. Und plötzlich gab es da jede Menge Angehörige, sogar einen Urgroßvater, von dem er so gut wie nichts wusste.

Isabella schien es ähnlich zu ergehen wie ihm, obwohl ihre Faszination schon beinahe an Besessenheit grenzte. Ein Teil dieser Besessenheit rührte mit Sicherheit daher, dass sie heute Abend beinahe gestorben wäre, und sie verdrängte dieses Gefühl, indem sie sich sofort in etwas anderes stürzte.

Diese Reaktion kam ihm bekannt vor. So allmählich wurde ihm bewusst, dass sie sich doch ähnlicher waren, als er erwartet hätte. Aber egal, das war nicht weiter wichtig, denn zwischen ihnen würde sich nichts entwickeln.

Er schloss die Augen und versuchte, sein Gehirn abzuschalten, aber sein Verstand weigerte sich zu kooperieren. Immer mehr Fragen wirbelten ihm durch den Kopf, was nur zu weiterer Anspannung und Frustration führte. Und die Sorge schürte, dass sie beide dem, was als Nächstes kam, nicht würden entrinnen können, wenn er nicht schnell eine Lösung fand.

Dann hörte er Schritte über sich. Isabella fand anscheinend ebenfalls keine Ruhe.

Nach weiteren zehn Minuten, in denen er den Lauten im darüberliegenden Stockwerk gelauscht hatte, wälzte er sich aus dem Bett und ging nach oben. Durch den Spalt unter ihrer Tür drang Licht in den Flur. Er klopfte zögerlich an. „Isabella?“

Nur Augenblicke später öffnete sie die Tür. Sie trug eine Pyjamahose und ein T-Shirt, ihr Haar war ein welliges Durcheinander und in ihrem Blick lag eine Kombination aus Beunruhigung, Irritation und Wachsamkeit.

„Was ist?“, fragte sie ein wenig unwirsch.

„Ich kann nicht schlafen.“

„Dann trink noch eine Tasse Tee.“

„Vielleicht solltest du das ebenfalls tun, denn du scheinst ja auch nicht zur Ruhe zu kommen. Ich konnte dich unten in meinem Zimmer auf und ab gehen hören. Hast du Angst, dass heute Abend nochmals jemand versuchen könnte, hier einzubrechen?“

„Nein. Ja. Möglicherweise.“ Sie strich sich eine Haarsträhne hinters Ohr. „Keine Ahnung.“

„Ich denke, heute Nacht sind wir hier sicher.“

„Aber du weißt es nicht, oder?“

„Nein“, gab er zu. „Darf ich reinkommen?“

„Warum?“

„Weil ich mir vorstellen könnte, dass uns beiden die Gesellschaft des jeweils anderen guttut.“ Bevor sie ihn hinauswerfen konnte, schob er sich an ihr vorbei und ließ sich auf der Chaiselongue gegenüber dem Bett nieder. „An dieses Teil erinnere ich mich noch sehr gut. Früher stand es unten, und meine Großmutter liebte es, darauf zu sitzen und zu lesen. Wieso in aller Welt hat sie es nach hier oben geschafft?“

Isabella zuckte mit den Schultern und setzte sich auf ihr Bett. „Keine Ahnung. Vielleicht wollte sie einfach ihre Handarbeitsstube ein wenig gemütlicher gestalten“, sagte sie und deutete mit dem Kinn auf die Nähmaschine in der Ecke, neben der sich ein Korb mit Stoffen befand.

„Kannst du nähen?“

„Überhaupt nicht. Und du?“

„Leider nein. Meine Großmutter hat immer wieder versucht, mir zu erklären, wie man zumindest einen Knopf annäht, aber ich war ein hoffnungsloser Fall.“

„Meine wollte mir während meines Sommeraufenthalts beibringen, wie ich meine Jeans einsäume. Die Aktion endete in einem Desaster. Dennoch fand ich es klasse, dass sich jemand die Zeit nahm, mir etwas zu zeigen. Sie ist eine so liebe Person, nur leider lässt sie sich schnell von anderen ausnutzen und unterbuttern.“

„Und wie ist deine Mutter so?“

„Über sie möchte ich lieber nicht reden.“

„Kein Problem. Dann lass uns über andere Dinge sprechen.“

„Und worüber?“

„Was immer du möchtest.“ Nick ließ sich zurück in die Kissen sinken. „Warum machst du nicht das Licht aus, legst dich ins Bett, und wir quatschen, bis uns die Augen zufallen?“

Sie bedachte ihn mit einem prüfenden Blick. „Du willst wirklich nur reden?“, fragte sie herausfordernd.

„Ja, außer dir steht der Sinn nach etwas anderem.“

„Nein, definitiv nicht.“

„Gut, dann wäre das ja geklärt.“

„Warst du es nicht, der unbedingt auf Schlaf bestanden hat?“

„Noch habe ich die Hoffnung, dass deine Geschichte mich dermaßen langweilt, dass ich tatsächlich ins Reich der Träume abdrifte“, erwiderte er lachend.

Isabella streckte ihm die Zunge heraus, löschte das Licht und legte sich hin. „Eigentlich glaube ich eher, dass du mich zu Tode langweilen wirst. Wie jeder Kerl hast auch du wahrscheinlich zahlreiche Geschichten darüber auf Lager, was für ein toller Hecht du bist."

„Deine Meinung über Männer ist nicht unbedingt die Beste, was?"

„Damit magst du recht haben", gab sie zu.

„Und woher kommt das?"

Sie antwortete nicht gleich, fuhr dann jedoch fort: „Laut meinem Therapeuten gibt es diverse Gründe dafür. Zum einen der Vater, den ich nie hatte, aber auch mein Grandpa, mein Stiefvater, einer der vielen Freunde meiner Mutter oder aber der Idiot, mit dem ich zuletzt zusammen war."

„Und wer war dieser Typ?", fragte er und fand es wesentlich einfacher, dieses Thema zu vertiefen, während sie von Dunkelheit umgeben waren.

„Ein Rechtsanwalt. Leider stellte sich schon bald heraus, dass er neben mir noch eine Reihe anderer Freundinnen hatte."

„Das ist echt scheiße."

„Was mich am meisten belastet, ist: Warum habe ich das nicht schon früher bemerkt? Eigentlich kann ich Menschen ziemlich gut einschätzen, aber er war lustig und charmant. Und was ihn betraf, habe ich mich zu sehr von meinen Freunden beeinflussen lassen, die mir ansonsten immer vorhielten, ich sei zu wählerisch."

„Wahrscheinlich bist du das tatsächlich."

„Na ja, offensichtlich nicht wählerisch genug. Wie steht es mit dir? Hast du viele Dates? Bist du kritisch, was deine Partnerinnen anbelangt?"

„Beides nein. Ich gehe gerne aus, aber leider nicht sehr häufig, weil ich meistens arbeite."

„Aber undercover verabredest du dich doch bestimmt auch hin und wieder, oder?"

„Nur dann, wenn es Teil des Jobs ist und ich jemandem näherkommen muss."

„Wie nennt man das doch gleich – eine Honigfalle?"

Nick lachte. „Ich glaube, du schaust zu viele Spionagefilme."

„Stimmt. Hast du mit diesen falschen Identitäten schon ein paar Herzen gebrochen?"

„Natürlich versuche ich, das zu vermeiden, aber manchmal passiert es dennoch."

„Und im normalen Leben?"

Er dachte kurz über diese Frage nach. „Ich bin dermaßen oft umgezogen, dass ich so etwas wie eine romantische Beziehung schon ewig nicht mehr hatte." Für seine Begriffe hatten sie jetzt mehr als genug über sein Liebesleben diskutiert, von daher wechselte er das Thema. „Wie kam es, dass du Journalistin geworden bist?"

„Das war schon von klein auf mein Traum, und wenn ich mir einmal etwas in den Kopf gesetzt habe, lasse ich nicht locker, bis ich es bekomme."

„Das glaube ich gerne. Aber was war der Grund für diesen Traum?"

„Schon als Kind habe ich mir gerne Reportagen im Fernsehen angeschaut. Ich fand es super aufregend, wie diese Leute sich mitten ins Geschehen stürzten, um über eine Verfolgungsjagd, eine Entführung oder einen korrupten Politiker zu berichten. Und mir gefiel die Idee, wichtige Fakten aufzudecken, gewisse Leute daran zu hindern, mit ihren illegalen Machenschaften ungestraft davonzukommen." Sie hielt kurz inne und fügte dann hinzu: „Ist das nicht Ironie des Schicksals, dass es ausgerechnet eine Journalistin war, die über die Firma meines Stiefvaters recherchierte und ihn als Betrüger entlarvte? Eigentlich hätte ich diese Person hassen sollen, denn ihretwegen wurde die Ermittlung eingeleitet, die letztendlich meine Mutter ins Gefängnis brachte. Aber als die Geschichte dann publik wurde, dachte ich nur: *Ja*, endlich sehen auch die anderen den wahren Charakter dieses Mannes. Obwohl ich ihn anfangs mochte, erkannte ich schon bald, was für ein zwielichtiger Typ er war. Lange vor meiner Mutter, die ihm stets blind vertraute. Sie tat alles, was er von ihr verlangte, unterschrieb Papiere und gab ihm Geld, ohne je Fragen zu stellen. Ich schätze, das war der eigentliche Auslöser für meine Wahl, Reporterin zu werden. Weil Mom nie etwas hinterfragte, geriet sie in Schwierigkeiten. Also schwor ich mir, dass mir so etwas nicht passieren würde."

„Warum diese Distanz zwischen deiner Mutter und dir? Bist du immer noch wütend auf sie?"

Isabella stieß einen tiefen Seufzer aus. „Offen gestanden, bin ich mir nicht mehr sicher, was ich überhaupt für sie empfinde. Jedenfalls fällt es mir schwer, ihr nach wie vor die Liebe entgegenzubringen, die ich als Kind für sie empfand. Als es nur uns beide gab, bevor Gary, mein Stiefvater, in unser Leben trat. Selbst als sie seinetwegen in Haft kam, war sie noch von seiner Unschuld überzeugt. Das war schwer zu verkraften."

„Das kann ich gut nachvollziehen. Hast du je mit ihr über deine Gefühle gesprochen?"

„Versucht schon, aber in der ersten Zeit nach ihrer Entlassung war ich stinksauer auf sie. Damals wollte ich mich aufs College konzentrieren und nicht mehr an ihrem Leben teilhaben. Wenn sie mich anrief, sprach ich kaum mit ihr und lehnte auch sämtliche Einladungen oder Aufforderungen, zu ihr zurückzukehren, ab. Im Laufe der Zeit lenkte ich ein, und wir hatten wieder etwas mehr Kontakt. Dann jedoch, als ich kurz vor meinem Abschluss stand, war sie wieder mit einem Mann zusammen, den ich nicht mochte. Und da ich das alles auf keinen Fall ein zweites Mal durchmachen wollte, brachte ich erneut Abstand zwischen uns."

„Okay, verstehe. Was hältst du davon, dass sie nach Florenz gezogen ist?"

„Großmutter ist überzeugt, die Rückkehr nach Italien und in die Kunstwelt würde ihr guttun. Ich allerdings bin mir nicht so sicher, ob es nicht nur eine weitere falsche Entscheidung war."

„Könnte deine Mutter mehr über Lucindas Gemälde wissen? Immerhin befand es sich bei ihren Sachen. Vielleicht solltest du doch einmal mit ihr sprechen."

„Lassen wir uns das als letzten Ausweg offen“, erwiderte Isabella und gähnte herzhaft. „Erzähl mir doch noch etwas mehr über dich, beispielsweise, was du gerne tust.“

„Was ich gerne tue?“ Nick überlegte kurz. „Eines meiner liebsten Hobbys ist Angeln.“

„Ist nicht wahr“, sagte sie ungläubig. „Das ist doch viel zu langweilig für jemanden, der ständig so unter Strom steht wie du.“

„Genau das ist der Grund, warum es mir so viel Spaß macht, auch wenn ich nicht allzu häufig dazu komme. Als Kind nahm mein Großvater mich oft mit zum Bracciano-See. Wir verbrachten den halben Tag auf dem Wasser, um Schwarzbarsche zu fangen, und konnten von Glück reden, wenn wir überhaupt einen erwischten. Wie gesagt, ich fische gerne, bin aber nicht sonderlich gut darin, und Grandpa war es ebenso wenig.“

„Trotzdem ist es eine schöne Erinnerung.“

Leider auch eine Erinnerung, die Nick traurig machte, weil er seinen Großvater nie wiedersehen würde. Energisch verdrängte er diesen schmerzhaften Gedanken. „Jetzt bist du dran. Was ist dein geheimes Hobby?“

„Ich singe gerne und gar nicht mal so schlecht.“

„Nur unter der Dusche oder auch auf einer Bühne?“

Zum ersten Mal, seit er sie kennengelernt hatte, lachte sie laut auf. Es war ein süßer, melodischer Ton, der in ihm den Wunsch weckte, ihn öfter hören zu dürfen.

„Unter der Dusche bin ich großartig, aber auch ansonsten kann sich das, was ich von mir gebe, hören lassen. Damals in der Highschool war ich sogar Mitglied im Chor ... allerdings nur, bis meine Mutter ins Gefängnis kam. Ab da stand ich zu sehr im Fokus der Öffentlichkeit.“

Und schon war die Dunkelheit in ihrer Stimme zurück.

„Was liest du gerne?“, fragte er weiter. „Da du selbst schreibst, nehme ich an, dass du auch Bücher magst.“

„Stimmt. Alles, was mit wahren Verbrechen zu tun hat, insbesondere Krimis oder Thriller, aber auch historische

Romane. Ebenso Sachbücher, die liebe ich. Ach ja, und Biografien."

Während Isabella weiter ausholte und ihm einige ihrer Lieblingswerke nannte, wurden ihm die Augen schwer. Endlich fühlte er sich einmal komplett entspannt.

Dann jedoch forderte sie ihn auf, ihr seine Favoriten zu nennen, und er musste ihr notgedrungen gestehen, dass Lesen nicht zu seinen bevorzugten Freizeitbeschäftigungen gehörte, im Gegensatz zum Fernsehen. Gerade wollte er ihr mehr über einen interessanten Dokumentarfilm erzählen, den er vor ein paar Wochen angeschaut hatte, als ihm ihre veränderte Atmung auffiel. „Isabella?"

Keine Antwort. Offensichtlich hatte er sie in den Schlaf gelangweilt. Lächelnd schloss er die Augen, überzeugt, nun ebenfalls Ruhe finden zu können.

KAPITEL ELF

Als Isabella am Samstagmorgen erwachte, fühlte sie sich ausgeruhter, als sie es sich hätte vorstellen können. Sie ließ den Blick durchs Zimmer schweifen und sah, dass die Couch verlassen war. Nick war verschwunden. Wenn sie sich recht erinnerte, war sie mitten in seiner Erzählung eingeschlafen, was jedoch nicht daran gelegen hatte, dass seine Worte sie langweilten. Sie hatte sich einfach endlich sicher genug gefühlt, um die Augen schließen zu können, und das verdankte sie ihm. Wäre er nicht zu ihr gekommen und hätte darauf bestanden, sich noch ein wenig zu unterhalten, wären ihre Gedanken wahrscheinlich unaufhörlich um diesen schrecklichen Moment gekreist, als sie sich mit dem Tod konfrontiert sah.

Entschlossen schwang sie die Beine aus dem Bett und begab sich ins Bad, um zu duschen. Anschließend schlüpfte sie in eine dunkle Jeans und einen rosafarbenen Pullover und ging nach unten, wo sie ein köstlicher Geruch auf direktem Weg in die Küche zog. Nick stand am Herd und wendete gerade Speck in einer brutzelnden Pfanne. In einer weiteren köchelten bereits Eier vor sich hin, vermengt mit leuchtend roten Tomaten und Blattspinat.

„Was wird das denn?“, fragte sie erstaunt.

„Ich mache uns Frühstück."

„Es sieht fantastisch aus. Und rieche ich etwa auch Kaffee?"

Er deutete mit dem Kopf in Richtung Kaffeemaschine. „Möglicherweise ist er ein wenig stark geworden."

„Kein Problem, ich trinke ihn gerne stark und schwarz."

„Dachte ich mir fast", erwiderte er grinsend.

Sein verspieltes Lächeln und das Gefühl von Vertrautheit, das in der vergangenen Nacht zwischen ihnen aufgekeimt war, bereiteten ihr ein wenig Unbehagen, obwohl das natürlich lächerlich war. Sie hatten sich weder geküsst noch miteinander geschlafen, nicht einmal im selben Bett, und dennoch spürte sie so etwas wie eine emotionale Bindung zu ihm. Die Gespräche hatten sich so natürlich angefühlt, und seine Anwesenheit in ihrem Zimmer hatte ihr Sicherheit vermittelt.

Bestimmt war er genau aus diesem Grund nach oben gekommen, weil er ahnte, dass sie nicht zur Ruhe kommen würde. Aber er hatte keine große Sache daraus gemacht, ihr nicht das Gefühl gegeben, schwach zu sein.

Als er sich über sie beugte, um zwei Teller aus dem Schrank zu nehmen, spürte Isabella, wie ein Kribbeln und ein Anflug von Wärme durch ihren Körper jagten. Da war nicht nur eine emotionale Anziehung, sondern auch eine Art physische, die sie nach ihrem ersten schrecklichen Date nie für möglich gehalten hätte. Aber all diese Gedanken und Überlegungen waren in der jetzigen Situation völlig unangebracht.

Also drängte sie sie energisch zur Seite, so wie sie es immer tat, wenn die Arbeit rief, und beschloss, sich erst einmal dem leckeren Frühstück zu widmen. Auch wenn sie mehr als bereit war, sich wieder in den Fall zu stürzen, wollte sie doch zuerst etwas essen.

Sie setzte sich an den Tisch, und Nick stellte zwei große Teller vor ihnen ab.

„Also ich muss zugeben, das, was du da gezaubert hast, sieht wirklich beeindruckend aus", lobte sie ihn. „Wer hat dir denn das Kochen beigebracht?"

„Wann immer ich hier zu Besuch war, hat Anna dafür gesorgt, dass ich in der Küche helfe. Sie bedauerte, dass mein Vater nie Kochen gelernt hatte, und wollte diesen Fehler bei mir nicht wiederholen."

Diese Aussage entlockte ihr ein Lächeln. „Meine Großmutter hat das ebenfalls versucht, aber irgendwann entnervt aufgegeben. Ich hatte einfach kein Interesse, und daran hat sich bis heute nichts geändert." Sie schaufelte etwas von dem Gemüseomelette auf ihre Gabel und schob sie sich in den Mund. Es schmeckte genauso lecker, wie es aussah. Einige Minuten widmeten sie sich schweigend ihrer Mahlzeit.

„Möchtest du noch etwas Speck?", fragte Nick, als er sich daranmachte, die Teller wegzuräumen. „Ein Stück wäre noch auf dem Herd."

„Nein, nimm du dir das ruhig. Ich bin satt."

„Ich eigentlich auch."

„Ich habe schon so lange keinen gebratenen Speck mehr gegessen. Normalerweise wärme ich ihn mir immer nur in der Mikrowelle auf."

„Ich auch, aber meine Großmutter hält die Mikrowelle seit jeher für eine der sieben Todsünden, und da wir hier in ihrer Küche sind, dachte ich mir, ich nehme ihre Lieblingsbratpfanne."

„Du liebst sie sehr, nicht wahr?"

„Ja, das tue ich. Apropos Großmutter ... Sie hat mir geschrieben, dass sie gut angekommen sind. Die Abholung am Flughafen hat hervorragend geklappt, und der Kühlschrank ist bestens bestückt. Leicht entsetzt war sie anscheinend über meine spartanische, ungemütliche Wohnung. Offensichtlich werden Gloria und sie etwas dagegen unternehmen, sobald sie sich von den Strapazen der Reise erholt haben."

„Du kannst also kochen, aber nicht dekorieren", neckte sie ihn.

„Das könnte ich bestimmt auch, hatte nur bisher einfach nicht die Zeit dafür."

„Hast du ihr erzählt, was sich hier ereignet hat?"

„Nur oberflächlich. Dass eingebrochen wurde, uns aber nichts passiert ist und auch nichts gestohlen wurde, und dass die Polizei einen Mann in Gewahrsam nehmen konnte. Ich habe die Gefahr etwas heruntergespielt. Irgendwann werden wir ihnen wohl beichten müssen, dass ihr Wohnzimmer einem Trümmerfeld gleicht, aber das sollten wir erst dann tun, wenn wir gleichzeitig Positives zu berichten haben."

Isabella nickte zustimmend. „Unbedingt. Sie sollten sich nicht unnötig Sorgen um uns machen."

„Ich habe sie auch gefragt, ob sie schon einmal von einer Juliette Sabatini gehört hat, aber sie kannte den Namen nicht. Ihr war auch der Führerschein in der Schachtel nicht aufgefallen, aber sie hatte sie auch nicht genauer durchgesehen."

„Dann werde ich heute nochmals recherchieren, ob ich etwas über Juliette finde. Ach, und noch eine Sache, die ich vergessen habe zu erwähnen. Ich habe gestern online nach Kunstdelikten gesucht, und vor sechs Monaten ereignete sich ein Überfall auf eine Galerie in Florenz, bei dem ebenfalls nur ein Gemälde gestohlen wurde. Es war von einem Künstler namens David Leoni. Grandma sagte mir, David war einer von Tomas' Schülern und zum Zeitpunkt von dessen Tod in seinen späten Teenagerjahren. Meiner Meinung nach könnte es eine Verbindung zwischen diesem Einbruch und dem Museumsraub geben, denn bei beiden ist Tomas der gemeinsame Nenner."

Ein neugieriges Funkeln trat in Nicks Augen. „Das ist ja interessant. Wir sollten diese Information an Kommissar Lavezzo weitergeben. Was konntest du sonst noch über David Leoni in Erfahrung bringen?"

„Bisher nicht viel. Ich hatte kaum angefangen, als Victor und Joelle auftauchten, und dann kamen auch schon Anna und du zurück und wir mussten uns beeilen, unsere Großmütter aus dem Haus zu schaffen. Ich setze ihn direkt noch einmal oben auf meine Recherchen-Liste. Vielleicht hat ja auch die Kunsthistorikerin von ihm gehört. Laut Grandma war er erfolgreicher als Tomas oder Lucinda."

„Langsam kommt es mir so vor, als würde jemand versuchen, sämtliche Bilder von denjenigen an sich zu bringen, die von einem der beiden unterrichtet wurden", sagte Nick. „Das kann kein Zufall sein."

„Das sehe ich genauso. In den Briefen ist auch von einer Gruppe die Rede. Sie könnte der Schlüssel zu allem sein."

In dem Moment klingelte Nicks Telefon, und er griff danach. „Es ist Kommissar Lavezzo."

„Könntest du das Gespräch auf Lautsprecher stellen?"

Er nickte und nahm den Anruf an. „Capitano? Was haben Sie herausgefunden?"

„Wir konnten den Mann, der Sie angegriffen hat, identifizieren. Sein Name ist Gio Carmine", sagte Lavezzo, „und sein Vorstrafenregister umfasst unter anderem Körperverletzung und Einbruch. Er wurde erst letzten Monat aus dem Gefängnis entlassen."

„Für wen arbeitet er?"

„Er behauptet, es nicht zu wissen, denn er wurde über das Internet von einem unbekannten Auftraggeber angeheuert. Auch die Bezahlung erfolgte in Kryptowährung, und wir versuchen gerade, die Transaktion zurückzuverfolgen."

Bei dieser Information runzelte Nick die Stirn. „Was ist mit seinem Partner?"

„Den hat er erst letzte Nacht kennengelernt, ungefähr eine Stunde, bevor sie sich zu Ihrem Haus aufmachten. Von ihm kennt er lediglich den Vornamen – Sal."

„Das kann doch nicht sein. Er muss doch mehr über den Kerl wissen."

„Es macht nicht den Anschein. Alles, was er uns bisher erzählt hat, hat sich bestätigt. Offensichtlich ist er ein Auftragskiller, und wer auch immer ihn angeheuert hat, war gut darin, sämtliche seiner Spuren zu verwischen. Er sagte auch, sie waren angewiesen, nach einem Gemälde zu suchen, das von einem gewissen Tomas Caruso signiert wurde und sich überall im Haus hätte befinden können. Insofern sollten sie die komplette Einrichtung zerlegen, um es zu finden."

„Was ist mit der Waffe des anderen Mannes?"

„Darauf sind keinerlei Fingerabdrücke. Wir sind noch dabei, sie zu überprüfen oder einem anderen Verbrechen zuzuordnen. Zumindest habe ich einige Informationen über das Fahrzeug, das Sie und Ihre Großmutter verfolgt hat. Das Auto wurde am Flughafen von einer gewissen Jennifer Lawson angemietet, einer US-amerikanischen Risikokapitalgeberin. Nach dem Einchecken im Hotel Bellarmine übergab sie es dem Parkservice und hat es seitdem selbst auch nicht mehr bewegt. Wir können bestätigen, dass sie zu besagter Zeit, als jemand hinter Ihnen her war, an einer Konferenz teilnahm und selbst einen Vortrag hielt."

„Demnach hat einer der Parkwächter den Schlüssel herausgegeben."

„Das war auch meine erste Vermutung. Also schickte ich gleich heute Morgen jemanden von meinem Team zum Hotel, und der stellte fest, dass die Parkwächter die Schlüssel der Wagen, die einen Block vom Eingang entfernt in zweiter Reihe parkten – aufgrund der Konferenz wesentlich mehr als gewöhnlich –, einfach stecken ließen."

„So konnte unser Dieb sich also ganz heimlich bedienen, und wir haben keine Möglichkeit nachzuvollziehen, wer es gewesen sein könnte."

Nick klang frustriert, was Isabella durchaus verstehen konnte. Jede Spur, der sie nachgingen, führte ins Nichts.

„Wir bleiben natürlich an der Sache dran", versprach Lavezzo. „Übrigens, wie geht es Signorina Rossi?"

„Sie ist gerade hier bei mir. Isabella?"

„Ich bin okay", versicherte sie ihm. „Dennoch möchte ich sicherstellen, dass der Mann, der versucht hat, mich zu töten, dafür zur Rechenschaft gezogen wird."

„Keine Sorge, er wird für eine lange Zeit wieder hinter Gitter wandern. Abgesehen davon hoffe ich, Sie beide haben es sich noch einmal überlegt, das Land zu verlassen. Ohne den Drahtzieher zu kennen, kann ich nicht für Ihre Sicherheit garantieren, denn offensichtlich verfügt derjenige über ausreichend Geld, um andere anzuheuern, die Drecksarbeit für ihn zu erledigen."

„Alles klar. Nick und ich sind gerade noch dabei, unsere Optionen abzuwägen. Gibt es sonst noch etwas, das wir wissen sollten?"

„Im Moment leider nicht."

„Danke für das Update", sagte Nick und beendete den Anruf.

„Na ja, sonderlich hilfreich war das ja nicht gerade", murmelte Isabella.

„Nein, definitiv nicht, und irgendwie läuft für die Übeltäter alles zu glatt."

„Wie meinst du das?"

„So etwas wie das perfekte Verbrechen gibt es nicht, und dennoch wurde jede Spur, die wir bisher hätten nachverfolgen können, verwischt. Die Sicherheitskameras und Alarmanlagen im Museum waren ausgeschaltet. Es gab weder Augenzeugen für den Raubüberfall dort noch für den Einbruch hier. Die Täter haben keinerlei Beweise hinterlassen. Keine Fingerabdrücke auf der Waffe, keine Verbindung zu einem möglichen Auftraggeber, außer zu einem schwer fassbaren Kontakt im Internet."

„Vielleicht haben wir das lose Ende des Fadens einfach bisher nicht gefunden. Oder ..." Sie hielt inne, als sie die Zweifel in seinem Blick bemerkte. „Was?"

„Jemand innerhalb der Organisation arbeitet gegen uns."

„Willst du damit andeuten, Lavezzo hätte kein Interesse daran, die Diebe zu fassen? Aber warum? Was sollte sein Motiv sein? Immerhin ist genau das doch sein Job, oder?"

„Klar ist es das, aber irgendetwas an ihm kommt mir komisch vor. Das gilt übrigens auch für Stefano. Der taucht mir etwas zu oft hier auf."

„Er ist ein Freund der Familie."

„Ja, aber auch jemand, der sich extrem für den Raub und die Gemälde interessiert."

„Das ist wahr“, gab sie zu. „Er hat mir sogar erzählt, er hätte darum gebeten, umgehend verständigt zu werden, sollte sich in diesem Haus etwas Ungewöhnliches ereignen. Aber bestimmt nur deshalb, weil er sich Sorgen um unsere Großmütter macht. Irgendwie kann ich mir keinen Grund vorstellen, warum einer der beiden Interesse daran haben sollte, dass dieses Verbrechen nicht aufgeklärt wird.“

„Du hast natürlich recht. Wir haben keinerlei Beweise, dass sie nicht genau das tun, was sie tun sollten. Wahrscheinlich bin ich einfach nur frustriert, weil ich nicht vorwärtskomme. Wäre ich jetzt in den USA, könnte ich mein Team auf den Fall ansetzen. Hier jedoch bin ich ein Außenseiter und kann mich glücklich schätzen, dass Lavezzo mich überhaupt auf dem Laufenden hält. Wie auch immer, wir werden der Sache auf eigene Faust nachgehen, bis wir mehr Informationen haben.“

„Freut mich, das aus deinem Mund zu hören, denn eigentlich hätte ich erwartet, dass du wieder einmal vorschlägst, mich in den nächsten Flieger nach Hause zu setzen.“

„Ich bin nach wie vor der Meinung, dass es das Beste für dich wäre, Isabella.“

Und schon bedauerte sie, dieses Thema erneut angesprochen zu haben. „Ich möchte aber bei dem Treffen mit der Historikerin dabei sein und auch weiter über David Leoni und diese Juliette recherchieren. Klar, gerade Letzteres könnte ich auch von Kalifornien aus machen, dennoch bin ich der Ansicht, dass ich mit den Leuten hier in Rom sprechen muss, und das geht eben nur, wenn man vor Ort ist. Aber ich bin nicht dumm, Nick. Ich weiß genau, dass Gefahr droht. Daher ist meine Rückkehr in die Staaten nicht vom Tisch, allerdings nichts, das wir sofort in die Tat umsetzen müssen.“

„Na gut“, lenkte er ein und hielt ihrem Blick stand. „Dann warten wir mal ab, wie der Tag verläuft.“

KAPITEL ZWÖLF

Während Nick durch Trastevere fuhr, erfreute er sich an dem tiefblauen Himmel und dem strahlenden Sonnenschein, der die dunklen Schatten, die sich die letzten Tage auf sie gelegt hatten, zumindest etwas aufhellte. Nachdem er die Brücke über den Tiber überquert hatte, bahnte er sich seinen Weg durch das historische Viertel Roms, wo enge, mittelalterliche Gassen mit Kopfsteinpflaster in belebte, modernere Straßen übergingen.

„Ich habe ganz vergessen, wie schön die Stadt ist", murmelte Isabella, als er an einer Ampel anhielt.

„Wann warst du das letzte Mal hier?"

„Vor etwa vier Jahren, aber nur für ein verlängertes Wochenende, und da habe ich nur Zeit mit meiner Großmutter verbracht. Großartig unterwegs war ich nicht."

„Du hast sie vier Jahre lang nicht mehr gesehen?", fragte er erstaunt. „Und ich hatte das Gefühl, ihr stündet euch sehr nahe."

„Das tun wir auch. Wir unterhalten uns regelmäßig per Videochat, und vor zwei Jahren haben wir uns in Paris getroffen. Damals bat sie mich, nach Rom zurückzukommen, aber meine Erinnerungen an diese Stadt sind zwiegespalten."

„Wegen deines Großvaters?"

„Ja. Als ich jedoch gestern meine Cousine und meinen Onkel

traf, wurde mir klar, dass nicht alle mir gegenüber so negativ eingestellt waren wie er. Sie hatten einfach nie die Gelegenheit, mich kennenzulernen, und umgekehrt ebenso wenig. Meine Sommer damals als Teenager hätten so viel mehr Spaß machen können, hätte ich sie beispielsweise mit Joelle verbringen dürfen oder mit anderen meines Alters. Wenn mir bewusst geworden wäre, dass die übrige Familie mich nicht hasst, nur weil ich ein Kind der Sünde war."

„Das klingt dramatisch", neckte er sie.

„Ich wiederhole lediglich die Worte meines Großvaters. So hat er mich stets bezeichnet."

Nick verging das Grinsen, als er den Schmerz in ihrer Stimme hörte. „Damit lag er falsch, und das weißt du ganz genau."

„Schon, aber es zu wissen und es zu fühlen, sind zwei verschiedene Dinge."

„Ich kann nicht nachvollziehen, wie er so grausam zu dir sein konnte und wieso Gloria das zuließ."

„Derartige Äußerungen kamen ihm natürlich nur dann über die Lippen, wenn sie nicht in der Nähe war. Als ich versuchte, mit ihr darüber zu sprechen, hat sie ihn stets verteidigt und sein traditionelles, altmodisches und religiöses Naturell vorgeschoben. Das jedoch spielte für mich keine Rolle. Alles, was ich spürte, waren sein stechender Blick und seine harschen Worte. Von daher konnte ich es kaum erwarten, von hier wegzukommen."

„So allmählich beginne ich zu verstehen, wo deine Abneigung gegen Italien herrührt", sagte er und fuhr wieder an. „Und ich schätze, das ist auch der Grund, warum deine Mutter nicht zurückkehren wollte."

„Zumindest zum größten Teil. Wobei sie ihm viel mehr Gründe lieferte, sie abzulehnen, als ich es je tat. Sie wurde nicht nur unverheiratet schwanger, sondern landete auch noch im Gefängnis."

„Das hat ihn mit Sicherheit in Rage versetzt."

„Darauf kannst du Gift nehmen. Und ihn dazu in seiner Meinung bestärkt, dass sie nichts taugte ... Und die hat er dann auf mich übertragen.“ Sie holte tief Luft. „Egal, lass uns über andere Dinge reden. Erzähl mir etwas über die Frau, die wir gleich treffen werden.“

„Ich weiß so gut wie nichts über sie, außer dass mein Chef, Flynn MacKenzie, bei diversen Kunstdelikten mit ihr zusammengearbeitet und eine hohe Meinung von ihr hat. Hoffen wir mal, dass der Termin produktiv verläuft.“

„Es fühlt sich gut an, einfach mal aus dem Haus rauszukommen, obwohl ich mich frage, was während unserer Abwesenheit dieses Mal alles passieren wird.“

„Es war nicht mal sicher, während wir da waren. Oder besser gesagt, du.“

„Mit mir hatten sie wahrscheinlich nicht gerechnet. Als sie dich mit unseren Großmüttern davonfahren sahen, dachten sie bestimmt, alle wären weg. Vielleicht sollten wir später nochmals alles gründlich durchsuchen. Was, wenn sich doch noch irgendwo ein Gemälde versteckt?“

„Meine Großmutter hat mir versichert, dass sich kein weiteres Bild von Tomas oder Lucinda im Haus befindet.“

„Das glaube ich ihr natürlich, trotzdem werde ich mich nach unserer Rückkehr nochmals ein wenig umsehen.“ Sie hielt inne und ließ ihren Blick umherschweifen. „Das ist ein ausgesprochen schönes Stadtviertel. Italienische Kunsthistoriker müssen eine ziemliche Stange Geld verdienen, wenn sie es sich leisten können, hier zu wohnen.“

„Keine Ahnung, aber da Italien das Land der Kunst und Geschichte schlechthin ist, sind sie wahrscheinlich gefragt.“

„Gut möglich. Wenn ich mir das hier alles ansehe, wird mir erst so richtig bewusst, wie modern alles dort ist, wo wir leben. Und nicht nur modern, sondern auch langweilig.“

„Als langweilig würde ich es nicht bezeichnen“, widersprach Nick. „Los Angeles hat durchaus seinen Charme: die Film- und Musikindustrie, das fantastische Wetter, die unglaublichen

Strände ...“

„Stimmt auch wieder. Ich mag das Wetter.“

„Hast du in L.A. schon Freunde gefunden?“

„Bisher nicht, aber das braucht Zeit.“

„Richtig“, stimmte er zu. „Als ich klein war, zogen meine Eltern permanent um, und ich hatte stets das Gefühl, dass es ein gutes Jahr dauerte, bis ich mich in einer neuen Stadt eingelebt und wirklich Leute kennengelernt hatte. Und dann entschieden sie sich normalerweise schon wieder für eine neue Örtlichkeit, und alles ging von vorn los.“

„Manche würden das als aufregende Kindheit bezeichnen.“

„Gewisse Personen, wie beispielsweise meine Eltern, würden dir da zustimmen, aber sie verstanden nie, was das für mich bedeutete.“ Er hielt inne, als er einen engen Parkplatz in der Nähe von Francescas Haus entdeckte, und manövrierte den Wagen erfolgreich hinein. „Da wären wir!“

Sie stiegen aus und gingen die Straße hinunter. Vor besagtem Gebäude drückte er den Klingelknopf von 3B, und eine Frauenstimme erkundigte sich auf Italienisch nach ihren Namen.

„Nick Caruso und Isabella Rossi“, antwortete Nick.

„Ah, ja. Oberste Etage.“

Der Türöffner summte, und gemeinsam kämpften sie sich vier steile Steintreppenabsätze hinauf, die für römische Häuser typisch waren.

„Das war ganz schön anstrengend“, murmelte Isabella atemlos, als sie das oberste Stockwerk erreichten. „Warum mögen Italiener keine Aufzüge?“

„Auf diese Weise arbeiten sie zumindest einen Teil der Pasta wieder ab, die sie in Mengen verdrücken“, erwiderte er grinsend, was ihr ebenfalls ein Lächeln entlockte.

„Gutes Argument.“

„Außerdem ist es schwierig, im Nachhinein noch Fahrstühle einzubauen.“ Er stand gerade im Begriff anzuklopfen, als sich die Tür auch schon öffnete. Vor ihnen stand eine attraktive Blondine in engen Jeans und einem blauen Pullover mit V-Ausschnitt, der die Farbe ihrer Augen betonte. Sie schien in ihren späten Dreißigern zu sein. „Francesca Ribaldi?“, fragte er überrascht, da er mit einer wesentlich älteren, gesetzteren Dame gerechnet hatte.

„Ja. Kommen Sie doch herein.“ Sie winkte sie ins Innere, das weitaus moderner war, als es das Äußere des Gebäudes hätte vermuten lassen. Alles war in Weiß und Grau gehalten. An den Wänden hingen Gemälde, die alt und mit Sicherheit sehr wertvoll waren. Einige wurden von kleinen Strahlern von unten indirekt beleuchtet. Und die bodentiefen Fenster boten einen unglaublichen Ausblick über die Stadt.

„Ihre Wohnung ist wunderschön“, merkte Isabella an und blieb vor einem Bild stehen, das eine Szene aus dem alten Rom darzustellen schien. „Von wem stammt dieses hier?“

„Von Fernando Albano, einem weniger bekannten italienischen Maler aus dem achtzehnten Jahrhundert, dessen Werke ich sehr mag. Seine Farben und Pinselstriche waren für die damalige Zeit sehr gewagt. Er war ein Visionär, und mir gefallen Künstler, die mehr ausdrücken, als man auf den ersten Blick sieht“, sagte Francesca. „Darf ich Ihnen etwas zu trinken anbieten, bevor wir anfangen?“

„Nein, danke“, sagte Nick, und auch Isabella schüttelte den Kopf.

Gemeinsam nahmen sie auf dem strahlend weißen Sofa Platz, und er konnte sich beim besten Willen nicht vorstellen, wie jemand mit so vielen hellen Möbelstücken leben wollte. Er für seinen Teil hätte permanent Angst, darauf etwas zu essen oder zu trinken. Allerdings wies die Couch nicht einmal einen winzigen Fleck auf.

„Flynn hat mich bereits grob informiert“, begann Francesca. „Es geht um den Raubüberfall auf das Museum und die gestohlenen Gemälde. Ich glaube, zwei gehörten ihren Urgroßeltern, nicht wahr?“

„Ja, Tomas war mein Urgroßvater und Lucinda Isabellas Urgroßmutter“, bestätigte er. „Wir haben mittlerweile herausgefunden, dass sie zusammen malten, dass Tomas auch andere Künstler unterrichtete und es eine Gruppe gab, die sich in den Sechzigerjahren regelmäßig in seinem Atelier traf. Allerdings waren beide nicht sonderlich erfolgreich. Soweit wir wissen, haben sie nie eines ihrer Werke verkauft. Ich bin mir nicht einmal sicher, ob sie sie jemals irgendwo ausgestellt haben. Warum also sollte jemand nach all der Zeit die Gemälde stehlen wollen?"

„Das weiß ich auch nicht, vermute aber, dass der Grund dafür persönlicher Natur ist. Vielleicht steckt ein privater Sammler dahinter, ein Kunsthändler, ein neidischer Künstler oder ein früherer Liebhaber."

Nick runzelte die Stirn. „Es wurde noch ein weiteres Bild von Frederico Germain entwendet. Insofern erscheint es mir zweifelhaft, dass irgendjemand auf alle drei neidisch war."

„Vielleicht sogar vier", warf Isabella ein. „Da gab es noch das Gemälde eines Malers namens David Leoni, das vor sechs Monaten aus einer Galerie in Florenz verschwand. David Leoni war ebenfalls ein Schüler von Tomas Caruso."

„Das war mir noch gar nicht bekannt", sagte Francesca. „Sie glauben also, dass diese vier Bilder alle von derselben Person gestohlen wurden?"

„Ja", bestätigte Isabella. „Aber es war nicht nur eine Person im Museum, sondern mindestens drei."

„Eine richtige Bande", fügte Nick hinzu.

Francesca nickte. „Das bestätigt, was mir eine Freundin bei der Polizei erzählt hat. Laut ihrer Aussage waren die Diebe im Museum ganz in Schwarz gekleidet, einschließlich schwarzer Handschuhe. Das fand ich äußerst interessant, denn in den Sechzigerjahren, zur gleichen Zeit, als Ihre Verwandten lebten, trieb eine Diebesbande ihr Unwesen, die als *La Mano Nera* – die schwarze Hand – bekannt war."

„Tatsächlich?", fragte Isabella und setzte sich aufrechter hin, während ihre Augen vor Aufregung funkelten. „Und der Name kam daher, weil sie schwarze Handschuhe trugen?"

„Ja. Während des Kalten Krieges häuften sich in Italien die Kunstdiebstähle. Viele wurden angeblich von schwarz gekleideten Tätern mit schwarzen Handschuhen verübt. Die Bande wurde von einem Meisterdieb namens Roberto Falconeri ins Leben gerufen. Er und sein Bruder Bruno entwendeten im Auftrag privater Sammler und krimineller Organisationen teure Kunstwerke und schafften sie außer Landes. Roberto Falconeri hatte sich bei einem Feuer die Hände verbrannt, und man nahm an, dass er Handschuhe trug, um zu verhindern, dass man ihn anhand der Narben identifizieren konnte. Als er seinen Ein-Mann-Betrieb zu einer Art Unternehmen ausbaute, wurden diese das Markenzeichen all seiner Helfer."

„Wurde Falconeri je gefasst und für seine Verbrechen belangt?", fragte Nick.

„Nein. Nachdem 1969 die Eliteeinheit der Carabinieri gegründet wurde, um die Flut an Kunstdiebstählen einzudämmen, verschwand die Truppe von der Bildfläche. Ich bin mir nicht sicher, ob sie jemals wieder aktiv wurden, und wenn, haben sie mit Sicherheit ihre Kleidung geändert, um zu verhindern, dass jemand eine Verbindung zu *La Mano Nera* herstellte."

„Faszinierend", merkte Isabella an. „Aber wenn die Polizei doch wusste, wer Falconeri war, warum konnten sie ihn dann nicht finden?"

„Bruno wurde 1970 per Kopfschuss getötet, sein Mörder jedoch nie gefasst. Danach verschwand auch Roberto spurlos."

„Könnte er heute noch am Leben sein?"

„Das bezweifle ich, denn wenn, wäre er inzwischen fast hundert."

„Was ist mit Kindern? Vielleicht hat einer von ihnen das kriminelle Unternehmen der Familie wiederaufleben lassen?"

„Er hatte keine, und Bruno auch nur eine Tochter, die jedoch schon in jungen Jahren verstarb. Es könnte aber ein anderer Verwandter oder ein ehemaliger, vielleicht jüngerer Partner sein, der die Truppe neu aufstellte."

„Würde Capitano Lavezzo nicht von dieser Gruppe namens

La Mano Nera wissen?", erkundigte sich Isabella. „Anscheinend waren sie doch berühmt-berüchtigt."

„Bestimmt hat er schon von ihnen gehört", bestätigte Francesca. „Aber wie schon erwähnt, in den letzten fünfzig Jahren gab es keinerlei Diebstähle, die mit ihnen in Verbindung gebracht werden konnten."

„Die Gemälde, die diese Woche entwendet wurden, waren alle ungefähr fünfzig Jahre alt", murmelte Nick. „Okay, kehren wir in die Gegenwart zurück. Der andere Künstler, dessen Werk geraubt wurde, war Frederico Germain. Was wissen Sie über ihn?"

„Er gründete das Istituto d'Arte Roma, eine Schule für angehende Künstler, nicht weit von hier. Schon früh in seinem Leben hatte er einige beachtliche Erfolge zu verzeichnen, auch wenn er wahrscheinlich ein besserer Lehrer als Maler war. In späteren Jahren jedoch wurde er zum Alkoholiker, und eines Tages, völlig betrunken, verbrannte er sämtliche seiner Bilder. Von daher war ich auch so überrascht zu hören, dass eines davon übrig geblieben war und jetzt gestohlen wurde."

„Denken Sie, er kannte Tomas oder Lucinda?"

„Das ist anzunehmen." Francesca hielt inne, und ihre Miene veränderte sich, so als ob sie überlegte, die folgende Frage überhaupt auszusprechen.

„Was?", fragte Nick neugierig.

„Haben Sie schon einmal etwas von Sam Beringer gehört?"

Er nickte, und sein kompletter Körper verspannte sich. „Ja, habe ich. Warum?"

„Es gab immer wieder Spekulationen, dass er etwas mit Falconeri zu tun hatte. Beide waren Meisterdiebe. Manche meinten eher Rivalen, andere wiederum vermuteten, sie waren Partner."

„Wer ist Sam Beringer?", mischte Isabella sich ein. „Mir sagt der Name überhaupt nichts."

„Ein sehr bekannter Kunstdieb", klärte Nick sie auf. „Und außerdem der Vater meines Chefs, Flynn MacKenzie."

Überrascht zog sie die Augenbrauen hoch. „Wie? Der Boss der FBI-Task- Force hat einen Verbrecher zum Vater?"

„Ja. Sie arbeiten auf entgegengesetzten Seiten des Gesetzes."

„Wenn Sam Beringer in Operationen der Schwarzen Hand verwickelt war, hat dein Chef doch bestimmt Informationen, die uns weiterhelfen können."

„Das ist leider eine Sackgasse. Flynn hat nämlich keine Ahnung, wo sein Vater sich aufhält."

„Aber ..."

„Das ist zwecklos, glaub mir", unterbrach er sie. Dann wandte er sich erneut an Francesca. „Da wäre noch etwas, das ich Sie fragen wollte." Er griff in seine Tasche und zog den Ring hervor. „Erkennen Sie ihn oder sagt Ihnen das Muster etwas?"

Sie nahm ihm das Schmuckstück aus der Hand und studierte es eingehend. „Leider nein, aber ich bin auch keine Schmuckexpertin. Sie sollten ihn einem Juwelier vorlegen. Hat er Tomas gehört?"

„Ich glaube schon. Er war mit seinen persönlichen Papieren in einem Bankschließfach versteckt, insofern denke ich, er könnte eine gewisse Bedeutung haben."

„Damit kann ich Ihnen nicht helfen, aber ich werde mich weiter mit dem Kunstraub befassen und Ihnen Bescheid geben, sollte ich etwas herausfinden."

„Ich bezahle Sie natürlich für Ihre Zeit."

„Das ist nicht nötig. Ich versuche stets, meinen Teil dazu beizutragen, gestohlene Werke ihren rechtmäßigen Besitzern zurückzugeben. So auch in Ihrem Fall."

„Vielen Dank. Dann werden wir uns jetzt verabschieden, damit Sie noch den Rest Ihres Samstags genießen können."

„Es hat mich gefreut, Sie kennenzulernen", sagte Francesca, als alle sich erhoben, und brachte ihre Besucher zur Tür. „Bei unserem nächsten Treffen habe ich hoffentlich mehr Antworten für Sie."

Als Isabella und Nick in der Lobby ankamen, hielt sie kurz inne und warf ihm einen ungehaltenen Blick zu. „Ich kann nicht glauben, dass der Vater deines Chefs ein internationaler Kunstdieb ist und du diese Verbindung nicht nutzen willst. Okay, ich habe zwar verstanden, dass die Sache ein wenig kompliziert ist …"

„Mehr als nur ein wenig. Immerhin leitet Flynn meine Einheit."

„Gut und schön, aber …"

„Es gibt kein Aber", unterbrach er sie erneut. „Und gerade du solltest doch verstehen, wenn jemand nichts mit seinem Elternteil zu tun haben will. Deine Mutter war ebenfalls in kriminelle Machenschaften verwickelt, und du hast den Kontakt zu ihr praktisch abgebrochen, weigerst dich sogar, mit ihr über das Gemälde zu sprechen, das sich so lange in ihrem Besitz befand. Findest du es da nicht ein wenig anmaßend zu verlangen, dass Flynn erneut eine Beziehung zu seinem skrupellosen Vater aufbaut, nur um uns zu helfen?"

Isabella runzelte die Stirn, während sie seine Worte überdachte. „Du hast recht. Ich kann gut nachvollziehen, warum Flynn nichts mit ihm zu tun haben möchte. Es fällt mir lediglich schwer, eine Spur zu ignorieren, die sich direkt vor meinen Augen befindet."

„Er weiß wirklich nicht, wo sich sein Vater mittlerweile aufhält. Er könnte uns also gar nicht helfen, selbst wenn er es wollte."

„Okay." Sie strich sich eine lose Haarsträhne hinters Ohr und schaltete direkt wieder in den Kampfmodus. „Wir werden einen anderen Weg finden, um an Informationen zu gelangen. Auf jeden Fall sollten wir der Kunstakademie einen Besuch abstatten, um mit Louisa Del Vecchio über Fredericos Gemälde zu sprechen. Zuerst jedoch rufe ich Joelle an, was meinst du? Immerhin ist sie Schmuckdesignerin und könnte wissen, ob das Muster auf dem Ring irgendeine Bedeutung hat."

„Einen Versuch ist es wert. Allerdings messe ich ihm nicht die gleiche Bedeutung bei wie den Bildern."

„Ich habe so ein Gefühl, als gäbe es da eine Verbindung. Und da wir bei den Gemälden ja offensichtlich nicht wirklich weiterkommen, können wir es genauso gut mit dem Ring probieren", sagte sie, während sie bereits eine Nachricht an ihre Cousine tippte. „Hoffentlich meldet sie sich baldmöglichst. Wir können sie entweder treffen, bevor wir zu der Schule fahren, oder eben danach. Oh, warte mal, sie schreibt bereits zurück." Sie hielt inne, um die Antwort zu lesen. „Sie stellt ihren Schmuck heute zusammen mit dem eines anderen Designers auf dem Campo de' Fiori aus, falls wir hinkommen wollen. Eine Stunde ist sie auf jeden Fall noch dort."

„Dann lass uns zuerst dort vorbeifahren."

KAPITEL DREIZEHN

Der Campo de' Fiori war ein beliebter Platz im Zentrum der Altstadt, gesäumt von zahlreichen kleinen Cafés und mit einem Freiluftmarkt in der Mitte. Auf der einen Hälfte befanden sich Stände mit Lebensmitteln, die andere Hälfte war dem Kunsthandwerk vorbehalten. Als Teenager war Isabella oft mit ihrer Großmutter hierhergekommen, und es hatte ihr stets ausnehmend gut gefallen. Meist hatten sie irgendwo zu Mittag gegessen und sich anschließend in Glorias Lieblingseisdiele ein Gelato gegönnt. Solch ein Ausflug stellte stets eine willkommene Abwechslung zu der bedrückenden Atmosphäre im Haus ihrer Großeltern dar, das besonders ruhig und düster wirkte, wenn Paolo, ihr Großvater, zugegen war. Dessen Besessenheit von Ordnung und Sauberkeit hatte Gloria einen großen Teil ihrer Lebensfreude geraubt. Erst jetzt, wo sie mit Anna zusammenwohnte, schien sie wieder aufzublühen.

Natürlich wollte Isabella damit nicht andeuten, dass sie froh über den Tod ihres Großvaters war. Auch wenn das Verhältnis zwischen ihnen stets angespannt war ... Ihre Großmutter hatte ihn geliebt, was bedeutete, er musste seine guten Seiten gehabt haben. Nur hatte er die ihr gegenüber nie gezeigt.

Energisch verdrängte sie die dunklen Erinnerungen und

wandte sich an Nick. „Bist du als Kind auch ab und zu hier gewesen?"

„Sehr häufig sogar. Der Markt hat sich nicht großartig verändert."

„Nein, hat er tatsächlich nicht. Ich verbinde viele glückliche Momente mit ihm."

Er lächelte. „Schön zu hören, dass es die auch gab, denn ich hatte den Eindruck, dass du mit deinen Sommern in Rom ausschließlich Negatives verbindest."

„Anscheinend sind nur die schlechten Erfahrungen hängen geblieben." Plötzlich erspähte sie einen feuerroten Haarschopf. „Ich glaube, ich habe Joelle entdeckt."

„Genau, sie ist dort drüben", stimmte er ihr zu, aber der seltsame Ton in seiner Stimme ließ sie aufhorchen, und sie bedachte ihn mit einem nachdenklichen Blick. „Du klingst nicht unbedingt begeistert."

„Na ja, Joelle ist sehr ... körperbetont und kontaktfreudig."

Diese merkwürdige Formulierung entlockte Isabella ein Lachen. „Sie mochte dich eben. Und eigentlich hätte ich gedacht, du wärst daran gewöhnt, dass Frauen dich umschwärmen."

„So wie ich sie einschätze, mag sie alle Männer", antwortete er trocken.

„Damit könntest du wohl recht haben. Aber zu mir war sie ebenfalls extrem nett und wollte mich näher kennenlernen, was mich total geschockt hat. Ich habe noch nie jemanden von meiner Familie getroffen, außer meiner Großmutter natürlich, der sich für mich interessiert hat."

„Wie auch immer, ich denke, ich kann mit ihrer Art umgehen."

„Davon bin ich überzeugt." Nicks Reaktion auf Joelles Flirtversuch amüsierte sie tatsächlich, und vielleicht war sie sogar ein klein wenig erfreut, dass er alles andere als erpicht darauf zu sein schien, ihre Cousine wiederzusehen ... Aber auch dieses Gefühl sollte sie besser nicht zulassen.

Joelle trug ein farbenfrohes, figurbetontes Kleid und hatte das rote Haar zu einem lockeren Dutt hochgesteckt. Gerade war sie damit beschäftigt, einer jungen Frau beim Anprobieren von Ohrringen zu helfen, während ihre Mitarbeiterin, eine ältere, blonde Frau, offenbar einen Verkauf abschloss.

Isabella wartete kurz, bis die Kundin sich entfernt hatte, und trat dann an den Stand heran.

Joelle begrüßte sie mit einem breiten Lächeln. „Isabella, Nick.“ Sie eilte um den Verkaufstisch herum, um beide zu umarmen und auf die Wange zu küssen, und Isabella kam nicht umhin zu bemerken, dass Nick eine viel längere Umarmung abbekam als sie. Aber seine verbindliche Miene erinnerte sie daran, dass er ein Mann war, der einen Großteil seines Lebens undercover verbrachte und von daher wusste, wie man sich zu geben hatte, um die Erwartungen anderer zu erfüllen. Und Joelle wollte, dass er interessiert war, also tat er ihr den Gefallen.

„Das also sind deine Arbeiten“, sagte er und ließ den Blick über den Verkaufstisch wandern. „Beeindruckend, muss ich schon sagen.“

„Danke“, erwiderte sie strahlend. „Ja, das sind meine bescheidenen Kunstwerke. Ich habe Isabella gestern bereits erzählt, dass ich mich im Moment auf hochwertige, personalisierte Entwürfe konzentriere, aber bis ich in dieser Branche Fuß fassen kann, bin ich hier und verkaufe meine Ohrringe und Halsketten, so wie ich es die letzten acht Jahre getan habe.“

Trotz ihres gewinnenden Lächelns klang sie irgendwie irritiert. Sie war eindeutig eine Frau mit großem Ehrgeiz, was ihre Karriere anbelangte, und Isabella konnte das nur zu gut nachvollziehen. Auch sie wollte es in die Topliga schaffen, noch etwas, das sie mit ihrer Cousine zweiten Grades gemein hatte.

„Also, dann zeigt mir mal den Ring, den ihr gefunden habt“, forderte Joelle sie auf. „Wem hat er gleich noch mal gehört?“

„Er befand sich bei den Sachen meines Urgroßvaters“, antwortete Nick und hielt ihr das Schmuckstück hin.

Sie nahm es ihm aus der Hand und drehte es in alle Richtungen, wobei das Silber im Sonnenlicht glänzte. „Was für ein wunderschönes Muster."

„Hast du den Ring schon einmal gesehen? Und vielleicht eine Ahnung, was das *P* bedeuten könnte?", fragte Isabella.

Joelle zuckte mit den Schultern. „Leider nein. Wir sprechen von Tomas Caruso, nicht wahr? Seine Initiale ist es jedenfalls nicht." Sie kaute auf ihrer Unterlippe herum. „Die wirbelnden Linien um den Buchstaben erinnern mich ein wenig an einige von Lucindas Zeichnungen."

„Du hast noch welche davon?", staunte Isabella. „Ich hätte nie erwartet, dass die nach wie vor existieren."

„Lucinda hat meiner Großmutter, also ihrer Tochter, immer selbstgemalte Karten zum Geburtstag geschickt. Grandma hat sie aufbewahrt und mir gezeigt, als ich anfing, mich für Kunst zu interessieren."

„Und sie hat sie immer noch?"

„Möglich wäre es. Ich kann sie fragen."

„Bitte mach das. Und je früher, desto besser."

„Klar, gerne. Allerdings schaffe ich es erst morgen, denn heute Abend habe ich ein Date", fügte sie mit einem entschuldigenden Lächeln hinzu.

„Kein Problem", versicherte Isabella ihr, obwohl ihr die Vorstellung, wieder einmal auf wichtige Informationen warten zu müssen, gehörig gegen den Strich ging. Auf der anderen Seite war es zweifelhaft, ob ein paar alte Geburtstagskarten sie so viel weiterbringen würden.

„Vielleicht könnten wir uns ja morgen alle zum Brunch treffen", schlug Joelle vor und bezog Nick in ihr Lächeln ein. „Dann könnten wir uns auch endlich besser kennenlernen."

„Das hört sich gut an. Ich weiß zwar noch nicht genau, wie unsere morgigen Pläne aussehen, aber schreibe dir später eine Nachricht. Dann können wir Ort und Zeit ausmachen."

„Perfekt." Als Joelle Nick den Ring zurückgab, fügte sie hinzu: „Du solltest deine Mutter nach diesem Ring fragen, Isabella. Soweit ich weiß, hat sich Sylvie eingehend mit Lucindas

Werken beschäftigt. Und ich glaube, sie bewahrte auch deren Skizzen auf, oder hast du die mittlerweile?"

„Ja, habe ich, doch in dem Buch konnte ich nichts in der Art entdecken."

„Aber sicherlich ein paar ihrer anderen Arbeiten, oder? Die würde ich zu gerne einmal sehen. Vielleicht könntest du es morgen zum Brunch mitbringen?"

Isabella zögerte kurz, stimmte dann jedoch zu. „Sicher."

„Prima. So, jetzt mache ich mich aber besser wieder an die Arbeit", sagte ihre Cousine, als sich eine Gruppe junger Frauen ihrem Stand näherte. „Ich melde mich später noch mal."

Nachdem sie Joelle verlassen und sich in einen weniger belebten Bereich des Marktes begeben hatten, wandte Isabella sich Nick zu. „Ich weiß schon, was du jetzt denkst. Ich hätte Joelle gegenüber nicht zugeben dürfen, dass sich Lucindas Skizzenbuch in meinem Besitz befindet oder zumindest nicht zustimmen sollen, es ihr zu zeigen."

„Stimmt, genau das ging mir gerade durch den Kopf", erwiderte er, und seine Augen funkelten verdächtig.

„Aber sie ist doch meine Cousine und Lucinda somit auch ihre Urgroßmutter. Wie hätte ich da Nein sagen können?"

„Mir gibst du doch auch ständig Kontra", entgegnete er trocken.

„Das ist etwas anderes. Fahren wir jetzt zur Kunstschule?"

„Wollen wir vielleicht zuvor etwas essen gehen? Ich bin schon wieder hungrig."

Trotz des leckeren Frühstücks, das er für sie zubereitet hatte, erging es Isabella ähnlich, vielleicht weil es überall nach Knoblauch roch. „Ich war früher mit meiner Großmutter oft in einer Pizzeria irgendwo hier. An den Namen erinnere ich mich allerdings nicht, und womöglich gibt es sie gar nicht mehr. Aber sie hatten leuchtende, rot karierte Tischdecken, und ich weiß noch, dass ich mir jedes Mal, wenn wir dort aßen, wie in einem italienischen Film vorkam. Wahrscheinlich war das ihre Absicht, um Touristen anzulocken."

„Könnte es die gewesen sein?“, fragte Nick und deutete nach rechts. „Dort schimmert irgendetwas rot. Lass uns mal hinschauen.“

Sie gingen zwischen den Ständen hindurch bis zum Ende des Platzes, und schlagartig kehrte Isabellas Erinnerung zurück. „Das ist sie“, bestätigte sie. „Und genau gegenüber befindet sich die Eisdiele, wo wir uns nach der Pizza immer ein Gelato gönnten.“

„Das Essen sieht gut aus“, stellte Nick fest, als ein Kellner mit einer Pizza an ihnen vorbeieilte. „Ich wäre dafür, wir bleiben hier.“

„Ich auch.“

Nur einen Moment später wies eine der Bedienungen ihnen einen von großen Topfpflanzen umgebenen Tisch zu, von wo aus sie einen perfekten Blick über den Marktplatz hatten. Ein weiterer Kellner brachte ihnen die Speisekarten und zwei Gläser Wasser.

„Wie wär’s mit Pizza?“, fragte Isabella. „Aber natürlich gäbe es auch noch andere Optionen.“

„Gerne Pizza. Wir könnten uns ja eine teilen, vorausgesetzt, wir schaffen es, uns auf den Belag zu einigen.“

„Ich diskutiere nicht über alles, Nick.“

„Das muss ich dir dann wohl glauben. Also, was soll drauf?“

„Alles“, sagte sie. „Siehst du, ich kann durchaus flexibel sein.“

Er lächelte. „Also, Sardellen, Salami, Oliven, Paprika, Schinken, Ananas ... einverstanden?“

„Grundsätzlich ja, aber vielleicht nicht alles zusammen. Und wenn möglich keine Sardellen.“

„Die übrigen Sachen wären genehm?“

„Du bist so was von nervig“, erwiderte sie, als sie das neckische Funkeln in seinen Augen bemerkte.

„Wieso? Ich dachte, dir schmeckt alles?“

„Schon, aber meine erste Wahl wäre Salami, Peperoni, Oliven und Zwiebeln. Nicht, dass ich die anderen Zutaten nicht auch essen würde, aber lass uns diesen Belag nehmen. Du bist doch bestimmt ultraflexibel."

Nick legte die Speisekarte weg. „Das bin ich, und deine Auswahl klingt gut." Er winkte den Kellner heran, der in ihrer Nähe herumlungerte, und bestellte die Pizza sowie ein Bier für sich. Isabella entschied sich, bei Wasser zu bleiben.

Nachdem der Kellner sich entfernt hatte, ließ sie den Blick umherwandern und stieß einen kleinen, zufriedenen Seufzer aus. „Es ist wirklich herrlich hier, findest du nicht?"

„Unbedingt, besonders an einem so perfekten Tag wie heute. Es fühlt sich an, als wären wir inmitten einer Postkarte gelandet."

„Das ist kein schlechter Vergleich. Wann warst du eigentlich das letzte Mal in Rom?", fragte sie neugierig.

„Vor einem Jahr, zur Beerdigung meines Großvaters, aber ich konnte nur zwei Tage bleiben. Und habe auch nicht viel unternommen, sondern war nur bei Großmutter und habe versucht, sie zu trösten. Es war heftig. Eigentlich wollte ich schon früher wieder herkommen, aber der Job ließ es nicht zu."

„Immerhin bist du jetzt hier."

„Ja, aber ich wünschte, die Umstände wären andere."

Sie nickte zustimmend. „Kennst du viele Angehörige deiner Großfamilie? Immerhin hast du deine Sommerferien ja regelmäßig hier verbracht. Ich könnte mir vorstellen, dass du da mit etlichen von ihnen in Kontakt warst."

„Schon. Da waren zwei Cousins zweiten Grades in meinem Alter, mit denen ich als Teenager die Stadt unsicher gemacht habe. Mit ihnen hatte ich jede Menge Spaß, sogar mehr, als ich sollte."

„Wohnen sie noch immer hier? Siehst du sie manchmal?"

„Unser letztes Treffen liegt schon Ewigkeiten zurück. Einer von ihnen zog nach London, der andere nach New York. Mit letzterem kam ich wieder in Kontakt, als ich vor einigen Jahren wegen einer Ermittlung dorthin versetzt wurde. Er hatte gerade geheiratet, und das erste Kind war unterwegs. Von daher waren die wilden Zeiten vorbei und unsere Begegnungen beschränkten sich auf ein gelegentliches Feierabendbier oder ein Basketballspiel."

„Oha. Der FBI-Agent hatte also eine stürmische Vergangenheit?", neckte sie ihn.

„Zugegeben, ich hatte meine Momente. Aber was ist mit der engagierten Journalistin, die es sich zum Ziel gesetzt hat, die Welt zu retten? Gibt es bei dir irgendwelche wüsten Geschichten, die du später einmal deinen Enkeln erzählen kannst?"

„Nein, das trifft eher auf meine Mutter zu. Ich war von jeher der verantwortungsbewusste, beständige und beherrschte Typ. Zudem bin ich mir nicht sicher, ob mein Ziel so groß ist. Ich wäre schon zufrieden, wenn ich ein paar Menschen helfen könnte."

„Ach, komm schon. Du willst doch eigentlich allen helfen, oder? Warum gibst du es nicht zu?"

„Damit würde ich überheblich rüberkommen."

„Ich finde diesen Vorsatz keineswegs überheblich, sondern bewundernswert."

„Danke, dass du es so siehst. Okay, ich gebe ja zu, dass ich dazu neige, nach dem Motto zu leben: *Ganz oder gar nicht.* Aber du doch ebenfalls, nicht wahr?"

„Früher habe ich in wesentlich größeren Dimensionen gedacht, aber irgendwann musste ich erkennen, dass das so nicht funktioniert und auch nicht jeder gerettet werden will. Und manchmal reicht es auch schon, wenn man im Leben einer Person etwas verändern kann", sagte er, und eine gewisse Melancholie schwang in seiner Stimme mit.

„Du hast jemanden verloren, der dir wichtig war, oder?"

„Es war mehr als nur eine Person", gab er zu.

„Wie kannst du damit leben?"

Nick zuckte mit den Schultern. „Man macht einfach weiter, denn es lässt sich eh nicht mehr ändern."

„Aber hast du nie Albträume deswegen?"

„O doch. Ich schlafe auch kaum, außer ich bin total erschöpft, und dann träume ich Gott sei Dank nicht."

„Ich wünschte, ich könnte das von mir ebenfalls behaupten, aber ich träume viel zu viel. Wie sehr sehne ich mich danach, einfach mal abschalten zu können, den Kopf freizubekommen."

„Hast du es je mit Meditation versucht?"

„Ja, habe ich, und dann ermahne ich mich unaufhörlich, dass ich aufhören muss zu denken, was eigentlich genau das ist, was ich nicht tun sollte."

Er lächelte. „Das ist reine Übungssache. Man darf nicht erwarten, dass es auf Anhieb funktioniert."

„Okay, Yogi, bist du Experte in Sachen Meditation?"

„Natürlich nicht, aber speziell in meinem Job habe ich diese Art von Entspannungstechnik als sehr hilfreich empfunden. Da ich es mir nicht leisten kann, dass Emotionen meine Arbeit behindern, habe ich gelernt, meine Atmung zu kontrollieren, abzuschalten und nach einem Ausweg oder einem Weg in mein Innerstes zu suchen."

„Und das klappt tatsächlich?"

„Nicht immer, aber meistens." Er hielt inne, als der Kellner sein Bier vor ihm abstellte.

„Das ist übrigens ein Sakrileg." Isabella deutete mit dem Kinn auf sein Getränk. „Du befindest dich hier in Italien und solltest Rotwein trinken."

„Bitte verrate mich nicht", entgegnete er grinsend. „Und außerdem bist du nicht viel besser als ich. Du hältst dich an Wasser."

„Weil Wein mich schnell müde macht, und das kann ich mir im Moment nicht leisten. Außerdem trinke ich nicht viel, auch wenn du dir das nach unserem katastrophalen Date in L.A. wohl nicht vorstellen kannst."

„Das haben wir doch mittlerweile hoffentlich hinter uns gelassen, oder?"

„Ja. Dennoch muss ich sagen, dass ich noch immer kaum fassen kann, hier und jetzt mit dir zusammenzusitzen. Nach diesem mehr als peinlichen Abendessen hätte ich nie erwartet, dass wir uns je wiedersehen würden."

„Das Leben steckt voller Überraschungen und unerwarteter Wendungen."

„Das ist vielleicht der beste Spruch, den du je von dir gegeben hast." Sie hielt inne, wusste sie doch, dass sie sich mit ihrer nächsten Bitte auf gefährliches Terrain begab. „Erzähl mir mehr über deinen Boss und seinen Vater."

Nick versteifte sich. „Da gibt es nicht viel zu erzählen, Isabella. Sam verließ Frau und Kind, als Flynn noch ganz klein war. Offenbar drohte ihm eine Gefängnisstrafe, aber anstatt sich der Sache zu stellen, tauchte er unter und ließ seine Familie im Stich."

„Ist Flynn zum FBI gegangen, um seinen Vater zu schützen oder um ihn aufzuspüren?"

„Ich glaube, es ging ihm eher darum, dessen Fehler wiedergutzumachen. Darin seid ihr euch wohl ein bisschen ähnlich. Du konntest nicht wild und unbeschwert sein, weil deine Mutter bereits diesen Platz für sich beanspruchte. Und Flynn musste sich zu einem guten Menschen entwickeln, weil sein Vater kriminell geworden war." Er hielt kurz inne. „Allerdings kann ich das nur vermuten, denn so direkt hat er nie mit mir darüber gesprochen."

„Es würde aber Sinn ergeben."

„Was ich allerdings weiß, ist, dass sie sich jahrzehntelang nicht gesehen hatten, bis vor ein paar Jahren, als Flynn in einer Mordsache ermittelte, die mit der Kunstszene zu tun hatte. Plötzlich tauchte Sam aus dem Nichts auf, um seinem Sohn zu helfen. Offenbar rettete er ihm damit das Leben. Danach jedoch verschwand er wieder in der Versenkung, und Flynn hat ihn seitdem nicht mehr gesehen."

„Interessant, dass Sam das Risiko eingegangen ist, geschnappt zu werden, um seinem Sohn beizustehen. Für mich klingt das so, als wäre er doch kein so übler Typ. Ich wünschte, wir könnten ihn aufspüren und ihn nach *La Mano Nera* fragen."

„Ich sagte dir doch bereits, dass Flynn keine Ahnung hat, wo er sich jetzt aufhält und es auch nicht wissen will. Nach diesem Vorfall stand er für eine Weile ziemlich im Fokus des FBI. Ich vermute, dass sowohl Sam als auch er dafür gesorgt haben, dass es danach keinen Kontakt mehr zwischen ihnen gab. Das hätte für beide gefährlich werden können." Nach einer kurzen Pause fuhr er fort: „Dennoch werde ich ihn nach dieser Gruppe fragen. Er ist in der Kunstkriminalität bewandert und hat mich ja auch zu Francesca geschickt. Es wäre also durchaus möglich, dass ihm *La Mano Nera* etwas sagt."

„Das kann auf jeden Fall nichts schaden. Und ich werde über die Bande und die Falconeri-Sippe recherchieren, sobald wir wieder zu Hause sind."

„Recherchieren ist deine große Leidenschaft, was?"

„Es ist etwas, in das ich viel Zeit investiere, und normalerweise bin ich auch recht erfolgreich."

„Davon bin ich überzeugt. Ich habe bemerkt, wie deine Augen aufgeleuchtet haben, als Francesca die Bande erwähnte. Allein der Name hat dich direkt gefesselt. Allerdings ..." Sein Lächeln erlosch. „Auch wenn *La Mano Nera* faszinierend und historisch interessant klingen mag, solltest du nicht vergessen, dass seine Mitglieder keine unbedarften Bürger waren."

„Ja, ich weiß. Offensichtlich waren sie alle Kriminelle und haben schreckliche Dinge getan. Dennoch hoffe ich, dass wir, wenn wir mehr über sie herausfinden, der Frage nach unseren gestohlenen Familiengemälden einen Schritt näherkommen. Was mich allerdings überrascht, ist, dass Capitano Lavezzo sie uns gegenüber nicht erwähnt hat. Wenn er ein Experte für Kunstverbrechen ist, hätten ihn die schwarzen Handschuhe doch stutzig machen müssen, oder?"

„Da ist mit Sicherheit noch etliches anderes, das er uns gegenüber verschweigt."

Sein mürrischer Tonfall bewog Isabella, ihn ein wenig aufzuziehen. „Warst du nicht der Meinung, du könntest mehr Details aus ihm herauskitzeln als ich, weil du sozusagen ein Kollege bist? Das war dann wohl eher ein Reinfall."

„Offensichtlich war er nicht an einer Zusammenarbeit interessiert, was mich aber auch nicht weiter überrascht. Geheimdienste können sehr territorial sein, vor allem jene außerhalb der USA. Dennoch hatte ich gehofft, er würde sich aufgeschlossener geben."

„Und genau aus diesem Grund brauchst du mich."

„Inwiefern? Er wird dir auch nicht mehr erzählen als mir."

„Das wahrscheinlich nicht, aber wir können gegenseitig von unseren Ideen und Recherchen profitieren."

Nick bedachte sie mit einem kleinen Lächeln. „Es überrascht mich, dass du der Ansicht bist, vier Augen sehen mehr als zwei, Isabella, denn auf mich wirkst du wie jemand, der lieber allein arbeitet."

„Normalerweise tue ich das, weil mir nichts anderes übrig bleibt. Jedoch habe ich nichts gegen einen Partner einzuwenden, solange er kein kompletter Idiot ist."

Nun brach er endgültig in Gelächter aus. „Und ich falle nicht in diese Kategorie?"

„Dessen ist sich die Jury noch nicht ganz sicher", erwiderte Isabella und genoss diesen verbalen Schlagabtausch mehr, als sie wahrscheinlich sollte. Glücklicherweise wurde in dem Moment die Pizza serviert, sodass sie ihre Aufmerksamkeit dem Essen zuwandten.

„Die sieht ja fantastisch aus."

Nick antwortete nicht, denn er war bereits zu sehr damit beschäftigt, mehrere Stücke auf einen Teller zu schaufeln. Zu ihrer Überraschung reichte er ihn ihr und füllte erst dann einen weiteren für sich selbst.

Es war nur eine kleine Geste, aber sie berührte ihr Herz. Nach ihrem ersten Treffen hatte sie ihn als egoistischen Idioten abgestempelt. Inzwischen jedoch musste sie zugeben, dass sie mit dieser Einschätzung falschlag. Er war letzte Nacht, als es ihr emotional so schlecht ging, bei ihr geblieben, hatte ihr heute

Morgen Frühstück zubereitet und jetzt sogar das erste Stück Pizza überlassen. Eigentlich war er ein großzügiger, netter Typ, und zu dieser Einsicht kommen zu müssen, beunruhigte sie. Und noch verstörender war, dass sie jedes Mal, wenn er sie ansah, Schmetterlinge im Bauch verspürte.

„Stimmt irgendetwas nicht?", fragte er und betrachtete sie aus zusammengekniffenen Augen. „Du isst ja gar nichts."

„Ich habe die Stücke nur kurz abkühlen lassen", sagte sie hastig, griff dann nach dem ersten und biss hinein. Sie sollte sich besser auf ihre Mahlzeit konzentrieren. Und das fiel ihr auch leichter als erwartet, denn die Pizza war absolut köstlich – eine Geschmacksexplosion und noch viel besser, als sie sie in Erinnerung hatte.

„Danach sollten wir aber direkt zu der Kunstschule fahren", schlug Nick vor, nachdem er sein erstes Stück aufgegessen hatte und sich ein weiteres schnappte.

„Unbedingt. Ich bin auch schon ganz aufgeregt, endlich den Ort zu sehen, wo unsere Großmütter sich zum ersten Mal getroffen haben. Obwohl es schon ein seltsamer Zufall ist, dass unsere Nachforschungen über die Vergangenheit uns ausgerechnet dorthin führen. Anscheinend sind mehr Dinge miteinander verquickt als angenommen."

„Wie du und ich?", fragte Nick grinsend.

Da waren sie wieder, die verdammten Schmetterlinge, und Isabella konnte nicht anders als zurückzulächeln. „Das perfekte Beispiel. Aber ich habe damit eher die Beziehung zwischen unseren Familien gemeint, und wie all diese Künstler miteinander verbunden waren. Die Kunstwelt der Sechzigerjahre scheint sehr klein gewesen zu sein."

„Vielleicht aufgrund der Leidenschaft für die Malerei", schlug er vor. „Aber es ist wirklich interessant, dass beide unserer Großmütter auf diese Schule gegangen sind."

„Und auch meine Mutter. Ich glaube, Lucinda hat ebenfalls dort unterrichtet. So viele Generationen von Rossi-Frauen."

„Hast du dich jemals für die Malerei interessiert?"

„Als ich klein war, hatte ich Spaß daran, was aber wahrscheinlich überwiegend daran lag, dass es etwas war, was Mom und ich zusammen machten. Sie saß immer am Fenster und zeichnete, und ich tat es ihr auf dem Boden vor dem Couchtisch gleich.“ Sie hielt kurz inne. „Komisch, ich habe schon lange nicht mehr an diese Zeit zurückgedacht.“

„Wann hat sie damit aufgehört?“

„Ich denke, das war ein schleichender Prozess. Sie musste viel arbeiten, weil wir wenig Geld hatten, und so waren Zeit und Energie für Hobbys Mangelware. Mein Großvater meinte einmal, sie hätte so viel mehr aus sich machen können, wäre sie nicht schwanger mit mir geworden. Ich war diejenige, die ihren Traum zum Platzen brachte.“

Nick runzelte die Stirn. „Das hast du nicht, Isabella, und ich bin überzeugt, deine Mutter hat es auch nie so gesehen. Paolo war einfach ein verbitterter und bösartiger Mann. So etwas Grausames hätte er nie zu dir sagen dürfen. Wenn er noch am Leben wäre, würde ich ihm dafür in den Arsch treten.“

„Ich denke nicht, dass unsere Großmütter das zulassen würden, aber ich weiß dein Angebot zu schätzen.“

„Deine Mom war noch sehr jung, als sie schwanger wurde, und sie war komplett auf sich gestellt. Sie hätte Mitgefühl verdient.“

„Das sehe ich auch so. Zumindest in meinen ersten Jahren hat sie alles versucht, um mir eine gute Mutter zu sein. Und meiner Meinung nach hat sie meinen Stiefvater auch nur deshalb geheiratet, weil sie mir ein besseres Leben ermöglichen wollte. Leider ging diese Rechnung nicht auf. Sie machte einen weiteren Fehler, und der war noch viel schlimmer. Wie dem auch sei ... Wir müssen nicht über sie reden.“

„Das könnte zunehmend schwieriger werden, je weiter wir uns vorarbeiten, Isabella“, sagte er mit ernster Stimme. „Ich weiß nicht, auf was wir stoßen werden, wenn wir uns noch intensiver mit unseren Familien auseinandersetzen. Möglicherweise auf positive Dinge. Es könnte aber auch das genaue Gegenteil eintreten. Und das gerade jetzt, wo du anfängst, deine Verwandten zu mögen, insbesondere Joelle. Bist du dir sicher, dass du dieses Risiko eingehen willst?"

„Ich bin bereits an einem Punkt angelangt, wo es kein Zurück mehr gibt. Nicht nur, weil ich die Gemälde aufspüren und herausfinden möchte, warum sie gestohlen wurden. Letzte Nacht hat jemand versucht, mich zu töten, und ich will, dass diese Person dafür bezahlt."

„Er wurde doch bereits in Gewahrsam genommen und wird für seine Taten ins Gefängnis wandern."

„Er vielleicht, aber was ist mit demjenigen, der ihn beauftragt hat? Der darf auch nicht ungestraft davonkommen."

„Wieso sprichst du immer von einem Mann? Wir könnten es genauso gut mit einer Frau zu tun haben."

„Auch wieder wahr. Jeder ist verdächtig."

„Das schließt auch die Leute mit ein, die du magst."

„Aber doch nicht Joelle!", entgegnete sie und warf ihm einen scharfen Blick zu. „Wie kommst du überhaupt auf so etwas?"

„Ich habe ihren Namen nie genannt. Du hast direkt an sie gedacht."

Und wieder einmal hatte er recht, was ihr gar nicht gefiel.

„Sie kommt mir einfach komisch vor und scheint ein wenig zu sehr darauf erpicht zu sein ..."

„Mich näher kennenzulernen?", ergänzte Isabella seinen Satz. „Denkst du, sie will mich ausnutzen? Dass sie nicht ehrlich ist?"

„Ich weiß es nicht. Sie taucht gestern wie aus dem Nichts auf, ist superfreundlich, extrem an dir interessiert und stellt jede Menge Fragen. Dazu hat sie einen künstlerischen Hintergrund, wenn auch anderer Art."

„Aber Joelle ist in meinem Alter. Wieso sollte sie so lange warten, um die Gemälde in die Finger zu bekommen? Zudem ist sie mit Sicherheit kein kriminelles Superhirn, sondern lediglich eine ehrgeizige Schmuckdesignerin."

„Wie ehrgeizig?"

Sie runzelte die Stirn. „Sehr, zugegebenermaßen. Aber

Ehrgeiz ist doch kein Verbrechen. Ich bin es ebenfalls, und du doch auch."

„Denk daran, was du selbst noch vor einer Minute gesagt hast – jeder ist verdächtig."

„Das werde ich nicht vergessen. Trotzdem glaube ich nicht, dass sie etwas mit der Sache zu tun hat."

KAPITEL VIERZEHN

Isabella war froh, als sie um kurz nach drei am Istituto d'Arte Roma ankamen. Sie wollte nicht mehr darüber nachdenken, dass Joelle etwas im Schilde führen könnte, sondern sich auf die Kunstschule konzentrieren, die so viele Menschen miteinander verband. Als sie auf das zweistöckige, u-förmige Gebäude am Ufer des Tibers zugingen, fanden sie die Eingangstür weit geöffnet und entdeckten ein Schild, das auf eine Pleinair-Veranstaltung von dreizehn bis sechzehn Uhr im Innenhof hinwies.

„Was soll das denn sein?“, murmelte sie und blieb stehen.

„Ich denke, das ist eine Art Workshop unter freiem Himmel“, vermutete Nick. „Was perfekt für uns wäre. Dabei könnten wir uns ungestört umsehen, und Louisa Del Vecchio sollte auch hier sein.“

Sie folgte ihm die Vorderstufen hinauf ins Innere des Gebäudes. Das Büro der Verwaltung war geschlossen, aber die Türen rechts davon waren ebenfalls offen, also wandten sie sich in diese Richtung. Auf dem Weg durch den Flur registrierte Isabella eine erstaunliche Menge an Kunstwerken, die offensichtlich die Studenten erschaffen hatten. Jeder verfügbare Zentimeter Wand war mit Zeichnungen, Gemälden, Skizzen und sogar einigen gerahmten Bildern mit getrockneten, bemalten Blumen bedeckt.

Einige davon waren wirklich gut, viele eher chaotisch, aber allesamt äußerst kreativ. Generationen angehender Künstler waren durch diese Korridore gewandelt, unter anderem auch drei der Familie Rossi. Und jetzt war sie an der Reihe, ebenso wie Nick, denn auch er hatte durch Anna eine gewisse Verbindung zu dieser Schule.

„Es ist seltsam, an dem Ort zu sein, an dem sich unsere Großmütter vor so vielen Jahren kennengelernt haben", wiederholte sie ihre Worte von vorhin. „Sie waren gerade mal einundzwanzig Jahre alt und sehr weit weg von zu Hause."

„Wahrscheinlich haben sie deshalb eine so innige Freundschaft geschlossen. Sie gaben sich gegenseitig Halt."

„Garantiert." Seine Worte lösten eine Welle der unterschiedlichsten Emotionen in ihr aus. Und bestimmt tat dieser Ort sein Übriges dazu, barg er doch so viele Erinnerungen und Rückblicke. Ihr ganzes Leben lang hatte sie ohne eine Familiengeschichte leben müssen, und jetzt stürmte sie von allen Seiten auf sie ein. Da gab es viel zu verarbeiten. Aber vorrangig sollten sie sich draußen umsehen.

Als sie durch die offenen Türen traten, fanden sie sich in einem Hinterhof wieder, der auf drei Seiten von der Schule umgeben war. Die vierte, offene Flanke ging auf einen kleinen Wald und eine Steinmauer hinaus, von wo aus man den Fluss und den dahinterliegenden Hügel überblicken konnte, auf dem ein majestätisches, sehr altes Schloss thronte und einen atemberaubenden Anblick bot.

„Das ist inspirierend", murmelte sie. Sie verspürte zwar keine Lust, die Szene zu malen, hätte sie aber gerne in Worte gefasst. Allerdings hatte sie noch nie Tagebuch geführt, was viele Menschen, die von ihrer Schreibleidenschaft wussten, verwunderte. Dafür jedoch gab es einen einfachen Grund: Sie hatte noch nie gerne über sich selbst oder ihre Gefühle geschrieben. Bei diesem Panorama jedoch juckte es sie in den Fingern, die Eindrücke mit Worten zum Leben zu erwecken. Aber sie war nicht hier, um selbst etwas zu erschaffen, und sollte sich besser wieder auf die vor ihnen liegende Aufgabe konzentrieren.

„Ob das da drüben wohl Louisa ist?", unterbrach Nick ihre Tagträumereien und deutete mit dem Kinn auf eine Frau. Sie schien in ihren Fünfzigern oder Sechzigern zu sein, trug weiße Jeans und einen knallroten Pullover und hatte das silberne Haar zu einem langen Zopf geflochten.

„Lass es uns herausfinden."

Sie durchquerten den Hof und warteten in deren Nähe, bis sie ihr Gespräch beendet hatte.

Als sie sich umdrehte und sie entdeckte, warf sie ihnen einen neugierigen Blick zu. „Ciao", begrüßte Isabella sie. „Sind Sie Louisa Del Vecchio?"

„*Sì*. Und wer sind Sie?"

„Isabella Rossi." Sie machte eine Handbewegung in Nicks Richtung. „Und das ist Nick Caruso."

„Rossi?", wiederholte Louisa überrascht. „Sind Sie etwa die Tochter von Sylvie?"

Die Frage überrumpelte sie. „Sie kannten meine Mutter?"

„Ja. Wir haben gemeinsam hier studiert, damals, als mein Großvater die Schule leitete. Sie sehen Ihrer Mutter sehr ähnlich." Verblüfft schüttelte die ältere Frau den Kopf. „Gerade fühle ich mich, als wäre ich in der Zeit zurückgereist. Sylvie war eine meiner besten Freundinnen. Sie war ein Wildfang, aber wunderschön, leidenschaftlich und extrem talentiert. Aber das lag natürlich in der Familie. Ihre Großmutter, Lucinda Rossi, war ebenfalls brillant. Laut meinem Großvater, Frederico, hatte Lucinda hier einmal einen Abendkurs abgehalten, der so überlaufen war, dass es für die meisten Teilnehmer nur noch Stehplätze gab." Sie hielt inne. „Aber bitte entschuldigen Sie. Ich schweife ab."

„Kein Problem. Für mich ist es immer äußerst interessant, mehr über meine Mutter und meine Urgroßmutter zu erfahren. Haben Sie Lucinda je persönlich kennengelernt?"

„Leider nein. Ich kannte sie nur aus den Erzählungen meines

Großvaters. Er war ganz vernarrt in sie, wahrscheinlich sogar ein wenig verliebt." Erneut hielt Louisa inne. „Wie geht es Sylvie?"

„Es geht ihr gut."

„Das freut mich zu hören. Ich erinnere mich, dass sie Rom verließ, um in den USA zu studieren. Sie wollte die Welt kennenlernen, war sich sicher, dass sie dadurch noch mehr Inspiration finden würde. Dafür trennte sie sich sogar von ihrem damaligen Freund. Das brach Stefano das Herz, aber er liebte sie so sehr, dass er sie gehen ließ."

„Sie kannten Stefano ebenfalls?"

„Ja. Er war zwar kein Schüler hier, aber wir trafen uns häufig am Wochenende auf Partys. Vor Kurzem kam er sogar zu einem Tag der offenen Tür vorbei, weil sich eine seiner Nichten bei uns beworben hat. Ich konnte kaum glauben, dass er Kommissar bei der Polizia geworden ist, denn früher war er ziemlich aggressiv. Von ihm weiß ich, dass sie nach Florenz zieht."

„Genau", sagte Isabella, nicht unbedingt erpicht darauf, über ihre Mutter zu reden. „Wie auch immer, ich kann mir vorstellen, dass Sie ziemlich beschäftigt sind, aber Nick und ich wollten kurz mit Ihnen über den Raubüberfall auf das Museum letzte Woche sprechen. Das Bild Ihres Großvaters wurde gestohlen, zusammen mit Gemälden meiner Urgroßmutter und Nicks Urgroßvater, Tomas Caruso."

„Tomas Caruso", wiederholte Louisa, und ihr Blick wanderte zu Nick. „Tut mir leid, ich hatte Ihren Nachnamen nicht mit ihm in Verbindung gebracht." Sie räusperte sich. „Als ich von dem Überfall hörte, war ich richtig schockiert. Tatsächlich wollte ich die Ausstellung am Donnerstag besuchen, denn am Tag der Eröffnung war ich leider nicht in der Stadt. Ich konnte es kaum erwarten, Fredericos Werk dort zu sehen." Fassungslos schüttelte sie den Kopf. „Ich verstehe einfach nicht, was da passiert ist."

„Wir ebenso wenig. Besaßen Fredericos Werke einen gewissen Wert? Gab es im Laufe der Jahre Interessenten, die seine Gemälde erwerben wollten?"

„Als jüngerer Mann verkaufte er gelegentlich eines davon, aber er ist vor über zwanzig Jahren gestorben, und davor hat er mindestens ein Jahrzehnt lang nicht mehr gemalt. Gegen Ende seines Lebens war er aufgrund des jahrelangen exzessiven Alkoholkonsums ziemlich dement und frustriert über sein eigenes Talent. Ein paar Tage, bevor er sich endgültig zu Tode soff, verbrannte er die meisten seiner Werke. Glücklicherweise hatte ich schon vor Jahren zumindest eines aus seiner Wohnung mitgenommen und bei mir verwahrt. Ich wollte sicherstellen, dass meine Kinder und Enkel sein Talent zu sehen bekommen und zu schätzen wissen. Aber er war nicht nur Künstler, sondern auch Lehrer, und manche würden sagen, dass er seine Schüler sogar noch mehr geprägt hat als die Kunstszene."

„Wann ungefähr haben Sie dieses Bild an sich genommen?", schaltete Nick sich ein.

„Das weiß ich nicht mehr genau. Er machte viele dunkle Phasen durch und drohte regelmäßig damit, alles zu zerstören. Da beschloss ich, es aus dem Haus zu schaffen und zu verstecken. Warum? Ist das wichtig?"

„Wir versuchen lediglich herauszufinden, wo sich all diese Gemälde vor dem Raub befanden", erklärte er. „Wir wissen, dass Lucinda, Tomas und Frederico sich kannten. Was wir nicht verstehen, ist, warum genau ihre Werke bei einem offenbar gezielten Überfall entwendet wurden. Haben Sie eine Idee?"

„Nein, leider nicht. Und ja, die drei waren definitiv einmal Freunde, aber das schlug irgendwann ins Gegenteil um."

„Wie meinen Sie das?", fragte Isabella, aber bevor Louisa antworten konnte, unterbrach eine andere Frau ihr Gespräch, die ihr bis aufs Haar glich. Nur ihr Pullover war violett anstatt rot, aber auch sie trug weiße Jeans und eine identische Frisur.

„Ciao", begrüßte sie sie. „Stimmt irgendetwas nicht? Ihr schaut alle so ernst drein."

„Das ist meine Schwester Victoria", stellte Louisa sie einander vor. „Isabella Rossi und Nick Caruso, Nachkommen von Lucinda Rossi und Tomas Caruso."

„Ah, *sì*“, sagte Victoria und bedachte sie mit einem prüfenden Blick. „Dann sind Sie auch mit Sylvie Rossi verwandt?“

„Sie ist meine Mutter.“

„Die Ähnlichkeit ist unverkennbar“, sagte Victoria mit einem Nicken.

„Die beiden haben sich gerade danach erkundigt, in welchem Verhältnis Frederico, Lucinda und Tomas zueinander standen, da ihre Bilder vor ein paar Tagen zusammen gestohlen wurden“, erklärte Louisa ihrer Schwester.

„Das waren schreckliche Neuigkeiten“, sagte Victoria.

„Ich weiß, dass Frederico sich mit Tomas und Lucinda überworfen hat“, fuhr Louisa fort, „aber leider nicht mehr, was der Grund dafür war. Kannst du dich noch erinnern, Victoria?“

„Unser Großvater hat in seinen späten Jahren so viele Menschen gehasst“, murmelte diese. „Insofern ist es schier unmöglich, das nachzuvollziehen. Aber interessant, dass Sie sich danach erkundigen. Vor etwas mehr als einem Jahr hat mir nämlich ein Kommissar der Polizia genau dieselbe Frage gestellt.“

Bei diesen Worten horchte Isabella auf. „Stefano Gangi? War das der Name des Beamten?“

„Nein.“ Victoria bedachte Nick mit einem nachdenklichen Blick. „Er hieß Marcus Caruso. Ist er mit Ihnen verwandt?“

„Ja, das war mein Großvater“, antwortete Nick und presste die Lippen zusammen. „Was genau wollte er denn von Ihnen wissen?“

„In welcher Beziehung Frederico zu Tomas und Lucinda stand.“

„Und warum?“

„Das hat er mir nicht gesagt. Er interessierte sich aber auch dafür, ob irgendwelche von Fredericos Bildern hier in der Schule hingen, was nicht der Fall war. Ich wusste nicht einmal, dass noch jemand eines seiner Werke in seinem Besitz hat, bis meine Schwester letzte Woche dieses Gemälde erwähnte und mir mitteilte, dass sie es dem Museum für die Vernissage zur Verfügung stellen würde."

„Das war Ihnen nicht bekannt?", fragte Isabella, überrascht, dass Louisa diese Tatsache nicht mit ihrem Zwilling geteilt hatte.

„Ich habe es ihr schon vor langer Zeit erzählt", mischte diese sich ein. „Victoria hat es wahrscheinlich nur vergessen, was bei ihr ziemlich häufig vorkommt."

„Nein, ich glaube nicht, dass du mir diesbezüglich Bescheid gesagt hast", konterte sie und bedachte ihre Schwester mit einem verärgerten Blick.

„Wonach hat mein Großvater sich sonst noch erkundigt?", unterbrach Nick die beiden Damen und lenkte die Aufmerksamkeit zurück auf sich.

Victoria überlegte kurz. „Er fragte mich, ob unser Großvater jemals eine Frau namens Juliette erwähnt hätte. Ihren Nachnamen hat er mir zwar auch genannt, aber an den erinnere ich mich nicht mehr. Jedenfalls wirkte er ziemlich enttäuscht, dass ich nichts von ihr wusste und ihm auch keines von Fredericos Bildern zeigen konnte."

„Das wiederum hast du wohl vergessen zu erwähnen", merkte Louisa an.

„Ich hielt es nicht für so wichtig, da wir zu der Zeit mit vielen anderen Problemen zu kämpfen hatten. Das Dach war undicht, die Heizung ausgefallen und die Schülerzahlen rückläufig. Unsere Akademie ging den Bach runter, und ich wusste nicht, wo wir das Geld für die nötigen Reparaturen hernehmen sollten. Und du warst mit deinem Mann im Urlaub auf den Fidschi-Inseln."

„Aber doch nur für eine Woche", verteidigte sich Louisa. „Dann war ich wieder hier, um dich zu unterstützen, so wie ich es immer tue."

„Da hatte ich mein Gespräch mit Signor Caruso bereits wieder verdrängt." Victoria hielt kurz inne. „Na ja, das stimmt nicht so ganz, ich wollte es nicht erwähnen, Louisa, da ich befürchtete, du würdest bei der Polizei nachhaken. Frederico war tot, und ganz ehrlich: Sollte er vor langer Zeit etwas Unrechtes getan haben, wollte ich nichts darüber wissen und auch verhindern, dass jemand anderes davon erfährt."

„Hat mein Großvater Frederico denn irgendetwas vorgeworfen?", fragte Nick.

„Nicht direkt, aber er erwähnte etwas von einer kriminellen Organisation, die mit gestohlener Kunst handelte. Ich versicherte ihm, dass Grandpa nie in zwielichtige Sachen verwickelt war. Was die Kunst anbelangte, hatte er hohe moralische Werte und nicht das geringste Verständnis für Leute, die sich auf derartige Machenschaften einließen."

„Das ist wahr", stimmte Louisa ihr zu. „Selbst als er im Sterben lag, schimpfte er noch über diejenigen, die die Kunst nicht als das zu schätzen wussten, was sie war. Lange Jahre hatte er es sich zur Aufgabe gemacht, sie zu schützen und zu bewahren. Allerdings gestaltete sich das schwierig, weil es so viele Banden gab, die diese Kreationen dazu missbrauchten, ihre kriminellen Aktivitäten zu finanzieren. Er war ein Sonderling, das stimmt, aber ich lege meine Hand dafür ins Feuer, dass er sich nie auf etwas Illegales eingelassen hätte."

In Isabellas Kopf überschlugen sich die Gedanken. Warum sollte Marcus an diese Schule gekommen sein und gegen Personen ermittelt haben, die schon so lange tot waren? Er musste auf etwas Wichtiges gestoßen sein. Aber auf was?

„Ihr Großvater fragte mich zudem, ob Frederico je über den Brand gesprochen hat, bei dem Tomas und Lucinda ums Leben kamen", fügte Victoria hinzu.

„Und? Hat er das?"

„Generell über die beiden, ja, und er schien traurig gewesen zu sein, dass sie so jung sterben mussten, sagte, er wünschte, er hätte es verhindern können. Aber in Bezug auf das Feuer hat er mir gegenüber nie etwas erwähnt. Louisa?"

Die Angesprochene schüttelte den Kopf. „Nein, mir gegenüber ebenso wenig. Und wenn, waren es wirre Kommentare, die keinen Sinn ergaben. Insbesondere in der letzten Dekade seines Lebens ging es ihm ziemlich mies. Er bekam nichts mehr wirklich auf die Reihe, verwechselte Daten und Namen.“ Sie hielt inne, als ihr Telefon zu summen begann, „Das ist mein Timer. Ich muss die Stunde beenden. Tut mir leid, dass wir Ihnen nicht groß weiterhelfen konnten. Aber sollten wir noch etwas für Sie tun können, melden Sie sich jederzeit.“

„Das werden wir“, versprach Isabella.

„In der Regel sind wir beide hier in der Schule anzutreffen“, fügte Victoria hinzu. „Und auch wir würden das Gemälde unseres Großvaters natürlich gerne zurückhaben.“

Mit diesen Worten wandten sich die beiden Damen zum Gehen. Louisa, um anzukündigen, dass der Kurs hiermit beendet war, und Victoria, um mit einem der Künstler zu sprechen.

„Lass uns hier drüben rausgehen“, sagte Nick und durchquerte den Innenhof in Richtung der Bäume und des Flusses.

An der hüfthohen Mauer blieb er stehen und blickte hinunter aufs Wasser. Seine Miene war undurchdringlich, dennoch ahnte Isabella, was in ihm vorging.

„Du grübelst darüber nach, was Victoria uns eben erzählt hat, stimmt’s? Warum dein Großvater hier war und Fragen über Tomas gestellt hat.“

„Ja.“ Er drehte sich zu ihr um. „Wieso ausgerechnet letztes Jahr? So lange nach dem Tod seines Vaters und so kurz vor seinem eigenen?“

„Und auch er wollte Informationen über Juliette“, erinnerte sie ihn. „Mit der Suche nach ihr hätte er doch bestimmt keine fünfzig Jahre gewartet. Ihr Führerschein muss ihm erst vor Kurzem in die Hände gefallen sein. Vielleicht war er der Anstoß für all seine Fragen.“

„Aber woher sollte er ihn gehabt haben?“

„Keine Ahnung.“

Nick seufzte und fuhr sich frustriert mit der Hand durchs Haar. „Nichts von alledem ergibt einen Sinn. Seine Fragen, sein Besuch hier in der Schule, der Ausweis in der Schachtel ... Und dann stirbt er bei einem Autounfall ohne Zeugen. Ein Mann, der nie in seinem Leben zu schnell gefahren ist, verliert angeblich im Regen die Kontrolle über sein Fahrzeug und rast mit überhöhter Geschwindigkeit gegen einen Baum."

„Angeblich?", wiederholte Isabella. „Was willst du damit andeuten?"

Er starrte sie an, und seine Miene verfinsterte sich. „Ich glaube, mein Großvater wurde umgebracht, und Tomas und Lucinda ebenfalls. Das Feuer war kein Unfall, sondern wurde absichtlich gelegt. Und zwischen beiden Ereignissen gibt es eine Verbindung."

Isabella lief es eiskalt den Rücken hinunter. „Aber warum sollte jemand sie getötet haben?", fragte sie.

„Keine Ahnung, aber ich werde nicht eher ruhen, bis ich es herausgefunden habe."

KAPITEL FÜNFZEHN

Als sie sich auf den Weg zurück zum Wagen machten, gingen Isabella unaufhörlich Nicks entschlossene Worte durch den Kopf. Offen gestanden wusste sie nicht, was sie darauf erwidern sollte. Die Situation war für ihn gerade noch tausendmal persönlicher geworden.

Auch sie konnte nicht nachvollziehen, warum sein Großvater vor knapp einem Jahr damit anfing, über den Tod von Tomas und Lucinda zu recherchieren. Er musste neue Informationen erhalten haben, was ebenfalls unglaublich erschien, nach dieser langen Zeit. Was genau war geschehen? Was mochte der Auslöser dafür gewesen sein, dass er plötzlich Fragen stellte?

Und die Folge dessen schien ein tragischer Unfall gewesen zu sein, der auf den ersten Blick nicht verdächtig aussah. Je tiefer sie jedoch in die Materie eintauchten, desto undurchsichtiger wurde alles. Selbst Nick, der normalerweise keine voreiligen Schlüsse zog und auch sie immer wieder davor warnte, zu impulsiv zu reagieren, hatte die Puzzleteile so zusammengefügt, dass alles auf Mord hindeutete.

Dieser Gedanke verursachte ihr Gänsehaut und erinnerte sie erneut daran, dass auch sie in der vergangenen Nacht hätte getötet werden können. Und er ebenfalls.

Was zur Hölle ging hier vor sich? Wer hatte es auf ihre Familien abgesehen und warum?

Noch immer schwirrten ihr Fragen über Fragen im Kopf herum, aber mit Nick konnte sie gerade nicht darüber sprechen, denn er schien völlig in Gedanken versunken zu sein. Offensichtlich brauchte er noch eine Weile, um das zu verarbeiten, was sie bisher herausgefunden hatten, um abzuwägen, ob die Hinweise ihn nicht doch in die Irre führten.

Sollte sein Bauchgefühl jedoch richtig gewesen und Marcus ermordet worden sein, ging es für ihn nicht mehr nur darum, die vermissten Gemälde aufzutreiben oder dafür zu sorgen, dass ihre Großmütter in Sicherheit waren. Er musste zugleich den Tod seines Großvaters rächen, des Mannes, der ihn inspiriert und ihm als Mentor gedient hatte. Und er würde nicht eher ruhen, bis die Wahrheit ans Licht kam.

Das wiederum bereitete ihr Sorge, denn sie wollte nicht, dass ihn das gleiche Schicksal wie Lucinda, Tomas und Marcus ereilte.

Und sie natürlich ebenso wenig.

Dennoch ... sie hingen zusammen in dieser Sache drin, und sie würde ihn jetzt keinesfalls im Stich lassen.

Als sie das Haus ihrer Großmütter erreichten, war Isabella einfach nur froh, dass es noch stand, jedoch auch überrascht, eine Frau vorzufinden, die, einen großen Korb in Händen haltend, vor der Tür wartete.

„Wer ist das denn?“, fragte sie Nick, als er in der Einfahrt anhielt.

„Keine Ahnung. Warte hier“, wies er sie an. „Ich spreche zuerst mit ihr.“

Er war ausgestiegen, bevor sie erwidern konnte, dass sie einen Teufel tun würde, denn sie glaubte nicht, dass von dieser Frau, die in ihren Fünfzigern zu sein schien und jetzt auf den Wagen zukam, irgendeine Gefahr ausging. Sie trug ein smaragdgrünes Strickkleid sowie Schuhe mit sehr hohen Absätzen, und ihr kurzes, schräg geschnittenes Haar umrahmte ein äußerst attraktives Gesicht. Nicht, dass das Böse sich nicht auch verkleiden konnte, aber ihr Gefühl sagte ihr, dass diese Person harmlos war. Also stieg sie ebenfalls aus dem Auto und gesellte sich zu den beiden.

„Ciao“, sagte die Frau und ließ ihrer Begrüßung einen Schwall italienischer Sätze folgen, in denen sie lediglich die Namen ihrer Großmütter ausmachen konnte.

„Sorry“, unterbrach Nick sie, „aber mein Italienisch ist nicht gerade gut. Wer sind Sie?“

„Verzeihung. Ich bin Catherine Vigonas, die Kuratorin des Museo dei Capolavori Romani, und wollte nur kurz vorbeischauen, um mich nach Anna und Gloria zu erkundigen.“ Sie hob den Korb an, den sie nach wie vor in Händen hielt. „Und ihnen Obst und Süßigkeiten bringen.“

„Danke, sehr nett von Ihnen“, entgegnete Nick. „Darf ich Ihnen das abnehmen? Ich bin Nick Caruso, Annas Enkelsohn.“

„Oh, der berühmte FBI-Agent“, sagte Catherine, und ein Funkeln trat in ihre blauen Augen. „Ihre Großmutter ist sehr stolz auf Sie. Und Gloria schwärmt mir immerzu von ihrer sehr klugen Enkelin vor, die als Reporterin die Welt verändern will“, fügte sie hinzu und bedachte Isabella mit einem Lächeln. „Das sind bestimmt Sie, nicht wahr?“

„Richtig, ich bin Isabella Rossi.“

„Wie schön, Sie beide kennenzulernen, obwohl die Umstände alles andere als erfreulich sind. Wie geht es Anna und Gloria mittlerweile? Ich habe Mittwochabend nach dem Überfall auf das Museum kurz mit ihnen geredet und versprochen, mich so bald wie möglich zu melden. Aber die Carabinieri haben mich vollauf in Beschlag genommen, und dann musste ich mich auch noch darum kümmern, unser defektes Sicherheitssystem zum Laufen zu bringen, damit wir wieder öffnen können.“

„Es geht ihnen besser“, versicherte Nick ihr. „Aber aktuell sind sie nicht hier.“

„Kommen sie denn demnächst zurück? Ihnen ist doch hoffentlich nichts passiert? Ich habe gehört, dass bei Ihnen letzte Nacht ebenfalls eingebrochen wurde. Stimmt es, dass sie nicht vor Ort waren und sich irgendwo in Sicherheit befinden?“

„Das sind sie, und beide sind wohlauf. Ich werde ihnen gerne ausrichten, dass Sie vorbeigeschaut haben. Aber vielleicht sollten Sie Ihren Korb wieder mitnehmen, da bislang nicht feststeht, wann genau sie nach Hause kommen.“

„Behalten Sie ihn doch einfach. Es sei denn, Sie haben vor, Italien bald zu verlassen? Sie leben ja mittlerweile in Kalifornien, nicht wahr?“

„Das stimmt zwar, aber wir werden noch eine Weile hierbleiben“, antwortete Nick vage.

„Dann nehmen Sie dieses kleine Geschenk bitte an und lassen Sie es sich schmecken.“

„Hat die Polizei Ihnen gegenüber bereits einen Verdacht geäußert?“, fragte Isabella. „Oder haben Sie eine Idee, warum ausgerechnet diese drei Gemälde gestohlen wurden?“

„Leider nein. Die ganze Sache ist ziemlich mysteriös, denn die Vernissage zeigte noch viele andere und weitaus wertvollere Stücke.“

„Wer hatte eigentlich die Idee zu dieser Ausstellung?“, fragte Nick.

„Den Anstoß dazu gaben diverse Leute aus der örtlichen Kunstszene. Wir überlegten, wie wir weniger bekannte italienische Künstler würdigen könnten und entschieden uns, mit den älteren Generationen zu beginnen, deren Werke der Öffentlichkeit vielleicht nicht bekannt sind, die sie aber mit Sicherheit zu schätzen wüsste. So begannen wir mit den Sechziger- und Siebzigerjahren, und unsere Rechnung ging auf. Bereits in den ersten beiden Tagen konnten wir jede Menge Besucher verzeichnen. Mit solch einem Erfolg hätten wir nie gerechnet.“

„Und anhand welcher Kriterien haben Sie die Maler ausgewählt?“, hakte Isabella nach.

„Anhand von Vorschlägen und Anregungen hiesiger Künstler. Viele von ihnen waren Schüler der von Frederico Germain in den Fünfzigerjahren gegründeten Akademie. Er war eine lokale

Legende“, antwortete Catherine. „Von daher war ich überglücklich, sein Gemälde ausstellen zu dürfen. Und im Zuge einer Unterhaltung mit Ihren Großmüttern erwähnten diese die Arbeiten von Tomas Caruso und Lucinda Rossi, und natürlich wollte ich diese unbedingt ebenfalls präsentieren. Jetzt, wo sie gestohlen wurden, fühle ich mich schrecklich. Anna kämpft mit Schuldgefühlen, denn wenn ich es richtig verstanden habe, war dieses Bild für Ihre Familie von hohem emotionalem Wert, Signor Caruso.“

„Meine Großmutter hätte es definitiv gerne zurück“, stimmte Nick ihr zu. „Haben Sie eine Ahnung, wie es möglich war, sämtliche Sicherheitssysteme und Kameras auszuschalten?“

„Dazu darf ich leider nichts sagen. Vielleicht sollten Sie mit Capitano Lavezzo darüber sprechen. Er würde Ihre Hilfe und Ihr Interesse mit Sicherheit zu schätzen wissen. Bitte richten Sie Ihren Großmüttern liebe Grüße von mir aus und sagen Sie ihnen, dass ich an sie denke und mich freue, wenn sie wieder da sind. Obwohl ich natürlich nachvollziehen kann, dass sie sich vorerst eine Weile von hier fernhalten möchten. Ich müsste nur in etwa Bescheid wissen, wann sie planen zurückzukehren, denn sie sind meine engagiertesten und beliebtesten Mitarbeiterinnen und haben immer bereitwillig große Gruppen von Besuchern durchs Museum geführt. Sollten sie länger ausfallen, muss ich mich nach anderen Freiwilligen umsehen.“

„Wir sagen es ihnen“, versprach Isabella.

„Grazie“, bedankte sich Catherine. Dann lief sie zurück zum Bürgersteig, stieg in einen silbernen Mercedes und fuhr davon.

„Hältst du kurz den Korb, während ich den Wagen in die Garage bringe?“, bat Nick.

„Aber klar.“ Sie nahm ihn an sich und wartete, während er erneut ins Auto stieg, per Fernbedienung das Tor öffnete und hineinfuhr. Dann folgte sie ihm hinein, und gemeinsam begaben sie sich durch den Garten ins Haus. Das Schloss wies Einbruchsspuren auf, aber ihrer Meinung nach stammten diese noch vom Vortag, denn es war nach wie vor intakt.

Nick schloss auf, und sie betraten die Küche. Alles war ruhig.

Isabella stellte den Korb auf dem Tisch ab und folgte ihm den Flur hinunter. Sie sprachen kaum, während sie Zimmer für Zimmer durchkämmten und nach möglichen Spuren suchten, aber vor jeder verschlossenen Tür, bei jedem unerwarteten Knarren eines Dielenbretts unter ihren Füßen versteifte sie sich. Als sie sich schließlich davon überzeugt hatten, dass alles noch so war, wie sie es zurückließen, atmete sie erleichtert auf.

„Offensichtlich war niemand mehr hier", sagte sie, als sie in die Küche zurückkehrten, wo sie sich immer noch am sichersten fühlte. „Das ist zumindest ein Pluspunkt."

„Definitiv", stimmte er ihr zu und setzte sich an den Tisch.

Gemeinsam warfen sie einen Blick in den Korb, der mit Obst, einer Flasche Wein und verschiedenen Gebäckstücken gefüllt war. „Wie großzügig von der Dame. Möchtest du etwas?"

„Nein, danke, ich bin noch immer gut gesättigt von der Pizza."

„Ich ebenfalls."

Sie nahm ihm gegenüber Platz. „Was hältst du von Catherine?"

„Ich bin mir nicht sicher. Irgendwie hat sie sich selbst widersprochen. Sie erwähnte, sie wusste von dem Einbruch und vermutete, dass unsere Großmütter zu dem Zeitpunkt nicht hier waren. Warum ist sie dann heute mit diesem Geschenk für die beiden vorbeigekommen?"

„Vielleicht weil sie annahm, sie wären zurück?"

„Woher hätte sie wissen können, dass das letzte Nacht nicht der Fall war? Doch nur, weil sie mit der Polizei gesprochen hat, oder? Und die habe ich informiert, dass ich sie außer Landes geschafft habe, sowohl Lavezzo als auch Stefano."

„Stimmt", erwiderte sie gedehnt. „Aber es wäre ja möglich, dass sie ihr diese Infos vorenthalten haben. Okay, nehmen wir einmal an, ihr war klar, dass sie die beiden nicht antreffen würde. Warum sollte sie sich dann extra herbemühen?"

„Um sich zu überzeugen, dass sie tatsächlich weg sind oder ob sich doch noch jemand im Haus aufhält."

„Willst du damit etwa andeuten, dass die Kuratorin des Museums, das ausgeraubt wurde, hinter beiden Einbrüchen stecken könnte? Glaubst du das allen Ernstes?"

Nick runzelte die Stirn und fuhr sich mit der Hand durchs Haar. „Ehrlich gesagt, ich weiß es nicht."

„Aber schon wieder schrillen deine Alarmglocken."

„Das scheint in letzter Zeit ziemlich häufig der Fall zu sein. Muss an Italien liegen. Dieses Land verunsichert mich extrem."

„Es kann ja nichts schaden, übervorsichtig zu sein, um keine bösen Überraschungen zu erleben."

„Bisher gab es ausschließlich böse Überraschungen. Wir müssen dringend einen Weg finden, den Tätern einen Schritt voraus zu sein, anstatt ewig hinterherzuhinken."

„Das sehe ich auch so. Aber zuerst sollten wir vielleicht nochmals über Marcus und seinen Unfall sprechen."

„Da gibt es nichts zu besprechen", entgegnete er kurz angebunden. „Erst brauchen wir mehr Informationen. Ohne die drehen wir uns im Kreis."

„Warum redest du nicht noch einmal mit Stefano? Er hat mit Marcus zusammengearbeitet und erwähnt, dass er sein Mentor war. Vielleicht hat er sich ihm in dieser Sache anvertraut?"

„Das wäre natürlich eine Idee. Grandma erzählte mir, dass Großvater in den Wochen vor seinem Tod unzählige Anrufe erhielt, wegen irgendetwas gestresst wirkte und ihr sagte, er müsste jemandem helfen. Allerdings wusste sie nicht, wer dieser Jemand war. Sie vermutete, es handelte sich um einen Freund, und die meisten seiner Freunde stammten aus seiner aktiven Zeit bei der Polizei. Aber als er letztes Jahr in der Kunstakademie auftauchte und all diese Fragen stellte, war er bereits seit mindestens einem Jahrzehnt im Ruhestand. Deshalb kann ich mir nicht erklären, was genau er da getrieben hat. In offizieller Sache war er jedenfalls nicht unterwegs."

„Dennoch sagte er Victoria, er sei von der Polizia und ließ es so klingen, als wäre er im Dienst“, erinnerte sie ihn.

„Das ist wahr“, stimmte Nick ihr zu. „Aber wahrscheinlich wollte er einfach seine frühere Stellung nutzen, um Antworten zu bekommen.“

„Ich denke, Stefano wäre deine beste Option. Er hat seine Karte da gelassen.“ Sie stand auf und ging zum Tresen hinüber, wo ihre Großmutter dessen Visitenkarte neben ihr Adressbuch gelegt hatte, das sie nach wie vor lieber benutzte als die Kontaktliste ihres Telefons, und reichte sie Nick. „Ich weiß zwar, dass du ihm nicht traust, aber einen Versuch ist der Anruf wert.“

„Gut, ich probiere es“, erwiderte er und klang irgendwie bedrückt. „Vielleicht kann er mir zumindest mehr über den Unfall erzählen, der Grandpa das Leben gekostet hat.“

Isabella bedachte ihn mit einem nachdenklichen Blick. „Bist du okay, Nick?“

„Irgendwann bestimmt wieder.“

„Also im Moment nicht wirklich.“

Er zuckte mit den Schultern. „Du musst dir keine Sorgen um mich machen. Was hast du jetzt vor?“

Eigentlich wäre sie zu gerne bei dem Telefonat dabei gewesen, aber so wie es aussah, wollte er ungestört sein. Und da es um seinen über alles geliebten Großvater ging, beschloss sie, ihm seinen Freiraum zu lassen. „Ich dachte, ich schaue mich mal auf dem Dachboden um, ob da vielleicht noch etwas versteckt ist, das uns weiterhelfen könnte.“

„Ich komme gleich nach.“

Sie nickte. „Wir werden diesen Fall lösen, Nick.“

Er erwiderte ihren Blick. „Das hoffe ich. Allerdings habe ich das schreckliche Gefühl, dass mein Großvater genau das Gleiche dachte ... Und dann war er tot.“

Isabella erblasste, und Nick verfluchte sich innerlich für seine harschen Worte. Nicht dass das, was er gesagt hatte, nicht der Wahrheit entspräche. Aber immerhin hatte sie nur mit knapper Not einen brutalen Angriff überlebt und brauchte mit Sicherheit keine weitere Erinnerung an die Gefahr, in der sie sich befanden.

„Tut mir leid", murmelte er.

„Du musst dich nicht entschuldigen, denn du hast ja recht. Aber wir werden dafür sorgen, dass uns nicht das gleiche Schicksal ereilt, oder?"

„Dafür gibt es keine Garantie."

„Das habe ich auch nicht erwartet." Als er den Mund öffnete, um etwas zu erwidern, hob sie energisch die Hand. „Fang nicht schon wieder damit an, dass ich von hier verschwinden sollte. Du verschwendest nur deinen Atem und meine Zeit. Ich gehe jetzt nach oben, um mich auf dem Dachboden umzusehen. Lass mich wissen, was du von Stefano in Erfahrung bringen konntest."

Nachdem sie die Küche verlassen hatte, atmete Nick erst einige Male tief durch, um sich zu beruhigen. Aufgewühlt und persönlich involviert zu sein, war eine gefährliche Kombination, das war ihm durchaus klar. Er sollte die Lage aus einem neutralen Blickwinkel betrachten, ohne sich von familiären Beziehungen beeinflussen zu lassen. Dennoch musste er zugeben, dass ihn das Wissen um den Besuch seines Großvaters in der Schule und dessen Fragen über Juliette und das Feuer aufgewühlt hatten. Und speziell der Gedanke, sein Tod könnte etwas anderes gewesen sein als nur ein Unfall, machte ihm zu schaffen, denn etwas Derartiges hatte er nie in Betracht gezogen. Jetzt jedoch war er fast hundertprozentig davon überzeugt, und er machte sich Vorwürfe, weil er die Sache nicht schon damals genauer hinterfragt hatte.

Wäre Marcus nicht achtzig Jahre alt und im Ruhestand gewesen, hätte er das womöglich sogar getan. Aber er, ebenso wie alle anderen, hatte einfach angenommen, dass der Sturm und die nassen Straßen in Verbindung mit dessen nachlassender Sehkraft und den langsameren Reflexen zu der Tragödie führten. Tja ...

ganz offensichtlich war sein Großvater viel scharfsinniger gewesen, als er es ihm für sein Alter zugetraut hatte.

Obwohl er Stefano nicht traute, tippte er seine Nummer ein. Er musste so viel wie möglich über den Vorfall herausfinden. Und Isabella hatte recht. Wenn sein Großvater mit jemandem bei der Polizei gesprochen hatte, dann bestimmt mit einer Person, die ihm nahestand. Und das war nun mal Stefano.

„Kommissar Gangi", meldete dieser sich mit kräftiger Stimme.

„Hier spricht Nick Caruso."

„Wie kann ich dir helfen?"

„Ich hätte ein paar Fragen." Er beschloss, mit einer Kunstfrage zu beginnen und sich dann vorsichtig an das Unfallthema heranzutasten. „Hast du schon einmal von einer Bande namens *La Mano Nera* gehört?"

„*Sì.* Sie war in den Sechzigern für diverse Kunstdiebstähle verantwortlich."

„Wenn ich richtig informiert bin, trugen deren Mitglieder stets schwarze Handschuhe, was auf die Beschreibung der Männer im Museum passen würde."

„Ich bin mir sicher, Capitano Lavezzo ist diese Parallele ebenfalls aufgefallen, aber die Gruppe ist schon vor langer Zeit von der Bildfläche verschwunden. Kaum anzunehmen, dass sie jetzt wieder aus der Versenkung aufgetaucht ist. Wenn überhaupt, hat jemand sie kopiert."

„Was weißt du über deren Anführer?"

„Hmm ... lass mich kurz nachdenken. Ich glaube, das war ein Mann namens Roberto Falconeri. Sein Bruder war ebenfalls involviert, aber an dessen Namen erinnere ich mich nicht mehr. Wie ich gehört habe, sind beide schon vor Jahren verstorben."

„Was ist mit ihren Familien, ihren Nachkommen?"

„Darüber ist mir nichts bekannt, aber ich kann das gerne für dich überprüfen. Allerdings würde mich interessieren, warum du ausgerechnet mich danach fragst und nicht den Capitano?"

„Du scheinst mehr daran interessiert zu sein, uns zu helfen. Kommissar Lavezzo war bisher nicht sonderlich kooperativ."

„Na ja, er zieht es vor, die Fälle in Eigenregie lösen, ohne Einmischung oder Hilfe anderer", erwiderte Stefano, und seine Worte ließen klar erkennen, dass er diesen Mangel an Kooperation bereits am eigenen Leib verspürt hatte. „Sei aber versichert, dass er nichts unversucht lassen wird, um die Gemälde ihren Besitzern zurückzubringen."

„Das hoffe ich, aber wenn du etwas über diese Untersuchung oder eine mögliche Verbindung zu *La Mano Nera* herausfinden solltest, wäre ich dankbar, wenn du mich entsprechend informieren würdest."

„Selbstverständlich. Kann ich sonst noch etwas für dich tun?"

„Ja. Meine andere Frage betrifft den Unfall meines Großvaters. Gibt es davon eine Polizeiakte? Und dürfte ich einmal einen Blick hineinwerfen?"

Stefano zögerte. „Aus welchem Grund?"

„Ich möchte wissen, was genau in jener Nacht vorgefallen ist."

„Das kann ich dir auch sagen. Es regnete heftig, und auf den Straßen stand das Wasser. Anscheinend bremste Marcus abrupt ab, verlor die Kontrolle über seinen Wagen, schlitterte von der Straße und schoss auf einen Baum zu. Leider wurde er bei dem Aufprall getötet."

„Es waren keine anderen Fahrzeuge beteiligt?"

„Nein. Es war spät am Abend und er auf einer wenig befahrenen Straße außerhalb von Rom unterwegs. Ein Passant meldete den Unfall, sagte aber, er hätte nicht gesehen, wie es passiert ist. Er forderte Hilfe an, die allerdings zu spät kam. Ich hatte in jener Nacht keinen Dienst, bin jedoch sofort hingefahren, als ich davon hörte. Sämtliche Kollegen waren am Boden zerstört. Dein Großvater war einer der besten Polizisten, die dieses Land je hatte. Wir alle haben ihn geliebt und respektiert. Bitte glaub mir, dass wir alles in unserer Macht Stehende getan hätten, wären da irgendwelche Beweise gewesen, die gegen einen Unfall gesprochen hätten."

In Stefanos Stimme lag nichts als leidenschaftliche Aufrichtigkeit, und Nick fühlte sich dadurch ein wenig besser, war aber nach wie vor nicht völlig überzeugt. Wenn die Behörden gewusst hätten, hinter was er her war, hätten sie die Sache wahrscheinlich ebenfalls nicht auf die leichte Schulter genommen. Alles sah anders aus, wenn sich der Kontext änderte.

„Hast du in den Wochen vor seinem Tod mit meinem Großvater gesprochen?", erkundigte er sich.

„Ja, das habe ich tatsächlich. Wir sind uns eines Sonntags in der Kirche über den Weg gelaufen und haben uns danach noch eine Weile unterhalten. Er sagte mir, dass er seinen Ruhestand genieße und Anna und er über eine Kreuzfahrt nachdächten."

„Hat er den Tod seines Vaters erwähnt?"

„Seines Vaters?", wiederholte Stefano verblüfft. „Nein. Kam der nicht schon vor Jahren bei einem Brand ums Leben? Warum sollte er nach so langer Zeit wieder an ihn gedacht haben?"

„Das weiß ich auch nicht genau, aber meine Großmutter fand, er wirkte in den Wochen vor seinem Unfall wegen irgendetwas sehr gestresst."

„Also mit mir hat er nicht über ihn gesprochen."

„Gab es womöglich einen Freund, der Probleme hatte? Vielleicht ein anderer Polizist?"

„Nicht, dass ich wüsste. Wir haben aber auch nicht über ernste Themen geredet, und Marcus kam mir sehr entspannt vor." Stefano hielt inne. „Warum machst du dir plötzlich solche Gedanken um deinen Großvater? Vielleicht könnte ich dir mehr helfen, wenn du ein paar weitere Details für mich hättest."

„Ich werde wegen dieser gestohlenen Gemälde nur gerade von der Vergangenheit eingeholt", wiegelte Nick ab, nicht bereit, seine Erkenntnisse mit dem Beamten zu teilen.

„Verständlich. Hast du schon entschieden, ob Signorina Rossi und du in Rom bleibt?"

„Noch nicht."

„Ich hoffe, es geht ihr nach dem Angriff gestern Abend wieder gut?"

„Ja, alles in Ordnung", bestätigte er, und erst jetzt fiel ihm auf, wie gut sie den Vorfall weggesteckt hatte. Sie hatte die Attacke kein einziges Mal erwähnt und sich überhaupt nicht wie jemand verhalten, der Zuwendung und Trost brauchte. Isabella war in der Tat eine mutige Frau, und noch dazu eine äußerst attraktive. Schnell schob er diesen verwirrenden Gedanken beiseite. Es war töricht, sich ausgerechnet jetzt ins Gedächtnis zu rufen, wie hübsch sie war und wie sehr er sie mittlerweile mochte. Er hatte genug andere Probleme. „Danke für deine Hilfe", sagte er.

„Eigentlich fand ich nicht, dass ich dir helfen konnte, würde es aber sehr gerne. Du kannst mich jederzeit anrufen."

„Danke." Er beendete das Gespräch und wählte direkt eine andere Nummer.

Flynn ging nach dem ersten Klingeln ran. „Ciao", begrüßte er ihn fröhlich. „Wie ist Rom?"

„Aufregender, als ich es mir erhofft hatte. Habe ich dich geweckt?"

„Machst du Witze? Es ist fast sieben, also praktisch mittags. Übrigens, Andi hat gestern Abend nach euren Großmüttern gesehen. Sie sind müde, aber guter Dinge."

„Vielen Dank, das weiß ich wirklich zu schätzen."

„Ich schaue später selbst einmal bei den beiden vorbei. Aber zu deiner Textnachricht ... Gibt es einen bestimmten Grund, warum du Informationen über die italienischen Strafverfolgungsbehörden anforderst, speziell über Capitano Lavezzo und Kommissar Gangi?"

„Gangi scheint ein Freund der Familie zu sein, aber er taucht mir ein wenig zu häufig auf, und immer dann, wenn etwas vorgefallen ist. Und Capitano Lavezzo war höflich, aber nicht sonderlich entgegenkommend. Ich würde einfach gerne etwas über seinen Werdegang erfahren. Es könnte mir helfen, einen Weg zu finden, besser mit ihm zusammenzuarbeiten."

„Lavezzo hat wahrscheinlich einfach keinen Bock, jemanden vom FBI in seine Ermittlungen einzubeziehen."

„Das könnte natürlich sein. Ich habe mich heute auch mit Francesca Ribaldi getroffen. Sie erzählte mir von einer Diebesbande in den Sechzigern, die sich *La Mano Nera* nannte. Schon mal von denen gehört?"

„Allerdings", sagte Flynn, und sein Tonfall wurde ernst. „Dann hat sie dir bestimmt auch gesagt, dass mein Vater im Verdacht stand, eines ihrer Mitglieder zu sein?"

„Ja, hat sie. War er das?"

„Ich glaube nicht. Er war nie ein Teamplayer, sondern arbeitete vorzugsweise allein. Allerdings habe ich keinerlei Beweise, dass er nicht doch bei ihnen mitmischte." Er hielt kurz inne. „Und ich habe keine Ahnung, wo er sich aufhält oder wie ich ihn erreichen kann, falls das deine nächste Frage sein sollte. Aber Francesca könnte es wissen. Ihre Stiefmutter, Lydia, war eine Weile mit ihm zusammen, nachdem er meine Mutter verlassen hatte und bevor sie Francescas Vater heiratete."

„Interessant. Sie hat mit keinem Wort erwähnt, dass sie möglicherweise den Kontakt zu deinem Vater herstellen könnte."

„Vielleicht kann sie das auch gar nicht, aber wenn du sie fragen möchtest, nur zu. Meinen Segen hast du. Doch lass mich bitte außen vor. Ich möchte auch nichts über euer Gespräch hören."

„Verstanden. Ist Lydia ebenfalls in der Kunstszene aktiv?"

„Ja. Sie und Francescas Vater, George Ribaldi, sind ambitionierte Sammler. Beide stammen aus wohlhabenden Familien, die seit Langem Mäzene sind, und so hat mein Dad Lydia auch kennengelernt. Ich glaube, er hat ihr sogar mal ein Bild besorgt."

„Handelte es sich um ein gestohlenes Objekt?"

„Das kann ich nicht sagen, da er für beide Seiten tätig war. Konnte Francesca dir helfen herauszufinden, warum das Gemälde deines Urgroßvaters einen Diebstahl wert war?"

„Leider nein. Sie war ebenso verwirrt wie alle anderen, hat aber versprochen, der Sache nachzugehen.“ Nach kurzem Zögern fuhr er fort: „Gestern hat sich die Lage verschärft, Flynn.“

„Was ist passiert?“

„Zwei Männer sind in das Haus eingebrochen, während ich Großmutter und ihre Freundin zum Flughafen brachte. Isabella war allein hier und wurde von einem der Eindringlinge fast zu Tode gewürgt. Glücklicherweise kam ich in letzter Sekunde zurück und konnte ihn überwältigen. Inzwischen befindet er sich in Gewahrsam, hat sich aber bislang nicht als sonderlich nützlich erwiesen. Er wurde über das Internet angeheuert, Auftraggeber unbekannt. Kommissar Lavezzo war überzeugt, die Spur über das Geld zurückverfolgen zu können, aber bisher kam noch nichts dabei herum.“

„Wie geht es Isabella?“

„Sie schlägt sich tapfer. Ich habe versucht, sie zur Rückkehr in die USA zu bewegen, aber sie ist fest entschlossen herauszufinden, was hier vor sich geht. Ich brauche also so schnell wie möglich Antworten.“

„Du solltest sie wirklich aus Rom rausbringen und am besten auch gleich mitkommen. Warum überlässt du die Aufklärung dieses Falls nicht den örtlichen Behörden?“

„Weil es immer persönlicher wird. Heute habe ich etwas erfahren, das darauf hindeutet, dass der Tod meines Großvaters im letzten Jahr möglicherweise kein Unfall war. Sowohl er als auch mein Urgroßvater könnten ermordet worden sein, und obwohl zwischen beiden Taten Jahrzehnte liegen, glaube ich, dass es da einen Zusammenhang gibt.“

„Das ist beunruhigend. Was kann ich sonst noch tun, um zu helfen?“

„Ich möchte, dass du eine gewisse Juliette Sabatini für mich überprüfst. Ich habe einen abgelaufenen Ausweis, den ich gleich einscanne und dir zuschicke.“ Er schaute sich nach Isabellas Tasche um, da sie das Dokument vorhin darin verstaut hatte, aber offensichtlich hatte sie sie mit nach oben genommen. „Ich erledige das direkt nach unserem Gespräch."

„Alles klar. Und was hat diese ominöse Dame mit all dem zu tun?"

„Das weiß ich noch nicht so genau, aber ihr Ausweis befand sich bei den persönlichen Sachen meines Großvaters, und offensichtlich hat er kurz vor seinem Tod Erkundigungen über sie eingeholt."

„Gut. Ich melde mich wieder, sobald ich etwas herausgefunden habe."

„Danke." Bevor er nach oben ging, um den Ausweis zu holen, rief er noch einmal Francesca an. „Nick Caruso hier", meldete er sich, als sie abhob. „Sie haben gar nicht erwähnt, dass Ihre Stiefmutter mit Sam Beringer befreundet war."

„Sie haben mit Flynn gesprochen?"

„Ja, habe ich."

„Ich hätte Sam wahrscheinlich besser nicht erwähnen sollen, aber ich dachte einfach, er könnte eine wertvolle Ressource sein. Und ich bin nicht weiter darauf eingegangen, weil ich nicht wusste, ob Flynn das recht wäre."

„Er ist einverstanden, dass ich versuche, ihn aufzuspüren, möchte aber aus der Sache herausgehalten werden."

„Ich verstehe."

„Haben Sie eine Idee, wo ich Sam finden könnte? Hält er sich in Italien auf?"

„Angeblich ja. Ich werde versuchen, ein Treffen zu arrangieren."

„Dafür wäre ich Ihnen sehr dankbar. Es ist wichtig, Francesca, denn für mich steht mehr auf dem Spiel als nur gestohlene Kunstwerke."

„Was wollen Sie damit andeuten?"

„Dass ich schnell Informationen brauche."

„Gut, ich schaue, was ich tun kann. Aber wenn Sie mit ihm sprechen sollten, denken Sie immer daran, dass er nichts ohne Hintergedanken macht. Sollte er sich mit einem Treffen einverstanden erklären, dann mit Sicherheit nur deshalb, weil er sich auch von Ihnen etwas erhofft. Lassen Sie sich nicht von seinem Charme und seinem Humor täuschen, denn dahinter steckt ein Mensch, der es mit der Ehrlichkeit und Aufrichtigkeit nicht so genau nimmt."

„Das klingt so, als hätten Sie schon entsprechende Erfahrungen mit ihm gemacht."

„Flynn hat Ihnen doch sicherlich erzählt, dass da mehr war zwischen meiner Stiefmutter und seinem Dad, oder? Und sie hat immer noch eine Schwäche für ihn, und umgekehrt genauso. Ich bin ihm hin und wieder begegnet und muss zugeben, er wirkt sehr sympathisch. Trotzdem sollten Sie ihm nicht trauen."

„Ich werde es im Hinterkopf behalten. Vielen Dank schon mal für Ihre Hilfe."

„Ich kann nicht versprechen, dass er sich auf eine Begegnung mit Ihnen einlässt. Aber da Sie Flynns Freund sind, wäre es möglich, dass er jeglichen Gefallen, den er Ihnen tut, auch als einen Gefallen für seinen Sohn ansieht."

„Dennoch muss gewährleistet sein, dass wir ihn aus dieser Sache heraushalten."

„Natürlich. Ich melde mich wieder."

Nick beendete das Telefonat, froh darüber, ein paar weitere Hebel in Bewegung gesetzt zu haben. Jetzt blieb nur zu hoffen, dass sein Boss etwas über Juliette Sabatini herausfand und Francesca Sam von einem Treffen überzeugen konnte. Dann wären sie hoffentlich auf dem besten Weg, diesen verdammten Fall zu lösen.

Ein plötzlicher Knall ließ seinen Puls in die Höhe schießen, und er stürmte die Treppe hinauf, immer zwei Stufen auf einmal nehmend. Isabella saß mitten auf dem Dachboden, umgeben von Stapeln von Büchern und mit schmutzverschmierten Wangen. Aber sie war allein. „Was war das?", fragte er atemlos.

„Ich wollte ein Buch aus dem Regal nehmen und dabei sind alle anderen runtergefallen." Sie bedachte ihn mit einem entschuldigenden Blick. „Habe ich dich erschreckt? Das tut mir leid."

„Kein Problem. Ich bin einfach nur froh, dass dir nichts passiert ist."

Sie stand auf und klopfte sich den Staub von der Kleidung. „Ja, alles okay. Konntest du mit Stefano sprechen?"

„Ja. Er hat mir versichert, dass das, was Grandpa widerfuhr, auch genau das war – ein Unfall eben. Er war auf einer regennassen Strecke unterwegs, musste offensichtlich bremsen, geriet ins Schleudern und prallte gegen einen Baum. Und als er ein paar Wochen vor dessen Tod mit ihm sprach, hatte er ihm gegenüber angeblich keine Probleme erwähnt."

„Glaubst du ihm?"

„Ehrlich gesagt, ich weiß es nicht. Tatsächlich habe ich bis dato nicht an dem Unfallvorgang gezweifelt. Vielleicht ziehe ich einfach die falschen Schlüsse. Trotzdem muss ich herausfinden, warum er sich nach all der Zeit plötzlich nach Juliette erkundigt hat."

„Hast du Stefano von seinem Besuch in der Schule erzählt?"

„Nein. Zwar schien er aufrichtig helfen zu wollen, aber ich hielt es für besser, ihm gegenüber nicht zu viel preiszugeben. Danach habe ich noch kurz mit Flynn telefoniert und ihm von unserem Treffen mit der Kunsthistorikerin erzählt. Und er gestand mir, dass deren Mutter mal eine Affäre mit seinem Vater hatte und meinte, wenn jemand uns mit Sam zusammenbringen könnte, dann Francesca."

Erstaunt riss Isabella die Augen auf. „Das ist ja interessant. Warum hat sie das heute früh nicht erwähnt?"

„Angeblich war sie sich nicht sicher, wie Flynn reagieren würde, wenn sie seinen Dad in die Sache hineinzieht. Aber auch mit ihr habe ich erneut gesprochen, und sie wird versuchen, ein Treffen mit ihm zu arrangieren."

„Du bist ja ein gehöriges Stück weitergekommen. Ich bin beeindruckt."

Er zuckte mit den Schultern. „Viel mehr wissen wir noch

nicht, aber immerhin etwas. Flynn hat auch angeboten, Juliette Sabatini zu überprüfen. Deshalb bräuchte ich kurz ihren Ausweis. Hast du deine Tasche mit hier oben?“

„Sie steht direkt hinter dir.“

Nick drehte sich um und zog ihn heraus. Dann scannte er ihn mit der entsprechenden Handy-App und leitete das Foto an Flynn weiter. Nachdem das erledigt war, steckte er ihn zurück an seinen Platz und erkundigte sich: „Hast du hier oben etwas gefunden?“

„Nichts von Bedeutung, und definitiv keine weiteren Gemälde.“

„Dann solltest du vielleicht für heute Schluss machen.“

„Das werde ich, sobald ich das Durcheinander hier aufgeräumt habe. Meine Großmutter würde sonst bei ihrer Rückkehr der Schlag treffen. *Ein Platz für alles und alles an seinem Platz*, so lautet einer ihrer Lieblingssprüche.“

Nick grinste. „So etwas in der Art habe ich ebenfalls immer mal wieder von meiner zu hören bekommen.“

„Schon irgendwie witzig, dass die beiden sich so ähnlich und wir so verschieden sind.“

Das wagte Nick zu bezweifeln, denn je besser er Isabella kennenlernte, desto mehr verstand er, was sie antrieb, und das unterschied sich gar nicht so sehr von seinen Motiven. „Vielleicht sind wir uns ähnlicher, als du denkst.“

„Ich weiß nicht ... Du scheinst wesentlich distanzierter an die Dinge ranzugehen und dich besser abgrenzen zu können als ich. Allerdings hast selbst du dich heute dazu hinreißen lassen, voreilige Schlüsse zu ziehen, was sonst eher meine Art ist. Ich bin immer sehr ungeduldig, wenn es darum geht, Antworten zu bekommen.“

„Oder in Bezug auf ein Date“, neckte er sie.

„Das lag ausnahmsweise mal nicht an mir. Du warst viel zu spät dran. Aber haben wir uns nicht darauf geeinigt, nicht mehr über diesen Abend zu sprechen?“ Sie hielt inne und bedachte ihn mit einem prüfenden Blick. „Es ist wahrscheinlich einfacher, über das schlechteste Date aller Zeiten Witze zu reißen, als über das zu reden, was dir wirklich auf dem Herzen liegt, oder?“

So allmählich kannte sie ihn fast zu gut. „Da sind einfach zu viele Gedanken, die in meinem Kopf herumschwirren und die ich immer noch zu ordnen versuche“, gab er zu.

„Ich weiß doch, wie wichtig dir dein Großvater war und wie sehr dich diese neuesten Erkenntnisse aufgewühlt haben. Dennoch musst du nicht immer den supercoolen FBI-Agenten raushängen lassen. Sprich doch mit mir.“

Als er ihren Blick erwiderte, wurde ihm schlagartig klar, dass er sich nicht annähernd so cool und gelassen fühlte, wie sie das anzunehmen schien. Aber es waren nicht die Erinnerungen an seinen Großvater, die ihn in diesem Moment beunruhigten, sondern die bezaubernde Frau, die vor ihm stand. Isabella, mit ihren ernsten, braunen Augen, dem seidigen Haar, in dem sich das spärliche Licht der einzelnen Glühbirne an der Decke spiegelte, dem verlockenden kleinen Schmutzfleck auf der Wange und ihren weichen Lippen, die zum Küssen aufforderten.

Plötzlich war er wie besessen von diesem kleinen Fleck. Und er ertappte sich dabei, wie er die Hände zu Fäusten ballte, um dem Drang zu widerstehen, ihn zu berühren oder, noch schlimmer, ihn mit seinem Mund wegzuwischen.

„Nick?“, fragte sie. „Woran denkst du gerade?“

„Glaub mir, das möchtest du nicht wissen“, erwiderte er mit angespannter Miene.

Die Luft zwischen ihnen begann zu knistern, die Anziehungskraft wurde immer stärker. Er musste dagegen ankämpfen. *Musste er das wirklich?*

Isabellas Atem ging schnell, Begehren blitzte in ihren Augen auf, als sie die Absicht in seinem Blick erkannte, und ihm wurde bewusst, dass es nicht nur ihm so erging. Was als massive Abneigung gegen den jeweils anderen begonnen hatte, war ins komplette Gegenteil umgeschlagen. Die Glut, die seit ihres erneuten Aufeinandertreffens in Italien zwischen ihnen schwelte, nährte sich nicht länger aus Wut, sondern aus Verlangen und Lust.

Sie näherte sich ihm ... oder war er es, der auf sie zuging? *Wer konnte das schon mit Gewissheit sagen?*

Alles, was er wusste, war, dass sie plötzlich in seinen Armen lag und ihre Lippen miteinander verschmolzen.

Der Kuss war besser, als er es sich je hätte erträumen lassen, heiß und leidenschaftlich, und führte zu einem zweiten und einem dritten. Er konnte einfach nicht von ihr ablassen, wollte sie schmecken, berühren, ihr den Atem rauben, sich in ihrer Umarmung verlieren, allem entfliehen, was nicht sie war. Und Isabella schien es ähnlich zu ergehen, bis sie sich so abrupt zurückzog, dass er fast das Gleichgewicht verloren hätte.

Atemlos starrten sie einander an. Ihre Augen leuchteten, ihre Wagen waren von der Hitze gerötet und ihre Lippen tiefrot von seinen Küssen.

Ihr Körper sagte Ja, aber er merkte, wie ihr Verstand erneut das Kommando übernahm, und war enttäuschter, als er es je für möglich gehalten hätte.

„Das darf nicht noch einmal passieren, Nick", murmelte sie.

„Und warum nicht?"

Er konnte ihr ansehen, wie zwiegespalten sie war. „Weil wir das nicht tun sollten."

„Das ist kein überzeugender Grund."

Sie fuhr sich mit der Zunge über die Unterlippe, und beinahe hätte er sie erneut geküsst. Dann jedoch wich sie einen weiteren Schritt zurück.

„Ich weiß, aber im Moment passiert einfach zu viel. Und diese Sache zwischen uns würde die Dinge nur unnötig verkomplizieren. Das sollte dir doch auch klar sein, oder? Außerdem glaube ich, dass du mich nur deshalb geküsst hast, um dich abzulenken und nicht ständig an deinen Großvater oder andere schlimme Dinge denken zu müssen. So ist es doch, nicht wahr?" Dem flehenden Unterton in ihrer Stimme nach zu urteilen, wollte sie von ihm hören, dass es ihm ausschließlich darum ging.

„Nein, so ist es nicht“, erwiderte er leise. „Ich habe dich geküsst, weil ich es wollte und dachte, du möchtest es ebenfalls.“

„Es war kein schlechter Kuss“, gab sie zu, „und genau das ist auch irgendwie das Problem.“

„Okay, ich verstehe. Das Timing hat nicht gestimmt.“

Erleichterung machte sich auf ihrem Gesicht breit. „Ganz genau. Wir müssen uns konzentrieren, und wenn wir so weitermachen, schaffen wir das nicht.“

Ein kleines Lächeln umspielte Nicks Lippen. „Damit hast du definitiv recht, denn ich habe jetzt schon das Gefühl, du könntest mich um den Verstand bringen.“

„Mir ergeht es ähnlich. Also haken wir dieses Erlebnis als einen Moment geistiger Umnachtung ab.“

„Ja, auch wenn es ein wirklich guter Moment war“, gab er zu. „Und wenn du jemals wieder etwas total Verrücktes tun willst ... Ich bin offen dafür. Allerdings werde ich nicht mehr derjenige sein, der damit anfängt. Wenn du also einen weiteren Kuss möchtest, wirst du mich wohl oder übel darum bitten müssen.“

„Dann wird es nicht passieren“, erwiderte sie mit fester Stimme.

„Wir werden ja sehen ...“

KAPITEL SECHZEHN

Was ist dieser Typ doch nervig, dachte Isabella, als Nick selbstgefällig den Dachboden verließ, nachdem er mal wieder das letzte Wort gehabt hatte. Allerdings küsste er hervorragend. Aber wie es überhaupt dazu hatte kommen können, war ihr nach wie vor nicht klar. In der einen Minute unterhielten sie sich noch ganz normal, und in der nächsten küssten sie sich. Es hatte sie ihre ganze Kraft gekostet, sich aus seinen Armen zu lösen.

Eigentlich verstand sie auch nicht, warum sie das getan hatte, denn sie wollte es doch genauso sehr wie er. Das könnte vielleicht der Grund gewesen sein ... dieses Gefühl, dass es ihr den Boden unter den Füßen wegzog, dass sie sich mitreißen ließ und die Kontrolle verlor. Das hatte sie nervös gemacht. Nicht die Vorstellung, dass sie auf dem Dachboden Sex haben könnten, sondern dass sie etwas für ihn empfand, das weit über das Körperliche hinausging.

Somit hatte sie das einzig Richtige getan, indem sie sich von ihm zurückzog. Und sie beabsichtigte auch nicht, ihn um einen weiteren Kuss zu bitten, obwohl sich ihr Mund bereits jetzt nach dem seinen sehnte. Sie wusste es besser, als sich von einem Mann vom Kurs abbringen zu lassen. Ihre Mutter war das beste Beispiel dafür.

Erneut wandte sie sich den Büchern zu, hob sie der Reihe nach auf und stapelte sie an der Wand. Bei den meisten handelte es sich um Liebesromane oder Belletristik, aber eines mit einem roten Ledereinband stach ihr direkt ins Auge. Offensichtlich war es ein Tagebuch, und als sie die erste Seite aufschlug, stockte ihr der Atem: Es war das Tagebuch ihrer Mutter.

Ein Gefühlsknoten drohte ihr die Luft abzuschnüren. Sie sollte es beiseitelegen. Sylvie war nicht in diese Sache verwickelt, und es zu lesen würde ihr auch nicht helfen, das Rätsel um die gestohlenen Gemälde zu lösen.

Oder vielleicht doch?

Ihre Mutter kannte sich mit Kunst aus. Sie hatte Lucindas Werke studiert, Fredericos Schule besucht und war eng mit Stefano befreundet gewesen. Vielleicht würde genau dieses Buch ihr Antworten auf all ihre Fragen liefern.

Sie setzte sich auf den Boden, lehnte sich an die Wand und blätterte zum ersten Eintrag.

Ihre Brust zog sich zusammen, als sie die vertraute Handschrift ihrer Mutter erkannte. Während Sylvies Zeit im Gefängnis hatte sie viele Briefe von ihr erhalten und war mit dem leicht schrägen Gekritzel und den kurzen, nicht immer eindeutig verständlichen Sätzen bestens vertraut. Letzteres rührte daher, dass der Verstand ihrer Mom gerne von einem Thema zum nächsten sprang und sie deshalb Dinge selten zu Ende dachte.

Isabella ließ den Blick über die Seite wandern. Der Text war auf Italienisch verfasst, was Sinn ergab, da ihre Mutter ihn geschrieben hatte, als sie ein Teenager war. Aber ein Wort stach ihr direkt ins Auge: Stefano.

Sie zog ihr Telefon aus der Tasche, sprach die Worte in ihre Übersetzungs-App und las dann die englischen Sätze.

Ich könnte in Stefano verliebt sein. Oder vielleicht empfinde ich nur so, weil er in mich verliebt ist. Jedenfalls fühle ich mich gut in seiner Gegenwart. Ich mag die Art und Weise, wie er mich küsst, wie er sich um mich kümmert. Aber wenn er über die Zukunft spricht, kann ich ihn einfach nicht in meiner sehen. Ich will nicht hierbleiben, in diesem Haus, in dieser Nachbarschaft oder gar in diesem Land. Ich will in die Staaten, wo meine Mutter geboren wurde, dort aufs College gehen und neue Leute kennenlernen, und ich kann und werde nicht zulassen, dass er mich davon abhält. Aber er ist so süß. Was soll ich nur tun?

Jetzt wusste sie zumindest, dass Stefano nicht gelogen hatte, als er sagte, er sei eng mit ihrer Mom befreundet gewesen. Und es war fast ein wenig ironisch zu lesen, dass Sylvie sich und ihre Wünsche an erste Stelle setzte. Das jedoch hatte sich, nachdem sie in die USA kam, grundlegend geändert ... oder vielleicht auch erst, nachdem sie ein Baby bekam und verzweifelt erkennen musste, dass niemand mehr für sie da war.

Sie blätterte durch die Seiten und suchte nach weiteren bekannten Namen, da sie nicht jede einzelne davon übersetzen wollte. Und sie fand einen: Lucinda.

Ihr Puls beschleunigte sich. Sie diktierte der App den ziemlich langen Absatz. Die englische Übersetzung poppte nur Sekunden später auf.

Ich bin bei Weitem keine so gute Künstlerin wie Lucinda. Mein Kunstlehrer sagt, ich sollte meine eigene Identität finden und nicht versuchen, jemand anderen zu kopieren, aber es gelingt mir einfach nicht. Und meine Noten sind abgrundtief schlecht. Ich habe Jeff gesagt, dass ich heute Abend zu Hause bleiben und noch etwas malen will, um ein paar zusätzliche Punkte zu bekommen, aber er findet, das sei die schlechteste Idee überhaupt. Seiner Meinung nach sollte ich ausgehen, Spaß haben und das Leben genießen. Dann kämen die Ideen für Bilder ganz von allein. Vielleicht hat er recht. Ich muss einfach mehr leben. Und er ist ja so süß. Wie könnte ich da Nein sagen?

Bei der Erwähnung von Jeff verkrampfte Isabella sich nur noch mehr. Das war der Name ihres leiblichen Vaters, mit dem ihre Mutter in ihrem letzten Studienjahr eine leidenschaftliche Romanze begann, nur um am Ende schwanger dazustehen und auch noch allein ein Kind großziehen zu müssen.

Das war derart typisch für Sylvie ... Die Kunst und ihr Studium links liegen zu lassen, nur weil ein netter Junge sie zum

Ausgehen aufforderte. Und es erinnerte sie eher an die Frau, die sie kannte, als an das Mädchen, das seine große Liebe aufgab, um seine eigenen Träume zu verwirklichen. Wie sehr wünschte sie, ihre Mom hätte sich dieses Gefühl der Unabhängigkeit bewahrt, als sie in die USA kam, aber leider war sie zu einer Mitläuferin geworden.

Energisch klappte sie das Buch zu und erhob sich. Sie hatte genug von dieser Reise in die Vergangenheit. Und es war auch nicht die Geschichte ihrer Mutter, die jetzt wichtig war, sondern die von Lucinda. Irgendwann sollte sie vielleicht doch mit ihr über alles reden, hoffte aber, die Dinge würden sich klären, bevor es dazu kommen musste.

Sie räumte den Rest der Bücher weg, verstaute das Tagebuch in ihrer Tasche und verließ den Dachboden.

Nick war weder im zweiten noch im ersten Stock zu sehen. Also begab sie sich hinunter ins Wohnzimmer, wo er gerade dabei war, Glasscherben zusammenzukehren. Sofort fühlte sie sich schuldig, weil sie die Spurensuche auf dem Dachboden dem Aufräumen vorgezogen hatte, aber sie wollte einfach nicht an die vergangene Nacht erinnert werden. Auch das Schlafzimmer ihrer Großmutter hatte sie bisher gemieden, obwohl auch dieses dringend gereinigt werden musste, vor allem die Blutspuren auf dem Boden.

„Kann ich helfen?“, fragte sie und stellte ihre Tasche auf dem Couchtisch ab.

„Nein, ich bin gleich fertig.“ Er griff nach einer Kehrschaufel, um die Scherben aufzusammeln, und warf sie in den Müll.

In diesem Moment vibrierte ihr Handy und kündigte eine eingehende Nachricht an. „Joelle schreibt“, sagte sie, nachdem sie die Zeilen überflogen hatte. „Sie hat völlig vergessen, dass sie morgen einen anderen Termin hat und sich daher nicht mit uns zum Brunch treffen kann. Aber sie hört sich wegen des Rings um und meldet sich wieder, damit wir einen anderen Tag ausmachen können.“ Sie tippte eine kurze Antwort an ihre Cousine, in der sie sich schon mal für deren Bemühungen bedankte und zum Ausdruck brachte, wie sehr sie sich auf ein Wiedersehen freute.

Kurz darauf summte auch Nicks Telefon.

„Wer ist das?", fragte sie neugierig, als sie bemerkte, wie er sich verspannte. „Irgendwelche Neuigkeiten?"

„Wir haben ein Treffen mit Sam Beringer."

Aufregung machte sich in ihr breit. Vielleicht würden sie endlich ein paar Antworten bekommen. „Wann und wo?"

„Heute Abend um acht Uhr in der Kirche des Sankt Angelo. Wir sollen uns zu den Beichtstühlen auf der rechten Seite des Kirchenschiffs begeben und die Tür nehmen, die dem Altar am nächsten ist. Und sobald wir drinnen sind, ans Fenster klopfen."

„Das klingt dramatisch."

„Und riskant." Er warf ihr einen vielsagenden Blick zu. Sie jedoch schüttelte den Kopf. „Vergiss es! Ich werde auf keinen Fall hier auf dich warten. Dieser Ort ist gefährlicher als eine Kirche."

Er runzelte die Stirn. „Wahrscheinlich hast du recht."

„Ich glaube nicht, dass Francesca uns absichtlich in eine Falle laufen lassen würde, oder?"

„Das will ich doch nicht hoffen."

„Dann komme ich mit. Offensichtlich will Sam Beringer nicht gesehen werden. Ich bin katholisch aufgewachsen und war schon des Öfteren in einem Beichtstuhl. Das Fenster ist undurchsichtig, aber ich konnte jedes Mal Pater Michaels weingeschwängerten Atem riechen."

„Ja, ich saß ebenfalls oft genug in einem", sagte Nick. „Meine Mutter zwang mich regelmäßig, meine kleinen Sünden zu beichten."

„Ach, tatsächlich? Warst du auch Messdiener?"

„Nein. Dafür waren wir nie lange genug an ein und demselben Ort, und mein Vater hatte mit Religion auch nichts am Hut." Sein Blick wurde nachdenklich. „Seltsam, aber die Beichte und die Messe waren zwei der wenigen Dinge, die ich mit meiner Mutter allein durchzog."

„Gehst du noch immer zur Kirche?"

„Nein, ich habe schon lange keinen Gottesdienst mehr besucht. Und du?"

„Ich war das letzte Mal an Weihnachten, allerdings nur zur Messe, nicht zur Beichte. Ehrlich gesagt, kann ich mich gar nicht mehr daran erinnern, wann ich das letzte Mal die Worte *Vater, ich habe gesündigt* ausgesprochen habe."

„Na ja, heute geht es auch nicht um unsere Sünden. Wir müssen herausfinden, ob Sam Beringer etwas über *La Mano Nera* weiß."

„Wenn er zu dieser Bande gehörte, wird er uns kaum etwas über sie erzählen."

„Mein Bauchgefühl sagt mir, dass dem nicht so war, und nur deshalb ist er bereit, sich mit uns zu treffen. Obwohl ... Es wäre auch möglich, dass er, als er hörte, ich arbeite mit Flynn zusammen, seinem Sohn einfach nur durch mich eine Nachricht zukommen lassen möchte."

„Das ginge doch auch einfacher, ohne mysteriöses Drama, oder?"

„Wenn man bedenkt, dass ihm die Polizei seit Jahren auf den Fersen ist, glaube ich eher nicht."

Isabella warf einen flüchtigen Blick auf ihre Armbanduhr. „Es ist erst sechs Uhr, somit bleibt uns noch etwas Zeit. Ich würde vorschlagen, ich helfe dir, hier unten fertig zu werden, und danach nehmen wir uns Grandmas Schlafzimmer vor. Der Boden ist ziemlich versaut und ich möchte auf keinen Fall, dass sie nach ihrer Rückkehr damit konfrontiert wird."

„Einverstanden, aber wie wäre es, wenn du noch die restlichen Glasscherben im Wohnzimmer zusammenkehrst und ich das mit dem Boden erledige?"

Sie wusste genau, warum er ihr dieses Angebot machte, und ihr erster Gedanke war, ihm zu versichern, dass sie mit Blut umgehen konnte. Allerdings wollten ihr diese Worte nicht über die Lippen kommen.

Er drückte ihr den Besen und die Kehrschaufel in die Hand.

„Keine Sorge, ich werde niemandem verraten, dass du kein Blut sehen kannst.“

„Das weißt du doch gar nicht.“

„O doch, das weiß ich.“

„Du bist ein Klugscheißer, Nick Caruso.“

„Nein, nur jemand, der dich mit jedem Tag besser kennenlernt. Und umgekehrt scheint es genauso zu sein.“

Ein Prickeln lief ihr über den Rücken, als sie sich in die Augen sahen. Doch diesmal war er derjenige, der sich abwandte, und sie war wesentlich enttäuschter, als sie es hätte sein sollen.

Die Kirche des Sankt Angelo war klein und hunderte von Jahren alt. Sie stand auf einem Hügel, und der Weg von der Straße hinauf umfasste gefühlt fünfhundert Stufen. Anscheinend wollten die Italiener sich vor der geistigen Buße auch noch körperlich kasteien. Sie hatten kaum die Hälfte der Strecke geschafft, als Isabella bereits die Luft ausging, was ihr verdeutlichte, dass sie sich unbedingt wieder öfter auf ihren Heimtrainer setzen musste. Ihre Kondition ließ zu wünschen übrig, weil sie nur noch vom Schreibtisch aus arbeitete.

Endlich erreichten sie den Gipfel des kleinen Berges.

„Pause gefällig?“, fragte Nick und grinste selbstgefällig.

„Leider ja. Unglaublich, dass du kein bisschen außer Puste bist.“

„Ich jogge eben regelmäßig.“

„Selbst, wenn du einen Einsatz hast?“, fragte sie und nahm sich ein paar Sekunden, um wieder zu Atem zu kommen.

„Wenn möglich, ja. So halte ich den Stress auf einem überschaubaren Niveau.“ Er warf einen Blick auf seine Armbanduhr. „Fünf Minuten vor acht. Lass uns hineingehen.“

„Ich bin bereit“, erwiderte sie, leicht frustriert, weil sie ihretwegen fast zu spät dran waren. Gemeinsam überquerten sie eine Art Vorhof und gelangten zu einer weiteren, glücklicherweise kürzeren Treppe. Das Portal stand weit offen, aber ein kleines Schild wies darauf hin, dass die Pforte um neun Uhr schließen würde.

Als sie durch die schweren Holztüren traten, fühlte Isabella sich beim Anblick des Steinbodens, der schmalen Holzbänke und des für amerikanische Verhältnisse sehr kleinen Altars in eine frühere Zeit zurückversetzt.

In der Nähe des Altars zündete eine Frau eine Kerze an, und in der zweiten Reihe kniete eine weitere, ins Gebet versunken, während sie ihren Rosenkranz umklammert hielt. Es roch leicht modrig, und das Licht war schummrig. Vor ihrem inneren Auge sah sie die Generationen von Italienern, die sich hier, in diesem kleinen Gotteshaus auf dem Gipfel des Hügels zum Gebet zusammenfanden, und sie fühlte sich ihrer Religion so verbunden wie schon lange nicht mehr. Die moderneren Kirchen, mit denen sie aufgewachsen war, hatten zwar etwas Majestätisches an sich, aber ihnen fehlte die Demut, die Authentizität.

Als Nick nach ihrer Hand griff, spürte sie diese neue Art der Wärme und Vertrautheit zwischen ihnen. Dann jedoch wurde ihr klar, dass er das nur getan hatte, um nicht sprechen zu müssen. Er führte sie durch das Kirchenschiff zu dem Beichtstuhl auf der rechten Seite. Dieser bestand aus drei Kammern. Der Priester wählte stets die mittlere, für die Gemeindemitglieder waren die linke sowie die rechte angedacht. Isabella war schon häufig zur Beichte gegangen und hatte sich jedes Mal in eine lange Schlange einreihen müssen. Heute jedoch war niemand da außer ihnen, und man konnte von außen auch nicht erkennen, ob sich jemand darin befand.

Wie angewiesen, öffnete Nick die linke Tür, und gemeinsam mit ihm quetschte sie sich in den winzigen Raum, der von der Größe her in etwa einer Telefonzelle oder einem kleinen Schrank entsprach. Es war extrem eng für zwei Personen, aber trotzdem wollte sie ihn nicht allein lassen.

Er kniete sich vor ein kleines Fenster und sie blieb hinter

ihm stehen, ihr Körper eng an seinen Rücken gepresst, was in ihr alle möglichen, sehr unchristlichen Gedanken auslöste, die sie aus ihrem Kopf zu verdrängen versuchte.

Dann klopfte er an die Scheibe, und nur Sekunden später öffnete sich das Fenster. Manchmal war der mittlere Teil der Kabinen beleuchtet, aber heute war alles dunkel, sodass sie die Gestalt auf der anderen Seite nur schemenhaft wahrnahmen.

„Da sind wir, wie vereinbart", sagte Nick, als der Mann auf der anderen Seite des Fensters nach wie vor schwieg. „Ich bin Nick Caruso, und hinter mir steht Isabella Rossi."

„Ich bin davon ausgegangen, Sie kämen allein", sagte der Mann, in dessen Stimme ein sehr schwacher britischer Akzent mitschwang.

„Isabellas Urgroßmutter war Lucinda Rossi, und mein Urgroßvater war Tomas Caruso. Wir versuchen beide herauszufinden, warum ausgerechnet ihre Gemälde letzte Woche gestohlen wurden. Es gibt Spekulationen, dass *La Mano Nera* wieder ihr Unwesen treiben könnte, eine Bande, von der Sie möglicherweise gehört haben."

„Sie klingen genauso wie ein anderer FBI-Agent, den ich kenne, kommen ohne langes Herumgerede direkt auf den Punkt." Der Mann hielt inne. „Wie geht es ihm?"

Nick zögerte kurz, antwortete dann jedoch: „Es geht ihm gut."

„Ist er glücklich? Verheiratet?"

„Ja, beides."

„Aber keine Kinder?"

„Bisher nicht." Er schwieg kurz, fuhr dann jedoch fort: „Können Sie mir helfen?"

„Ich war nie Teil von *La Mano Nera*, aber ich kenne die Gruppe. Sie waren überwiegend in den Sechzigern und frühen Siebzigern aktiv, und zu dieser Zeit war ich noch sehr jung. Zudem hatte ich keinen Respekt vor ihnen. Trotz ihrer tadellosen schwarzen Handschuhe arbeiteten sie schlampig, machten viele Fehler. Kostspielige Fehler."

„Ich dachte, sie waren äußerst erfolgreich“, warf Isabella ein.

„Nicht so sehr, wie Sie das zu glauben scheinen.“

„Wissen Sie etwas über die Werke unserer Vorfahren?“, fragte sie. „Können Sie sich einen Grund vorstellen, warum jemand sie gestohlen hat? Beide waren mit Sicherheit begnadete Künstler, allerdings nie wirklich erfolgreich.“

„Ich habe Lucinda und Tomas persönlich kennengelernt“, entgegnete er.

Isabella stockte der Atem. „Tatsächlich?“

„Ich war damals zwanzig Jahre alt. Unter dem Vorwand, selbst Maler zu sein, besuchte ich etliche Male Tomas‘ Atelier. Aber natürlich war ich mehr daran interessiert, Künstler zu treffen, von denen einige mit privaten Sammlern, Museen und Galerien zusammenarbeiteten. Tomas‘ Laden und sein Studio waren ein wichtiger Teil der römischen Kunstszene.“ Nach einer kurzen Pause fuhr er fort: „Sind Sie sicher, dass Sie mehr über die beiden erfahren möchten? Manchmal ist die Wahrheit nicht das, was man sich erhofft hat.“

„Unbedingt“, antwortete Nick entschieden. „Wir müssen die Wahrheit wissen, ganz egal, wie sie lauten mag.“

„Also gut. Lucinda Rossi und Tomas Caruso waren nur deshalb nicht bekannt, weil sie keine echten Künstler waren.“

„Was soll das denn heißen?“, fragte Isabella herausfordernd. „Ihnen mögen ihre Bilder vielleicht nicht gefallen haben, aber Kunst ist subjektiv.“

Irgendwie verspürte sie das Bedürfnis, Lucinda zu verteidigen.

„Sie waren keine Künstler“, wiederholte Sam seine Worte, „sondern Fälscher. Sie haben keine Kunst erschaffen, sondern sie kopiert. Darin jedoch waren sie brillant.“

„Sie lügen“, sagte sie, schockiert von seinen Worten.

Es folgte eine unangenehme Stille.

„Nicht wahr?“, fügte sie flüsternd hinzu.

KAPITEL SIEBZEHN

Nick war von Sams Aussage ebenso verblüfft wie Isabella. „Woher wollen Sie wissen, dass sie Fälscher waren?“, fragte er herausfordernd.

„Weil ich den Fehler gemacht habe, ein Gemälde zu stehlen, das sich als Plagiat entpuppte. Mein Kunde war nicht gerade glücklich darüber, und ich kam nur knapp mit dem Leben davon. Also wollte ich natürlich herausfinden, von wem dieses großartige Bild stammte, das sogar mich, einen Meister seines Faches, täuschte. Jemand erzählte mir, dass in dem von Tomas Caruso geleiteten Atelier eine Gruppe von Studenten möglicherweise an Fälschungen arbeitete. Also ging ich dorthin, unter dem Vorwand, Malstunden nehmen zu wollen, und freundete mich mit einigen der jüngeren Schüler an, allen voran mit David Leoni.“

„Das ist der andere Typ, dessen Gemälde geklaut wurde“, murmelte Isabella.

„Das wusste ich gar nicht.“

„Kommen wir zurück auf das Atelier“, drängte Nick. „Was hat David Leoni Ihnen erzählt?“

„Eines Abends, nach reichlich Alkohol, gestand er mir im Vertrauen, dass Lucinda eine brillante Fälscherin sei, dass sie jedes Bild kopieren könne, ohne dass es jemand merkte. Und dass er sich erhoffte, noch viel von ihr zu lernen. Ich fragte ihn, warum er das wollte, und seine Antwort darauf lautete: Geld. Er brauchte Geld, um zu leben und seine eigene Kunst zu finanzieren. In den nächsten Wochen versuchte ich alles, um Lucinda näherzukommen, was mir leider nicht gelang, da sie sehr zurückhaltend war. Auch David hielt sich nach diesem Abend ziemlich bedeckt ... wahrscheinlich bereute er seine Offenheit. Danach gab es eine Veränderung bei den Workshops. Einige waren nur noch für kleinere private Gruppen von Studenten zugänglich, und ich kam nicht mehr hinein. Da ich aber nicht mein ganzes Leben damit zubringen wollte, ihnen hinterherzujagen, zog ich irgendwann weiter. Etwa einen Monat später hörte ich dann, dass Lucinda und Tomas bei einem mysteriösen Brand ums Leben gekommen seien."

„Also war alles, was Sie gegen Lucinda in der Hand hatten, die Theorie eines Betrunkenen", sagte Isabella in scharfem Tonfall. „Das ist nicht viel wert."

„Glauben Sie mir oder lassen Sie es bleiben, mir ist das egal. Wie mir gesagt wurde, sind Sie auf der Suche nach Informationen über Ihre Angehörigen. Und da Sie gewissermaßen mit jemandem befreundet sind, der mir wichtig ist, bin ich gekommen – unter großem Risiko, wenn ich das anmerken darf."

„Ihr persönliches Risiko ist mir egal", erwiderte sie schnippisch. „Sie sind ein Dieb."

Nick versuchte, ihre Wut zu bremsen und schaltete sich ein. Er wollte auf keinen Fall, dass sie Sam durch ihre barsche Haltung in die Flucht schlug, denn er musste hören, was dieser sonst noch zu sagen hatte.

„Lassen Sie uns auf *La Mano Nera* zurückkommen", sagte er. „Sie waren also nicht Teil der Bande, wussten aber von ihr. Halten Sie es für möglich, dass gewisse Mitglieder heute noch aktiv sind?"

„Eher nicht, aber nach allem, was ich über den jüngsten

Raubüberfall gehört habe, ahmt vielleicht jemand den Gebrauch der schwarzen Handschuhe nach."

„Was wissen Sie über den Mann, der die Gruppe gegründet hat – Roberto Falconeri?"

„Roberto war ursprünglich Künstler, aber im Alter von zweiundzwanzig Jahren versengte ihm ein Feuer beide Hände. Danach konnte er nicht mehr malen, wurde verbittert und wütend. Und brauchte dringend Geld. Sein älterer Bruder Bruno betrieb eine Autowerkstatt, aber die diente nur als Fassade für viele illegale Geschäfte. Da Roberto sein Handwerk nicht mehr ausüben konnte, fing er an, bei Bruno zu arbeiten. Anfangs stahlen sie eher unbedeutende Gemälde, aber als Roberto ein Job in einem Museum angeboten wurde, sah Bruno seine Chance gekommen, Kunstwerke im Auftrag privater Sammler zu entwenden und sie diesen für teures Geld zu verkaufen. Roberto sollte als Mittelsmann fungieren. Ein Jahr später wurden aus eben diesem Museum zwei Gemälde gestohlen und tauchten auch nie wieder auf, und die Falconeri-Brüder hatten einen Vorgeschmack auf das bekommen, was möglich war. Denn das war erst der Anfang. In den folgenden Jahren gingen zahlreiche Diebstähle in Rom und auch einige in Florenz auf ihr Konto."

„Das hört sich fast so an, als ob Bruno das Sagen hätte, und nicht Roberto."

„Ich würde annehmen, sie waren gleichberechtigte Partner. Roberto war der Intelligentere von beiden und verfügte über die entsprechenden Verbindungen in der Kunstwelt. Er war es auch, der eine Truppe von Dieben um sich scharte und sich Zugang zu den Museen und Galerien verschaffte. Bruno war dafür zuständig, das Diebesgut an den Mann zu bringen. Während der Überfälle trug Roberto stets schwarze Handschuhe, damit er anhand seiner Narben nicht identifiziert werden konnte, und seine Helfer taten es ihm gleich. Nach einem der Raubüberfälle taufte ein Kommissar die Bande aufgrund einer Zeugenbeschreibung *La Mano Nera*, die Schwarze Hand. Von da an wurden sie immer dreister und erfolgreicher, bis sie eines Tages einer Fälschung aufsaßen ... genau wie ich. Aber mein Fehler schadete nur mir allein, denn damals war ich ein kleiner Fisch. In ihrem Fall hingegen litt die gesamte Bande unter diesem Faux Pas. Ihre anderen Käufer wurden nervös und vertrauten ihnen nicht mehr. Gerüchte machten die Runde, dass sie schon des Öfteren Kopien verkauft und extra Fälscher angeheuert hätten, um die Originale für sich zu behalten und anderweitig zu verkaufen. Wenn ein Kunstmäzen eine Imitation seines bestellten Gemäldes bekam, hatte er natürlich keine Möglichkeit, sein Geld zurückzufordern. An die Polizei konnte er sich ja wohl schlecht wenden."

Nick ging nicht weiter auf diese Ausführung ein, denn da war eine wesentlich wichtigere Frage, die ihm im Kopf herumspukte. „Haben die Falconeri-Brüder mit Lucinda zusammengearbeitet? Hat sie die Bilder, die sie stahlen, für sie kopiert?"

„Das weiß ich nicht mit Sicherheit, würde aber vermuten, dass dem so war."

„Und was ist mit Tomas Caruso?", hakte Isabella nach. „War er ebenfalls ein Fälscher?"

„Keine Ahnung, aber die beiden standen sich sehr nahe. Es wurde sogar gemunkelt, sie seien ein Liebespaar. Und da sie mitten in der Nacht zusammen in Tomas' Haus umkamen, denke ich, dass da was dran war."

„Wissen Sie Näheres über den Brand?", fragte Nick.

„Nur, dass jeder es für einen Unfall hielt. Mir jedoch kam es gleich verdächtig vor. Aber so ist das nun mal: Wenn man mit dem Feuer spielt, verbrennt man sich leicht die Finger."

„Wie können Sie nur so gefühllos sein?", regte Isabella sich erneut auf. „Womöglich wurden die beiden vorsätzlich umgebracht."

„Tja, gestohlene Kunst und Mord gegen oft Hand in Hand. In diesem Geschäft ist es schwierig, am Leben zu bleiben, vor allem, wenn man mit Fälschungen handelt."

„Aber Sie wissen nicht mit Sicherheit, dass meine Urgroßmutter in diese Sache verwickelt war, oder?“, bohrte sie nach. „Sie haben keinerlei Beweise.“

„Warum waren Sie in Ihren Zwanzigern überhaupt in Rom?“, fügte Nick hinzu. „Ich dachte, Sie haben in Großbritannien gelebt. Waren Sie dort nicht verheiratet und hatten ein Kind?“

„Als junger Mann bin ich viel in Europa herumgereist. Geheiratet habe ich erst lange nach dem Tod von Lucinda und Tomas.“

„Was ist aus Roberto und Bruno geworden?“, lenkte er das Gespräch zurück auf die Falconeri-Brüder.

„Bruno starb etwa sechs Monate nach Tomas und Lucinda an einem Kopfschuss. Keine Ahnung, wer ihn umgebracht hat. Roberto kam angeblich ein paar Jahre später beim Skifahren in den Alpen ums Leben. Um seinen Tod ranken sich jedoch Geheimnisse. Manche glaubten, er hätte ihn nur vorgetäuscht, um der Strafverfolgung für seine früheren Verbrechen zu entgehen. Ansonsten habe ich nichts mehr über die beiden gehört ... Bis zu dieser Woche.“

„Francesca erzählte uns, dass Bruno eine Tochter hatte“, sagte Isabella. „Roberto soll hingegen kinderlos gewesen sein. Stimmt das? War also niemand mehr übrig, der das Familienunternehmen hätte übernehmen können?“

„Das ist richtig. Sie starb kurz nach ihrem Vater an einer Überdosis Drogen. Soweit ich weiß, wickelte die Bande ihren letzten Deal in den frühen Siebzigerjahren ab, kurz vor dessen Tod. Womöglich war das der Grund für ihren Rückzug, denn er war der Kopf des Schmugglernetzwerks. Und nachdem sein Bruder weg war, fehlten Roberto wahrscheinlich die nötigen Verbindungen. Oder aber es hing mit der Gründung des Carabinieri T.P.C. im Jahr 1969 zusammen, dass er es mit der Angst zu tun bekam, denn ab da wurden Kunstdelikte wesentlich heftiger bestraft und die Sicherheitsmaßnahmen verschärft. Auch mein Job wurde härter, weshalb ich Italien den Rücken kehrte.“

Nick dachte kurz über seine Worte nach. So allmählich bekam er aufgrund dieser unbequemen knienden Position einen Krampf in den Beinen, aber er biss die Zähne zusammen, denn er wollte Sam unbedingt so lange wie möglich ins Gespräch verwickeln. „Warum sollte jemand zurückkommen, *La Mano Nera* imitieren, dann aber nur ein paar Gemälde von unbedeutenden Künstlern stehlen, die vor langer Zeit gestorben sind?"

„Die Bilder müssen einen verborgenen Wert haben."

„Welchen denn?", fragten Isabella und er gleichzeitig.

„Womöglich befindet sich unter den Bildern noch ein weiteres. So könnten Lucinda und die anderen die Kunstwerke transportiert haben. Indem sie die Fälschungen mit ihren unbekannten Originalen überdeckten, die niemanden zu interessieren schienen."

„Aber Sie waren doch diverse Male vor Ort. Wäre Ihnen das nicht aufgefallen?"

„Wie ich schon sagte, gab es diese privaten Gruppen, zu denen mir der Zutritt verwehrt wurde. Ich wünschte, ich hätte es irgendwie geschafft, Mitglied zu werden, denn ich war fasziniert von Lucinda. Viele sahen in ihr nichts anderes als eine gelangweilte Ehefrau, die sich nur deshalb der Kunst widmete, um Zeit mit ihrem heimlichen Liebhaber verbringen zu können. Aber sie war so viel mehr als das. Ihre Fassade war genauso falsch wie ihre Gemälde. Sie war so viel klüger und talentierter, als es den Anschein machte."

„Woher wissen wir, dass Sie uns nicht anlügen?", fragte Isabella.

„Das können Sie natürlich nicht wissen. Aber Sie möchten die gestohlenen Gemälde doch zurückhaben, oder? Und wer könnte Ihnen da hilfreichere Tipps geben als ein Dieb?"

Sam war scharfsinnig und souverän, und beinahe erweckte es den Eindruck, als fände er Isabellas Frage lächerlich. Vielleicht war sie das auch. Der Typ wusste eindeutig mehr als sie.

„Morgen Nachmittag findet eine Party statt", fuhr er fort. „Eine, an der Sie unbedingt teilnehmen sollten. Ich habe unseren gemeinsamen Kontakt gebeten, Ihnen Einladungen zu besorgen."

Bei diesen Worten richtete Nick sich auf. „Wen werden wir auf dieser Party treffen?“

„Künstler, Sammler, Händler, Leute mit viel Geld und Berühmtheiten. Es handelt sich um eine Wohltätigkeitsveranstaltung in einer privaten Villa. Sie wird von Dario Micheli, einem wohlhabenden Geschäftsmann, Galeristen und begeisterten Kunstsammler, und seiner amerikanischen Frau, Jennifer Abrams Micheli, ausgerichtet. Sie stellen ihre Privatsammlung vor und werden voraussichtlich auch einige ausgewählte Stücke verkaufen. Der Eintrittspreis beträgt eintausend Euro pro Ticket, und der gesamte Erlös aus dem Verkauf der Eintrittskarten und der Kunstwerke geht an ein Kinderhilfswerk. Alle einflussreichen Einwohner Roms, die etwas mit der Kunstszene zu tun haben, werden dort sein.“

„Dann werden wir ebenfalls hingehen“, stimmte Nick zu.

Auf seine Worte hin wurde das Fenster zugeschlagen.

„Einen Moment noch“, sagte Isabella schnell und beugte sich über Nick, um gegen die Scheibe zu klopfen. „Ich hätte noch ein paar Fragen.“

„Er ist weg, Isabella. Lass uns ebenfalls von hier verschwinden.“

Sie öffnete die Tür und verließ den Beichtstuhl, und Nick folgte ihr auf dem Fuß. Wie vermutet, stand die Tür zu der mittleren Kammer weit offen, und niemand befand sich mehr darin. Auch die übrige Kirche war menschenleer.

„Wie hat er das geschafft, so schnell von hier zu verschwinden?“, fragte sie leicht verärgert.

„Keine Ahnung, aber immerhin haben wir einige Informationen bekommen und zudem eine Einladung.“

„Schon, nur hat er mit keinem Wort erwähnt, wer er eigentlich ist. Woher wollen wir wissen, dass wir tatsächlich mit Sam Beringer gesprochen haben?“

„Er wusste, dass ich mit Flynn zusammenarbeite.“

„Jemand könnte ihn angewiesen haben, das zu sagen. Und er hat Flynn auch nicht namentlich erwähnt.“

Er blickte sie eindringlich an. „Worauf willst du hinaus?"

„Sollten wir irgendetwas von dem glauben, was er uns erzählt hat?"

„Fragst du das jetzt, weil du nicht wahrhaben willst, dass Lucinda eine Fälscherin war?", erwiderte er herausfordernd.

Sie stieß einen Seufzer aus, denn er hatte wieder einmal ins Schwarze getroffen. „Gut möglich. Ich denke, wenn dem so wäre, würde es Grandma und Mom das Herz brechen. Sie bewunderten Lucinda."

„Du musst es ihnen nicht sagen, solange wir keine Gewissheit haben. Und nicht einmal dann."

„Irgendwann schon." Sie hielt inne. „Wenn sie tatsächlich eine Fälscherin war und vielleicht sogar mit *La Mano Nera* gemeinsame Sache gemacht hat, könnte der Fund der Gemälde unsere Familien zerstören, oder nicht? Wie weit wollen wir gehen, um unsere Großmütter zu schützen?"

„Es überrascht mich, dass du mir jetzt diese Frage stellst. Ich dachte, du möchtest der Wahrheit auf den Grund gehen, koste es, was es wolle."

„Grundsätzlich ja, allerdings stand für mich das Wohl unserer Grandmas immer im Vordergrund. Jetzt habe ich Angst, dass diese Erkenntnisse ihnen das Herz brechen könnten."

„Was wir nicht wissen, könnte für sie noch viel gefährlicher sein. Lass uns erst einmal versuchen, mehr Licht in die Sache zu bringen. Dann können wir immer noch entscheiden, wie wir weiter vorgehen. Aber so weit sind wir noch lange nicht. Erst einmal müssen wir mehr über die Familie Falconeri herausfinden. Vielleicht hat tatsächlich ein entfernter Verwandter die Bande erneut ins Leben gerufen." Er hielt kurz inne. „Oder sogar Sam selbst."

Isabella blickte ihn überrascht an. „Ich dachte, du vertraust ihm?"

„Ich würde niemals einem Dieb trauen. Für mich liegt nahe, dass der Mann, mit dem wir gerade gesprochen haben, Sam Beringer war, das ist alles. Der Rest ist ein großes Fragezeichen."

„Okay. Was ist mit dieser Francesca? Sie hat uns mit ihm zusammengebracht, gut und schön, aber was genau hat sie mit ihm zu tun? Können wir ihr alles glauben? Sie hat uns beispielsweise nichts von dieser Künstler-Party erzählt."

„Das nicht, aber immerhin von *La Mano Nera.* Und sie hat uns dieses Treffen mit Sam vermittelt. Aber natürlich könnten sie uns auch absichtlich auf eine falsche Fährte gelockt haben."

„Dann geben sie sich aber redlich Mühe."

„Stimmt, und insofern glaube ich das auch nicht, aber man sollte alle Möglichkeiten in Betracht ziehen."

Der Blick, den Isabella ihm zuwarf, drückte widerstrebende Bewunderung aus. „Du bist cleverer, als ich ursprünglich dachte."

Nick grinste. „Wow, war das ein Kompliment? Ich bin schockiert."

„Bilde dir jetzt aber bloß nichts darauf ein. Also, wohin gehen wir jetzt?"

„Wie wäre es mit einer Bar in der Nähe?"

„Denkst du, dort bekommen wir weitere Hinweise?"

„Das nicht, aber zumindest Alkohol, und ich könnte jetzt einen Drink gebrauchen."

Tatsächlich entdeckten sie nur ein paar Blocks von der Kirche entfernt eine Bar. Sie war brechend voll, für einen Samstagabend nicht weiter verwunderlich, und das Gewirr aus Englisch, Italienisch und weiteren Sprachen erzeugte eine Kakofonie, die ihnen nach der Stille in der Kirche noch lauter vorkam. Nick bestellte eine Flasche Rotwein, während Isabella ein paar Vorspeisen aussuchte.

Der Wein kam zuerst, und er genehmigte sich direkt einen großen Schluck. In den letzten Jahren war er zwar eher zum Bier- und Whiskeytrinker avanciert, aber hier in Italien verspürte er plötzlich wieder Lust auf einen süffigen Rotwein. Amüsiert bemerkte er, dass auch Isabellas Glas nach ihrem ersten Schluck halb leer war. Das erinnerte ihn erneut an ihr katastrophales Date, bei dem sie, offensichtlich aus Wut über sein Zuspätkommen, innerhalb kürzester Zeit zwei Gläser teuren Champagner in sich hineingekippt hatte.

„Was ist?“, fragte sie und bedachte ihn mit einem misstrauischen Blick.

„Nichts.“

„Ich bin keine übermäßige Trinkerin, Nick, auch wenn du nach unserem ersten Treffen diesen Eindruck gewonnen haben magst. Aber dieser Abend war die Ausnahme.“

„Dann sagen wir doch einfach, ich habe dich zum Trinken verleitet“, entgegnete er trocken.

Sie lächelte. „Das wäre die einfachste Erklärung, entspricht aber leider nicht ganz der Wahrheit. Meine Karriere war ins Wanken geraten, weil ich mal wieder meine große Klappe nicht halten konnte, und zudem war ich noch immer aufgewühlt, nachdem ich herausfinden musste, dass mein damaliger Freund mich betrogen hatte. Du hast mir als willkommenes Ventil für meine Wut gedient, und mit jeder Minute, die verstrich, ohne dass du auftauchtest, wuchs mein Frustrationslevel. Aber ich bin wirklich keine Alkoholikerin, glaube mir.“

„Ich verurteile dich nicht, Isabella.“

„Den Anschein hat es aber. Du hast so eine gewisse Art, Leute zu mustern, die mich manchmal nervös macht.“

Ihr Eingeständnis überraschte ihn. „Das ist nicht der Grund, warum ich dich so intensiv ansehe, sondern weil es mir schwerfällt, den Blick von dir abzuwenden. Du bist eine wunderschöne Frau.“

Seine Worte ließen sie erröten. Erneut griff sie nach ihrem Wein und nahm einen großen Schluck. „Okay, jetzt hast du mich wirklich dazu gebracht zu trinken.“

„Du magst es nicht, wenn man dir Komplimente macht, nicht wahr?“

„Doch, natürlich gefällt mir das. Wer will nicht gesagt bekommen, dass er schön ist? Aber ...“

„Aber was?“, erkundigte er sich interessiert.

„Deine plötzlichen Flirtversuche irritieren mich. Was soll das?“

„Ich flirte nicht, sondern unterhalte mich nur ganz normal mit dir.“

„Aber auf eine sexy Art und Weise.“

„Du findest mich sexy?“

Sie schüttelte den Kopf. „Das habe ich nicht gesagt. Lass uns über etwas anderes sprechen, etwas, das mich nicht zum Trinken animiert.“

„Dann sage ich besser nicht, was ich eigentlich sagen wollte.“

Sie hob fragend eine Braue. „Was wolltest du denn sagen?“

„Dass wir mit jemandem reden müssen, der mehr über Lucinda weiß als wir.“

Sie presste die Lippen zusammen. „Nein, Nick, das müssen wir nicht.“

„Du weißt, dass dir keine andere Wahl bleibt, Isabella, denn du bist nicht nur schön, sondern auch unglaublich intelligent. Deine Mutter hat Lucindas Werk studiert, um daraus zu lernen. Es befand sich jahrelang in ihrem Besitz. Sie muss es sich eine Million Mal angesehen haben. Ein Gespräch mit ihr ist unausweichlich.“

„Lucinda starb, als meine Mutter noch ein Kleinkind war. Sie hat sie nie wirklich kennengelernt.“

„Aber sie kannte ihre Arbeit, und das könnte wichtiger sein.“

„Ich möchte sie wirklich nicht sehen, Nick.“

„Ich weiß, und ich kann das auch gut nachvollziehen.“

„Tust du das? Im Gegenzug könnte ich nämlich vorschlagen, dass wir auch deine Eltern befragen. Dein Vater weiß vielleicht mehr über Tomas und deinen Großvater als du. Wo sind sie eigentlich gerade?“

Sie hatte tatsächlich den Spieß umgedreht, was ihm ganz und gar nicht gefiel. „Keine Ahnung, wo sie sich im Moment aufhalten, aber sie kommen in ein paar Tagen nach Mailand. Wenn ich dann noch in Italien bin und wir weitere Fragen haben sollten, können wir das gerne tun. Allerdings hatten sie mit der Kunstszene noch nie etwas am Hut, im Gegensatz zu Sylvie. Wäre eine kurze Unterredung mit ihr wirklich so schlimm? Du müsstest dich ja nicht einmal mit ihr treffen. Nur mit ihr telefonieren."

Eine gefühlte Ewigkeit lang starrte sie ihn nur an. „Sollte ich mich dazu durchringen können, dann nicht am Telefon, sondern persönlich. Und du müsstest mitkommen. Sie hat eine Schwäche für attraktive Männer und würde dir mit Sicherheit mehr erzählen als mir."

„Wenn ich helfen kann, jederzeit gerne."

„Lass uns aber erst einmal abwarten, was wir morgen auf der Party herausfinden. Dann entscheide ich, ob der Trip nach Florenz nötig ist." Sie nahm ihr Glas und trank ihren Wein aus. „Ich glaube, ich brauche noch einen Drink ... Und du bezahlst."

KAPITEL ACHTZEHN

Am Sonntagmorgen erwachte Isabella mit starken Kopfschmerzen, die mehr mit der Aussicht zu tun hatten, irgendwann ihre Mutter treffen zu müssen, als mit den zwei Gläsern Wein vom Vortag. Zudem hatte sie kaum geschlafen. Bei jedem Knarren des alten Hauses waren ihre Nerven blank gelegen. Und wenn sie nicht gerade einen weiteren Einbruch befürchtete, wanderten ihre Gedanken zu Nick, daran, dass er sie geküsst und schön genannt hatte, mit jenem intensiven Blick, der ihren Magen Saltos schlagen ließ.

Entgegen ihrem Vorsatz fing sie an, ihn zu sehr zu mögen. Er war nicht nur attraktiv und küsste sehr gut, sondern auch clever und geschickt. Es gefiel ihr, wenn ein Mann mit ihr mithalten konnte oder ihr sogar einen Schritt voraus war. Das spornte sie an, sich mehr anzustrengen, klüger zu agieren, noch mehr zu geben. Allerdings wusste sie nicht, ob das an ihrem angeborenen Ehrgeiz lag oder ob sie einfach wollte, dass er seine Meinung über sie änderte. Wie auch immer, er nahm inzwischen viel zu viel Platz in ihrem Kopf ein. Dabei sollte sie sich besser darauf konzentrieren herauszufinden, was mit den Gemälden passiert war und inwieweit ihre Familie auf der Schattenseite der Kunstwelt gewandelt war.

Noch immer konnte sie sich nicht mit dem Gedanken anfreunden, dass ihre Urgroßmutter eine Fälscherin gewesen sein sollte, auch wenn Sam sehr überzeugend geklungen hatte. Und weshalb sollte er sie anlügen? Sie konnte sich kein Motiv vorstellen. Was aber nicht hieß, dass es keines gab. Wie Nick so richtig festgestellt hatte, war Sam ein Dieb, das sollte auch sie nicht vergessen. Sie entschied, seine Anschuldigungen für den Moment auf sich beruhen zu lassen. Die Wahrheit würde irgendwann ans Licht kommen – hoffentlich. Denn wie es schien, war diese vor sehr langer Zeit begraben worden, und es würde sie einiges an Mühe kosten, sie wieder freizulegen.

Aber sie war bereit für diese Herausforderung. Sie musste nur endlich in die Gänge kommen. Entschlossen schwang sie die Beine aus dem Bett und begab sich ins Bad, um heiß und ausgiebig zu duschen. Eine halbe Stunde später fühlte sie sich wesentlich energiegeladener und bereit, sich dem Tag zu stellen.

Als sie nach unten kam, war Nick wieder am Herd. Heute hatte er Pfannkuchen gebacken, mit frischen Blaubeeren und einem Klecks Schlagsahne darauf, und sie schüttelte erstaunt den Kopf.

Gab es etwas Erotischeres als einen attraktiven Mann, der barfüßig am Herd stand und Frühstück machte? Sein Haar war zerzaust, sein Gesicht wies einen Bartschatten auf, und die verblichenen Jeans und das T-Shirt schmiegten sich so perfekt an seinen Körper, dass sie sich danach sehnte zu erkunden, was sich unter der Kleidung verbarg. Eigentlich hatte sie immer angenommen, sie stünde auf den kultivierten Anzugtyp, aber Nick belehrte sie eines Besseren. Sie konnte nicht verhindern, dass ihr das Wasser im Mund zusammenlief, und dafür war nicht die leckere Mahlzeit verantwortlich.

„Perfektes Timing", sagte er, als er ihr einen Teller reichte.

„Das sieht aus wie ein Dessert", stellte sie fest, bemüht, den Blick auf das Frühstück gerichtet zu halten und nicht auf seinen verführerischen Mund.

„Sag bloß, du verweigerst meine Spezial-Pancakes?"

„Auf keinen Fall!“, erwiderte sie und nahm ihren Teller mit an den Tisch.

Ihr war etwas bang davor gewesen, wie dieser Morgen verlaufen würde. Gestern Abend war die sexuelle Spannung zwischen ihnen deutlich spürbar gewesen, und diese hatte sich sogar noch gesteigert, als sie zurück in dem ruhigen Haus waren. Aber getreu seinem Versprechen hatte Nick nicht versucht, sie noch einmal zu küssen, und sie hatte es geschafft, ihn nicht darum zu bitten.

Er setzte sich zu ihr und hatte zusätzlich zu seinem eigenen Teller auch noch eine Tasse Kaffee für sie dabei. Wie fürsorglich er doch war. „Danke“, sagte sie.

Während sie in den Pfannkuchen hineinbiss, beobachtete er sie erwartungsvoll. „Und? Ist er zu süß?“

Sie schüttelte den Kopf. „Nein, er schmeckt perfekt“, murmelte sie mit vollem Mund.

„Meine Großmutter hat immer Pfannkuchen für mich gemacht, wenn ich so richtig deprimiert war.“

„Dann gab es die bestimmt nicht allzu oft, denn du scheinst mir kein Mensch zu sein, der häufig Trübsal bläst“, erwiderte sie und schaufelte sich ein großes Stück auf die Gabel.

„Bisweilen schon, aber inzwischen nicht mehr so häufig wie damals als Kind. Früher hatte ich keine Kontrolle über mein Leben, und das hat mich verrückt gemacht.“

„Deine Eltern kommen also in ein paar Tagen nach Mailand. Haben sie dort Auftritte geplant?“

„Ich glaube schon, aber vorrangig wollen sie ihr Eheversprechen erneuern.“

Diese Aussage überraschte sie. „Interessant, und eine nette Idee. Gehst du hin?“

„Nein. Und ich bin auch nicht der Meinung, dass es eine nette Idee ist. Eher eine Art Show, ein Werbegag.“

„Haben sie das denn nötig?“

„Keine Ahnung. Seit ich denken kann, ging es ihnen um ihre Karrieren, nie um die Liebe.“

„Bleibst du der Feier deshalb fern oder möchten sie dich nicht dabeihaben?"

„Doch. Sie haben mir sogar eine Einladung geschickt, die kurz vor meinem Abflug ankam. Sie enthielt jedoch keine einzige persönliche Zeile, nur ihre Bitte um Anwesenheit. Ich war ihnen nicht einmal einen Anruf wert. Damit ist das Thema für mich durch. Wie gesagt, ich halte diese Zeremonie zur Erneuerung des Gelübdes ohnehin für einen schlechten Witz."

„Warum?", fragte sie, neugierig, mehr über ihn und seine unmittelbare Familie zu erfahren.

„Weil sie das unberechenbarste Paar sind, das ich kenne, und sich seit Jahrzehnten ununterbrochen streiten. Noch dazu haben sie einander mehr als einmal gegenseitig betrogen und wären mindestens dreimal fast geschieden worden."

Da Isabella selbst keine hohe Meinung von ihrer Mutter hatte, konnte sie ihn für diese Abneigung seinen Eltern gegenüber kaum verurteilen. Dennoch fragte sie sich, ob Nick die Situation nicht womöglich falsch interpretierte, aber das ging sie eigentlich nichts an. Also widmete sie sich wieder ihrem Frühstück, musste aber trotzdem ständig über seine Worte nachdenken.

„Was?", fragte er. „Ich kann sehen, wie sich die Rädchen in deinem Kopf drehen. Wenn du noch etwas dazu zu sagen hast, spuck's aus."

Es war wirklich unglaublich, wie gut er sie durchschaute. „Ich hoffe einfach, dass du dich in ihnen irrst. Vielleicht geht es ihnen bei diesem erneuten Eheversprechen wirklich um Liebe. Sie könnten ihre Gefühle füreinander wiederentdeckt haben."

„Ich dachte, du hättest mit Romantik nichts am Hut", erwiderte er trocken.

„Stimmt, das habe ich tatsächlich nicht. Keine Ahnung, warum ich das gesagt habe. Es ist vielleicht wirklich nur ein raffinierter Schachzug von ihnen, um sich ins Zentrum der Aufmerksamkeit zu rücken."

„Was sollte es sonst sein? Ich habe das mein ganzes Leben

lang hautnah mitbekommen. Mom weinte, Dad brüllte herum. Es folgte die übliche Versöhnung, und dann fing alles wieder von vorne an."

„Mache Paare brauchen einfach Drama."

„Auf die beiden trifft das mit Sicherheit zu. Meine Mutter erklärte mir immer wieder, dass sie eben zwei leidenschaftliche Menschen wären und keiner von ihnen auch nur die Hälfte dessen, was er sagte, so meinte. Dass es immer Liebe sei, die hinter ihren Handlungen steckte. Damals entschied ich für mich: Wenn so Liebe aussehen sollte, wollte ich damit nichts zu tun haben."

„Und du denkst und fühlst nach wie vor so?"

Er zuckte mit den Schultern. „Ich möchte mein Leben nicht damit zubringen, ständig mit jemandem im Clinch zu liegen. In solch einem Umfeld aufwachsen zu müssen, ging an die Substanz. Ich wusste nie, ob sie sich trennen, ob einer von ihnen weg wäre, wenn ich am nächsten Morgen aufwachte. Das ist sogar etliche Male vorgekommen. Manchmal war es meine Mutter, manchmal mein Vater. Deshalb war die Zeit hier bei meinen Großeltern so befreiend und erholsam. Sie waren das genaue Gegenteil von hitzköpfig und übertrieben leidenschaftlich, sondern gingen freundlich und liebevoll miteinander um."

„Wenigstens hattest du ein gutes Beispiel vor Augen, was mir nicht vergönnt war."

„Was ist mit deiner Großmutter?"

„Sie würde sagen, dass sie eine wunderbare Ehe führte, aber auf mich wirkte das Verhältnis zwischen den beiden kalt und starr. Mein Großvater beherrschte sie, und sie behandelte ihn wie einen König. Er gab ihr nicht das kleinste Bisschen zurück, soweit ich das beurteilen konnte." Sie nahm einen Schluck von ihrem Kaffee. „Meine Mutter würde ihre Ehe wahrscheinlich ebenfalls als großartig bezeichnen, dabei suchte sie sich einen Betrüger aus, wegen dem sie sogar im Gefängnis landete. Keine von beiden war ein Vorbild für mich. Eigentlich bin ich mir nicht einmal sicher, ob ich an die Ehe glaube, denn bisher habe ich noch nicht allzu viele zufriedene Paare getroffen."

„Ich schon. Etliche meiner Kollegen sind außerordentlich glücklich mit ihren Partnern und wachsenden Familien. Ich muss gestehen, jedes Mal, wenn ich in ihrer Nähe bin, fange ich an, darüber nachzudenken, was ich mir für mich selbst wünsche. Offensichtlich können manche Beziehungen funktionieren, aber den richtigen Menschen zu finden, scheint sehr schwierig zu sein."

„Das kann man wohl sagen", murmelte sie.

Nick warf ihr einen prüfenden Blick zu. „Du siehst müde aus heute Morgen. Konntest du letzte Nacht schlafen?"

„Nicht sonderlich gut. Dieses alte Haus gibt eine Menge Geräusche von sich."

„Vielleicht hätten wir uns wieder gegenseitig Gesellschaft leisten sollen."

„Das wäre womöglich noch gefährlicher geworden", entgegnete sie, als sie das schelmische Funkeln in seinen Augen bemerkte. „Wir müssen uns auf das konzentrieren, was zu tun ist, und dürfen uns nicht in etwas Persönliches verrennen."

„Aber das könnte uns vielleicht etwas Zerstreuung bringen."

„Und die Dinge zusätzlich verkomplizieren."

„Auch wieder wahr." Plötzlich summte sein Handy, und er griff danach. „Ich habe eine Nachricht von Francesca bekommen. Sie kann uns Zugang zu der Veranstaltung heute Abend verschaffen, aber ich muss ihr zweitausend Euro für die Eintrittskarten überweisen."

„Das ist eine Menge Geld für etwas, das sich als unnütze Party herausstellen könnte. Werden wir dort wirklich jemanden finden, der bereit ist, mit uns über gestohlene Kunst zu reden?"

„Keine Ahnung, lass es uns versuchen. Ich übernehme das mit den Karten."

„Nein, ich komme selbst für meine auf. Dann hoffen wir mal, sie sind ihr Geld wert."

„Natürlich ist es ein Risiko, aber wer nicht wagt, der nicht gewinnt."

„Das ist normalerweise mein Mantra, aber irgendwie habe ich bei dieser Sache kein gutes Gefühl."

Er betrachtete sie nachdenklich. „Möchtest du lieber hier auf mich warten?"

„Allein? Auf keinen Fall! Wenn du gehst, begleite ich dich. Ich mache mir nur ein wenig Sorgen, dass das eine Falle sein könnte. Vielleicht will man uns einfach für eine Weile aus dem Haus haben."

„Wäre möglich, aber hier herumzusitzen, bringt uns auch nicht weiter."

„Wann fängt die Party an?"

Er warf einen Blick auf sein Handy. „Um siebzehn Uhr, und sie geht bis etwa zwanzig Uhr. Oh ... Verdammt. Man hat in Abendgarderobe zu erscheinen."

Isabella seufzte, da sie absolut nichts mitgebracht hatte, was dem Event angemessen wäre. „Dann sollten wir vielleicht noch shoppen gehen."

Isabella hatte Nick schon in Jeans und T-Shirt sexy gefunden, aber in einem schwarzen Anzug und mit silberner Krawatte sah er einfach umwerfend aus. Wie ihre Cousine Joelle neulich ganz richtig festgestellt hatte, könnte er locker als der nächste James Bond durchgehen.

„Wow, du siehst fantastisch aus", sagte er, als sie sich im Wohnzimmer trafen, und ließ seinen Blick wohlwollend über ihr langes, champagnerfarbenes Kleid wandern, das ihr locker von den Schultern fiel und ihren Kurven schmeichelte. Sie hatte sich entschieden, ihr Haar für diesen Anlass offen zu tragen, es jedoch sorgfältig zu einer lockigen Mähne gestylt und auch mehr Zeit als gewöhnlich auf ihr Make-up verwandt. Und da sie keinen ausgefallenen Schmuck besaß und auch nicht unbedingt die

Aufmerksamkeit anderer auf ihre blauen Flecken lenken wollte, die nach wie vor schwach zu erkennen waren, hatte sie den Hals frei gelassen.

„Du aber auch“, erwiderte sie schnell, als sie merkte, wie lange sie sich schon gegenseitig anstarrten. „Hoffentlich passen wir zu der elitären Gesellschaft.“

„Das werden wir. Und zudem haben wir für unsere Karten bezahlt, also kann uns auch niemand rauswerfen.“

„Na, dann wollen wir mal.“ Als sie Nick zum Wagen folgte, wuchsen sowohl ihre Aufregung als auch ihre Nervosität. Es war etwas anderes, als Reporterin auf eine hochkarätige Veranstaltung zu gehen und sich unter die Reichen und Schönen zu mischen, um eine Story zu bekommen. Hier jedoch ging es um ihre eigene Geschichte. Energisch ermahnte sie sich, auch diese Party einfach als Job zu betrachten. Und eigentlich war es das auch ... Sie war wie üblich auf der Suche nach der Wahrheit.

Dieser Gedanke beruhigte sie schließlich ein wenig, und als sie sich ins Auto setzte, fühlte sie sich bereits etwas zuversichtlicher. Doch als sie vor einer prächtigen Villa anhielten und ihr Fiat wie ein bunter Hund zwischen all den Luxuslimousinen und teuren Sportwagen auffiel, kehrte ihre Nervosität zurück.

„Ich gehöre nicht hierher“, murmelte sie, als Nick auf die Treppe zusteuerte, die zu dem auf einem Hügel gelegenen, zweistöckigen Herrenhaus führte.

„Du gehörst überall dorthin, wo du sein willst“, versicherte er ihr und griff nach ihrer Hand.

Ihr erster Impuls war, sie ihm zu entziehen, weil ihr ihre schweißnasse Hand leicht peinlich war, aber wie könnte sie, nachdem er so etwas Nettes gesagt hatte? „Tut mir leid, sie ist etwas klamm vor Aufregung.“

„Meine doch ebenfalls.“

„Und ich dachte, du wärst ein besserer Lügner“, entgegnete sie trocken.

Er grinste sie schief an. „Bereit?“

Sie straffte die Schultern und hob das Kinn. „So bereit, wie man es nur sein kann. Ich hoffe nur, wir finden etwas heraus."

„Und wenn nicht, genießen wir einfach die Auswahl an Speisen und Cocktails, die mit Sicherheit erstklassig sein wird. So oder so sollte der Abend kein kompletter Reinfall sein."

Isabella nickte und erklomm die Stufen mit ihm. Je näher sie der Villa kamen, desto mehr stachen ihr die beeindruckenden Details ins Auge, wie etwa die prächtigen Säulen, die die Eingangstür umrahmten. Begrüßt wurden sie von einer jungen Dame, die ihre Namen mit der Liste auf ihrem Tablet abglich, ihnen dann eine Hochglanzbroschüre mit den zum Verkauf stehenden Gemälden in die Hand drückte und sie anschließend hineinwinkte.

Sie reihten sich in die Schlange glamourös aussehender Gäste ein. Die glitzernden Juwelen und der Duft teurer Parfüms waren schier übermächtig, und Isabella klammerte sich noch fester an Nicks Hand. Langsam, aber stetig schob sich die Menge auf ein Paar zu – einen älteren, gut aussehenden Mann und eine auffallend attraktive, viel jüngere Blondine in einem blauen, mit schimmernden Kristallen besetzten Kleid, dessen tiefer Ausschnitt ihre sehr vollbusige Figur betonte.

„Das müssen unsere Gastgeber sein", murmelte Nick.

Isabellas Anspannung stieg, je weiter sie sich den beiden näherten. Als sie schließlich an der Reihe waren, zwang sie sich zu einem Lächeln, während sie sich Dario Micheli und seiner Frau Jennifer Abrams Micheli vorstellten.

„Caruso?", wiederholte Jennifer und hob fragend eine Augenbraue. „Sind Sie mit James und Danielle Caruso verwandt?"

„Ja, das sind meine Eltern", antwortete Nick.

„O mein Gott!", quietsche ihre Gastgeberin. „Das ist ja unglaublich. Ich habe fast alle ihre Konzerte besucht. Die beiden sind ja sowas von talentiert. Übrigens habe ich in meiner Jugend ebenfalls Geige gespielt, und Ihre Mutter war stets mein Idol."

„Freut mich zu hören, dass sie Sie inspiriert hat", antwortete Nick höflich.

„Ich wäre überglücklich, wenn ich sie eines Tages persönlich treffen dürfte. Sie sind heute Abend nicht mit Ihnen zusammen hier, oder?"

„Leider nein. Sie befinden sich gerade auf einer Tournee."

„Vielleicht könnten wir etwas für ein anderes Mal arrangieren? Sicherlich haben wir Ihre persönlichen Details auf der Gästeliste. Wäre es in Ordnung für Sie, wenn sich mein Assistent bei Ihnen meldet?"

„Natürlich", versicherte Nick ihr. „Und ich bin überzeugt, sie würden Sie ebenfalls gerne kennenlernen."

„Damit würde für mich ein absoluter Traum in Erfüllung gehen."

„Aber, aber, Jennifer", mischte Dario sich ein. „Du möchtest doch nicht, dass der junge Mann dich für eine Stalkerin hält."

Sie wirkte plötzlich kleinlaut. „Mein Mann hat natürlich recht. Bitte entschuldigen Sie meinen Überfall."

„Das macht doch nichts. Wir freuen uns, hier sein zu dürfen und können es kaum erwarten, Ihre Kunstwerke zu sehen."

„Dario besitzt in der Tat eine spektakuläre Sammlung", sagte Jennifer und warf ihrem Mann einen bewundernden Blick zu. „Er hat ein brillantes Auge für Details, die ich niemals wahrnehmen würde."

„Wie ich hörte, besitzen Sie mehrere Galerien?", wandte Nick sich an ihren Gastgeber.

„Ja, in Rom, Florenz und Mailand", antwortete dieser, hielt dann jedoch inne, als ein weiterer Mann mit hellbraunen Haaren und auffallend grünen Augen zu ihnen trat. „Darf ich vorstellen? Das ist einer meiner vertrauenswürdigsten Mitarbeiter, Matthew Pierre. Matthew ist auch für die Zusammenstellung der heutigen Sammlung verantwortlich. Zudem kümmert er sich um meine Galerien, damit ich mehr Zeit mit dieser schönen Frau verbringen kann."

„Speziell Letzteres macht ihn so unsagbar wertvoll für uns", trällerte Jennifer und warf ihrem Mann einen dermaßen verklärten Blick zu, dass sich Isabella der Magen umzudrehen drohte. Waren die beiden wirklich so verliebt? Ihr kam deren Verhalten ziemlich aufgesetzt vor.

„Dies sind Nick Caruso und Isabella ...“ Dario sah sie entschuldigend an. „Tut mir leid, aber ich habe Ihren Nachnamen vergessen.“

„Rossi“, erwiderte sie.

„Ah, sì. Bitte verzeihen Sie, Signorina Rossi.“

Isabella schenkte ihm ein Lächeln und wandte sich Matthew zu, um ihn ebenfalls zu begrüßen.

„Es ist mir ein Vergnügen, Sie beide kennenzulernen“, sagte dieser. „Ich hoffe, Sie haben etwas Zeit mitgebracht. Wir haben ein paar einzigartige Stücke ausgewählt, die allesamt heute Abend einen Käufer suchen.“

„Die werden wir uns mit Vergnügen ansehen“, sagte Nick.

„Tut mir leid, dass ich Ihr Gespräch unterbrechen muss“, fügte Matthew hinzu und wandte sich erneut an seinen Chef. „Aber Capitano Lavezzo ist gerade eingetroffen, Dario, und möchte mit Ihnen sprechen. Er wartet in Ihrem Arbeitszimmer auf Sie.“

Bei der Erwähnung des Kommissars wurde Isabella hellhörig, und all ihre Unsicherheit löste sich schlagartig in Luft auf, als ihr klar wurde, dass sie bei dieser Veranstaltung tatsächlich Antworten auf ihre Fragen finden könnten. „Geht es bei diesem Gespräch um den Raubüberfall auf Ihre Galerie in Florenz?“, fragte sie forsch.

Beide Männer blickten sie überrascht an.

„Sie haben davon gehört?“, erkundigte sich Matthew erstaunt.

„Ja. Ein Gemälde von David Leoni wurde entwendet. Haben Sie es wiederbekommen?“

„Unglücklicherweise nein. Das ist eine wahre Tragödie. Soweit wir wissen, war es sein einziges verbliebenes Kunstwerk. Sind Sie mit seinen Arbeiten vertraut? Er war ein brillanter, wenn auch eher unbekannter Künstler.“

„Mir ist lediglich bekannt, dass er zusammen mit meiner

Urgroßmutter, Lucinda Rossi, sowie Nicks Urgroßvater, Tomas Caruso, gemalt hat. Und deren Bilder wurden ebenfalls vor Kurzem aus einem Museum gestohlen.“ Der flüchtige Blick, den die beiden Männer wechselten, entging ihr nicht. Jennifer hingegen schien dem Gespräch nicht weiter zu folgen. Sie starrte noch immer Nick an, als würde sie ihn am liebsten irgendwo hinschleppen, wo sie allein waren, und Isabella glaubte nicht, dass es ihr dabei nur darum ging, mehr über seine Eltern zu erfahren.

„Diese Namen habe ich seit Jahren nicht mehr gehört“, sagte Dario. „Vor ewigen Zeiten, als ich noch ein Teenager war, nahm ich einmal an einem der Workshops in Tomas‘ Atelier teil. Er war sehr talentiert.“ Nach einer Pause fügte er hinzu: „Die Nachricht über den Museumsraub hat mich schockiert. Noch überraschter war ich allerdings, dass überhaupt noch eines seiner Werke existierte. Eigentlich dachte ich, sämtliche Gemälde wurden in dem Feuer zerstört. Dann hoffen wir mal, dass Capitano Lavezzo sie wiederfindet.“

„Das wäre wünschenswert. Bisher hält er sich eher bedeckt, was die Ermittlungen anbelangt.“ Isabella schwieg kurz. „Könnten Sie sich vorstellen, dass es zwischen den Arbeiten von David Leoni und denen von Tomas und Lucinda eine Verbindung gibt? Irgendwie ist es doch merkwürdig, dass sie kurz nacheinander gestohlen wurden.“

„Das ist es in der Tat.“ Dario wandte sich an Matthew. „Haben Sie eine Idee?“

„Nein. Ich bin noch gar nicht darauf gekommen, dass es einen Zusammenhang zwischen den Raubüberfällen oder den Gemälden geben könnte“, antwortete dieser. „Allerdings kenne ich mich mit Kunst auch nicht so gut aus wie Sie, Dario. Warum sprechen wir nicht direkt den Kommissar darauf an? Vielleicht hat er weitere Informationen für uns.“

„Wie wäre es, wenn wir uns Ihnen anschließen?“, schlug Isabella kühn vor.

„Lavezzo bat ausdrücklich um ein Treffen nur mit uns“,

wiegelte Matthew ab. „Aber wir haben ja dank der Gästeliste Ihre Kontaktdetails, und ich melde mich definitiv, wenn wir etwas in Erfahrung bringen können."

Diese Antwort gefiel ihr ganz und gar nicht, aber die beiden Männer entfernten sich bereits zügigen Schrittes.

„Mir war gar nicht bewusst, dass Sie auch noch mit einem Maler verwandt sind", meldete sich Jennifer wieder zu Wort, den Blick nach wie vor auf Nick gerichtet. „In Ihrer Familie scheint es ja nur so von Talenten zu wimmeln, Signor Caruso. Was machen Sie eigentlich beruflich?"

„Weder Kunst noch Musik", antwortete er vage. „Das kreative Gen scheint meine Generation übersprungen zu haben."

„Nun, wenn Ihr Urgroßvater ein begnadeter Maler war, würden sich Ihre Eltern vielleicht über ein Geschenk aus unserer Galerie freuen", fuhr sie fort. „Der Erlös aus den Verkäufen kommt minderbemittelten Kindern zugute. Es ist also für einen guten Zweck."

„Wir werden uns gerne einmal umschauen."

„Bitte tun Sie das. Ich sehe Sie dann später wieder", sagte Jennifer, was mehr wie eine Drohung als ein Versprechen klang.

„Ich kann kaum glauben, dass Capitano Lavezzo hier ist", murmelte Isabella, nachdem sie es endlich geschafft hatten, sich von ihrer Gastgeberin zu lösen und den großen Salon betraten. Direkt neben der Tür standen zwei Männer in Anzügen und mit Ohrstöpseln. Offensichtlich gab es auf der Party jede Menge Sicherheitspersonal, wahrscheinlich weit mehr als im Museum.

„Und ich kann kaum glauben, dass du sie überreden wolltest, uns an diesem privaten Treffen teilnehmen zu lassen", gab Nick zurück. „Das war dreist."

„Als ich hörte, dass Lavezzo hier ist, dachte ich mir, es wäre einen Versuch wert." Nicks Gesichtsausdruck nach zu urteilen, schien er da anderer Meinung zu sein. „Was? Habe ich vorschnell gehandelt?"

„Gut möglich. Du hättest vielleicht nicht gleich David Leoni ins Spiel bringen sollen. Immerhin wäre es ja möglich, dass Dario und Matthew etwas mit der Sache zu tun haben."

„Aber das Gemälde wurde doch aus ihrer Galerie gestohlen."

„Trotzdem. Es ist nicht klug, zu früh sämtliche Karten auf den Tisch zu legen."

„Ich denke nicht, dass es zu früh war. Sollten sie unschuldig sein, war meine Erwähnung einer Verbindung zwischen den Raubüberfällen bestimmt hilfreich für sie. Und sie könnten direkt Kommissar Lavezzo unter Druck setzen, was wiederum für uns positiv wäre. Dass er hier auf ihrer Party auftaucht, kann nur bedeuten, dass sie ein besseres Verhältnis zu ihm haben als wir."

„Das ist natürlich ein stichhaltiges Argument", räumte er ein. „Aber was, wenn sie darin verwickelt sind? Dann wissen sie jetzt um unsere Vermutung."

Isabella runzelte die Stirn. Damit hatte er natürlich ebenfalls recht. „Okay, womöglich habe ich zu hoch gepokert, aber in dem Moment fühlte es sich richtig an."

„Wir werden sehen, was passiert.'"

Ein Kellner reichte ihnen jeweils eine Champagnerflöte, und sie trank einen hastigen Schluck von der prickelnden Flüssigkeit, während sie sich umsah. Der Saal war riesig, und seine raumhohen Fenster gaben den Blick auf eine mit Lichterketten beleuchtete Terrasse frei. Um den Pool gruppierten sich kleine Sitzgruppen, und bei einem Gebäude am Rande des Grundstücks schien es sich um ein Gästehaus zu handeln. „Was für ein Anwesen. Könntest du dir vorstellen, hier zu leben? Ich habe vorhin gelesen, dass Dario schon einmal verheiratet war und zwei Kinder aus dieser ersten Ehe hervorgingen, bevor er vor drei Jahren Jennifer zur Frau nahm. Jetzt wohnen anscheinend nur noch die beiden hier."

„Das ist anzunehmen."

Sie bedachte ihn mit einem neugierigen Blick. „Hat es dich genervt, wie Jennifer vorhin von deinen Eltern schwärmte?"

Er schüttelte den Kopf. „Überhaupt nicht. Das bin ich

gewohnt. Sie gehören nun mal zu den Besten ihres Metiers."

„Ich wette, du bist nicht zum ersten Mal auf so einer Party."

„Nicht das erste Mal, nein, aber allzu häufig haben sie mich früher nicht mitgenommen. Ein Kind im Schlepptau hätte von ihrer strahlenden Präsenz abgelenkt. Mir war das ehrlich gesagt egal. Auf den Veranstaltungen, auf denen ich dabei sein musste, habe ich mich eh tödlich gelangweilt. Aber komm, lass uns ein wenig herumwandern und schauen, wer sonst noch hier ist."

„Denkst du, Francesca befindet sich unter den Gästen?"

„Gut möglich."

„Was ist mit Sam?"

„Ich weiß, dass er früher regelmäßig auf Privatpartys Gemälde gestohlen hat, also wäre das hier ein kleines Paradies für ihn", antwortete Nick ironisch.

„Aber hier laufen doch jede Menge Sicherheitsleute herum."

„Das dürfte ihn nicht abschrecken."

Gemeinsam machten sie sich auf den Weg, und Isabella konnte es kaum erwarten, mehr von der Villa zu sehen. Im Erdgeschoss befanden sich neben dem großen Salon noch ein kleineres Wohnzimmer und ein prächtiges Esszimmer mit einem Tisch, an dem locker zwanzig Personen Platz finden konnten. Dicke, flauschige Läufer bedeckten die glänzenden Marmorböden und dämpften die Schritte, und Statuen neben sämtlichen Türen, ebenso wie die Fülle an exquisiten Gemälden an den Wänden, die von warmem Licht angestrahlt wurden, zogen die Besucher in ihren Bann.

Es schien zwei Küchen zu geben, in denen jedoch dermaßen viel Personal herumwuselte, dass sie sich diese ersparten und stattdessen zur anderen Seite des Hauses wechselten, wo sie auf ein Arbeitszimmer, ein Musikzimmer mit einem Flügel und einen weiteren Raum stießen. Der war ähnlich wie eine Kunstgalerie eingerichtet und beherbergte offensichtlich die Gemälde, die für wohltätige Zwecke verkauft werden sollten.

Plötzlich entdeckte sie eine Frau mit feuerrotem Haar, die den Arm eines sehr attraktiven, blonden Mannes festhielt.

Gerade drehte sie sich um, stieß einen überraschten Schrei aus und stürmte, ihren Begleiter mit sich ziehend, auf sie zu.

„Isabella!“, rief sie erfreut. „Und Nick. Ich wusste gar nicht, dass ihr auch hier sein würdet. Ihr seht beide umwerfend aus.“

„Es war eine kurzfristige Entscheidung“, antwortete sie, als sie von Joelle umarmt wurde und ihr Parfüm sie in einen dichten Schleier hüllte, der sich selbst dann nicht verflüchtigte, als diese sich abwandte, um Nick zu begrüßen.

Die Küsse, mit denen sie ihn bedachte, schienen etwas flüchtiger zu sein als beim letzten Treffen, was mit Sicherheit daran lag, dass ihr Date jede ihrer Bewegungen aus dunklen, raubvogelhaften Augen beobachtete.

„Das ist Colin Devonshire“, sagte Joelle und stellte ihnen den Mann an ihrer Seite vor. „Er ist einer von Darios Anwälten. Habt ihr Dario bereits kennengelernt?“

„Ja, direkt bei unserer Ankunft“, erwiderte Isabella.

„Isabella ist meine Cousine“, erklärte Joelle Colin. „Und das ist ihr guter Freund, Nick Caruso. Colin ist ein Kunstfanatiker“, fügte sie hinzu und legte ihre Hand auf seinen Arm. „Und zudem ein sehr großzügiger Förderer junger Künstler und Designer.“ Sie warf ihm einen koketten Blick zu. „Er erkennt Talent, wenn er es sieht.“

„Das tue ich in der Tat, insbesondere dann, wenn es in einer solch zauberhaften Verpackung steckt.“ Offensichtlich hatte seine Begleiterin es ihm angetan.

„Du bist so was von süß“, gurrte Joelle. „Würdest du mir vielleicht auch noch einen Cocktail holen? Isabella und ich müssen uns kurz die Nase pudern.“

Eigentlich musste sie das nicht, aber ihre Cousine hatte bereits ihre Hand ergriffen und zog sie mit sich fort, sodass ihr keine andere Wahl blieb. Nick runzelte die Stirn, als ob er ein Problem damit hätte, dass sie sich von ihm entfernte. Und irgendwie beunruhigte sie das ebenfalls, denn als sie den Raum verließen, spürte sie, wie ihr ein kalter Schauer über den Rücken lief.

KAPITEL NEUNZEHN

Joelle zerrte Isabella in ein Gästezimmer am Ende des Flurs. „Mit Nick und dir hätte ich jetzt wirklich nicht gerechnet, Isabella. Was macht ihr hier?"

„Wir wollten mit einigen Leuten aus der Kunstszene reden. Ich hätte ebenfalls nie erwartet, dich bei einer derartigen Veranstaltung zu treffen."

„Colin hat mich eingeladen, und da er gewillt zu sein scheint, einen Teil meiner Ausgaben zu übernehmen, sodass ich wertvollere Schmuckstücke kreieren kann, konnte ich schlecht Nein sagen."

„Ist er dein Mäzen oder dein Freund?"

Joelle lachte. „Kann er nicht beides sein? Übrigens, ich bevorzuge das Wort Liebhaber. Freund klingt so pubertär."

Und Liebhaber so mondän und europäisch, dachte Isabella bei sich. Zudem fragte sie sich, ob Joelles Interesse nicht eher seinem Scheckbuch galt, obwohl er zweifellos attraktiv war. War ihre Cousine wirklich so oberflächlich? Eigentlich gefiel ihr diese Vorstellung ganz und gar nicht.

„Und was läuft da zwischen Nick und dir?", erkundigte die sich gerade. „Mir ist aufgefallen, dass ihr Händchen gehalten habt. Ich dachte, ihr seid lediglich Freunde?"

„Das sind wir auch. Er hat mich nur durch die Menge geführt."

„Ach, komm schon. Wir sind doch eine Familie. Mir kannst du es ruhig gestehen. Er ist so was von heiß. Mit so einem Typen ist man doch nicht nur befreundet."

Isabella zuckte mit den Schultern, nicht sicher, was sie darauf erwidern sollte. Sie kannte Joelle nicht besonders gut, und ihre Gefühle für Nick waren zu widersprüchlich, um sie zu definieren. „Ich weiß es selbst nicht. Momentan ist es einfach so, wie es ist."

„Entschuldige meine Neugier, aber ich stehe einfach auf gute Liebesgeschichten."

„Wie es klingt, hast du ja selbst eine am Laufen."

„Das wird sich zeigen. Wie auch immer, ich bin froh, dich hier getroffen zu haben, denn ich wollte mich später ohnehin noch bei dir melden. Ich habe mit meinem Vater über den Ring gesprochen, und er sagte, dass Lucinda auch so einen hatte. Nach ihrem Tod nahm seine Mutter ihn an sich. Er weiß nicht, ob sie ihn noch immer hat, wird sie jedoch danach fragen."

„Es wäre interessant zu erfahren, ob sowohl sie als auch Tomas einen hatten."

„Genau. Vielleicht wollten sie damit ihrer Beziehung eine Bedeutung beimessen, welcher Art auch immer sie gewesen sein mag."

„Das wäre natürlich möglich." Sie hielt inne, weil sie wusste, dass Nick es nicht gutheißen würde, wenn sie zu viel verriet. Aber wenn sie keine Fragen stellte, würde sie auch keine Antworten bekommen, also machte sie weiter. „Du hast doch gesagt, Colin ist einer von Dario Michelis Anwälten?"

„Ja. Warum?"

„Vor sechs Monaten wurde ein Gemälde aus Darios Galerie in Florenz gestohlen. Es stammte von einem Künstler namens David Leoni, und der war einer von Tomas' und Lucindas Schülern. Der Raub ähnelte dem im Museum. Gerade im Moment befindet sich Dario im Gespräch mit Kommissar Lavezzo von den Carabinieri, der anscheinend auch Gast auf dieser Party ist, und mich würde echt interessieren, worum es da geht."

„Und du willst, dass ich Colin bitte, es herauszufinden", sagte Joelle, die blitzschnell die Zusammenhänge erfasste.

„Ja, aber möglichst diskret."

Ein verschmitztes Lächeln machte sich auf ihrem Gesicht breit. „Schon verstanden. Ich werde ihn einfach fragen, ob es in dem Fall schon irgendwelche Hinweise gibt. Dann gebe ich dir wieder Bescheid. Wir als Familie müssen doch zusammenhalten."

„Vielen Dank. Ich muss gestehen, dass mir dieses Konzept, dass alle einander helfen, ziemlich fremd ist."

„Tja, Süße, du bist jetzt in Italien und zudem meine Cousine, also gewöhne dich besser schnell daran. So, und jetzt muss ich tatsächlich auf die Toilette. Du brauchst nicht auf mich zu warten. Falls wir heute Abend keine weitere Gelegenheit mehr finden sollten, miteinander zu sprechen, rufe ich dich später an."

„Alles klar."

Während Joelle in dem angrenzenden Bad verschwand, verließ Isabella das Schlafzimmer. Der Lärm im Flur war ohrenbetäubend, da immer mehr Menschen aus der nahe gelegenen Galerie strömten. Also schlug sie die andere Richtung ein. Als sie eine offene Tür entdeckte, trat sie hindurch und fand sich auf einer Terrasse wieder. Es war nicht diejenige, die zum Pool führte, sondern eine weitere, an die ein kleiner Gartenbereich mit einem plätschernden Wasserfall und eine Feuerstelle mit drei Stühlen angrenzte. Letztere war glücklicherweise nicht angeschürt, denn noch mehr Wärme hätte sie nicht verkraftet, da ihr ohnehin schon so heiß war.

Ein paar Augenblicke stand sie ganz still, genoss die kühle Abendluft und lauschte dem Geräusch des Wassers, das über die Felsen rauschte. Es war dermaßen beruhigend, dass sie ihren Vorsatz, zur Party zurückzukehren und nach Nick zu suchen, immer wieder aufschob. Als sie sich endlich aufraffte, hörte sie hinter einem Gebüsch Stimmen. Jemand klang wütend. Sie trat näher an die Büsche heran und spähte durch die Äste, um zu sehen, wer da so aufgebracht war. Zu ihrem Erstaunen entdeckte sie Capitano Lavezzo im Gespräch mit Catherine Vigonas, der Kuratorin des Museums.

Der Kommissar trug einen schwarzen Anzug mit einer kastanienbraunen Krawatte, Catherine ein schwarzes Kleid, das in starkem Kontrast zu ihrem blonden Haar stand, welches sie zu einer raffinierten Turmfrisur hochgesteckt hatte, aus der ihr ein paar lose Strähnen über die Ohren fielen. Natürlich redeten sie Italienisch, sodass Isabella nur vereinzelte Worte aufschnappen konnte. Aber ihre Körpersprache war eindeutig.

Catherine fuchtelte wild mit der Hand in der Luft herum und war offensichtlich über irgendetwas verärgert. Lavezzo legte ihr beschwichtigend eine Hand auf die Schulter, aber sie schlug sie weg. Als er ihr antwortete, schwang auch in seiner Stimme Wut mit. Catherine versteifte sich, trat einen Schritt zurück und nahm eine feindselige Haltung ein. Man konnte die Anspannung zwischen den beiden fast körperlich spüren.

Dann entgegnete sie etwas in der Art, dass er ihr helfen sollte, doch Isabella verstand weder den Rest ihres Satzes noch seine schnelle Antwort. Aber was auch immer es war, es schien sie ein wenig zu beruhigen. Sie stieß einen tiefen Seufzer aus, erstarrte jedoch erneut, als Matthew Pierre und Dario Micheli sich ihnen näherten.

Die vier tauschten einen höflichen Gruß aus, was ihr seltsam vorkam. Hatten Matthew und Dario nicht gerade mit Capitano Lavezzo in Darios Arbeitszimmer zusammengesessen?

Catherine schien nicht daran interessiert zu sein, mit den beiden Neuankömmlingen zu reden. Sie murmelte etwas, das nach einer Entschuldigung klang und verschwand. Die drei Männer unterhielten sich noch kurz, allerdings extrem leise. Dann gingen Dario und Matthew in die eine und der Kommissar in die andere Richtung davon.

Wieder einmal verfluchte Isabella sich dafür, dass sie kein Italienisch konnte. Sie wünschte wirklich, sie hätte mehr von dem Gespräch verstehen können. Und natürlich musste dieses geheime Treffen ausgerechnet jetzt stattfinden, wo Nick nicht bei ihr war. Der hätte mit Sicherheit mehr herausgehört als sie.

Einige Dinge jedoch waren ihr klar geworden. Catherine Vigonas und Lavezzo kannten sich. Sie hatten sich gestritten und dann offensichtlich auf irgendetwas geeinigt. Möglicherweise ging es um den Überfall auf das Museum, und Catherine war wütend, dass der Capitano mit den Ermittlungen nicht weiterkam. Allerdings schien ihr das Gespräch eher persönlicher als beruflicher Natur gewesen zu sein. Immerhin hatte Lavezzo Catherine sogar eine Hand auf die Schulter gelegt, woraufhin sie zusammengezuckt war.

Und dann waren da auch noch die beiden anderen Männer. Warum waren Dario und Matthew plötzlich in diesem privaten Teil des Gartens aufgetaucht? Woher kamen sie und wohin wollten sie? Und beide schienen die Kuratorin zu kennen. Das war aber noch der Part, der sie am wenigsten überraschte. Immerhin verkehrten sie alle in der Kunstszene. Und nachdem Catherine gegangen war, hatten die beiden nur noch ein paar knappe Sätze mit Lavezzo gewechselt, was darauf schließen ließ, dass sie vor diesem Aufeinandertreffen schon ein längeres Gespräch geführt hatten. Wahrscheinlich waren sie sich nur zufällig über den Weg gelaufen.

Nein, auch das kam ihr merkwürdig vor. In der Villa war eine riesige Party im Gange. Warum hatten sich alle in diesen scheinbar privaten Bereich zurückgezogen?

Frustriert ging sie zurück ins Haus. Vielleicht konnte sie Catherine noch einholen und sie mit dem, was sie gehört und gesehen hatte, konfrontieren, fragen, warum sie so wütend auf den Kommissar war. Aber zuerst musste sie Nick finden. So ungern sie es auch zugab, als Team funktionierten sie einfach besser.

Nick wanderte durch den großen Garten, in dem sich auch der Pool befand, und fragte sich, wo Isabella abgeblieben sein mochte. Er hatte sie nirgendwo im Haus entdecken können, und Joelle war allein in die Galerie zurückgekehrt. So allmählich wurde er nervös. *Es geht ihr gut*, redete er sich ein, weil er es einfach glauben wollte. Dennoch musste er sich persönlich davon überzeugen.

Energischen Schrittes wandte er sich dem Poolhaus zu, doch die Tür war verschlossen, die Lichter erloschen und offensichtlich niemand darin. Also entschied er, zur Villa zurückzukehren. Durch die bodentiefen Fenster konnte er die Menschenmassen in den Räumen im Erdgeschoss ausmachen. Die Zimmer hinter den Balkonen im ersten und zweiten Stock lagen ebenfalls im Dunkeln.

„Hier draußen werden Sie Ihre Antworten kaum finden“, vernahm er plötzlich eine Stimme mit britischem Akzent.

Als er sich umdrehte, entdeckte er einen älteren Mann, der nur wenige Schritte von ihm entfernt stand und eine Zigarette rauchte. Er hatte blondes Haar und strahlend blaue Augen, und seine Züge waren seltsam vertraut.

„Was tun Sie denn hier, Sam? Lohnende Zielobjekte auskundschaften?“, fragte er.

„Genau wie in guten alten Zeiten“, entgegnete Flynns Vater lachend. „Ich sehe meinem Sohn zu ähnlich, was?“

„In gewisser Weise ja. Aber Sie haben meine Frage noch nicht beantwortet.“

„Ich konnte Ihnen doch nicht den ganzen Spaß überlassen, Nick.“

„Gestern Abend haben Sie darauf bestanden, dass wir Sie im Beichtstuhl in einer Kirche treffen, damit wir Ihr Gesicht nicht sehen. Und jetzt geben Sie sich mir gegenüber zu erkennen und tun so, als wären Sie ein geladener Gast. Stehen Sie überhaupt auf der Gästeliste?“

„Listen sind langweilig“, antwortete er.

„Für Sie ist das wohl alles ein Scherz, oder?“

„Das Leben ist einfacher, wenn man es nicht zu ernst nimmt."

„Manche Dinge sind aber ernst."

„Jetzt klingen Sie genauso wie mein Sohn. Dabei hat er als Kind immer so gerne und viel gelacht. Er war von Natur aus ein fröhlicher Junge, und selbst Kleinigkeiten machten ihn glücklich."

„Ich bezweifle, dass er sonderlich glücklich darüber war, dass sein Vater spurlos verschwand."

Selbst im Schatten, wo sie beide standen, registrierte Nick, wie Sams Miene sich verfinsterte. „Für mich war das ebenfalls nicht einfach."

„Aber Sie hatten die Wahl, zu gehen oder zu bleiben. So zumindest habe ich das verstanden."

„Prinzipiell stimmt das, aber oft ist das Leben komplexer und besteht nicht nur aus einer Entscheidung. Auf lange Sicht war er besser dran, nachdem ich weg war."

„Sie aber ebenfalls. Sie waren wieder ein freier Mann. Waren Sie es nie leid, immer davonlaufen zu müssen?" Er konnte sich kaum vorstellen, wie Sam so viele Jahre auf diese Weise existieren konnte, stets auf der Flucht, immer auf der Hut. Bei ihm selbst dauerten diese Phasen jeweils nur ein paar Wochen oder Monate an, und selbst das war verdammt hart.

„Es spielt keine Rolle, ob ich es leid war oder bin. Das ist nun mal der Weg, den ich gewählt habe. Das Einzige, was ich aufrichtig bedauere, ist, meinen Sohn verloren zu haben. Dennoch freue ich mich zu hören, dass es ihm gut geht, er glücklich ist und nicht die Last meiner Sünden mitzutragen hat."

„Na ja, so ganz trifft das leider nicht zu. Nachdem Sie bei den Ermittlungen dieses Falles vor ein paar Jahren eingegriffen hatten und unmittelbar danach wieder untergetaucht sind, wurde Flynn von der Chefetage eine Weile lang ziemlich kritisch beobachtet. Wenn auch nur indirekt, unterstellte man ihm, er hätte Ihnen zur Flucht verholfen."

„Ich konnte ihm leider keine Wahl lassen. Aber so wie es

klingt, hat sich die Lage mittlerweile wieder beruhigt. Er hat nach wie vor seinen Job, leitet sein Team und kämpft gegen das Unrecht in der Welt."

„Er ist ein großartiger Chef und Agent, und ein noch besserer Freund."

„Ich werde Sie nicht bitten, ihn von mir zu grüßen."

„Gut, denn ich glaube nicht, dass er etwas von Ihnen hören möchte."

„Ja, ich weiß." Sam nahm einen langen Zug von seiner Zigarette.

„Warum haben Sie einem Treffen mit mir zugestimmt und mich dann auch noch hierher geschickt?", bohrte Nick nach.

„Weil Sie ein Freund meines Jungen sind. Wenn ich ihm schon nicht helfen kann, dann zumindest Ihnen."

„Bisher waren Sie aber keine sonderlich große Hilfe."

„Sie sind hier, oder etwa nicht? Und alle, von denen Sie etwas in Erfahrung bringen könnten, ebenfalls. Jetzt liegt es nur noch an Ihnen herauszufinden, wer diese Personen sind." Er hielt kurz inne. „Wo steckt eigentlich Ihre hübsche Freundin?"

„Eigentlich war ich gerade auf der Suche nach Isabella. Haben Sie sie gesehen?"

„Leider nein, aber Sie sollten sie gut im Auge behalten. Sie ist temperamentvoll und mutig, aber diese Eigenschaften könnten auch zu viel Aufmerksamkeit auf sich ziehen. Wenn gewisse Leute Gefahr wittern, wollen sie sie eliminieren."

Sams Worte jagten ihm einen Schauer über den Rücken, und seine erste Reaktion war, zurück ins Haus zu eilen, für den Fall, dass der ältere Mann mehr wusste als er. Aber Isabella war mit Sicherheit okay. Normalerweise konnte sie auf sich selbst aufpassen. Das, was sie hier auf der Party trieb, war nichts anderes als der Job, den sie auch sonst ausübte. Und jetzt, da er Sam erneut an der Angel hatte, wollte er sich die Gelegenheit nicht entgehen lassen, weitere Informationen aus ihm herauszukitzeln.

„Gibt es sonst noch etwas, das Sie mir gestern Abend nicht erzählt haben, was mich aber weiterbringen könnte?"

Der ältere Mann lächelte. „Wo bleibt der Spaß an dem Spiel, wenn Sie das nicht selbst herausfinden?“

„Für mich ist das alles andere als ein Spiel, Sam. Aber wenn Sie es so sehen, können Sie mir doch zumindest einen kleinen Tipp geben, oder?“

Er legte den Kopf schief und schien über diese Frage nachzudenken. „Mal schauen ... Sie wollten mehr über die Falconeri-Familie wissen, wenn ich mich recht erinnere.“

„Deren Mitglieder ja offensichtlich alle tot sind.“

„Vielleicht aber auch nicht.“

Nick zog eine Augenbraue hoch. „Das müssen Sie mir genauer erklären.“

„Wie gesagt, Roberto hatte keine Kinder und Brunos Tochter ist bereits in jungen Jahren gestorben. So weit, so gut. Aber da gab es noch ein weiteres Familienmitglied – eine Schwester. Ihr Name war Juliette.“

Nick schnappte hörbar nach Luft. „Juliette Sabatini?“

„Genau die. Aber ihr Mädchenname lautete Falconeri. Sie war wesentlich jünger als ihre Brüder, zwölf Jahre, glaube ich, und ebenfalls Künstlerin, aber nicht annähernd so gut wie Roberto. Sie heiratete einen Mann, der für ihre Brüder arbeitete.“

„Warum haben Sie mir das nicht schon letzte Nacht erzählt?“

„Das muss ich komplett vergessen haben“, erwiderte Sam kleinlaut.

Er glaubte ihm kein Wort. „Ich fand eine Kopie von Juliettes längst abgelaufenem Führerschein bei den persönlichen Dokumenten meines Großvaters und habe keine Ahnung, warum er ihn dort aufbewahrt hat. Wissen Sie es? Ist Juliette noch am Leben?“

„Nein, sie ist letztes Jahr gestorben.“

Frustriert seufzte er auf. „Großartig. Noch eine tote Falconeri, die mir nichts mehr nützt. Wie wär’s zur Abwechslung mal mit jemandem, der bisher nicht das Zeitliche gesegnet hat?“

Sam lächelte. „Dazu wollte ich gerade kommen. Juliette hatte eine Tochter, und diese Frau ist heute Abend ebenfalls hier."

Nicks Herz setzte einen Schlag aus. „Wer ist diese Tochter?"

„Geboren wurde sie als Katerina Sabatini, aber als Juliette vor Jahren vor ihrem Mann und ihrer Familie weglief, änderte sie auch deren Namen und nannte sie ab da Catherine. Und als diese heiratete, nahm sie den Namen ihres Mannes an ... Vigonas."

Jetzt drohte sein Herz, endgültig auszusetzen. „Die Museumskuratorin? Catherine hat *La Mano Nera* erneut ins Leben gerufen? Waren deshalb sämtliche Sicherheitskameras des Museums ausgeschaltet? Aber warum sollte sie sich ausgerechnet für diese Gemälde interessieren?"

„Darauf habe ich leider auch keine Antwort. Ich weiß nicht einmal, ob sie der Kopf der Bande ist, aber auf jeden Fall ist sie involviert."

„Ich muss dringend mit ihr reden."

„Seien Sie vorsichtig. Vermutlich hat sie einen Partner, und diese Person könnte sich heute Abend ebenfalls hier aufhalten. Sie sollten versuchen, sie allein zu erwischen." Er ließ seinen Zigarettenstummel auf den Boden fallen und trat ihn mit dem Fuß aus. „Ich glaube, Ihre bezaubernde Freundin hält Ausschau nach Ihnen."

Er drehte den Kopf in Richtung der Türen, die vom Saal auf die Terrasse führten, und Nick folgte seinem Blick. Tatsächlich, da war Isabella, inmitten der Menschenmenge, und sah sich suchend nach allen Seiten um.

Schnell wandte er sich wieder Sam zu, aber der war verschwunden. *Verdammt!* Der Typ war wirklich ein Phantom.

Also ging er auf Isabella zu und traf am Rande des Pools mit ihr zusammen. „Da bist du ja endlich", sagte er erleichtert. „Ich habe dich schon überall gesucht."

„Ich dich ebenfalls." Sie packte seinen Arm, und ein aufgeregtes Funkeln trat in ihre Augen. „Ich habe in einem der kleinen privaten Gärten ein Gespräch zwischen Catherine Vigonas und Capitano Lavezzo mit angehört."

„Worum ging es dabei?"

„Das weiß ich leider nicht. Sie sprachen sehr schnell und natürlich Italienisch, aber Lavezzo legte ihr eine Hand auf die Schulter." Sie ahmte die Geste nach. „Und sie stieß ihn von sich. Meiner Meinung nach war es etwas Persönliches, denn ihre Körpersprache wechselte hin und her zwischen beschwichtigend und wütend. So ein Mist, dass du nicht bei mir warst. Du hättest mit Sicherheit mehr verstanden als ich."

„Das ist echt blöd gelaufen." In seinem Kopf schlugen noch immer die neuesten Informationen Purzelbäume. „Ich bin gerade Sam Beringer begegnet."

„Was? Der ist hier? Auf dieser Party, wo ihn Gott und die Welt wiedererkennen könnte? Ich dachte, er bliebe lieber im Schatten."

„Im Schatten stand er auch, allerdings war er wie jeder andere Gast gekleidet. Ich kann mir nicht vorstellen, dass er offiziell eingeladen war, aber das spielt auch keine Rolle. Jedenfalls hat er mir erzählt, dass Catherine Vigonas Roberto Falconeris Nichte ist ... Ihre Mutter war Juliette Sabatini, und die wiederum die jüngere Schwester von Roberto und Bruno."

Isabella riss erstaunt die Augen auf. „Wow! Damit hätte ich nun gar nicht gerechnet."

„Offenbar hat Juliettes Ehemann für ihre Brüder gearbeitet, und irgendwie war auch sie in gewisse Sachen verwickelt. Irgendwann jedoch scheint sie mit ihrer Tochter vor ihrem Mann und ihrer Familie geflohen zu sein und hat deren Namen geändert." Als er sah, dass sie zu einer Frage ansetzte, hob er die Hand. „Juliette ist letztes Jahr gestorben."

„Ach nein", hauchte sie enttäuscht.

„Doch. Also ungefähr zur gleichen Zeit wie auch mein Großvater. Und jetzt frage ich mich natürlich, ob es nicht einen Zusammenhang zwischen den beiden Todesfällen gibt. Immerhin befand sich ihr Führerschein bei seinen persönlichen Dokumenten."

„Gut möglich. Und wenn Catherine eine Falconeri ist,

könnte sie den Raubüberfall auf ihr Museum inszeniert haben. Aber warum? Sie hätte die Gemälde, nachdem unsere Großmütter sie ihr überlassen hatten, einfach jemandem übergeben können. Die beiden hätten nichts davon mitbekommen und es wäre kein Unschuldiger zu Schaden gekommen."

Bei dieser Frage runzelte Nick die Stirn. „Vielleicht war nie geplant, den Wachmann zu erschießen, und sie brauchte den Raub als Tarnung?"

„Das wäre natürlich eine Erklärung. Aber wenn sie etwas mit dem Überfall zu tun hat und zudem mit Kommissar Lavezzo befreundet ist ... was sollen wir davon halten?"

„Lass uns schauen, ob wir sie irgendwo aufspüren können. Wir müssen unbedingt mit ihr reden."

„Das könnte der Durchbruch sein, auf den wir so lange gewartet haben, Nick. Aber warum hat Sam uns das nicht schon letzte Nacht erzählt?"

„Angeblich ist es ihm gerade erst wieder eingefallen. Offen gestanden komme ich mir langsam so vor wie ein Bauer in seinem Schachspiel, den er nach Belieben hin und her schieben kann. Du hast ja bereits vermutet, dass er uns absichtlich in die Irre zu führen versucht. So allmählich glaube ich, du könntest richtig damit liegen."

„Na ja, dir als FBI-Agent ist es doch problemlos möglich, Catherines wahre Identität herauszufinden, und das sollte auch Sam klar sein."

„Das ist anzunehmen. Vorhin sagte er auch noch, er wolle mir helfen, weil Flynn das von ihm erwarten würde. Vielleicht spielt er doch kein abgekartetes Spiel. Ich kann diesen Typen wirklich ganz schwer einschätzen. Aber das ist im Moment auch nicht so wichtig."

„Genau. Oberste Priorität hat jetzt das Gespräch mit Catherine, aber ich glaube nicht, dass sie hier inmitten all der Leute dazu bereit sein wird."

„Das sehe ich auch so. Womöglich müssen wir damit bis

morgen warten. Aber lass uns trotzdem ins Haus zurückkehren und es zumindest versuchen."

„Einverstanden. Ich will eigentlich auch keine Sekunde länger warten. Mal sehen, ob wir heute noch etwas aus ihr herauskitzeln können."

Gerade, als Nick noch etwas darauf erwidern wollte, nahm er aus dem Augenwinkel eine Bewegung wahr. Irgendein Objekt fiel vom Balkon des zweiten Stocks.

Er sprang zurück und stieß Isabella zur Seite, als es auch schon mit einem lauten Platschen im Pool neben ihnen landete und versank. Jemand schrie entsetzt auf, und er starrte wie gelähmt auf den Körper, der soeben wieder aufgetaucht war und auf der Wasseroberfläche trieb.

„O mein Gott", keuchte Isabella entsetzt. „Das ist Catherine."

Ohne zu zögern, sprang er in den Pool, gefolgt von zwei Sicherheitskräften, und gemeinsam zogen sie die Frau aus dem Wasser. Sie legten sie auf eine der Liegen, und einer der Männer begann direkt mit Wiederbelebungsmaßnahmen. Sie jedoch reagierte nicht. Aus Wunden an ihrem Kopf und Hals floss Blut. Die Menschenmenge am Schwimmbecken verharrte in schockiertem Schweigen, gebannt darauf wartend, dass Catherine einen Atemzug tat. Doch deren Augen blieben geschlossen, und sie regte sich nicht.

Ein Mann kam herangeeilt und wies sich als Arzt aus, gefolgt von einer Frau, die ihrer Aussage zufolge Krankenschwester war. Nachdem sich die Spezialisten der Situation angenommen hatten, griff Nick nach Isabellas Hand und zog sie vom Becken weg unter den Schatten eines großen Baumes.

„Wird sie es schaffen?", fragte Isabella bange.

Er blickte ihr fest ins Gesicht und schüttelte den Kopf. „Nein. Sie ist bereits tot."

„O Gott, Nick! Glaubst du, sie ist von sich aus gesprungen?"

„Definitiv nicht. Sie wurde umgebracht."

Isabellas Augen weiteten sich vor Angst und Schrecken. „Genau hier? Mitten auf dieser Party?“

„Sieht ganz danach aus.“ Schlagartig wurden ihm die Konsequenzen des Vorfalls klar. „Jeden Moment kann die Polizei auftauchen. Sie werden alle verhören, auch uns. Du hast nichts gesehen. Du hast nichts gehört. Du weißt nichts über diese Frau.“

„Aber das stimmt doch nicht. Ich habe sie mit Capitano Lavezzo zusammen gesehen.“

„Eben. Mit einem hochrangigen Offizier der Carabinieri, von dem wir nach wie vor nicht wissen, ob wir ihm trauen können. Er könnte einflussreiche Freunde bei den Behörden haben. Wir müssen vorsichtig sein. Wenn dich jemand fragt, warum du hier bist, sag einfach, dass du Kunst liebst und die Wohltätigkeitsorganisation unterstützen wolltest. Erwähne weder den Museumsraub noch David Leoni, Tomas oder Lucinda, niemanden. Hast du mich verstanden?“

Sie nickte. „Verstanden. Ich werde den Mund halten.“

„Das musst du auch, Isabella. Dein Leben könnte davon abhängen.“

KAPITEL ZWANZIG

Als sie am Sonntagabend kurz vor dreiundzwanzig Uhr in das Haus ihrer Großmütter zurückkehrten, war Isabella am Ende ihrer Kraft und nach wie vor völlig schockiert. Nach Catherines überraschendem Tod durfte niemand die Villa verlassen, und so saßen sie noch Stunden dort fest. Ein Gast nach dem anderen war von der Staatspolizei verhört worden. Während sie warteten, war es ihnen verboten, miteinander zu sprechen. Sämtliche Anwesenden wurden in den unteren Räumen eingeschlossen, während das obere Stockwerk auf Beweise hin durchsucht wurde. Die Polizei hatte wenig Informationen preisgegeben, war jedoch der Überzeugung, dass Catherine vom Balkon gestoßen wurde.

Als man sie befragte, ob sie das Opfer kannten, gaben sie zu, ihr einmal begegnet zu sein, eben weil ihre Großmütter ehrenamtlich im Museum arbeiteten und Besuchergruppen herumführten. Dann mussten sie zu Protokoll geben, was genau sie gesehen hatten, da sie ja ganz in der Nähe des Schwimmbeckens standen, in dem Catherine gelandet war. Diese Tatsache allerdings schien für den zuständigen Kommissar weniger interessant zu sein, da sie kaum diejenigen gewesen sein konnten, die sie vom Balkon gestoßen hatten. Es war eine Erleichterung, als sie endlich entlassen wurden.

Kaum, dass sie die Küche betreten hatten, schnappte Isabella sich den Wasserkocher und füllte ihn bis zum Rand, während Nick kurz nach oben verschwand, um sich seiner nach wie vor feuchten Kleidung zu entledigen. Während das Wasser kochte, setzte sie sich an den Tisch und schlüpfte aus ihren hochhackigen Schuhen. Dann griff sie gedankenlos in den Korb, den sie dort abgestellt hatte, und nahm sich eine Birne, als ihr plötzlich die Ironie dieser Aktion bewusst wurde: Sie stand doch tatsächlich im Begriff, das Obst zu essen, das Catherine erst am Vortag vorbeigebracht hatte.

Bilder von deren leblosem Körper schossen ihr durch den Kopf, und ihr wurde übel. Nie würde sie das Geräusch vergessen, als der Leichnam auf dem Wasser aufschlug oder den Anblick des Blutes, das sich auf der Oberfläche ausbreitete. Wie schnell ein Leben doch zu Ende sein konnte. Kurz zuvor war sie noch schön, strahlend und lebendig gewesen, und nur wenige Minuten später tot.

Sie starrte noch immer auf die Birne, als Nick in Jeans und T-Shirt zurück in die Küche kam. Hastig warf sie die Frucht zurück in den Korb. „Ich kann das nicht essen, nicht nach allem, was gerade passiert ist.“ Verstört fuhr sie sich mit der Zunge über die Unterlippe. „Als Catherine im Becken landete, war mir im ersten Moment gar nicht bewusst, dass es sich um einen Menschen handelte. Ich dachte, irgendetwas hätte sich vom Dach gelöst und wäre heruntergefallen. Du jedoch hast es sofort gerafft, bist direkt ins Wasser gesprungen und hast versucht, sie zu retten.“

„Ich wünschte, ich hätte noch etwas für sie tun können, aber vermutlich war sie bereits tot, als jemand sie vom Balkon stieß. Ein gewagter Schritt, sie inmitten all der Menschen umzubringen. Auf der anderen Seite bot die Party dem Mörder die perfekte Tarnung. Er konnte seinen brutalen Plan in die Tat umsetzen und sich dann wieder unbemerkt unter die übrigen Gäste mischen.“

„Das ist wohl wahr.“

„Dennoch war es riskant und könnte ihn Kopf und Kragen kosten, wenn die Polizei auf dem Balkon irgendwelche Beweise findet.“

„Hoffen wir, dass sie auf etwas stoßen.“ Sie hielt kurz inne. „Aber was, wenn es jemand war, den niemand infrage stellen würde, wie etwa ein Polizeibeamter?“

„Wie Capitano Lavezzo?“

„Genau. Ihn konnte ich während der Verhöre nirgendwo entdecken. Du etwa?“

„Nein. Er könnte die Party verlassen haben, bevor der Mord passierte“, erwiderte Nick.

„Zwischen dem Zeitpunkt, an dem ich Lavezzo und Catherine zusammen gesehen habe, und dem, als sie in den Pool stürzte, lagen maximal zwanzig oder dreißig Minuten“, murmelte Isabella. „Ausreichend Zeit, dass er gegangen sein könnte, bevor Catherine getötet wurde.“

„Oder um es selbst zu tun und schnell zu verschwinden.“

Sie erschauderte erneut. „Es fällt mir schwer, das alles zu begreifen.“

„Ja, ich weiß.“

„Zudem wundert mich, dass Stefano nicht gemeinsam mit den anderen Beamten am Tatort erschienen ist. Anscheinend hat er heute Abend dienstfrei.“

„Der taucht mit Sicherheit bald auf.“

„Vielleicht sollten wir ihn anrufen, um zu hören, was er über den Vorfall weiß.“

„Heben wir uns das für morgen auf.“ Er griff nach der Birne, die Isabella gerade zurück in den Korb geworfen hatte. „Was?“, sagte er auf ihren fragenden Blick hin. „Ich habe Hunger. Und diese unschuldige Frucht hat nichts mit Catherines Tod zu tun.“

Während er aß, überschlugen sich Isabellas Gedanken vor Theorien und Verdächtigungen. „Ich habe nochmals über die

Szene im Garten nachgedacht. Als Dario Micheli und Matthew Pierre dazustießen, schien Catherine nicht daran interessiert zu sein, mit ihnen zu reden und verschwand ziemlich schnell. Dennoch schienen sich alle zu kennen, denn sie haben sich einander nicht vorgestellt, sondern nur begrüßt."

„Vielleicht war es ihr unangenehm, dass man sie ganz allein mit Lavezzo antraf."

„Möglich. Aber nach wie vor frage ich mich, was sie alle in diesem abgelegenen Teil des Gartens zu suchen hatten. Ich wünschte, ich hätte verstanden, worüber sie sprachen. Ich hätte mich früher nicht so vehement dagegen sträuben sollen, als Grandma versuchte, mir Italienisch beizubringen. Aber wann immer ich in Rom war, fühlte ich mich wie eine Außenseiterin und klammerte mich hartnäckig an die Idee, dass das Nichterlernen ihrer Sprache die beste Möglichkeit sei, die Kontrolle zu behalten."

„Wie einsichtig von dir, Isabella."

„Na ja, ich verfüge schon über eine gewisse Einsicht, die jedoch leider oft zu spät kommt."

Nick legte das Kerngehäuse der Birne beiseite. „Du konntest ja nicht ahnen, dass so etwas passieren würde. Also hör auf, dir Vorwürfe zu machen."

„Was ist mit Sam?", fragte sie, als ihre Gedanken eine andere Richtung einschlugen. „Könnte er Catherine auf dem Gewissen haben? Gut, er hat dir die Infos über sie gegeben, ist dann jedoch spurlos verschwunden. Kurze Zeit danach fiel sie vom Balkon in den Pool. Und wieder einmal ist eine Spur im Sand verlaufen."

Er betrachtete sie nachdenklich. „Interessante Theorie. Ich glaube aber nicht, dass er genug Zeit hatte, um in den zweiten Stock zu gelangen und ihren Tod zu inszenieren, denn ich habe noch kurz vor deinem Auftauchen mit ihm geredet."

„Er könnte einen Komplizen gehabt haben, der, das Verbrechen ausgeführt hat. Offensichtlich waren ja auch mehrere Personen an dem Museumsraub beteiligt. Wenn nur Catherine dahinterstecken würde, wäre sie jetzt nicht tot." Sie holte tief Luft. „Und was tun wir jetzt?"

„Wir machen weiter. Immerhin haben wir ein paar neue Anhaltspunkte. Wir wissen, dass sie die Tochter von Juliette war, und die wiederum die Schwester von Roberto und Bruno. Sie ist vor Jahren mit Catherine untergetaucht, und eines ihrer persönlichen Dokumente ist in den Sachen meines Großvaters gelandet. Sowohl er als auch sie sind vor einem Jahr gestorben. Es scheint mir ein zu großer Zufall zu sein, als dass diese Ereignisse nicht miteinander zusammenhängen."

„Und Juliette könnte auch die mysteriöse *J* aus den Briefen sein", erinnerte sie ihn. „Die Adresse auf dem Umschlag lautete Florenz. Aber wenn sie ihren Namen geändert hat und der Ausweis vor Jahren abgelaufen ist, dann wissen wir nicht, wo sie sich die letzten Jahre über aufgehalten hat. Lediglich, wo sie vor sehr langer Zeit gewohnt hat."

„Schon, aber jetzt, da wir die Verbindung zu Catherine haben, sollte es uns möglich sein, mehr über sie herauszufinden. Ich werde mein Team auf sie ansetzen."

„Nicht schlecht, wenn man Kollegen hat, die einem gewisse Dinge abnehmen. Ich arbeite immer allein. Vielleicht könnten sie auch noch Dario Micheli überprüfen? Immerhin war es seine Galerie, aus der das Leoni-Gemälde gestohlen wurde. Ich frage mich, wo er es eigentlich herhatte?"

„Wahrscheinlich von einem Verwandten. Hat Leoni nicht ebenfalls irgendwann in Florenz gelebt?"

„Ich glaube schon."

„Viele Zeichen deuten in dieselbe Richtung."

Isabella erkannte, worauf er hinauswollte, und das gefiel ihr ganz und gar nicht. „Ist das dein Ernst, Nick?"

„Ja. Wir müssen morgen nach Florenz fahren. Die Ereignisse überschlagen sich, und mir scheint, wir stehen kurz vor der Lösung des Falls."

„Tatsächlich? Ich habe eher das Gefühl, wir entfernen uns immer weiter davon."

„Wir knüpfen Verbindungen, brauchen jedoch noch weitere. Außerdem kann es nichts schaden, mal eine Weile aus Rom herauszukommen."

„Damit magst du recht haben. Ach, da wäre noch etwas, was ich vergessen habe, dir zu erzählen. Als Joelle und ich uns gestern kurz zurückzogen, sagte sie mir, ihre Großmutter hatte einen Ring, der wie der von Tomas aussah. Er könnte sich noch in ihrem Besitz befinden. Ihr Vater wird sie danach fragen."

„Was hatte sie sonst noch zu sagen? Ich habe mich nämlich gewundert, warum sie dich weggeschleppt hat."

„Insgesamt recht wenig, nur dass Colin Devonshire, ihr Freund – oder Liebhaber, wie sie ihn nannte –, einer von Darios Anwälten ist. Ich bat sie, ihn auf den Diebstahl von Leonis Gemälde anzusprechen."

Nick runzelte die Stirn. „Das war vielleicht keine so gute Idee."

„Mittlerweile befürchte ich das auch. Nicht, dass sie auch noch in Schwierigkeiten gerät, weil sie in meinem Namen Fragen stellt. Wir wissen einfach zu wenig über Dario. Er könnte in die ganze Sache verwickelt sein. Ich schreibe ihr schnell, dass sie meine Bitte ignorieren soll." Sie holte ihr Handy aus ihrer Tasche und schickte ihrer Cousine eine kurze Nachricht, in der sie sie bat, Colin besser nicht über David Leoni oder den Überfall auf die Galerie auszuquetschen und versprach, ihr später mehr über ihre Gründe zu erzählen. „Ich hoffe, meine Nachricht erreicht sie noch rechtzeitig, bevor sie ihn darauf anspricht."

„Tatsächlich habe ich weder sie noch ihren Liebhaber unter den Leuten entdecken können, die darauf warteten, verhört zu werden", merkte Nick an.

Bei seinen Worten runzelte Isabella die Stirn. „Stimmt. Ich auch nicht. Vielleicht wurden sie in einem anderen Raum festgehalten." Dann stieß sie einen müden Seufzer aus und lehnte sich in ihrem Stuhl zurück. „Ich habe zu viele Fragen und nicht genug Antworten."

„Dieses Gefühl kenne ich."

„Außerdem tut es mir irgendwie leid um Catherine, keine Ahnung, warum."

„Ich an deiner Stelle würde mir mein Mitleid aufsparen, bis wir wissen, was sie getan oder auch nicht getan hat", erwiderte Nick. „Dir sollte doch klar sein, dass es schon lange nicht mehr nur um die verschwundenen Gemälde geht, sondern um Mord. Und ich rede hier nicht nur von ihr. Es geht um Lucinda und Tomas, vielleicht auch um meinen Großvater, möglicherweise sogar um Juliette. Die Toten häufen sich, und damit diese Sache nicht noch mehr Menschen das Leben kostet, sollten wir schnellstmöglich herausfinden, wer dafür verantwortlich ist."

Seine Worte jagten ihr einen weiteren Schauer über den Rücken, gepaart mit einer Welle frustrierter Hoffnungslosigkeit. „Aber wie wollen wir das anstellen, Nick?"

„Das weiß ich noch nicht, aber wir werden einen Weg finden. Ich möchte nicht nur die Bilder zurückhaben, sondern auch Gerechtigkeit erwirken. Die Leute, die dahinterstecken, müssen für ihre Taten bezahlen. Einige von ihnen mögen nicht mehr am Leben sein, andere sind es bestimmt noch."

Isabella spürte dieselbe Entschlossenheit in sich aufkeimen. „Das will ich ebenfalls, Nick. Also gut, fahren wir morgen nach Florenz. Wir können uns die Galerie anschauen und versuchen, die Person ausfindig zu machen, in deren Besitz sich Davids Werk befand, bevor es gestohlen wurde. Und dann statten wir meiner Mutter einen Besuch ab."

„Das ist definitiv der richtige Schritt."

„Allerdings möchte ich unser Gespräch sachlich halten. Keine Andeutungen über unser Verhältnis. Wir werden sie nur zu den Geheimnissen befragen, die sich um unsere Familie ranken. Bilde dir also nicht ein, dass du zu einer rührenden Wiedervereinigung beitragen kannst." Bei diesen Worten hob sie warnend den Finger. „Es geht rein ums Geschäft ... oder besser gesagt, um den Fall."

„Schon verstanden. Ich würde dich auch nie zu einem

engeren Kontakt mit ihr zwingen. Das ist einzig und allein deine Entscheidung."

„Genau, und die habe ich bereits vor langer Zeit getroffen." Sie stand auf, um den Wasserkocher auszuschalten und ihren Tee aufzugießen. „Hoffen wir mal, dass er zumindest heute Wirkung zeigt", sagte sie ein paar Minuten später, als sie die Tassen an den Tisch brachte. „Aber nach allem, was ich vorhin gesehen habe, bezweifle ich, dass ich in dieser Nacht besser schlafen werde als in der vergangenen."

„Dann lass uns zusammenbleiben. Ich nehme wieder die Couch in deinem Zimmer."

Isabella war klar, dass sie eigentlich Nein sagen sollte, aber zum einen wollte sie ihn nicht verletzen und zum anderen auch nicht allein bleiben.

„Wir tun auch nichts anderes, als uns hinzulegen und zu schlafen", fügte er hinzu. „Es sei denn ..."

Es fiel ihr schwer, seinem beinahe schon flehenden Blick zu widerstehen. Und lieber nahm sie seine Gegenwart und das damit verbundene Risiko in Kauf, als erneut stundenlang wach zu liegen und vor ihrem inneren Auge die tote Catherine zu sehen.

„Nur ausruhen und schlafen, etwas anderes kommt nicht infrage", erwiderte sie entschieden. „Und keine weiteren Anspielungen mehr, denn sonst könnte ich meine Meinung doch noch ändern ... und das sollte ich nicht tun."

Nick grinste. „Na dann ... Heute Abend werde ich dich nicht mehr fragen, aber morgen ist ein neuer Tag."

Nick fand die Couch in Isabellas kleinem Zimmer deutlich bequemer als sein großes Bett im Stockwerk darunter, was aber auch damit zu tun haben konnte, dass sie in seiner Nähe war. Mittlerweile hatten sie so viel Zeit miteinander verbracht, dass es sich schon fast seltsam anfühlte, getrennt zu sein. Und irgendwann fielen ihnen, trotz der dramatischen Erlebnisse des Abends, tatsächlich die Augen zu. Als er am Montagmorgen erwachte, war Isabella bereits auf und stand, fertig angekleidet, in der Küche.

Auch der Kaffee war schon durchgelaufen, sodass er sich direkt eine große Tasse einschenkte. Als er jedoch zu ihr hinübersah, war er sich plötzlich nicht mehr sicher, was er nötiger brauchte: das Koffein oder sie.

Sie lächelte ihn unsicher an. „Wie du weißt, kann ich nicht wirklich kochen, aber ich habe Porridge gemacht und frisches Obst aufgeschnitten, falls du so etwas magst."

„Das klingt doch gut", entgegnete er und nahm am Tisch Platz.

Sie brachte ihm eine Schüssel Haferflocken mit Erdbeeren und Blaubeeren, und er griff beherzt zu, denn ihm war klar, dass der Tag anstrengend zu werden versprach und er eine gute Unterlage brauchte. „Hast du schon gefrühstückt?", fragte er.

„Ja, aber ich war nicht wirklich hungrig."

„Du fürchtest dich vor der Reise, stimmt's?"

„Ja, zum Teil. Aber ich weiß, dass ich mit Mom reden muss, also werde ich es tun."

Er nickte anerkennend. „Danke, auch wenn es vermutlich nicht einfach werden wird."

„Vermutlich nicht", stimmte sie zu. „Wann möchtest du losfahren?"

„Sobald ich geduscht und eine kleine Tasche gepackt habe. Du solltest auch ein paar Ersatzklamotten mitnehmen. Vielleicht müssen wir in Florenz übernachten."

„Das habe ich schon berücksichtigt."

„Gut." Er aß den Rest seines Haferbreis auf, brachte die Schüssel zur Spüle, ließ kurz Wasser darüber laufen und stellte sie anschließend in die Spülmaschine.

„Ich kümmere mich um den Rest, während du dich fertig machst", schlug Isabella vor.

Nick bemerkte die Anspannung in ihrem Blick, aber auch die Entschlossenheit. „Konntest du letzte Nacht schlafen?"

„Besser als erwartet. Du hast ganz ruhig und regelmäßig geatmet, als ich aufgestanden bin, also scheinst auch du etwas Schlaf gefunden zu haben. Dabei ist diese Couch doch sicher alles andere als bequem."

„Sie war okay. Und es war schön, dich in der Nähe zu wissen."

„Ja, das war ein gutes Gefühl, nicht allein zu sein", murmelte sie zustimmend.

Dann schwiegen beide, und die Zeit schien stillzustehen, während sie einander einfach nur anstarrten. Nur zu gerne wollte Nick etwas sagen, um dieses unangenehme Schweigen zu brechen, aber seine Gedanken waren zu chaotisch und widersprüchlich, sodass er sich nicht sicher sein konnte, was ihm über die Lippen käme. Und es war definitiv nicht der richtige Moment, um das herauszufinden.

„Ich brauche nur ein paar Minuten", sagte er daher knapp, verließ schnell den Raum, joggte die Treppe hinauf und betrat sein Bad. Eine kalte, erfrischende Dusche würde ihm hoffentlich helfen, den Kopf freizubekommen.

Gegen zehn verließen sie das Haus. Als sie die Garage betraten, bot Isabella an: „Ich kann auch fahren, Nick. Tatsächlich würde ich mich sogar liebend gerne selbst ans Steuer setzen, wenn es dir nichts ausmacht, einmal für ein paar Stunden die Kontrolle abzugeben."

Er zögerte kurz, warf ihr dann jedoch den Schlüssel zu. „Einverstanden."

Überrascht riss sie die Augen auf. „Allen Ernstes? Ich hätte mit Widerspruch gerechnet."

„Tja, du hast dich wohl geirrt." Es gefiel ihm, wenn er sie aus dem Konzept bringen konnte. „Ich habe dir bereits des Öfteren gesagt, dass du mich nicht wirklich kennst, Isabella."

„Ich lerne dich von Tag zu Tag besser kennen“, erwiderte sie trocken, als sie in den Wagen stiegen. „Und wir haben eine sehr lange Fahrt vor uns, also jede Menge Zeit, um das zu vertiefen.“

Das sollte ihm nur recht sein. Er fand Isabella von Minute zu Minute faszinierender und wollte alles über sie wissen, ein Wunsch, der ihn ziemlich irritierte. Noch nie hatte eine Frau ihn dermaßen fasziniert, und sein Interesse ging weit über den körperlichen Aspekt hinaus ... obwohl natürlich auch dieser eine Rolle spielte. Aber er mochte vor allem die Art und Weise, wie ihr Verstand arbeitete, wie sie ihn immer wieder herausforderte.

Erneut ermahnte er sich, sich zusammenzureißen. Das hier war kein Urlaubstrip. Sie waren auf einer Mission, die lautete, die Wahrheit herauszufinden und Gerechtigkeit zu erlangen. Und das hatte oberste Priorität.

Fünfzehn Minuten später hatte Nick wieder etwas Neues über Isabella herausgefunden. Sie fuhr gerne schnell. Im dichten Verkehr Roms wurde sie schnell ungeduldig und fluchte immer wieder über andere Fahrer, die sie am Vorwärtskommen hinderten. Allerdings beherrschte sie den Wagen perfekt und er genoss es, sich einmal nicht hinters Steuer des winzigen Kleinwagens seiner Großmutter quetschen zu müssen.

Nachdem sie Rom hinter sich gelassen hatten und auf die zweispurige A 1 auffuhren, wurde es besser. Die Route führte sie ins Latium, eine Region, die für ihre sanften Hügel, Olivenhaine und Weinberge bekannt war, und Isabella schien sich sichtlich zu entspannen.

„Es ist wunderschön hier“, murmelte sie.

Er konnte nicht anders, als ihr zuzustimmen. Während die Stadt mit ihrem urbanen Charme punktete, war das Umland auf eine ganz eigene Art und Weise faszinierend, und es tat richtig gut, einmal dem hektischen Treiben zu entkommen, noch dazu an einem so warmen, sonnigen Tag wie diesem.

Trotz Isabellas früherer Feststellung, dass sie auf der Reise jede Menge Zeit haben würden, sich noch besser kennenzulernen, sprach keiner von ihnen viel. Es war jedoch kein unangenehmes Schweigen, sondern fühlte sich überraschenderweise sogar sehr vertraut und entspannt an.

Nie hätte Nick erwartet, dass sie nach ihrem ersten peinlichen Date auch nur annähernd Freude werden könnten ... oder möglicherweise sogar mehr als das. Wieder einmal erinnerte er sich an das Gefühl ihrer Lippen auf den seinen, und wieder einmal wünschte er, er hätte nicht versprochen, sie nicht mehr zu küssen, außer sie würde ihn darum anflehen. Was mit Sicherheit nicht passieren würde.

Er musste sich dringend ablenken. Also zog er sein Handy hervor und checkte seine Mails. Dabei fiel ihm auf, dass er eine Nachricht von Flynn verpasst hatte, die schon vor Stunden eingegangen war. Mit wachsendem Interesse überflog er die Zeilen.

„Was liest du da?", erkundigte sich Isabella und warf ihm einen flüchtigen Blick zu.

„Eine E-Mail von Flynn. Ich hatte ihn gebeten, Erkundigungen über Juliette Sabatini einzuholen. Das war allerdings, bevor Sam uns weitere Informationen gab. Das, was er herausgefunden hat, deckt sich mit dem, was sein Vater gesagt hat. Juliette war die jüngere Schwester von Roberto und Bruno Falconeri. Mit zwanzig heiratete sie Rocco Sabatini, und sie besaßen Immobilien in Rom und Florenz. Rocco war zehn Jahre älter als sie und Buchhalter. Einer seiner Kunden war ein Importeur, den Flynn bis zu Henry Falconeri, dem Vater von Roberto und Bruno, zurückverfolgen konnte. Und laut Sam arbeitete Juliettes Mann ja mit ihren Brüdern zusammen."

„Hat er sonst noch etwas geschrieben?"

„Juliette bekam ein kleines Mädchen namens Katerina, die eine katholische Schule in Rom besuchte, bis sie acht war. Sie verließ diese Einrichtung 1971, im selben Jahr, in dem ihre Mutter und sie verschwanden."

„Das war das Jahr nach dem Tod von Tomas und Lucinda."

„Genau." Er las weiter. „Ab 1971 verlor sich die Spur, also beschloss Flynn, nach Freunden der Sabatinis zu suchen, denn er war überzeugt, dass jemand den beiden geholfen oder zumindest Bescheid gewusst haben musste. Er stieß auf eine Amerikanerin namens Marie Bennett, die schon bei Juliettes Hochzeit dabei war. Mary lebt inzwischen in San Francisco und ist in ihren Neunzigern, aber nach wie vor klar bei Verstand. Sie erzählte ihm, dass sie Juliette behilflich war, aus ihrer Ehe auszubrechen. So wurden aus Juliette und Katerina Stephanie und Catherine Mayer, und sie verließen Italien und zogen nach Paris."

„Wow, Nick, so viele neue Hinweise."

„Ja, mein Team ist gut", bestätigte er und fuhr fort: „Leider brach Juliette, kaum in Frankreich angekommen, den Kontakt zu Marie ab, da sie um deren oder eben auch ihre eigene Sicherheit fürchtete, und dass jemand sie über die ältere Frau aufspüren könnte. Marie erzählte Flynn, dass Rocco tatsächlich mehrmals versucht hatte, sie unter Druck zu setzen, um den Aufenthaltsort seiner Frau in Erfahrung zu bringen. Sie jedoch schützte ihre Freundin und gab diesen nie preis." Er hielt kurz inne. „Nachdem Flynn den Namen Stephanie Mayer und das mit Paris herausgefunden hatte, forderte er die öffentlichen Unterlagen an und entdeckte, dass Juliette alias Stephanie kurz nach ihrer Ankunft in der Stadt ein zweites Kind gebar."

„Ein zweites Kind?", wiederholte Isabella verblüfft.

„Ja. Einen Jungen, allerdings namenlos, Vater unbekannt." Sein Puls begann zu rasen. „Wenn das stimmt, hatte sie also zwei Kinder."

Isabellas Blick sprühte Funken. „Das ist ja großartig. Dann ist da womöglich doch noch jemand, mit dem wir über all das reden können. Jetzt müssen wir nur noch herausfinden, wer dieser unbekannte Junge ist", fügte sie hinzu. „Schon wieder sind wir so nah dran und werden ausgebremst."

„Immer einen Schritt nach dem anderen."

„Ich bin der kleinen Schritte überdrüssig. Ich will endlich mal große Sprünge machen", erwiderte sie frustriert.

„Mir geht es ebenso, aber trotzdem müssen wir uns weiterhin gedulden."

„Na ja, wenigstens wissen wir mehr als zuvor. Das ist ja auch schon mal was. Und vielleicht gelingt es Flynn, die Identität dieses zweiten Sprösslings aufzudecken."

„Er hat versprochen, dranzubleiben." Kaum, dass er seinen Satz beendet hatte, sah er Isabella die Fahrspur wechseln und auf eine Ausfahrt zusteuern. „Wo willst du denn hin?"

„Das GPS rät mir abzufahren, weil sich irgendwo da vorn ein Unfall ereignet hat." Sie deutete auf ihr Handy, das auf der Konsole zwischen ihnen lag. „Scheint, als würden wir mehr von dieser großartigen Gegend zu sehen bekommen als nur die Autobahn."

Nick griff nach dem Telefon und sah, dass die geschätzte Verspätung weit über dreißig Minuten lag. Und da noch diverse andere Fahrzeuge gemeinsam mit ihnen abfuhren, zerstreute dies die Zweifel, die ihn kurzzeitig geplagt hatten.

„Eigentlich ist dieser Umweg gar nicht so schlimm", sagte Isabella ein paar Minuten später, nachdem er das Handy zurückgelegt hatte. „Auch wenn wir nicht vorhatten, einen Sightseeing-Trip zu unternehmen, ist es schön, ein wenig mehr von der Landschaft genießen zu können."

„Warst du schon einmal in dieser Gegend?"

„Nicht mit dem Auto. Ich bin nur einmal mit meiner Großmutter mit dem Zug nach Florenz gefahren, weil sie mir unbedingt Michelangelos David und die Uffizien zeigen wollte. Die Zugfahrt hat mir gefallen, von Florenz allerdings habe ich nicht viel mehr gesehen als die Touristenattraktionen. Und du?"

„In den Semesterferien habe ich mal ein langes Wochenende in Florenz verbracht, zusammen mit meinen Cousins. Allerdings haben wir hauptsächlich getrunken und versucht, die süßen italienischen Mädchen aufzureißen."

„Ich bin mir sicher, du warst erfolgreich."

„Ja, wir hatten sehr viel Spaß. Aber damals war ich neunzehn oder zwanzig, also war fast jedes Wochenende eine lustige Angelegenheit." Er schaute erneut auf sein Handy und überlegte, ob er selbst noch ein wenig recherchieren sollte, aber er hatte kaum Empfang. „Hier draußen ist man ziemlich abgeschnitten."

„Handymasten würden diese wunderschöne Landschaft nur verschandeln", sagte Isabella, als sie weiter in die Toskana hineinfuhr, kurbelte das Fenster herunter und ließ sich die warme, frische Luft um die Nase wehen. „Probier doch stattdessen mal, ob du einen Radiosender reinkriegst."

Nick tat, wie ihm geheißen, aber die Auswahl war nicht gerade prickelnd. Also nahm er den ersten Sender, der ihm angezeigt wurde, nur um gleich darauf festzustellen, dass dieser Klassik spielte. „Alles, nur nicht das."

Isabella warf ihm einen flüchtigen Blick zu. „Warum nicht? Mir gefällt diese Art von Musik."

„Und mich erinnert sie an meine Eltern. Ich kann dir gar nicht sagen, wie oft ich meiner Mutter beim Üben oder einem Orchester beim Proben zuhören musste." Er drehte weiter und entschied sich schließlich für eine Radiostation, die Musik aus den Neunzigern spielte. Dann ließ auch er sein Fenster herunter, und so allmählich, dank der angenehmen Brise und Isabellas entzückender Stimme, die die Lieder leise mitsang, fiel die Anspannung von ihm ab.

Sie sang wirklich nicht schlecht, aber noch besser gefiel ihm, dass sie sich wohl in ihrer Haut zu fühlen schien. Ganz offensichtlich genoss sie den Moment, und es war ihr auch völlig egal, dass er nicht mit einstimmte.

Sie war eine bemerkenswerte Frau. Okay, sie besaß eine Menge scharfer Kanten, die jedoch überwiegend dazu da waren, um sich selbst davor zu schützen, verletzt zu werden. Und sie war oft verletzt worden. Nick konnte einiges von dem, was sie in ihrer Kindheit durchgemacht hatte, nachempfinden. Obwohl mit beiden Elternteilen gesegnet, war er doch die meiste Zeit auf sich allein gestellt gewesen.

Sie bedachte ihn mit einem aufmunternden Lächeln. „Komm schon, sing mit."

„Ich kenne leider den Text nicht. Übrigens, du hattest recht, du bist eine gute Sängerin."

„Eher enthusiastisch als gut. Aber es fühlt sich befreiend an, einfach so mitzuträllern. Reduziert den Stress."

„Das glaube ich dir aufs Wort", stimmte er zu, während er auf seinem Sitz hin und her rutschte und vergeblich versuchte, eine bequemere Position für seine langen Beine zu finden.

„Was für ein schöner Tag, oder? Sieh dir nur mal das große Anwesen dort drüben an." Sie deutete in Richtung eines Hügels vor ihnen, auf dessen Gipfel ein majestätisches Bauwerk thronte. „Ob dort jemand wohnt?"

„Es könnte ein Weingut sein."

„Stimmt. Da ist ja sogar ein Schild." Der Wagen vor ihnen bog in die Zufahrt ab, und sie lächelte sehnsüchtig. „Ich wünschte, wir könnten ebenfalls einen Abstecher dorthin machen ... Eine kurze Pause einlegen, einen Wein probieren, etwas Käse essen und anschließend irgendwo ein Picknick machen."

Ihre Worte ließen vor seinem inneren Auge ein schockierend verlockendes Bild entstehen. Schockierend deshalb, weil er eigentlich überhaupt nicht der Typ war, der faul herumlungerte, aber jetzt sehnte er sich fast danach, mit ihr in freier Natur auf einer Decke zu liegen.

„Aber natürlich können wir uns das nicht leisten", fuhr sie eindringlich fort, als wollte sie in erster Linie sich selbst überzeugen. „Wir haben eine Aufgabe zu erfüllen."

„Leider ja. Aber wenn das alles ausgestanden ist, lade ich dich zu einem Picknick ein, versprochen."

„Mal sehen. Ich hoffe nur, wir können den Fall klären, bevor noch jemand stirbt."

Kurz darauf wurde die Schnellstraße einspurig und führte sie direkt in die Berge. „Bist du dir sicher, dass wir uns noch auf dem richtigen Weg befinden?", fragte er, plötzlich beunruhigt.

„Ich denke schon, denn ich folge nach wie vor dem Navi. Oh-oh."

„Was?"

Mit angespannter Miene starrte sie in den Rückspiegel, und als Nick sich umdrehte, entdeckte er einen Wagen, der sich ihnen mit hoher Geschwindigkeit näherte.

„Wo kommt der denn so plötzlich her?", murmelte Isabella und drückte das Gaspedal durch. „Er wird uns sicherlich gleich überholen, oder was meinst du? Leider ist es hier extrem eng, ich kann nirgends rechts ranfahren."

Sein mulmiges Gefühl kehrte zurück. Die Umleitung könnte durchaus beabsichtigt gewesen sein, um sie von der Autobahn wegzulocken. Aber hätte das nicht gleichzeitig bedeutet, gezielt einen Unfall zu provozieren und jede Menge Leute in eine andere Richtung zu schicken? Dieses Szenario erschien ihm etwas sehr weit hergeholt.

Vielleicht bot der Umweg einfach jemanden, der ihnen bereits seit Rom gefolgt war, die Gelegenheit, in Aktion zu treten, obwohl ihm bisher kein Verfolger aufgefallen war.

„Der Typ kommt immer näher, Nick, aber noch mehr gibt dieses kleine Auto einfach nicht her."

Ein schwarzer Audi klebte ihnen fast schon an der Stoßstange. Auf den Vordersitzen konnte er zwei Männer mit tief ins Gesicht gezogenen Kapuzen und dunklen Sonnenbrillen ausmachen. Allerdings konnte er weder ihre Hände sehen noch sie auf andere Weise identifizieren, was in diesem Moment auch völlig egal war. Wichtig war nur, wie sie ihnen entkommen konnten.

„Sieht nicht so aus, als würden sie vorbeifahren wollen." Er ließ den Blick über die Straße wandern, auf der Suche nach einem Ausweg, aber da war nichts außer dem Hügel auf ihrer linken und einem immer steiler werdenden Abhang auf der rechten Seite.

„Was soll ich jetzt tun?", fragte Isabella, und er wünschte, er säße am Steuer. Sie war für eine derartige Situation nicht ausgebildet. Dennoch machte sie ihre Sache gut, behielt einen kühlen Kopf und fuhr so schnell, wie sie konnte. Doch die Kurven nahmen zu, und die Straße wand sich immer weiter den

Berg hinauf, ohne Seitenstreifen oder Möglichkeit zum Ausweichen.

„Nick?“, fragte sie erneut, und nun schwang unverkennbare Panik in ihrer Stimme mit.

„Bleib auf dem Gas und fahr einfach weiter, bis wir einen geeigneten Platz entdecken, an dem wir abbiegen können.“

„Ich sehe aber keinen. O Gott, Nick, ich habe Angst. Ich will nicht von jemandem umgebracht werden, der das wie einen weiteren Unfall aussehen lässt.“

Ihre Worte erinnerten ihn daran, was mit all den anderen geschehen war: seinem Großvater, Tomas und Lucinda. Als er noch einmal zurückblickte, sah er, wie sich der Beifahrer aus dem Fenster lehnte, eine Waffe im Anschlag. Sein Fluch wurde von einer Explosion und dem Geräusch von splitterndem Glas an der Heckscheibe übertönt.

„O mein Gott! Sie schießen auf uns“, kreischte Isabella und gab ihr Bestes, um nicht die Kontrolle über den Wagen zu verlieren. Jedoch bereits die nächste Kugel zerfetzte einen der Hinterreifen, und sie gerieten ins Schlingern.

Nick stemmte sich mit der Hand gegen das Armaturenbrett, aber der Wagen war nicht mehr aufzuhalten. Sich mehrmals überschlagend, flogen sie von der Straße und stürzten einen mit Büschen und Felsbrocken gesäumten Abhang hinunter. Das Letzte, was er hörte, war Isabellas Schrei.

KAPITEL EINUNDZWANZIG

Als Nick zu sich kam, lauschte er erst einmal in sich hinein. Seine Ohren klingelten, Rücken, Schultern und Beine schmerzten wie verrückt, und auf seiner Brust schien ein zentnerschweres Gewicht zu lasten. Dieses stellte sich als schwerer Ast heraus, und so rollte er sich zur Seite und schob ihn weg.

Dann blinzelte er mehrmals, um sich zu erinnern, was eigentlich vorgefallen war. Als er das demolierte Fahrzeug neben sich entdeckte, fiel es ihm wieder ein. Die Beifahrertür stand weit offen, und der Sicherheitsgurt war gerissen. Allem Anschein nach war er aus dem Wagen geschleudert worden.

Er war so benommen, dass er eine Sekunde brauchte, um zu bemerken, dass Isabella nach wie vor im Auto saß. Ihr Kopf ruhte auf dem Lenkrad und ihr Haar war über und über mit Glassplittern bedeckt. Sie bewegte sich nicht, und dieser Umstand vertrieb den Nebel aus seinem Kopf.

Er rappelte sich auf, ignorierte den Anflug von Schwindel, und kletterte zurück in den Wagen.

„Isabella“, sprach er sie an, und das Blut, das ihr übers Gesicht lief, sowie ihre extreme Blässe machten ihm Angst. Schnell legte er ihr zwei Finger an den Hals und war erleichtert, als er einen schwachen Puls fühlte. Aber sie atmete flach und schien gegen das Lenkrad gepresst zu sein.

Entschlossen griff er nach dem Verschluss ihres Sicherheitsgurts, und es kostete ihn nicht wenig Mühe, diesen zu öffnen. Dadurch verschaffte er ihr zwar mehr Freiraum, jedoch war sie noch immer ohne Bewusstsein. Also tastete er mit einer Hand nach dem Griff unter ihrem Sitz und schob diesen ein Stück zurück. Beinahe hätte ihn die Kraft verlassen, aber er musste ihr irgendwie mehr Raum zum Atmen verschaffen.

Schließlich bewegte sich dieser tatsächlich um ein oder zwei Zentimeter, und sie schien leichter Luft zu bekommen. Er wischte ihr das Blut von der Stirn, um die Wunde besser inspizieren zu können. Der Schnitt schien nicht allzu tief zu sein und rührte wahrscheinlich von den Splittern der Frontscheibe her.

Schuldgefühle, gepaart mit Wut, machten sich in ihm breit. Er hätte sie nie fahren lassen dürfen, hätte darauf bestehen müssen, dass sie in die USA zurückkehrte. Er allein trug die Verantwortung für die Misere, in der sie sich jetzt befanden. Sie musste das Bewusstsein wiedererlangen und ihm sagen, dass alles in Ordnung war. Etwas anderes war er nicht bereit zu akzeptieren.

„Isabella", rief er erneut und presste seinen Mund auf den ihren. „Bitte wach auf."

Plötzlich begannen ihre Lider zu flattern, und sein Herz machte einen Satz, als sie ihn mit ihren großen, wunderschönen Augen ansah.

„Nick?", fragte sie verwirrt.

„Ja, ich bin hier."

„Was ist passiert?"

„Wir sind den Abhang hinuntergestürzt."

Sie blinzelte ein paar Mal, dann murmelte sie: „Hast du mich etwa gerade geküsst? Du hast doch geschworen, das nicht mehr zu tun, außer ich würde dich darum bitten."

Er grinste. „Tut mir leid, Dornröschen, aber das war die einzige Möglichkeit, um dich wach zu bekommen."

Sie verzog das Gesicht zu einer Grimasse und versuchte, sich aufzusetzen.

„Beweg dich nicht", warnte er sie. „Sag mir erst, wo genau du Schmerzen hast."

„Nur im Kopf."

„Was ist mit deinem Hals, dem Rücken, deinen Beinen? Kannst du deine Beine spüren, mit den Zehen wackeln?"

„Ja, lediglich die Knie tun ein wenig weh."

Das wertete Nick als ein gutes Zeichen. „Und die Rippen? Bekommst du Luft?"

Sie atmete einmal tief durch. „Na ja, meine Brust schmerzt ebenfalls, aber es ist nicht so schlimm. Was ist mit dir? Dein Gesicht blutet."

„Ich bin so weit okay, dürfte aber ähnliche Kopfschmerzen haben wie du."

„Es fühlt sich an, als ob einem jemand ein Messer in die Schläfen rammen würde."

„Genau so würde ich es auch beschreiben."

„Kannst du mich aus dem Wagen rausholen?", bat sie. „Irgendwie riecht es hier komisch."

Damit hatte sie definitiv recht. Es roch nach Benzin, was Nick zusätzliche Sorgen bereitete. „Natürlich. Warte, ich komme auf deine Seite."

„Wo ist meine Tasche?"

Er schaute sich suchend um und entdeckte sie dort, wo er gelandet war, zusammen mit seinem Rucksack und ihrem Handy. All die Dinge mussten aus dem Auto geflogen sein, als seine Tür aufging.

„Jetzt hole ich erst einmal dich hier raus, und dann sammle ich unsere persönlichen Sachen zusammen."

Er krabbelte rückwärts raus und lief hinüber zur Fahrerseite. Isabella war es bereits gelungen, die Tür zumindest ein Stück weit zu öffnen, und er half ihr, sich durch den Spalt zu quetschen.

Sobald sie sich auf den Füßen halten konnte, zog er sie ein

gutes Stück von dem Fahrzeug weg, für den Fall, dass dieses tatsächlich noch explodieren sollte. Dann rannte er zurück, um ihre Habseligkeiten zu holen.

„Ich kann nicht glauben, dass wir das überlebt haben", murmelte sie, als er wieder bei ihr ankam. „Schau dir nur mal das Auto an."

„Ja, wir hatten verdammtes Glück."

Sie deutete mit ihrem Kopf in Richtung des Gipfels. „Ich kann nicht einmal die Straße sehen. Da sind zu viele Büsche dazwischen."

„Gott sei Dank, denn die haben den Sturz abgefedert."

„Was ist mit den Männern, die auf uns geschossen und uns von der Straße gedrängt haben? Glaubst du, sie kommen nochmals wieder?"

„Nein, die sind längst über alle Berge", beruhigte er sie und hoffte, dass er mit seiner Vermutung richtig lag.

„Irgendwie verstehe ich das alles nicht, Nick. Dachten die, wir hätten ein Gemälde bei uns? Wollten sie es um jeden Preis vernichten, ohne Rücksicht darauf, dass wir dabei hätten draufgehen können?"

Er schüttelte den Kopf, während er ihr sanft die Splitter aus dem Haar strich. „Nein, Isabella. Darum ging es ihnen nicht."

Sie blickte zu ihm auf. „Sie wollten uns gezielt umbringen, oder?"

„Genau. Irgendjemandem passt es nicht, dass wir so viele Fragen stellen, und er will uns zum Schweigen bringen."

Sie holte tief Luft. „Bisher hat noch nie jemand versucht, mich deswegen zu töten. Das ist eine Premiere."

„Und bei der wird es auch bleiben. Sobald wir das hier hinter uns gebracht haben, fliegst du zurück in die Staaten."

„Und was machst du?"

„Ich werde denjenigen, der uns von der Straße gedrängt hat, finden und bestrafen, und ebenso die Person, die das in Auftrag gegeben hat."

„Das will ich doch auch."

„Unter keinen Umständen! Du bist verletzt und hättest heute draufgehen können, Isabella. Als ich dich bewusstlos über dem Lenkrad hängen sah, hatte ich furchtbare Angst, du könntest tot sein."

„Tut mir leid, dass ich dich erschreckt habe, Nick."

„Du musst dich nicht entschuldigen, sondern einfach nur meiner Anordnung folgen und nach Hause zurückkehren. Offensichtlich kann ich dich nicht beschützen", sagte er, und Wut schwang in seiner Stimme mit, während er sich einen mentalen Tritt in den Hintern verpasste, weil er diesen Ausgang nicht vorausgesehen hatte. „Als du von der Autobahn abgefahren bist, hat mich bereits so eine Vorahnung beschlichen. Ich hätte auf mein Bauchgefühl hören sollen."

„Aber das GPS hat doch einen Unfall und eine damit verbundene Verzögerung gemeldet. Es war die einzig richtige Entscheidung." Sie hielt inne und dachte einen Moment lang nach. „Oder meinst du, das war eine Falle?"

„Durchaus möglich. Oder eben eine gute Gelegenheit, uns auszuschalten. So oder so haben wir uns zu einem gefährlichen Schachzug hinreißen lassen. Wir hätten auf der Hauptstraße bleiben sollen, egal, wie viel länger es gedauert hätte."

„Tja, ich bin gefahren, also war es meine Schuld."

„Isabella ...", setzte er an, aber sie hob die Hand und unterbrach ihn.

„Wir können gerne später weiter darüber diskutieren, aber jetzt sollten wir uns erst einmal darauf konzentrieren, wie wir von hier wegkommen. Der Berg ist ziemlich steil. Ich bin mir nicht sicher, ob ich es schaffe, da hinaufzuklettern."

Ihm war klar, dass sie sich im Moment als Siegerin fühlte, was auch okay für ihn war. Und natürlich hatte sie recht ... Sie sollten schleunigst von hier verschwinden. Also zog er sein Handy hervor und wollte Hilfe herbeirufen, musste jedoch feststellen, dass er nach wie vor kein Netz hatte. „Nichts", sagte er.

„Wo ist mein Telefon?"

Er probierte ihres, aber auch Isabella hatte keinen Empfang. Also gab er es ihr zurück, und sie verstaute es in der Gesäßtasche ihrer Jeans. Dann deutete er mit dem Kinn in die Richtung, aus der sie gekommen waren. „Versuchen wir es da. Die Straße sollte abschüssig werden, und somit der Hang ebenfalls."

„Okay. Gib mir meine Tasche. Ich kann sie schon selbst tragen."

Dabei erweckte sie den Eindruck, als könnte sie sich kaum auf den Beinen halten. „Schon okay, ich übernehme das." Er setzte seinen Rucksack auf und hängte sich ihre Tasche über die Schulter. „Dann mal los."

Fast eine Stunde lang stolperten sie durch felsiges, mit dichtem Buschwerk überwuchertes Gelände. Mittlerweile stand die Sonne hoch am Horizont und brannte unbarmherzig auf sie herab. Nick wurde leicht schwindelig, sein Kopf dröhnte und er vermutete, dass Isabella sich ähnlich fühlte, wenn nicht sogar noch schlechter. Aber sie beschwerte sich nicht, sondern ging tapfer weiter. Sie war definitiv eine starke Frau.

Es kam ihnen vor wie eine Ewigkeit, bis das Gelände endlich flacher wurde und die Straße in Sicht kam. Als sie diese erreicht hatten – ein riesiger Erfolg in ihrem angeschlagenen Zustand –, blickten sie sich nach allen Seiten um. Nirgendwo war ein Auto zu sehen, was sowohl gut als auch schlecht war. Gut, weil die Männer, die sie verfolgt hatten, nicht darauf zu warten schienen, dass sie wieder auftauchten. Schlecht, weil sie dringend eine Mitfahrgelegenheit brauchten.

Erneut zog Nick sein Handy heraus und stellte erleichtert fest, dass er wieder ein Netz hatte. Er öffnete die App, die er in Italien schon des Öfteren für den Taxidienst benutzt hatte und die auch in dieser verlassenen Gegend zu funktionieren schien. Es gelang ihm, das Signal zumindest so lange aufrechtzuerhalten, um einen Wagen anzufordern, der angeblich in sieben Minuten kommen sollte. „Ich konnte uns eine Fahrgelegenheit organisieren. Komm, lass uns unter dem Baum dort warten."

Isabella nickte müde und folgte ihm ein Stück weiter die Straße hinunter.

Es war angenehm, endlich ein wenig Schatten zu haben.

„Wo wollen wir jetzt hin?“, fragte sie.

„Erst einmal ins nächstgelegene Krankenhaus.“

„Ich will aber nicht ins Krankenhaus“, sagte sie stirnrunzelnd.

„Aber du musst womöglich genäht werden“, erwiderte er und warf erneut einen Blick auf ihre Stirnwunde, aus der nach wie vor Blut rann. „Und du solltest abklären lassen, dass du keine Gehirnerschütterung hast.“

„Du aber ebenfalls. Und wenn du dich nicht durchchecken lässt, werde ich es auch nicht tun. Dann fahren wir direkt weiter nach Florenz.“

Er wog noch immer ihre Optionen ab, als das Taxi eintraf. Ganz sicher bliebe ein ungutes Gefühl zurück, wenn Isabella sich nicht untersuchen ließe. Also bat er den Fahrer, sie zur nächsten Ambulanz oder Klinik zu bringen und ließ sich dann neben ihr auf die Rückbank fallen.

Mittlerweile hatte sie aufgegeben, mit ihm zu diskutieren, und saß mit geschlossenen Augen da, was ihn ein wenig beunruhigte. Am Ende hatte er ihr mit dem Fußmarsch vom Wagen hierher zu viel zugemutet, und so konnte er nur hoffen, dass sie sich durch den Unfall keine Verletzung zugezogen hatte, die dadurch noch schlimmer geworden war. Erneut betrachtete er sie prüfend und erkannte, dass er die richtige Entscheidung getroffen hatte. Bevor sie ihren Trip fortsetzten, musste er Gewissheit haben, dass sie okay war.

Nach etwa zehn Minuten kamen sie an einem kleinen Krankenhaus an. Glücklicherweise war der Warteraum nicht überfüllt und nachdem er der Schwester an der Aufnahme von dem Autounfall erzählt, hatte, wurden sie direkt in separate Untersuchungszimmer geführt. Die Vorstellung, von ihr getrennt zu sein, gefiel Nick ganz und gar nicht. Zwar war er so gut wie überzeugt, dass die Männer, die versucht hatten, sie umzubringen, längst weg waren, aber mit absoluter Sicherheit konnte er das nicht wissen. Da der Abhang extrem steil gewesen war, hatten sie sich nicht die Mühe gemacht, hinunterzuklettern und sich persönlich vom Erfolg ihrer Aktion zu überzeugen, sondern sich auf das verlassen, was sie von oben aus sehen konnten: den demolierten Wagen und die leblosen Körper ihrer Opfer.

Das könnte ihnen etwas Zeit verschaffen.

Während er auf den Arzt wartete, streckte er sich auf der Untersuchungsliege aus, starrte an die Decke und ging im Kopf nochmals sämtliche Details durch. Jemand musste das Haus beobachtet haben und ihnen gefolgt sein, allerdings mit gehörigem Abstand. Sie waren bereits mehr als eine Stunde unterwegs gewesen, bevor der Anschlag erfolgte. Hatten die Typen einfach nur auf die richtige Gelegenheit gewartet? Was, wenn sie nicht von der Autobahn abgefahren wären? Wären sie ihnen dann bis Florenz auf den Fersen geblieben?

Und warum? Bisher konnten sie kaum etwas herausfinden, aber selbst das schien schon jemanden nervös zu machen. Er dachte an all die Leute, mit denen sie in den letzten Tagen gesprochen hatten. Es waren zu viele gewesen, um sie noch alle aufzählen zu können. Frustriert seufzte Nick auf, was seine Kopfschmerzen nur noch verstärkte.

Er wusste einfach nicht mehr, was er als Nächstes tun sollte. Wenn nur er in der Sache drinstecken würde, gäbe es kein Zögern, nichts zu überlegen. Aber es ging nicht nur um ihn. Isabella war ebenfalls darin verwickelt und weigerte sich, Italien zu verlassen. Es war fraglich, ob sie sich jemals überreden ließe. Und genauso wenig war er sich sicher, ob er sie beschützen konnte.

Die Tür öffnete sich, und der Arzt trat ein.

Schnell setzte er sich auf, zuckte jedoch zusammen, als ihm ein heftiger Schmerz durch den Schädel schoss.

„Immer mit der Ruhe“, sagte der Doktor und lächelte ihm freundlich zu. „Wie es aussieht, haben Sie ähnliche Verletzungen wie Ihre Freundin.“

„Wie geht es Isabella?"

„Sie kommt wieder in Ordnung", sagte der Arzt und nahm ihm mit dieser Aussage zumindest eine Sorge ab. „Dann wollen wir uns Sie doch mal genauer ansehen."

Isabella wurde zuerst behandelt, die Wunde an ihrem Kopf genäht und verbunden und mehrere Abschürfungen an ihren Armen und im Gesicht wurden mit einem Antiseptikum desinfiziert. Der Arzt vermutete weiterhin eine leichte Gehirnerschütterung sowie ein stark geprelltes Knie und ordnete eine Röntgenaufnahme an, die glücklicherweise keine schlimmeren Verletzungen ergab. Auch waren einige ihrer Rippen in Mitleidenschaft gezogen worden, aber dafür erhielt sie Schmerzmittel, die bereits Wirkung zeigten, als sie zurück ins Wartezimmer kam. Sie war einfach nur froh, dass nicht mehr passiert war, denn sie hätte gelähmt oder sogar tot sein können.

Diese Vorstellung jagte ihr noch nachträglich einen Angstschauer über den Rücken. Zukünftig musste sie wirklich doppelt wachsam sein. Obwohl sie eigentlich ihrer Meinung nach nicht unvorsichtig gewesen war. Aber vielleicht hatte sie sich von der Schönheit der Landschaft und Nicks Präsenz ablenken lassen, die ihr das Gefühl gaben, dass an einem solch perfekten Tag nichts geschehen könnte. Dennoch war das Böse sicherlich nicht aus dem Nichts gekommen. Obwohl sie während der Fahrt immer wieder in den Rückspiegel geschaut hatte, war ihr der Verfolger erst aufgefallen, als er sich ihr mit enormer Geschwindigkeit näherte.

Es wäre besser gewesen, Nick wäre gefahren. Vielleicht hätte er es geschafft, die Kerle abzuhängen. Aber auch das war unwahrscheinlich. Auf der gesamten Strecke gab es keine Ausweichmöglichkeit, und das kleine Auto seiner Großmutter war dem massiven Wagen, der sie von der Straße gedrängt hatte, nicht gewachsen gewesen.

Es hätte wie ein weiterer Unfall in einer Reihe von tödlichen Unfällen ausgesehen, die wahrscheinlich alle Morde waren – jeder einzelne von ihnen. Zwei Personen aus seiner und eine aus ihrer Familie. Unter diesen Umständen konnten sie erst recht nicht davonlaufen, sondern mussten sich dem Bösen stellen und den Fall aufklären.

Aber Nick davon zu überzeugen, dass sie zusammenbleiben und die Sache gemeinsam ausfechten mussten, würde nicht einfach werden, da er sich für ihre Verletzungen verantwortlich fühlte. Davon musste sie ihn abbringen.

Die Tür öffnete sich, und Nick trat heraus in den Warteraum. Als Isabella aufstand und sich ihm näherte, bemerkte sie auch in seinem Gesicht und an seinem Körper diverse Stellen, die gereinigt und verbunden worden waren. Und er sah genauso blass und müde aus, wie sie sich fühlte.

„Und?“, erkundigte er sich. „Wie lautet deine Diagnose?“

„Leichte Gehirnerschütterung, verstauchtes Knie, geprellte Rippen und ein paar tiefe Schnitte. Und bei dir?“

„Ein paar Wehwehchen, aber alles in allem bin ich okay.“

Das nahm sie ihm nicht wirklich ab, wenn man bedachte, dass er aus dem Fahrzeug geschleudert worden war, erwiderte jedoch: „Ich bin froh, dass dir nichts weiter passiert ist.

„Dito. Und du kannst dich auf dem langen Heimweg nach Kalifornien gut ausruhen.“

„Tja, mit einer Gehirnerschütterung darf ich leider nicht fliegen.“ Sie hatte keine Ahnung, ob das stimmte, aber die Idee war ihr gerade eben in den Sinn gekommen, und sie hielt sie für die perfekte Ausrede, um weitere Diskussionen im Keim zu ersticken.

„Ist das wahr?“, fragte er zweifelnd.

„Natürlich. Hat der Arzt dich nicht ebenfalls darauf hingewiesen?“

„Ich habe keine Gehirnerschütterung, aber ich könnte nochmals reingehen und ihn fragen, ob du wirklich in kein Flugzeug steigen darfst“, entgegnete er herausfordernd.

„Oder aber du glaubst mir einfach. Natürlich brauche ich Ruhe, aber die bekomme ich auch im Zug nach Florenz."

Er presste die Lippen zusammen. „Eigentlich sollten wir lieber nach Rom zurückkehren."

„Wir sind aber näher an Florenz dran, und das Haus unserer Großmütter ist auch nicht unbedingt sicher. Lass uns unsere Reise fortsetzen, uns dort ein Hotelzimmer nehmen, ein paar Stunden schlafen und dann morgen überlegen, was wir machen wollen."

„Hmm. Ich weiß deinen Kampfgeist zu schätzen – das tue ich wirklich –, und es beeindruckt mich, wie stark du bist. Aber manchmal muss man einfach wissen, wann man aufgeben sollte."

„Wir werden nicht aufgeben, Nick. Aber ich verstehe natürlich, dass du nicht für mich verantwortlich sein willst. Wenn du also nicht mit mir in einem Hotel übernachten möchtest, gehe ich zu meiner Mutter."

Überrascht hob er die Brauen. „Allen Ernstes?"

„Ungern, natürlich", gab sie zu. „Aber ich werde einen Teufel tun und weglaufen. Und wenn du der Meinung bist, wir wären getrennt besser dran, dann beiße ich eben in den sauren Apfel und schlafe bei ihr."

Er starrte sie an. „Nein."

„Nein, was?", wiederholte sie und wartete auf eine Erklärung.

„Wenn wir beide nach Florenz gehen, dann bleiben wir auch zusammen. Nur so kann ich ein Auge auf dich haben."

Sie war erleichtert über seine Worte, denn eigentlich wollte sie nicht bei ihrer Mutter nächtigen, die wiederum eine gänzlich andere Gefahr darstellte. „Gut, und ich ebenso auf dich. Ich wollte gerade nach den Zugfahrplänen schauen."

„Setzen wir uns dazu kurz hin."

„Sicher, dass es dir gut geht, Nick?"

„Auf jeden Fall bald wieder. Mach dir um mich keine Gedanken."

Sie wünschte, sie könnte ihm dieses Versprechen geben, aber wenn sie nicht an den Tod dachte, dem sie nur mit knapper Not entkommen war, dann an den Kuss, mit dem er sie geweckt hatte. War es überhaupt ein richtiger Kuss gewesen? Immerhin hatte er gereicht, sie aus der Dunkelheit herauszuholen. Was sie allerdings noch nicht wusste, war, in was er sie stattdessen hineinziehen würde. Und irgendwie hatte sie Angst, es herauszufinden.

KAPITEL ZWEIUNDZWANZIG

Bevor sie die Klinik verließen, schalteten sie ihre Handys aus, weil Nick befürchtete, dass man sie darüber erneut aufspüren könnte. Jetzt, da sie so offensichtlich zu einer Zielscheibe geworden waren, wollte er noch vorsichtiger sein. Kurz nach drei Uhr stiegen sie in den Zug nach Florenz, und Isabella ließ sich auf dem Platz am Fenster nieder, während Nick den am Gang nahm.

Anfangs war sie besorgt, dass sich dieser Zug als weitere Falle erweisen könnte, und jedes Mal, wenn sich die Tür am Ende des Waggons öffnete, verkrampfte sie sich. Irgendwann jedoch gelang es ihr, sich zu entspannen, und sie schlief sogar ein und erwachte erst wieder, als Nick sie leicht schüttelte und ihr mitteilte, dass sie ihr Ziel erreicht hätten.

Als sie die Augen öffnete, musste sie feststellen, dass ihr Kopf auf seiner Schulter ruhte und sie sich an ihn gekuschelt hatte.

„Tut mir leid", murmelte sie verlegen.

„Du musst dich nicht entschuldigen. Ich bin froh, dass du etwas schlafen konntest."

„Und du hast wahrscheinlich die ganze Zeit über Wache gehalten, oder?"

„Ja, aber das ist kein Problem. Ich werde später ein Nickerchen machen."

Als der Zug anhielt, sammelten sie ihre Sachen zusammen und stiegen aus. Nick nahm ihre Hand, während sie sich durch den belebten Bahnhof kämpften, worüber Isabella mehr als erleichtert war. Draußen winkte er ein Taxi heran und nannte dem Fahrer den Namen eines Hotels. Sie nahm an, dass er dort schon einmal übernachtet hatte, aber im Prinzip war es ihr egal. Sie freute sich nur darauf, irgendwo sicher unterzukommen und etwas Ruhe zu finden.

Auf der Fahrt ins Zentrum kamen sie an kulturträchtigen, alten Kirchen und mittelalterlichen Gassen sowie einem Mix aus historischem Charme und hypermodernen Gebäuden vorbei. Als absoluten Höhepunkt jedoch empfand sie es, den Fluss Arno zu überqueren. Der berühmte Ponte Vecchio war gesäumt von Geschäften, die zwar überwiegend Ramsch für Touristen anboten, dazwischen jedoch immer wieder auch Schmuck und wahre Kunstwerke.

Je weiter sie sich dem Stadtkern näherten, desto dichter wurde der Verkehr. Es wimmelte nur so von Fahrzeugen und Menschen, sodass sie erneut in Panik geriet. War es wirklich klug gewesen, hierherzukommen, in diese überfüllte Stadt voller Fremder, von denen zwei die Männer sein konnten, die sie von der Straße gedrängt hatten?

„Wäre es nicht logisch, dass sie wussten, was unser Ziel war?", fragte sie Nick und sah die Antwort in seinen Augen, noch bevor er etwas erwiderte.

„Gut möglich, immerhin haben wir viel über David Leoni geredet. Jemand könnte vermuten, dass wir die Galerie aufzusuchen gedenken, um weitere Fragen zu stellen. Oder aber seine Familie ausfindig machen wollen."

„Eben. Andererseits wohnt auch meine Mutter hier. Könnte sie ebenfalls in Gefahr sein?"

„Sie ist doch überhaupt nicht in diese Sache verwickelt,

Isabella. Und ich kann mir auch nicht vorstellen, dass jemand etwas über sie weiß."

„Außer Stefano. Allerdings waren sie früher einmal ineinander verliebt. Er würde ihr mit Sicherheit nichts antun, und wir wissen ja nicht einmal, ob er etwas mit dem Raub zu tun hat."

„Lass uns dieses Gespräch aufschieben, bis wir in unserem Zimmer sind."

„Hier wohnen wir?", fragte sie verblüfft, als das Taxi vor einem prachtvollen Hotel anhielt.

„Hattest du mehr oder weniger erwartet?"

„Weniger", gab sie zu, als er ihr aus dem Auto half. „Das ist ja so was von luxuriös. Warst du schon mal hier?"

„Ein einziges Mal, zusammen mit meinen Eltern. Und ich mag es aus mehreren Gründen. Ein Portier ist rund um die Uhr im Dienst, ein Pförtner kontrolliert auch nachts den Zugang zu den Aufzügen, und es gibt einen hervorragenden Zimmerservice."

Isabella hatte seit Stunden nicht mehr an Essen gedacht, aber jetzt, wo er es erwähnte, merkte sie plötzlich, wie hungrig sie war. Und da ihre Kopfschmerzen wieder aufzuflammen drohten, war es wahrscheinlich gar keine schlechte Idee, erst einmal etwas zu sich zu nehmen, bevor sie weitere Medikamente einwarf.

Als sie sich der Rezeption näherten, um einzuchecken, bemerkte sie, wie die Angestellte sie mit einem neugierigen Blick musterte, ihr Aussehen jedoch nicht weiter kommentierte.

Überrascht registrierte sie, dass Nick einen anderen Namen nannte und einen dazu passenden Ausweis sowie die entsprechende Kreditkarte aus seiner Brieftasche zog. Der Mann hatte definitiv noch einige Asse im Ärmel.

Nachdem man ihnen ihre Zimmerkarte ausgehändigt hatte, begaben sie sich zum Fahrstuhl, wo sie diese vor den Augen eines Aufzugführers in einen Kartenschlitz stecken mussten. Das beruhigte Isabella nur kurzzeitig, denn als der Typ gemeinsam mit ihnen einstieg, kehrte ihre Nervosität zurück. Er war älter, trug

Uniform und Brille, und würdigte sie keines Blickes, dennoch rückte sie ein Stück näher an Nick heran. Wie schnell er doch zu ihrem Anker in einem sehr aufgewühlten Ozean geworden war.

Sie holte erst wieder richtig Luft, als sie ihr Zimmer betraten und Nick den Türriegel vorgelegt hatte. Dann ließ sie ihre Tasche auf den Boden fallen und setzte sich auf eines der beiden Queensize-Betten, während er zu einem Tisch am Fenster ging, seinen Laptop aus dem Rucksack zog und ihn einschaltete.

„Gott sei Dank funktioniert er noch. Nach allem, was auch unser Gepäck heute durchmachen musste, war ich mir dessen nicht mehr so sicher."

„Ich hoffe, meiner läuft ebenfalls noch", erwiderte sie, hatte aber nicht mehr die Kraft, um das zu überprüfen. Stattdessen angelte sie sich die Speisekarte des Zimmerservices und rutschte ein Stück höher, sodass sie sich mit dem Rücken gegen das Kopfteil lehnen konnte. Ihr dröhnte der Schädel, und sie fühlte sich ein wenig zittrig. Sie musste unbedingt eine weitere Dosis Schmerzmittel einnehmen, aber erst brauchte sie etwas im Magen.

„Was möchtest du essen?", fragte sie und schaute auf die Uhr. Es war erst halb sechs, in Italien praktisch Mittagszeit, aber nachdem sie bis auf das Frühstück noch nichts zu sich genommen hatten, war es ihr egal, wie man diese Mahlzeit nennen mochte.

„Egal. Mir steht der Sinn nach allem Möglichen."

„Mir auch. Die Speisekarte ist sehr umfangreich. Es gäbe beispielsweise Fleischgerichte, Pasta, Fisch, Pizza ..."

„Bestell doch einfach ein paar Vorspeisen, und wir teilen sie uns. Dazu vielleicht noch einen Salat und ein Dessert. Und lass die Rechnung anschreiben."

„Klingt gut, Mr Jamison", sagte sie und bedachte ihn mit einem vielsagenden Blick.

„Es gibt immer wieder Situationen, in denen ich jemand anderes sein muss", erwiderte Nick grinsend.

„Wie viele Identitäten hast du denn?"

„Aktuell dabei?“

„Ja, fangen wir damit an.“

„Zwei. Bill Jamison und meine eigene.“

„Du besitzt zwei Pässe?“

Er nickte. „Ja. Hoffentlich können wir uns mit diesem Decknamen die Verfolger vom Hals halten. Allerdings brauche ich etwas anderes dringender als diesen zusätzlichen Ausweis“, fügte er hinzu. „Nämlich eine Waffe.“

„Du hast keine mitgebracht?“

Er schüttelte den Kopf. „Italien hat strenge Regeln, was die Einfuhr von Waffen anbelangt, selbst bei Personen, die in der Strafverfolgung tätig sind. Der bürokratische Aufwand wäre enorm gewesen, und dafür war keine Zeit. Ich werde sehen, ob Flynn mir einen lokalen Kontakt vermitteln kann.“

„Ich dachte, wir wollten unsere Handys vorsichtshalber nicht benutzen“, erinnerte sie ihn.

„Mein Computer verfügt über eine verschlüsselte Nachrichten-App.“

Während er seinem Chef schrieb, griff sie nach dem Hoteltelefon und rief den Zimmerservice an. Wahrscheinlich bestellte sie viel zu viel Essen, aber sie fühlte sich plötzlich so, als wäre sie kurz vorm Verhungern. Anschließend ging sie ins Bad, mit dem Vorsatz, nur kurz zu duschen. Als sie jedoch die große Wanne entdeckte, änderte sie ihren Plan. Sie musste sich dringend entspannen und den Kopf freibekommen.

Nachdem sich die Badezimmertür hinter Isabella geschlossen hatte, rief Nick Flynn über seine Video-App an. Es war kurz nach acht Uhr morgens in L.A., und Flynn antwortete fast sofort. Allerdings war er nicht im Büro, sondern anscheinend gerade joggen.

„Habe ich dich zu einem schlechten Zeitpunkt erwischt?“, fragte er.

„Nein. Ich bin bereits in der Abkühlphase. Was hältst du von meiner Mail?“

„Du hast großartige Arbeit geleistet. Allerdings musst du mir noch einen weiteren Gefallen tun. Ich brauche unbedingt eine Waffe.“ In knappen Worten erzählte er seinem Boss, was alles vorgefallen war, sowohl das mit Catherine auf der Party als auch auf ihrem Trip nach Florenz. „Ich muss für das nächste Mal besser vorbereitet sein, denn dass es ein nächstes Mal geben wird, steht außer Frage. Und Isabella kann ich jetzt auch nicht mehr wegschicken. Wir sind seit meiner Ankunft in Rom zusammen, und sie wissen, wer sie ist. Sie muss in meiner Nähe bleiben, damit ich sie beschützen kann.“

„Ihr könntet beide zurück in die Staaten kommen.“

„Noch nicht. Ich bin mir der Risiken durchaus bewusst, Flynn. Das FBI würde nie billigen, was ich hier tue, aber für sie bin ich offiziell ja nur im Urlaub. Sollte es dennoch Ärger geben, geht der allein auf mich. Und sollte ich deswegen meinen Job verlieren, ist es eben so. Aber es geht um meine Familie. Und da gerade jemand versucht hat, auch mich zu töten, bin ich umso entschlossener, diesen Fall zu lösen.“

„Schon klar. Ich werde sehen, ob ich dir einen lokalen Kontakt vermitteln kann, der nichts mit dem FBI zu tun hat. Brauchst du sonst noch etwas?“

„Das war's für den Moment.“ Er erwähnte nicht, dass er mit Sam gesprochen hatte, und Flynn fragte auch nicht danach.

„Viel Glück, Nick. Pass gut auf dich auf. Das Team und ich brauchen dich noch.“

„Ich habe fest vor, so bald wie möglich wieder zu euch zu stoßen.“ Trotz seiner Worte fühlte er sich nach Beendigung des Gesprächs meilenweit entfernt von seinem früheren Leben ... obwohl es im Endeffekt erst ein paar Tage her war, seit er aus seinem letzten Undercover-Einsatz in die Realität zurückkehrte.

Das Wort *Undercover* erinnerte ihn daran, dass auch sein Urgroßvater eine verbogene Identität gehabt haben könnte. Aber selbst, wenn Tomas im Leben falsch gespielt hatte ... auf

Nicks Großvater traf das mit Sicherheit nicht zu. Mittlerweile war er mehr denn je davon überzeugt, dass Marcus umgebracht wurde, weil er versucht hatte, ein Unrecht aus der Vergangenheit wiedergutzumachen, das mit Sicherheit mit Tomas und Lucinda und indirekt vielleicht auch mit Juliette zu tun hatte. Oder er wollte schlichtweg nur die Wahrheit ans Licht bringen, eine Wahrheit, die ihn und Isabella ebenfalls das Leben kosten könnte, wenn sie nicht vorsichtig waren ... oder womöglich selbst dann.

Kurz nachdem Isabella aus dem Bad kam, traf der Zimmerservice ein. Glücklicherweise war sie lange nicht mehr so blass wie zuvor. Er sollte ebenfalls dringend duschen, beschloss aber, dem Essen den Vorrang zu geben.

Sie setzten sich an den Tisch, und anstatt, dass sich jeder ein Gericht aussuchte, teilten sie sich alles. Nick probierte zuerst das Lachsfilet, während Isabella die Pasta wählte. Allerdings blieben sie nicht bei ihrer ersten Wahl, und es passierte immer wieder, dass sie gleichzeitig nach demselben Gericht griffen, was beide zum Lachen brachte. Und Nick fühlte sich von Minute zu Minute entspannter.

Als sie fertig gegessen hatten, stand Isabella auf und streckte sich auf dem nächstgelegenen Bett aus. „Jetzt bin ich satt und müde. Wäre es okay, wenn ich hier schlafe?“

„Natürlich“, sagte er und wünschte, er könnte sich zu ihr legen, denn er hatte es genossen, als sie im Zug mit dem Kopf auf seiner Schulter einschlief. Es fühlte sich einfach gut an, ihr nahe zu sein.

„Jetzt bin ich auch wesentlich gelassener“, stellte sie fest. „Wir sind hier doch sicher, oder?“

„Ich denke schon.“

„Du hättest auch mit einem enthusiastischen Ja antworten können.“

„Das hättest du mir ohnehin nicht abgenommen, denn du weißt genau, wie unsere Chancen stehen. Aktuell jedoch würde ich sagen, sie stehen gut."

„Ich hätte niemals gedacht, dass ich mich in deiner Gegenwart so wohlfühlen könnte, Nick, oder dass ich dich je so sehr mögen und dir vertrauen würde. Nachdem du dich bei unserem ersten Treffen wie ein Idiot benommen hast, wollte ich dich nie wiedersehen."

„Das mit dem Idiot hättest du ruhig weglassen können."

Sie lachte. „Stimmt, das hätte ich."

„Ich mag dich ebenfalls, Isabella, obwohl du mir manchmal wie eine langstielige Rose mit vielen Dornen vorkommst ... wunderschön, aber wenn man ihr zu nahe kommt oder den falschen Teil davon berührt, kann es äußerst schmerzhaft werden."

Ihre Miene verfinsterte sich. „So also siehst du mich?"

„Du bist eine Frau mit vielen scharfen, allerdings fein geschliffenen Kanten. Und du besitzt ein großes Herz und den Mut einer Löwin."

„Wie kann ich gleichzeitig eine Rose und eine Löwin sein?"

„Keine Ahnung, aber du bist es." Er hielt inne, als sein Laptop zu piepen begann und eine eingehende Nachricht ankündigte. Schnell holte er ihn von der Kommode, wo er ihn abgestellt hatte, um Platz für ihr Essen zu schaffen.

„Es ist Capitano Lavezzo", sagte er überrascht. „Er fragt an, ob ich morgen bei ihm vorbeischauen könnte. Er müsse dringend mit mir sprechen."

„Worüber denn?"

„Das steht da nicht."

Eine weitere Nachricht poppte auf: *Morgen früh um neun wäre gut. Bitte bestätigen Sie kurz, dass Sie es einrichten können. Es ist wichtig, dass wir persönlich miteinander reden.*

„Er schlägt ein Treffen morgen früh um neun vor."

„Was wirst du ihm antworten? Wir müssten heute Abend

abreisen, um rechtzeitig dort zu sein, es sei denn, es gibt einen sehr frühen Morgenzug zurück nach Rom."

Kurz wog er seine Optionen ab. Lavezzo war gestern Abend auf der Party gewesen und hatte sich mit Catherine gestritten, sie womöglich sogar umgebracht. Und anschließend bei den Verhören mit Abwesenheit geglänzt. Jetzt wollte er plötzlich mit ihm reden. Das machte Nick stutzig.

Wenn der Mord tatsächlich auf sein Konto ging, war er es vielleicht auch gewesen, der ihnen die beiden Männer auf den Hals gehetzt hatte. Und wenn er jetzt zurückschrieb, würde der Kommissar wissen, dass sie noch am Leben waren. Zudem würde die Erklärung, dass sie sich nicht in der Stadt befänden, zusätzliche Fragen über seinen aktuellen Aufenthaltsort aufwerfen. Alles Informationen, die er nicht bereit war preiszugeben.

„Könntest du den Termin mit Lavezzo nicht auf eine spätere Stunde verlegen?", hakte sie erneut nach.

„Zunächst einmal schreibe ich ihm gar nichts", sagte er. „Ich melde mich erst dann bei ihm, nachdem wir mit deiner Mutter gesprochen und versucht haben, Leonis Familie ausfindig zu machen. Vorher werden wir auch nicht zurückfahren." Er klappte den Laptop zu, stellte ihn auf den Stuhl und setzte sich neben sie aufs Bett. „Und er sollte auch nicht unbedingt wissen, dass wir noch am Leben und zudem nicht in Rom sind."

„Oh." In ihren Augen blitzte Erkenntnis auf. „Gutes Argument. Nachdem ich ihn und Catherine kurz vor ihrem Tod zusammen gesehen habe, frage ich mich ohnehin, ob er auf der richtigen Seite des Gesetzes steht oder nicht."

„Genau. Und er kann auch ohne uns tun, was getan werden muss. Dass ich nicht in seinem Büro auftauche, sollte ihn nicht daran hindern, seinen Job zu machen."

„Ich bin ganz deiner Meinung, Nick, und ich vertraue dir."

Ihre Worte überraschten und berührten ihn tief. Isabellas Vertrauen zu gewinnen – das war es, was er sich gewünscht hatte und er war auch davon ausgegangen, dass es ihm gelungen war.

Aber sie diese Worte aussprechen zu hören, war noch mal eine ganz andere Sache.

Nachdem sie sich einen Moment lang wortlos angeschaut hatten, legte sie den Kopf schief. „Du starrst mich schon wieder so an."

„Du mich doch ebenfalls."

„Es fällt mir schwer, das nicht zu tun", gab sie zu. „Besonders jetzt, mit deinen sexy Verletzungen."

Nick brach in Gelächter aus. „Ich wusste gar nicht, dass Verletzungen sexy sein können."

„An dir schon."

Als sie sich mit der Zunge über die Unterlippe fuhr, versteifte er sich.

„Nick ..."

„Ja?"

„Darf ich dich küssen?"

Ein Knoten bildete sich in seiner Kehle, und er musste die Hände zu Fäusten ballen, um sie nicht sofort an sich zu ziehen. „Du bist verletzt und brauchst Ruhe anstatt eines Kusses."

Die Enttäuschung stand ihr überdeutlich ins Gesicht geschrieben. „Du hast doch gesagt, es wäre meine Entscheidung."

„Ist es auch, und ich finde die Idee generell klasse. Es ist nur nicht der richtige Zeitpunkt. Du hast eine Menge durchgemacht und sogar eine Gehirnerschütterung davongetragen. Außerdem stehst du wahrscheinlich noch unter Adrenalin, was dich nicht klar denken lässt."

„Wow. Sonst noch etwas, was du als Gegenargument anbringen könntest?"

„Mir fällt bestimmt noch etwas ein, wenn ich länger nachdenke", erwiderte er, sah jedoch den Anflug von Humor in ihren Augen aufblitzen. „Aber die sollten doch reichen, oder?"

„Du versuchst immer, alles richtig zu machen, nicht wahr?"

„Nicht immer."

„Ich denke doch. Stets musst du so tun, als wärst du vieles, was du in Wahrheit gar nicht bist: gefährlich, böse, gleichgültig, kalt, rücksichtslos ... Und dabei bist du einfach ein guter Kerl. Akzeptier das doch endlich."

Er holte tief Luft. „Um ehrlich zu sein, weiß ich schon seit langer Zeit nicht mehr, wer ich wirklich bin. Der Grat zwischen Gut und Böse ist sehr schmal, und manchmal frage ich mich, ob ich nicht schon zu sehr auf die dunkle Seite abgerutscht bin."

„Natürlich kann ich nicht beurteilen, welche Art von Mensch du im Job bist – vielleicht eher der Typ, mit dem ich es bei unserem ersten Treffen zu tun hatte. Aber der Mann, den ich in den letzten Tagen kennenlernen durfte, hat mich in seinen Bann gezogen, und ich würde ihn nur zu gerne küssen ... Wenn er mich denn ließe."

„Willst du mich umbringen?", stöhnte er.

„Noch nicht."

„Pass auf, Isabella, die Sache ist die: Es würde nicht bei einem Kuss bleiben, zumindest nicht von meiner Seite aus."

Sie hielt seinem Blick stand. „Und wo ist das Problem? Ich weiß, was ich will, Nick, und du brauchst nicht zu befürchten, dass du mich ausnutzt. Wenn überhaupt, dann umgekehrt. Und du musst auch nicht mehr daraus machen, als es tatsächlich ist."

„Und das wäre?"

Sie zuckte nur mit den Schultern. „Möchtest du es herausfinden?"

Er legte sich neben sie und umschloss ihr schönes, wenn auch ziemlich zerschundenes Gesicht mit den Händen. Dann senkte er den Kopf und küsste sie. Eigentlich wollte er es langsam angehen, jede Sekunde auskosten, aber ihr Mund war zu heiß, zu fordernd, zu einladend, und er konnte nicht genug davon bekommen.

Er drückte sie mit dem Rücken gegen die Kissen, fuhr ihr mit den Fingern durchs Haar und küsste sie erneut, bevor seine Lippen die zarte Kurve ihres Halses hinunterwanderten. Dann jedoch entdeckte er die roten, wulstigen Schürfwunden und hielt inne.

„Sag bitte nicht, dass du jetzt aufhörst", hauchte sie, und das Verlangen in ihrer Stimme ließ ihn hart werden.

„Ich möchte dir nicht wehtun. Du siehst ziemlich mitgenommen aus."

„Das wirst du nicht, und ich dir ebenso wenig. Danach werden wir uns beide viel besser fühlen."

So wie sie es sagte, klang alles ganz einfach und geradezu selbstverständlich, und als sie ihr Oberteil auszog, war es um ihn geschehen. Ihre Brüste waren weich und voll, und bereitwillig ließ er sich auf ihren Körper herabziehen.

Er würde sein Möglichstes tun, dass vor allem sie es genießen konnte und hoffte nur, dass sie sich nicht gegenseitig verletzten ... Und zwar nicht nur auf körperlicher Ebene. Vielleicht blieb alles so unkompliziert, wie es ihrer Meinung nach war, was er sich, je länger er darüber nachdachte, leider nicht vorstellen konnte.

Glücklicherweise schaltete in diesem Moment sein Kopf ab.

KAPITEL DREIUNDZWANZIG

Dem schlimmsten Tag war die beste Nacht gefolgt, dachte Isabella, als sie am Dienstagmorgen in Nicks Armen erwachte und seinen warmen Atem an ihrem Ohr spürte. Sie fühlte sich großartig, sicher und geborgen, und es verlangte sie nach mehr von ihm: nach mehr Küssen, mehr Berührungen, mehr von allem. Am liebsten würde sie für immer so liegen bleiben, denn sie konnte sich nicht erinnern, wann sie jemals zuvor so ein Glücksgefühl empfunden hatte. Leider gab es zu viele Schatten, die außerhalb dieser Oase des Wohlbehagens auf sie lauerten.

Als die Sonne immer heller durch die Fenster ihres Hotelzimmers schien, wurde ihr bewusst, dass es eigentlich an der Zeit war, weiterzuziehen und das in Angriff zu nehmen, weswegen sie nach Florenz gekommen waren ... Und das war definitiv nicht das, was sie letzte Nacht getan hatten.

Aber sie bereute keine Sekunde davon, zumindest noch nicht. Der letzte Gedanke verursachte ihr Unbehagen, und sie schob ihn energisch beiseite. Es spielte keine Rolle, was als Nächstes kam. Sie würde das, was zwischen ihnen geschehen war, um nichts in der Welt eintauschen wollen. Mit seiner Art – manchmal ungeduldig und drängend, dann wieder behutsam und genießerisch – hatte Nick die Führung übernommen, ihr schier den Verstand geraubt und sie völlig aus der Balance gebracht, was ihr noch nie zuvor passiert war. Normalerweise war sie diejenige, die das Tempo beim Sex vorgab, die bestimmte, wie es abzulaufen hatte. Doch mit ihm hatte sie sich komplett fallen gelassen, und diese neue Erfahrung würde sie nur zu gerne wiederholen.

Plötzlich regte er sich, der Druck seiner Arme verstärkte sich um sie, und er murmelte: „Guten Morgen, meine Schöne."

Isabella drehte sich zu ihm um, wobei sie ein Stück von ihm wegrutschte. Sofort zog er sie wieder an sich und lächelte sie verschlafen an.

„Wie geht's deinem Kopf?"

„Viel besser. Du hast mich geheilt."

Diese Antwort entlockte ihm ein Lachen. „Du mich ebenfalls. Genau das, was der Arzt verordnet hat."

Sie grinste. „Irgendwie glaube ich, er meinte etwas anders, als er sagte, wir bräuchten Bettruhe."

„Na immerhin waren wir im Bett", sagte er und gab ihr einen langen, zärtlichen Kuss.

Sie liebte das Gefühl seiner Lippen auf den ihren und die Art und Weise, wie seine Finger über ihren nackten Rücken wanderten und heiße Erinnerungen an die vergangene Nacht wachriefen. Dennoch schaltete sich so allmählich ihr Verstand ein. „Hör auf damit, sonst kommen wir nie aus den Federn."

„Ich könnte mir Schlimmeres vorstellen."

„Wie beispielsweise den Besuch bei meiner Mutter?"

„Wie wird der ablaufen?", fragte er neugierig. „Laut, mit wüsten Beschimpfungen? Oder eher begleitet von eisigem Schweigen und unbehaglicher Anspannung?"

„Vielleicht von allem etwas." Sie hielt kurz inne und suchte nach den richtigen Worten. „Ich hasse sie nicht, Nick, ich musste einfach aufhören, sie so sehr zu lieben, weil ich damit mir selbst schadete."

Er stützte sich auf einen Ellbogen und betrachtete sie nachdenklich. „Weil sie dem falschen Mann vertraute und im Gefängnis landete?"

„Das war ihr größter Fehler. Oder zumindest der zweitgrößte."

„Was war der erste?"

„Ungeschützter Sex mit einem Mann, der kein Vater sein wollte, und mit knapp einundzwanzig ein Baby zu bekommen, ohne Geld und ohne Unterstützung durch die Familie dazustehen."

„Das muss hart für sie gewesen sein."

„Mit Sicherheit. Dennoch tat sie ihr Möglichstes, mir in meinen ersten Jahren eine gute Mutter zu sein. Sie war immer lustig, und da sie selbst noch so jung war, spielte sie viel mit mir. Aber sie musste eben auch arbeiten, was bedeutete, dass ich oft auf mich allein gestellt war. Trotzdem war diese Zeit meines Lebens um Längen besser als das, was folgte, nachdem sie heiratete. Klar, wir zogen in ein schöneres Haus und ich hatte ein größeres Kinderzimmer, aber sie war noch weniger für mich da, und das lag nicht an ihrem Job, sondern an Gary. Sie wollte die perfekte Ehefrau sein, und um dieses Ziel zu erreichen, veränderte sie sich drastisch. Ihre Fröhlichkeit und Spontanität waren wie weggeblasen. Sie holte mich kaum mehr von der Schule ab, und auch die kleinen Abenteuer, die sie sich immer für mich ausgedacht hatte, gab es nicht mehr. Es ging ihr nur noch um ihn – darum, ihn zu bespaßen, sich für ihn in Form zu halten und sicherzustellen, dass ich keine Probleme bereitete."

„Du und Probleme bereiten?", neckte Nick sie.

Sie schnitt eine Grimasse. „So schlimm war ich nun auch wieder nicht. Ich habe es nur gehasst zu sehen, wie sie sich immer mehr verlor. Aber sie wollte einfach nicht auf mich hören, und irgendwann geriet ihre Märchenwelt dann komplett aus den Fugen. Als die Wahrheit über Gary und seinen Betrug herauskam, bei dem sie ihm sogar noch geholfen hatte, wandten sich sämtliche Freunde von ihr ab. Und noch schlimmer wurde es, als sie ins Gefängnis wanderte, während ich versuchte, die Highschool zu beenden."

„Und wie ging es nach ihrer Entlassung weiter? Bist du in Chicago wieder mit ihr zusammengezogen?"

„Nein, zu dem Zeitpunkt war ich bereits an der NYU, hatte ein Teilstipendium bekommen und nebenbei auch einen Job ergattert. Meine Großmutter half uns beiden. Sie schickte Mom Geld, damit sie sich zumindest eine Einzimmerwohnung mieten konnte. Dort wäre ohnehin kein Platz für mich gewesen, und ehrlich gesagt hatte ich auch keinen Bock auf sie, da ich nach wie vor extrem wütend war."

„Das ist verständlich."

„Aus dem ersten Jahr, in dem ich keinen Kontakt wollte, wurde schnell ein weiteres. Gelegentlich schickten wir uns Sprachnachrichten oder sie rief an. Die Semesterferien verbrachte ich bei Freunden oder blieb in New York. Zum ersten Mal wiedergesehen habe ich sie dann auf meiner College-Abschlussfeier. Eigentlich war ausgemacht, dass sie gemeinsam mit Großmutter teilnimmt. Sie jedoch brachte einen Mann mit, der von nichts anderem redete als von den Anonymen Alkoholikern und davon, wie es ihm letztendlich gelungen war, nüchtern zu werden, nachdem er betrunken Auto gefahren war und dafür im Gefängnis gesessen hatte. Offensichtlich hatte er es in den sechs Monaten seit der Entlassung tatsächlich geschafft, sein Leben in den Griff zu bekommen, aber ich sah in ihm nur einen weiteren Versager. Ab da beschloss ich, mir keine Gedanken mehr um Mom zu machen, aber das mit den beiden ließ mich nicht los. Sie war auf dem besten Weg, wieder unter die Räder zu kommen."

„Was hast du unternommen?"

„Erst einmal gar nichts, und das hat sich im Nachhinein als schwerer Fehler erwiesen. Zwei Jahre nach der Abschlussfeier konnte ich mich endlich aufraffen, sie in Chicago zu besuchen. Ich kam einen Tag früher als vereinbart und fand beide völlig betrunken vor. Also brachte ich ihn in eine Reha-Klinik, und anschließend half ich Mom, wieder auf die Füße zu kommen, was eine Weile dauerte. Als ich viel später als geplant nach New York zurückkehrte, hatte ich meinen Job verloren und musste noch einmal ganz von vorn anfangen. Alles nur aufgrund ihrer falschen Entscheidungen. Danach war ich endgültig fertig mit ihr, wollte mich nicht länger von ihr runterziehen lassen. Ab und zu schrieb sie mir eine Nachricht, aber ich antwortete nur knapp, wollte eigentlich nichts über sie und ihr Leben wissen. Das klingt jetzt wahrscheinlich egoistisch, oder?"

„Nein, denn du musstest dich selbst schützen. Und so allmählich verstehe ich auch immer besser, warum es dir schwerfällt, sie zu lieben."

„Trotzdem habe ich oft ein verdammt schlechtes Gewissen, dass ich nicht mehr für sie tue", gestand Isabella. „Immerhin bin ich ihre Tochter und wünsche mir doch nichts sehnlicher, als dass es ihr gut geht. Vielleicht war der Umzug hierher ein erster Schritt in die richtige Richtung. Als ich ursprünglich davon hörte, wusste ich nicht so recht, was ich davon halten sollte, aber möglicherweise hat Großmutter recht. Zurück nach Italien zu kommen, könnte Mom daran erinnern, wer sie war und wer sie einst sein wollte. Hoffentlich ist es für sie noch nicht zu spät, um ihr Glück zu finden."

„Das glaube ich nicht, weder für sie noch für dich, um einen Neuanfang zu wagen."

„Tja, das wird sich heute zeigen. Und du mach dir bitte keine Sorgen wegen dieses Treffens. Sie ist kein schlechter Mensch, sondern einfach nur ... Ich weiß gar nicht, wie ich sie beschreiben soll, denn ihre Persönlichkeit hat sich im Laufe ihres Lebens immer wieder komplett verändert. Keine Ahnung wie sie jetzt drauf ist, so allein auf sich gestellt. Aber womöglich ist sie das gar nicht. Sie erwähnte einen neuen Mann in ihrem Leben, also könnte es durchaus sein ..." Isabella atmete tief durch. „Bitte entschuldige. Ich schweife ab, und das tue ich normalerweise nicht. Aber das ist auch ungewohnt für mich.

Normalerweise spreche ich nicht über sie, und meine Freunde stelle ich ihr erst recht nicht vor."

Ein kleines Lächeln umspielte seine Lippen. „Also sind wir jetzt tatsächlich Freunde?"

„Nach gestern Nacht sogar mehr als das, würde ich meinen." Sie wollte lieber nicht darüber nachdenken, wie viel mehr, denn ihre Gefühle für Nick waren ein wenig zu stark. „Wir sollten langsam in die Gänge kommen – aufstehen, duschen, uns anziehen."

„Warte kurz", hielt er sie zurück, als sie sich aufrichten wollte. „Leg den Schalter nicht so schnell um."

„Wir haben jede Menge zu tun."

„Und wir werden es auch tun. Aber renn nicht einfach so davon, nur weil du dich plötzlich daran erinnerst, wie gut letzte Nacht war."

„Daran habe ich jetzt überhaupt nicht gedacht", log sie. „Ich muss nur dringend auf die Toilette. Du könntest inzwischen Frühstück bestellen." Mit diesen Worten schwang sie die Beine aus dem Bett und eilte ins Bad, wobei sie sich sehr bewusst war, dass Nick sie eindringlich beobachtete.

Um kurz nach zehn, nach einem ausgiebigen Frühstück, verließen sie das Hotelzimmer. Als Nick Isabella die Treppe hinunterbegleitete, konnte er ihre Anspannung beinahe körperlich spüren. Seit sie sich angezogen hatte, war sie ungewöhnlich schweigsam gewesen, und er fragte sich, was wohl in ihrem Kopf vorging. Vielleicht war es nur die Nervosität aufgrund des bevorstehenden Besuchs bei ihrer Mutter. Womöglich bereute sie auch die vergangene Nacht. Oder aber sie hatte schlichtweg Angst, dass wieder jemand versuchen könnte, sie umzubringen.

Auch ihm war mulmig zumute, nicht wegen ihrer Mutter oder ihrer gemeinsamen Nacht, sondern aufgrund der realen Möglichkeit, dass erneut jemand auftauchen und sie verletzen könnte, und dass er wieder nicht in der Lage wäre, sie zu beschützen. Er musste unbedingt dafür sorgen, dass das nicht passierte.

Immerhin fühlte er sich heute schon viel besser. Der Schmerz in seinem Kopf war einem kaum noch spürbaren, dumpfen Pochen gewichen, und er hatte geduscht und ausgiebig gefrühstückt. Somit war er bereit, sich dem zu stellen, was auch immer kommen würde.

Ihr erster geplanter Halt war ein kleines Elektronikgeschäft zwei Blocks vom Hotel entfernt. Auf dem Weg dorthin nahm er Isabellas Hand in die seine und ließ den Blick aufmerksam umherschweifen. Ihr Ziel befand sich in einer Seitenstraße im Schatten des Duomo, der prächtigen Kathedrale von Florenz. Der Laden war leer, bis auf einen älteren Mann hinter der Kasse.

Während er sich dem Verkaufstresen näherte, schnappte er sich zwei Prepaid-Telefone. „Ciao", begrüßte er den Angestellten. „Ich nehme die hier, und außerdem möchte ich ein Paket für Bill Jamison abholen."

Der Mann bedachte ihn mit einem prüfenden Blick, schlurfte ins Hinterzimmer und kam kurz darauf mit einem unbeschrifteten Karton zurück. Nick bezahlte mit seiner Alias-Kreditkarte, und der Alte händigte ihm, noch immer schweigend, eine Quittung aus.

Nachdem sie den Laden verlassen hatten, führte er Isabella um die Ecke in eine kleine, menschenleere Gasse, wo sie auch keine Kameras entdecken konnten. Dort öffnete er die Schachtel und holte eine Pistole samt Munition heraus. Er lud sie, steckte sie in den rückwärtigen Bund seiner Jeans und zog sein Shirt darüber. Die restlichen Patronen sowie sein Handy verstaute er in seinem Rucksack, das andere Telefon reichte er Isabella.

Die war beim Anblick der Waffe ziemlich blass geworden. „Denkst du wirklich, wir brauchen die?", fragte sie.

„Ich hoffe nicht."

„Die Gefahr scheint wieder sehr real zu sein."

„Das ist sie auch, vergiss das nie. Und jetzt komm, rufen wir uns ein Taxi."

Sie kehrten zur Hauptstraße zurück und winkten einen Wagen heran. Einige Minuten später hielten sie vor der Kunstgalerie von Dario Micheli. Der große Ausstellungsraum war von Trennwänden unterteilt, die die Besucher durch verschiedene Epochen leiteten.

Während sie sich umblickten, kam ein Mann aus einem Hinterzimmer und gesellte sich zu ihnen. Er war klein und stämmig, mit ausgeprägten Geheimratsecken, und trug eine dicke Brille.

„*Buon Giorno*", sagte er mit einem freundlichen Lächeln.

„Sind Sie der Manager?", erkundigte sich Nick.

„*Sì*. Elio Barone. Wie kann ich Ihnen helfen? Suchen Sie nach einem bestimmten Künstler oder Stil?"

„Wir interessieren uns für die Werke von David Leoni. Wie wir gehört haben, wurde vor einigen Monaten eines seiner Bilder, das Sie ausgestellt hatten, gestohlen."

Elios Lächeln verblasste. „Das ist leider richtig, und wir haben auch keine weiteren Gemälde von Signor Leoni."

„Mein Name ist Nick Caruso. Das ist Isabella Rossi. Unsere beiden Familien haben dem Museo dei Capolavori Bilder zur Verfügung gestellt, die ebenfalls geraubt wurden. Man hat uns darauf hingewiesen, dass sich die Überfälle ähnelten und dass David Leoni mit den Malern aus unserer Familie, Tomas Caruso und Lucinda Rossi, befreundet war. Haben Sie von ihnen gehört?"

„Tut mir leid, nein, und ich bedauere Ihren Verlust, wüsste aber nicht, wie ich Ihnen helfen könnte."

„Sie könnten uns mit den Besitzern des Gemäldes in Kontakt bringen. Eventuell gelingt es uns, in einem Gespräch mit ihnen herauszufinden, ob es eine Verbindung zwischen den Künstlern und ihren Werken gab."

Elio zögerte. „Tut mir leid, aber diese Information darf ich nicht herausgeben."

Nick hatte fast mit dieser Antwort gerechnet.

„Haben Sie vielleicht ein Foto von dem gestohlenen Gemälde?“, mischte Isabella sich ein.

„Ja, damit kann ich dienen.“ Elio öffnete eine Schublade, schob einige Papiere beiseite und zog eine Broschüre heraus, die Fotos mit Preisen und Angaben zu dem jeweiligen Kunstwerk enthielt. Er blätterte zu einer der letzten Seiten und reichte Isabella den Prospekt. „Das ist es.“

„Dürften wir den mitnehmen?“, fragte sie.

„*Sì*. Ich brauche ihn nicht mehr.“

„*Grazie*“, bedankte sie sich.

Als eine Gruppe von Kunden die Galerie betrat, wandte Elio sich dieser zu, und sie zogen sich zurück.

Auf dem Gehweg hielt Isabella inne und studierte das Foto. „Leonis Gemälde hat einen ähnlichen Fokus wie die von Tomas und Lucinda, Nick. Zwar von Wind und Wasser verwitterte Steine, aber auch hier ist der Hintergrund verschwommen und unscharf.“ Sie reichte ihm den Flyer. „Tomas‘ Bild zeigte einen Vogel in einem Baum, dessen Äste sich ebenfalls in einem Wirrwarr aus Farben auflösten.“ Sie runzelte nachdenklich die Stirn. „Und auf dem von Lucinda waren Stufen zu sehen, die ins Nichts führten, und auch darauf waren die Ränder verwischt. Das ist irgendwie seltsam, findest du nicht?“

„Ehrlich gesagt halte ich die meisten Kunstwerke für seltsam.“

„Aber siehst du denn nicht, dass jedes dieser Gemälde das Augenmerk auf eine bestimmte Sache lenkt?“

„Das stimmt“, gab er zu.

„Ich frage mich, ob sie vielleicht irgendwie zusammengehören. Ob man nicht womöglich alle braucht, damit sie sich zu einem Gesamtwerk zusammenfügen.“

Sein Puls beschleunigte sich bei ihren Worten. „Du könntest auf der richtigen Spur sein.“

„Das soll ja schon vorgekommen sein“, erwiderte sie grinsend.

Während sie die Broschüre in ihre Handtasche steckte, holte Nick sein reguläres Handy heraus, schaltete es ein und rief die Fotos auf, die er sich vom Telefon seiner Großmutter geschickt hatte. „Hier ist auch noch das von Frederico. Es sieht anders aus, besteht nur aus geometrischen Figuren und Kacheln, aber die Kanten sind ebenso verschwommen, was vom Stil zu den anderen passt."

Isabella warf ebenfalls einen Blick darauf. „Stimmt. Ich habe zwar keine Ahnung, was diese Formen darzustellen versuchen, bin aber überzeugt, dass ich auf etwas Wichtiges gestoßen bin."

„Ich auch. Die Frage ist nur: Wie viele weitere Gemälde gibt es noch?", überlegte er.

„Mindestens noch ein weiteres – das Geschenk von Tomas an die mysteriöse *J*. Wenn es sich bei dieser Frau tatsächlich um Juliette Sabatini handeln sollte, befindet es sich höchstwahrscheinlich noch in ihrem Besitz oder in dem einer ihrer Nachkommen. Oder aber *J* ist eine komplett andere Person."

Nick ging dieses Szenario in Gedanken durch. „Gehen wir mal davon aus, dass Catherine wirklich Juliettes Tochter war ... Dann kann ich mir nicht vorstellen, dass sie es hatte. Immerhin wurde nach dem Vorfall im Museum bei uns eingebrochen, was nicht geschehen wäre, wenn dieser Jemand bereits die komplette Sammlung hätte. Es muss also mindestens eines fehlen. Wer also ist *J*?"

„Ich denke, erst wenn wir alle Gemälde gefunden haben, werden wir wissen, was es damit auf sich hat."

„Ganz genau. Aber ..."

„Kein Aber, Nick. Es ist zu früh, um meine brillante Theorie zu zerpflücken. Gönn mir wenigstens einen Moment des Triumphs."

Er grinste. „Ich wollte lediglich anmerken, dass da irgendetwas nicht zusammenpasst. Wenn sämtliche Gemälde eine Art Bild ergeben, warum sollte sich dann jemand die Mühe machen, die eigentlichen Leinwände zu stehlen, wo man es auch anhand der Fotos zusammensetzen könnte?"

„Verdammt! Das ist eine berechtigte Frage."

„Da muss noch etwas anderes sein."

„Vielleicht befinden sich die Hinweise auf der Rückseite?", mutmaßte Isabella. „Und die kann man natürlich erst dann sehen, wenn man sie in Händen hält."

„Oder aber sie könnten eine weitere Leinwand verdecken, wie Sam vermutete, vielleicht ein unbezahlbares Original oder eine geniale Fälschung."

„Okay, jetzt hast du ebenfalls eine heiße Spur."

„Aber auf die bin ich erst dank deiner genialen Kombinationsgabe gekommen. Leider sind wir nach wie vor nicht dort, wo wir hinwollen, aber vielleicht gibt es ja noch jemanden, der uns dabei helfen kann."

Isabella stieß einen tiefen Seufzer aus. „Ja, schon verstanden. Es ist Zeit, meiner Mutter einen Besuch abzustatten."

KAPITEL VIERUNDZWANZIG

Nachdem sie sich erneut ein Taxi gerufen und sich in Richtung der Wohnung ihrer Mutter aufgemacht hatten, wurde Isabella zunehmend nervöser. Bevor sie das Hotel verließen, hatte Nick ihr geholfen, ihre Nachrichten auf seinem verschlüsselten Computer abzurufen, sodass sie nun auch wussten, wo Sylvie lebte. Allerdings hatte sie beschlossen, sie nicht telefonisch vorzuwarnen, sondern einfach auf gut Glück vorbeizuschauen. Was dann passierte, würde sich zeigen.

Nick legte eine seiner Hände auf die ihren, und erst da fiel ihr auf, dass sie unablässig mit den Fingern auf ihrem Oberschenkel herumklopfte.

„Eigentlich möchte ich dir nur zu gerne versichern, dass alles gut wird“, begann er, „aber das kann ich leider nicht.“

„Ich ebenso wenig. Und danke, dass du das einsiehst.“ Sie holte tief Luft. „Aber noch einmal: Dieser Besuch heute ist kein Versuch, eine Beziehung zu reparieren, die bereits vor langer Zeit in die Brüche ging. Es geht mir nur um die Gemälde, und das werde ich ihr auch in aller Deutlichkeit zu verstehen geben. Ich will nicht, dass sie sich irgendwelche falschen Hoffnungen macht.“

„Tu das nicht, Isabella.“

„Was soll ich nicht tun?"

„Jetzt schon Barrieren errichten, wo du doch gar nicht weißt, ob du sie brauchen wirst."

„Das ist der Sinn und Zweck solcher Barrieren – um sich gegen eine mögliche Katastrophe zu wappnen", erwiderte sie ungehalten.

„Man kann aber auch abwarten, wie sich die Dinge entwickeln, ohne schon im Vorfeld zu versuchen, alles kontrollieren oder definieren zu wollen."

„Du scheinst mich immer noch nicht zu kennen, denn ich bin gerne vorbereitet." Das amüsierte Funkeln in seinen Augen gefiel ihr ganz und gar nicht. „Kein Grund, sich darüber lustig zu machen. Dieses Verhalten hat mich schon vor so manch unangenehmer Überraschung bewahrt."

„Oder dich daran gehindert, im Moment zu leben."

„Lassen wir das. Hier geht es um meine Mutter, und ich kann und werde das tun, was ich für richtig erachte. Ich schreibe dir ja auch nicht vor, der Erneuerung des Eheversprechens deiner Eltern beizuwohnen und zu versuchen, eure angeknackste Beziehung zu kitten."

Nick hob beschwichtigend die Hand. „Auch wieder wahr. Dann möchte ich nur noch eine Sache anmerken."

„Will ich die hören?"

„Mit ziemlicher Sicherheit nicht, aber lass es uns herausfinden."

„Okay, und die wäre?"

„Ich sage dir nicht, du sollst deiner Mutter zuliebe aufgeschlossen an die Sache herangehen, sondern deinetwillen. Schon klar, das Verhältnis zwischen euch ist zwiegespalten, du hast gute und schlechte Erinnerungen an euer gemeinsames Leben, und mittlerweile weißt du überhaupt nicht mehr, wer sie eigentlich ist. Aber solange du nicht zulässt, dass sie es dir zeigt, bleibt dieser Zweifel bestehen."

Auch wenn sie es nicht gerne hörte, ergaben seine Worte Sinn. „Ja, damit liegst du natürlich nicht völlig falsch, aber leider ist die Sache komplizierter und chaotischer, als du es dir vorzustellen vermagst. Und wenn ich etwas nicht ausstehen kann, dann sind es Komplikationen und Chaos. Du ja ebenso wenig, oder? Deshalb versuchst du, Probleme im großen Stil zu lösen und die Welt zu einem besseren Ort zu machen."

„Wenn es etwas gibt, das ich bei meinen Undercover-Einsätzen gelernt habe, dann, dass ich nicht beeinflussen kann, was um mich herum passiert. Aber ich kann mich anpassen. Dazu bedarf es jedoch einer gewissen Flexibilität und eines gesunden Selbstvertrauens."

„Das klingt nicht gerade einfach."

„Es wird jedoch einfacher, wenn man sich auf das Ziel konzentriert. Und unser heutiges Ziel lautet, einen Streit mit deiner Mutter nach Möglichkeit zu vermeiden und sie stattdessen dazu zu bringen, uns zu helfen."

„Ich kann für nichts garantieren."

„Du scheinst wirklich ein Problem damit zu haben, Versprechungen zu machen", entgegnete er trocken.

„Was besser ist, als etwas zu versprechen, das ich nicht halten kann."

„Mag sein."

Isabella sah die Enttäuschung in seinen Augen und wusste, dass sie noch etwas hinzufügen musste. „Ich habe schon verstanden, Nick, und sei versichert, ich werde mein Bestes geben."

Er blickte sie eindringlich an. „Gut."

Wenige Minuten später fuhr das Taxi vor einem Gebäude im Murate Kunstquartier vor, einem bunt gemischten Viertel bestehend aus Wohnhäusern, Cafés, Boutiquen und Kunsthandwerksläden.

Sie bezahlten ihren Fahrer und begaben sich durch ein eisernes Tor zur Eingangstür eines dreistöckigen Gebäudes. Offensichtlich gab es drei Wohneinheiten, und ihre Mutter hatte von der Besitzerin der Kunstgalerie, in der sie arbeitete, die unterste Etage angemietet.

Isabella holte noch einmal tief Luft, straffte die Schultern und klingelte. Nur Sekunden später wurde die Tür aufgerissen, und sie fand sich einer Frau gegenüber, deren Gesicht dem ihren sehr ähnlich war. Zudem hatte sie dasselbe dunkelbraune Haar, bis hin zu den wilden, nur schwer zu bändigenden Locken, und auch in ihren braunen Augen funkelten goldene Sprenkel. Der einzige Unterschied zwischen ihnen war die Größe: Sie überragte Sylvie um gute zehn Zentimeter.

Der Schock machte sich auf deren Zügen breit, als sie einander anstarrten, jedoch auch noch weitere Gefühle, die Isabella geflissentlich zu ignorieren versuchte.

„Isabella", brach ihre Mutter schließlich das Schweigen. „Dich hätte ich jetzt nicht erwartet."

„Dürfen wir trotzdem reinkommen?"

Auf ihre Frage hin wanderte Sylvies Blick zu Nick, bevor sie sich wieder ihrer Tochter zuwandte. „Würdest du mir deinen Freund vorstellen?"

„Das ist Nick Caruso, Annas Enkelsohn."

Nick bedachte sie mit einem schiefen Blick und wandte sich seinerseits an ihre Mutter. „Freut mich, Sie kennenzulernen, Sylvie. Ich habe schon viel über Sie gehört."

„Ich über Sie ebenfalls. Aber was macht ihr beide hier? Stimmt irgendetwas nicht? Geht es meiner Mutter gut?" Sie hielt inne und musterte ihre Tochter. „Was ist mit deinem Gesicht passiert, Isabella?"

„Es ist nichts weiter."

„Nach *nichts* sieht mir das aber nicht aus."

„Vielleicht könnten wir das Gespräch drinnen fortsetzen?", schlug Nick vor.

Sylvie presste die Lippen zusammen. „Natürlich, kommt rein." Sie trat einen Schritt zurück und winkte sie ins Innere der Wohnung.

Isabellas erster Eindruck von dem neuen Zuhause ihrer Mutter war geprägt von hellen Farben, warmem Sonnenlicht und viel Grün, nicht nur in Form von Zimmerpflanzen, sondern auch aufgrund einer einladenden Gartenterrasse, auf die man durch die Flügeltüren des kleinen Wohnzimmers gelangte. An den Wänden hingen diverse Kunstwerke, eine Mischung aus eklektischen Gemälden und mindestens sechs verschiedenen Spiegeln mit Mosaikintarsien sowie weiteren dekorativen Elementen.

Der Anblick erinnerte sie an die erste Wohnung, in der sie gemeinsam gelebt hatten. Dort gab es zwar keinen Garten, aber ihre Mutter hatte auf dem Balkon ein kleines, blühendes Paradies aus künstlichen und echten Pflanzen geschaffen, die sogar der brutalen Kälte des Chicagoer Winters trotzten.

„Was ist los?", fragte Sylvie, als sie im Wohnzimmer standen. „Möchtet ihr euch setzen? Kann ich euch etwas zu trinken anbieten? Ist etwas passiert? Doch hoffentlich nichts mit deiner Großmutter?"

„Nein, Grandma geht es gut", beeilte Isabella sich, ihr zu versichern, um ihr zumindest diese Sorge zu nehmen, die ihr überdeutlich ins Gesicht geschrieben stand.

„Gott sei Dank." Ihre Mutter atmete erleichtert auf.

„Allerdings wurde das Museum, in dem Anna und sie ehrenamtlich arbeiten, Ziel eines Überfalls", fuhr sie fort. „Beiden ist nichts passiert, keine Angst, aber die Gemälde, die sie für die Ausstellung zur Verfügung gestellt hatten, wurden gestohlen – eines von Tomas, das andere von Lucinda."

„Allen Ernstes? Ich kann nicht glauben, dass Lucindas Gemälde weg ist, obwohl ich, um ehrlich zu sein, annahm, wir hätten es schon vor langer Zeit verloren."

„Wie bist du denn auf die Idee gekommen?"

„Bevor ich aufgrund meines Studiums nach Chicago gezogen bin, habe ich danach gesucht und konnte es nicht mehr finden. Meine erste Vermutung war, ich hätte es womöglich versehentlich mit all dem anderen Kram weggeworfen. Dann jedoch rief mich deine Großmutter letzte Woche an und erzählte mir, sie hätte es bei meinen alten Sachen entdeckt, sich entschlossen, es dem Museum für die Vernissage zu überlassen, und hoffte, ich wäre damit einverstanden. Natürlich hatte ich nichts dagegen einzuwenden. Und jetzt wurde es gestohlen? Aber wieso? Und warum hat Mutter mich diesbezüglich nicht informiert?"

„Sie wollte dich nicht beunruhigen, während du dich hier einlebst."

„Aber dir hat sie doch auch Bescheid gesagt?"

„Ja, und ich habe direkt den nächsten Flieger nach Italien genommen."

„Wie immer ... Großmutter ruft, und du bist zur Stelle."

In der Stimme ihrer Mutter lag eine Schärfe, die sie nur schwer ertragen konnte. „Und? Immerhin hat sie mich vor der Pflegefamilie gerettet und auch dich mehr als einmal aus der Gosse gezogen."

„Natürlich, du hast recht. Aber warum seid ihr beide jetzt hier?"

„Aus diversen Gründen." Sie versuchte, fokussiert und geschäftlich zu klingen. „Grandma und Anna befinden sich mittlerweile in den Staaten. Wir haben sie gerade noch rechtzeitig aus Italien rausgebracht, denn schon kurz darauf wurde in ihr Haus eingebrochen. Und seitdem scheint jemand großes Interesse daran zu haben, Nick und mich davon abzuhalten, weitere Nachforschungen anzustellen."

„Dein Gesicht", hakte ihre Mutter erneut nach. „Was genau ist passiert?"

„Jemand hat unser Auto von der Straße gedrängt, aber wir haben es ohne größere Blessuren überstanden."

Sylvie wandte sich an Nick. „Geht es ihr wirklich gut?"

Es passte Isabella ganz und gar nicht, dass ihre Mutter bei ihm nach Bestätigung suchte.

„Ja, alles okay", entgegnete er knapp. „Sie hat verdammtes Glück gehabt, und ich ebenso. Deshalb gilt es nun herauszufinden, wer hinter uns her ist. Und wir glauben, dass Sie uns möglicherweise dabei helfen könnten."

„Ich wüsste nicht wie. Man hat mich ja nicht einmal über den Raubüberfall informiert."

„Aber Lucindas Werke waren Ihnen vertraut“, erklärte Nick. „Und alles, was aktuell passiert, hat damit zu tun.“

„Stimmt. Ich habe Lucindas Arbeiten studiert, als ich jung war. Sie hat mich inspiriert, ebenfalls Künstlerin zu werden. Ich war fasziniert von ihr und habe sogar die Schule besucht, an der sie unterrichtete. Und ich wollte ihr nacheifern, hatte aber leider nicht ihr Talent geerbt.“ Ihre Mutter hielt inne. „Das gestohlene Gemälde war bei Weitem nicht annähernd so gut wie einige der Skizzen in ihrem Buch, daher bedeutete es mir nicht viel. Doch war es eben alles, was von ihr übrigblieb, nachdem sie bei diesem Feuer ihr Leben verlor und auch all ihre Werke vernichtet wurden. Also klammerte ich mich daran.“ Erneut schwieg sie kurz. „Ich kann noch immer nicht glauben, dass jemand ihr Bild gestohlen hat. Es lag jahrelang unbeachtet in meinem Schrank, und nie hätte ich erwartet, dass es solch einen Wert besitzt.“

„Genau das ist jetzt unser Ziel. Wir müssen herausfinden, warum es so wertvoll war“, sagte Isabella und spürte, wie ihre Kopfschmerzen erneut aufflammten. Doch wahrscheinlich war dieser Umstand eher der unangenehmen Situation geschuldet als dem Autounfall.

Ihre Mutter warf ihr einen prüfenden Blick zu. „Du bist extrem blass. Setzt euch, ich hole uns etwas zu trinken.“

Mit diesen Worten verschwand sie in der Küche, und Nick und sie ließen sich auf dem Sofa nieder. Sogleich fühlte Isabella sich besser. Während Sylvie sich um die Getränke kümmerte, sah sie sich noch einmal genauer in der Wohnung um, und ihr Blick blieb an drei kleinen, gerahmten Fotos auf dem Beistelltisch hängen. Alle zeigten nur sie beide. Auf zweien war sie noch sehr klein, jünger als fünf. Das dritte war an ihrem zwölften Geburtstag aufgenommen worden, kurz bevor ihre Mom Gary heiratete.

Sie war erstaunt, dass sie ausgerechnet diese Bilder aufgestellt hatte, denn damals, nach der Hochzeit, gab es im gesamten Haus nur Fotos von ihnen zu dritt oder von dem frisch gebackenen Paar allein. Sylvie rechtfertigte das damals so, dass sie ihrem Mann keinesfalls das Gefühl vermitteln wollte, er würde nicht zur Familie gehören.

Warum also dieser plötzliche Sinneswandel?

Vor Anspannung krampfte sich ihr Magen zusammen. Sie konnte und wollte nicht glauben, dass ihre Mutter diese Zeit mit ihr vermisste, denn sie lag schon so lange zurück.

Nick folgte ihrem Blick und griff nach dem Bild, das ihm am nächsten stand. „Du warst ja ein süßes Kind."

„Keine Ahnung, warum sie die aufbewahrt hat", stieß sie zwischen zusammengepressten Lippen hervor.

Er warf ihr einen mitfühlenden Blick zu und stellte es zurück an seinen Platz. „Vielleicht, weil sie sich gerne an die guten alten Zeiten erinnert? Und du möglicherweise auch."

Isabella war innerlich zu aufgewühlt, um ihm zu widersprechen.

„Okay, ich werde mal nachschauen, ob ich deiner Mutter irgendwie zur Hand gehen kann", sagte er, streichelte ihr kurz übers Bein und erhob sich.

Eigentlich ging ihr sein Angebot total gegen den Strich, und das Letzte, was sie wollte, war, dass er ihre Mom womöglich noch nett finden könnte. Diese Befürchtung würde sie natürlich nicht laut aussprechen, denn das wäre kindisch. Und sie war kein Kind mehr, sondern mittlerweile erwachsen, und so sollte sie sich auch verhalten.

Als die beiden kurze Zeit später wieder auftauchten, setzte sie ihr Pokerface auf. Nick reichte ihr ein Glas Limonade und nahm erneut neben ihr Platz, während Sylvie sich einen Stuhl gegenüber von ihnen heranzog.

Ein großer Schluck des zuckerhaltigen Getränks ließ ihren Energiepegel umgehend in die Höhe schnellen. „Vorrangig müssen wir herausfinden, in welchem Zusammenhang Lucindas und Tomas' Arbeiten zu den Werken von Frederico Germain und David Leoni stehen", begann sie. „Von allen vier Künstlern wurden in diesem Jahr Bilder gestohlen, und bisher wissen wir nur, dass sie gemeinsam in Tomas' Atelier gemalt haben."

„Stimmt", bestätigte Sylvie. „Frederico war etwa zehn Jahre jünger als Lucinda, und David wahrscheinlich nochmals fünfundzwanzig Jahre."

Es überraschte Isabella, dass ihre Mutter so gut Bescheid wusste. „Woher weißt du das?"

„Na ja, ich habe Lucindas Tagebuch gelesen. Sie hat darin viel über die Leute festgehalten, die gemeinsam mit ihnen im Atelier malten."

„Lucinda hatte ein Tagebuch? Befindet es sich noch in deinem Besitz?"

„Nein, ich habe es bereits vor Jahren weggeworfen."

„Wie konntest du nur?"

„Ich habe meine Mutter gefragt, und sie wollte es nicht. Und dir war Kunst ja schon immer egal. Insofern hätte ich nie erwartet, dass es dir etwas ausmachen würde."

„Tja, aber jetzt, wo wir herauszufinden versuchen, ob sie und Tomas umgebracht wurden, wäre es sehr nützlich gewesen."

Sylvie fiel die Kinnlade herunter. „Das Feuer war kein Unfall?"

„Es sieht immer weniger danach aus. Außerdem hat jemand uns gegenüber angedeutet, Lucinda wäre eine Fälscherin gewesen und hätte nie etwas Eigenes erschaffen. Weißt du etwas darüber?"

„Nur, dass sie anfangs, als sie das Handwerk erlernte, viel kopiert hat. Ihre Skizzen, in denen sie berühmte Gemälde nachahmte, waren bemerkenswert. Aber wenn deine Frage darauf hinzielt, ob sie etwas darüber in ihrem Tagebuch erwähnt hat, muss ich dich leider enttäuschen."

„Okay. Du bist ja auch Künstlerin ..."

„Schon lange nicht mehr, aber ich versuche, wieder eine zu werden."

Isabella ignorierte diese Bemerkung, griff in ihre Tasche und holte die Broschüre der Galerie heraus. „Das hier ist das Gemälde von David Leoni, das vor sechs Monaten gestohlen wurde." Sie reichte ihrer Mutter den Prospekt über den Tisch. „Nick, wäre es okay, kurz dein Handy einzuschalten?"

„Ich denke schon." Er zog es hervor und gab es ihr.

„Ich möchte, dass du dir das Bild in der Broschüre und dann diese hier ansiehst", sagte sie, an Sylvie gewandt. „Jedes hat einen speziellen Fokus, mit Schatten und Unschärfen an den Rändern."

„Die Steinmauer ist sehr gut gemacht", murmelte ihre Mutter.

Isabella stand auf, ging um den Tisch herum und setzte sich neben sie. Dann öffnete sie das erste Foto, das Tomas' Werk zeigte. „Das hat Tomas gemalt, einen Vogel in einem Baum." Sie scrollte zum nächsten. „Hier ist Lucindas Treppe ins Nirgendwo." Sie ließ ihrer Mutter Zeit, jedes Bild genau zu betrachten, und öffnete dann das letzte. „Und zum Schluss Fredericos gemusterte Fliesen. Liege ich völlig falsch, oder könnte es tatsächlich so sein, dass sie alle Teil eines größeren Gesamtbildes sind?"

Ihre Mutter nahm ihr das Telefon aus der Hand und sah sich die Fotos erneut an. „Ich denke, du könntest recht haben, Isabella. Aber wie passen sie zusammen?"

„Ich hatte gehofft, dass du mir das sagen kannst. Warum haben sie gerade diese Szenen ausgewählt, um sie auf einer Leinwand zu verewigen?"

„Ich habe keine Ahnung. Was denkst du?"

Sie war nicht wenig verblüfft, dass Sylvie tatsächlich an ihrer Meinung interessiert war. „Na ja, da jemand alle Bilder gestohlen hat, müssen sie irgendwie zusammengehören. Es wäre möglich, dass sie gemeinsam eine größere Szene ergeben oder aber, dass die Leinwände gestohlene Kunst oder Fälschungen verdecken und das eigentliche Werk, das wir sehen, nichts zu bedeuten hat."

„Das sind zwei sehr unterschiedliche Theorien", murmelte ihre Mutter.

„Da ist aber noch etwas. Wir glauben, es gibt noch ein weiteres Kunstwerk, nach dem sie ebenfalls suchen. Tomas schrieb Briefe mit jemandem, den er nur *J* nannte. Offensichtlich handelte es sich um eine Frau, für die er zudem starke romantische Gefühle hegte. Und es klang so, als hätte er ihr ein Gemälde zur Aufbewahrung zukommen lassen. Ursprünglich hatten wir angenommen, dass Lucinda und Tomas ein Verhältnis gehabt haben könnten ..."

„Nein, definitiv nicht", unterbrach Sylvie sie. „Lucinda hat in ihrem Tagebuch viel über ihn geschrieben. Sie war nicht in ihn verliebt. Er war lediglich ihr bester Freund, und sie wollte nichts weiter, als dass er glücklich war." Sie hielt kurz inne. „Sie wünschte sich, er würde aufhören, vor einer komplizierten Liebe davonzulaufen. Er hatte Gefühle für eine enge Freundin von ihr, die allerdings verheiratet war. Und Tomas gestand ihr, dass er deswegen nie etwas unternehmen würde."

„Wer war diese Freundin? Eventuell Juliette Sabatini?"

Ihre Mutter warf ihr einen verwirrten Blick zu. „Wer? Nein, ich kann mich nicht erinnern, diesen Namen irgendwo im Tagebuch gelesen zu haben. Die Freundin hieß Jasmine."

„Jasmine", wiederholte sie und warf Nick einen kurzen Blick zu. „Auch dieser Name fängt mit einem *J* an."

„Kennen Sie zufälligerweise auch ihren Nachnamen?", erkundigte sich Nick.

„Ja. Er lautete Pariso. Der ist mir nur deshalb im Gedächtnis geblieben, weil ich fand, Jasmine Pariso klang wunderschön und irgendwie exotisch. Beide Frauen, Lucinda und Jasmine, haben mich inspiriert. Sie lebten ihre kreativen Träume. Und genau das wollte ich ebenfalls, allerdings nicht so wie sie – eingeengt durch Ehemänner, Kinder und Verpflichtungen."

Isabella runzelte die Stirn. „Das verstehe ich irgendwie nicht, Mom. Du sagtest gerade, du hast dich von ihnen inspirieren lassen und bist in die Staaten gegangen, um ein eigenes Leben zu haben, um deine Träume zu verwirklichen. Was ist dann passiert?"

„Das weißt du doch. Ich habe ein Kind bekommen. Wie hätte ich da so egoistisch sein und mich nur auf meine Karriere konzentrieren können? Ich musste mich in erster Linie um dich kümmern."

„Schon klar, dass ich dir deine Zukunft kaputt gemacht habe. Aber was war, nachdem du Gary kennengelernt hast? Ab da hättest du wieder malen können, was du aber nicht getan hast. Du hast dich komplett aufgegeben, um seine Frau zu werden, und alles getan, um ihm zu gefallen: dich nur noch ihm gewidmet, seine Freunde unterhalten, dich so gekleidet, wie er es wollte, ihm blindlings vertraut und so weiter." Eigentlich hatte sie nicht vorgehabt, dieses Thema anzusprechen, aber jetzt konnte sie sich nicht mehr zurückhalten. „Und was war, als du aus dem Knast kamst? Du hast dich prompt wieder einem Kerl mit einer Million Problemen an den Hals geworfen, die dann auch zu deinen wurden. Wo ist das Mädchen abgeblieben, das mit seiner Kunst die Welt erobern wollte? Ehrlich, es ist nicht fair, dass du mir die alleinige Schuld für alles, was in deinem Leben schiefgelaufen ist, in die Schuhe schiebst."

Sylvie kämpfte mit den aufsteigenden Tränen. „Ich gebe dir nicht die Schuld, Isabella, für nichts von alledem. Viele der Entscheidungen, die ich getroffen habe, waren falsch. Aber deshalb bin ich jetzt ja hier. Ich will mich selbst wiederfinden und zu einer Person werden, auf die du stolz sein kannst."

Sie fühlte, wie sie schwach wurde und Mitleid mit ihrer Mutter empfand, und das gefiel ihr ganz und gar nicht. „Vor ein paar Wochen hast du einen weiteren Mann erwähnt. Wie lange wird es dieses Mal dauern, bis du Teil seines Lebens wirst und dein eigenes erneut aufgibst?"

Bei diesen harschen Worten zuckte Sylvie merklich zusammen, was Isabella ebenfalls leidtat. Dennoch konnte sie sich nicht zu einer Entschuldigung durchringen.

„Du nimmst wahrlich kein Blatt vor den Mund. Was bist du doch für eine starke Frau, viel stärker, als ich es je war. Darüber bin ich sehr froh, denn du wirst dich nicht verlieren. Der Mann, den ich erwähnte, ist ein alter Freund aus Jugendtagen. Sein Name ist Stefano. Von einer gemeinsamen Bekannten erfuhr er, dass ich wieder hier bin, und da hat er mich spontan angerufen. Wir planen, dieses Wochenende zusammen auszugehen. Aber ich bin nicht mit ihm zusammen. Es ist nur eine unverbindliche Verabredung zum Essen."

„Für mich klingt das nach einem Date. Er ist doch Single, oder?"

„Ja, geschieden", bestätigte ihre Mutter.

„Es besteht also die Möglichkeit, dass sich aus diesem Abendessen mehr entwickelt."

„Das glaube ich eher nicht. Er lebt in Rom, und ich hier. Außerdem ist es schon dreißig Jahre her, dass wir zusammen waren. Wir waren quasi noch Kinder. Seitdem hat sich jeder von uns in eine andere Richtung entwickelt. Und ich habe auch nicht vor, mich erneut auf jemanden einzulassen. Ich muss eine Weile allein sein und zu mir selbst zurückfinden."

„Hoffentlich meinst du es dieses Mal auch so", erwiderte Isabella, lenkte dann aber doch ein. „Tut mir leid, eigentlich wollte ich dir das nicht alles an den Kopf werfen."

„O doch, das wolltest du schon seit langer Zeit. Und offen gesagt bin ich froh, dass du es endlich getan hast. Mir ist es lieber, du schreist mich an, als dass du mich eiskalt ignorierst, so wie dein Großvater all die Jahre. Dieses Schweigen war viel schlimmer." Sylvie hielt kurz inne. „Mir ist klar, dass ich dir wehgetan habe, aber ich verspreche, eines Tages werde ich es wiedergutmachen. Ich weiß zwar noch nicht wie, aber der erste Schritt ist hoffentlich, dieses neue Leben zu führen, sodass du dich nicht mehr für mich schämen musst."

Isabella wusste nicht, was sie darauf erwidern sollte, aber auch ihre Augen füllten sich mit Tränen. „Konzentrieren wir uns besser wieder auf das, weswegen wir hier sind. Demnach könnte Jasmine Pariso die geheimnisvolle Empfängerin von Tomas' Briefen sein. Wie finden wir sie?" Sie blickte zu Nick hinüber, der während des hitzigen Wortwechsels zwischen ihrer Mutter und ihr geschwiegen hatte. „In Kalifornien ist es leider gerade mitten in der Nacht. Du kannst wohl kaum jemanden von deinem Team erreichen. Sollten wir Stefano kontaktieren?“

„Moment mal“, unterbrach Sylvie sie irritiert. „Du kennst Stefano?“

„Ja, wir haben uns zweimal getroffen. Er kam nach dem Überfall im Museum zu Hause vorbei, um nach Grandma zu sehen.“

„Wie aufmerksam von ihm. Soll ich ihn anrufen?“

„Nein“, schaltete Nick sich ein. „Lassen wir ihn besser außen vor. Ich gehe kurz raus auf die Terrasse und versuche, einen meiner Kollegen ans Telefon zu kriegen.“

Nachdem er sich entfernt hatte, herrschte erst einmal Schweigen. Isabella knetete eine Weile nervös ihre Finger, wandte sich dann jedoch erneut an ihre Mutter. „Es gefällt mir, wie du die Wohnung eingerichtet hast. Sie erinnert mich an unser früheres Zuhause.“

„Stimmt, sie spiegelt meine Persönlichkeit wider“, stimmte Sylvie ihr zu. „Wie geht es dir, Isabella? Was macht dein Job? Hast du dich in L.A. schon eingelebt?“

„Mit der Arbeit läuft es bestens, und das Wetter ist traumhaft.“

„Und Nick ... Ist er dein Freund?“

„Nein“, beeilte sie sich zu sagen. „Er ist lediglich ...“ Es fiel ihr schwer, das richtige Wort für ihr Verhältnis zu finden.

Ihre Mutter bedachte sie mit einem wissenden Lächeln.

„Untersteh dich“, warnte sie sie. „Denk nicht einmal daran, dass da irgendetwas zwischen uns laufen könnte. Ich bin nicht an einer Beziehung interessiert, sondern will mich auf mein Leben und meine Karriere konzentrieren.“ Obwohl sie zugeben musste, dass sich ihr Leben dank Nick zum Besseren gewendet hatte. Oder aber auch nicht, wenn man bedachte, dass sie am Vortag beinahe zusammen umgekommen wären.

„Du willst nicht so sein wie ich, und das verstehe ich vollkommen. Auch ich wollte keinesfalls den Weg einschlagen, den meine Mutter gewählt hatte. Dennoch war ich ihr ähnlicher, als ich dachte. Auch ich hatte Angst, ich selbst zu sein, meine Träume zu verwirklichen. Ich mochte Gary, und das war töricht, ich weiß. Aber zum einen war ich überzeugt, er würde mich und auch dich lieben, und zum anderen wollte ich dir endlich einen Vater und eine richtige Familie schenken."

„Ich war Gary absolut egal, Mom. Er hat mich lediglich als dein Anhängsel toleriert. Und die ganze Zeit über, während er mit uns zusammen war, verfolgte er nur seine versteckten Absichten."

„Mittlerweile ist mir das auch klar. Damals jedoch habe ich es nicht gesehen. Leider trete ich bei der Wahl meiner Männer immer wieder ins Fettnäpfchen, falle auf ihren Charme, ihre Schmeicheleien und ihre Liebesschwüre herein. Mein Therapeut ist der Meinung, ich hätte den Großteil meines Erwachsenenlebens mit der verzweifelten Suche nach Mr Right vergeudet, dem Mann, der bereit war, mir die Liebe zu schenken, die ich von meinem Vater nie erfahren durfte."

„Du bist in Therapie?", fragte Isabella erstaunt.

„Schon seit etlichen Jahren, genauer gesagt seit meiner letzten schlimmen Erfahrung. Und manchmal frage ich mich, ob du dich deshalb so gegen eine Beziehung sträubst, weil ich dir nie vorgelebt habe, wie erfüllend sie doch sein kann."

„So etwas wie die perfekte Beziehung gibt es nicht."

„O doch, und ich wünsche mir so sehr, dass du sie findest. Wenn jemand den Teufelskreis der Rossi-Frauen, die die falschen Männer gewählt haben, durchbrechen kann, dann du."

„Das bezweifle ich", erwiderte sie, verstummte jedoch, da in diesem Moment Nick wieder zu ihnen stieß.

„Wir haben endlich einmal Glück gehabt", sagte er, und die Aufregung stand ihm ins Gesicht geschrieben. „Jasmine Pariso lebt noch, und zwar in Cortona, etwa anderthalb Stunden von hier entfernt."

„Allen Ernstes?"

„Ja. Sie ist mittlerweile zweiundneunzig Jahre alt und wohnt bei der Familie ihrer Enkelin."

Isabella sprang auf. „Okay, dann lass uns den Zug nehmen oder ein Auto mieten."

„Ihr könnt gerne mein Auto benutzen", bot Sylvie an und erhob sich ebenfalls.

„Es könnte aber dauern, bis wir es zurückbringen."

„Kein Problem, ich brauche es nicht unbedingt."

Isabella zögerte, da ihr der Gedanke, in der Schuld ihrer Mutter zu stehen, nicht wirklich behagte.

Die jedoch schien ihre Gedanken zu erraten. „Betrachte es nicht als einen Gefallen, sondern als Lockmittel, um dich zu einem weiteren Besuch bei mir zu bewegen."

„Okay, aber ich ..."

„Nein." Nick schüttelte entschieden den Kopf. „Wir mieten besser einen Wagen. Man sollte unsere Aktivitäten nicht zu deiner Mutter zurückverfolgen können. Gibt es in der Nähe eine Autovermietung?"

„Ja, nur zwei Blocks weiter", erklärte Sylvie. „In der Via Corso. Die habe ich nach meiner Ankunft in Florenz selbst schon genutzt und kann sie empfehlen."

„Perfekt." Er hielt kurz inne. „Sylvie, gibt es jemanden, bei dem Sie für ein paar Tage Unterschlupf finden könnten? Oder ein bezahlbares Hotel in der Nähe, wenn nicht sogar etwas weiter weg von hier?"

„Denken Sie denn, ich könnte in Gefahr sein?", fragte sie überrascht.

„Ehrlich gesagt, ich weiß es nicht", antwortete er wahrheitsgemäß. „Aber solange dieser Fall nicht gelöst ist, wäre es vielleicht klug, woanders zu wohnen. Nur für den Fall, dass jemand auf die Idee kommt, auch Sie könnten etwas wissen."

„Na ja, richtige Freunde habe ich hier bisher nicht gefunden, aber ich habe ernsthaft überlegt, ob ich nicht ein paar Tage nach Mailand fahren sollte, bevor ich in der kommenden Woche meine Vollzeitstelle in der Galerie antrete. Dort war ich schon seit Ewigkeiten nicht mehr."

„Dann tun Sie das auch, und zwar, sobald wir weg sind."

„Okay, warum eigentlich nicht?“

„Er hat recht, Mom. Du solltest wirklich für ein paar Tage von hier verschwinden. Ich möchte nicht, dass dir etwas passiert.“

„Was dich betrifft, will ich das ebenso wenig“, antwortete sie besorgt.

„Ich kann auf mich selbst aufpassen, und zudem habe ich Nick an meiner Seite. Er ist FBI-Agent. Uns geschieht schon nichts.“

„Also gut. Aber dann versprich mir, dass du mir später eine Nachricht schickst und mich wissen lässt, was los ist. Auch wenn du es mir wahrscheinlich nicht glaubst, aber ich mache mir Sorgen um dich.“

So gern Isabella ihr das abgenommen hätte, tat sie es doch nicht. „Ja, versprochen, ich melde mich.“ Es folgten einige angespannte Sekunden, in denen sie sich nur ansahen. Sie konnte sich nicht dazu überwinden, ihre Mutter zu umarmen. „Wir müssen los.“

„Bitte passen Sie gut auf meine Tochter auf, Nick“, bat Sylvie.

„Das werde ich“, versprach er.

Nachdem sie das Haus verlassen hatten und auf dem Weg zur Autovermietung waren, bedachte Isabella ihn mit einem prüfenden Blick. „Du hättest meiner Mutter kein Versprechen geben sollen, das du nicht halten kannst.“

Er musterte sie ernst. „Ich werde es halten und dafür sorgen, dass dir nichts zustößt, Isabella. Kapier doch endlich: Ich gehöre nicht zu den Menschen in deinem Leben, die dich im Stich gelassen haben.“

Seine Worte rührten sie zutiefst. „Ich möchte aber nicht, dass du dich für mich verantwortlich fühlst.“

„Tja, Pech, denn das tue ich bereits, und damit wirst du jetzt wohl klarkommen müssen. Also los, organisieren wir uns einen Wagen.“

KAPITEL FÜNFUNDZWANZIG

Es dauerte über eine Stunde, um ein Auto anzumieten, denn die Agentur hatte nur noch ein Fahrzeug übrig, das aber erst noch gereinigt werden musste. So war es bereits nach dreizehn Uhr, als sie endlich loskamen. Immerhin war Nick äußerst zufrieden mit ihrer Ausbeute, handelte es sich doch um einen leistungsstarken, wendigen Geländewagen. Dieses Mal übernahm er das Steuer, blieb auf der Hauptstraße und wechselte öfter die Spur, um zu kontrollieren, ob ihnen erneut jemand auf den Fersen war, was jedoch nicht der Fall zu sein schien.

Inzwischen war es halb drei, und Cortona nur noch wenige Kilometer entfernt. Blieb nur zu hoffen, dass die Fahrt nicht umsonst gewesen war und Jasmine Pariso ihnen die Antworten liefern konnte, nach denen sie suchten.

Isabella war ungewöhnlich ruhig, seit sie Sylvie verlassen hatten und ins Auto gestiegen waren, wo sie doch normalerweise redete wie ein Wasserfall, Fragen stellte und Theorien äußerte. Im Moment jedoch schienen sie andere Sachen zu beschäftigen, denn sie starrte abwesend aus dem Fenster auf die vorüberziehende Landschaft. Vermutlich versuchte sie, das Gespräch mit ihrer Mutter zu verarbeiten. Seiner Meinung nach waren die beiden Frauen sich wieder nähergekommen, obwohl er das natürlich nicht mit Sicherheit sagen konnte, da er aufgrund seines Telefonats einen Teil ihres Gesprächs verpasst hatte.

Aber Sylvie hatte ihre Fehler eingestanden und wirkte entschlossen, einen Neuanfang zu starten und endlich das Leben zu führen, das sie sich schon immer vorgestellt hatte. Und sie wollte ihre Tochter stolz machen. Es schien Hoffnung für die beiden zu geben, vorausgesetzt, Isabella war bereit, ihr eine weitere Chance zu gewähren. Das war natürlich etwas, was ihr nicht leichtfallen würde, und er konnte es nur zu gut nachvollziehen, da er ähnlichen Ballast mit sich herumschleppte. Vielleicht sollte auch er sich einmal mit seiner hartnäckigen Ablehnung seinen Eltern gegenüber auseinandersetzen. Wenn ihn die letzten Tage und die Verstrickungen der Vergangenheit eines gelehrt hatten, dann, dass es sich nach wie vor um seine Familie handelte, so zerrüttet sie auch sein mochte.

„Hast du ihr das abgenommen?", fragte Isabella unvermittelt.

Er warf ihr einen kurzen Blick zu und sah den besorgten Ausdruck in ihren braunen Augen. Da sie sonst nie Wert auf seine Meinung zu legen schien, überraschten ihn ihre Worte. „Spielst du auf deine Mutter an?"

„Ja. Was hältst du von all dem, was sie so gesagt hat? Ich möchte deine objektive Meinung hören."

„Ich glaube, ihr Wunsch nach Veränderung ist ehrlich gemeint. Sie hat auf ihr bisheriges Leben zurückgeblickt und entschieden, dass es Zeit ist für eine komplette Wende. Welchen Eindruck hattest du denn?"

„Sie hat all die richtigen Dinge angesprochen, allerdings wünsche ich mir, sie hätte sie bereits vor zehn Jahren oder sogar noch früher erkannt. Und es fällt mir schwer zu glauben, dass sie nicht wieder auf die falsche Bahn gerät."

„Es wäre doch gut möglich, dass sie aus ihren Fehlern gelernt hat. Zudem ist ihr Leben nicht mehr das deine. Ihr seid beide erwachsene Frauen, und du kannst einen gewissen Abstand zu ihr halten, sie jedoch trotzdem lieben."

„Sie in dieser Wohnung zu sehen, hat mich so sehr an den

Menschen erinnert, der sie einmal war: warmherzig, fröhlich, lebensfroh und glücklich. Ich hatte nicht erwartet, dass mich das Treffen mit ihr so verunsichern könnte, Nick.“ Sie bedachte ihn mit einem strafenden Blick. „Und das ist allein deine Schuld. Du hast mir gesagt, ich soll unvoreingenommen an diese Begegnung herangehen, keine Vorurteile haben und keine Mauern errichten, bevor ich wüsste, ob ich welche brauche. Und jetzt ist genau das passiert, was ich zu verhindern beabsichtigte: Sie hat sich wieder in mein Herz geschlichen.“

Ihr Missmut entlockte ihm ein Lächeln. „Aber doch nur deshalb, weil du es zugelassen hast und es so wolltest. Da ist noch immer Liebe zwischen euch, Isabella, ansonsten könnte sie dich nicht so verletzen.“

„Aber genau diese Gefühle sind es, die ich nicht mehr spüren möchte ... Enttäuschung und Wut. Ach, eigentlich weiß ich gar nicht mehr, was ich überhaupt will.“

„Doch, ich glaube, das tust du.“

Sie stieß noch einen schweren Seufzer aus. „Du hast wie üblich recht. Ich will sie wiedersehen, wenn diese ganze Sache ausgestanden ist, wenn ich wieder einen klaren Kopf habe und mir keine anderen Sorgen mehr machen muss. Und dann werden wir sehen, wie sich alles entwickelt.“

„Das klingt nach einem guten Plan.“

„Nur noch gut zwei Kilometer“, stellte sie fest, als sie einen weiteren Wegweiser passierten. „Das ging jetzt aber wirklich schnell, und es wird Zeit, dass ich mich wieder auf die wesentlichen Dinge konzentriere. Zudem hat noch niemand auf uns geschossen, was ich schon mal als positives Zeichen werte.“

„Dann hoffen wir mal, dass uns das Glück auch weiterhin hold bleibt“, entgegnete Nick trocken. „Denn wenn Jasmine das Bild nicht hat, weiß ich nicht, was wir als Nächstes tun sollen.“

„Und wer von uns ist jetzt der Miesepeter?“, tadelte sie ihn. „Sag dir einfach selbst, dass wir von ihr genau die Informationen bekommen, die wir brauchen.“

„Hoffen wir mal, dass du recht hast. Trägst du eigentlich nach wie vor die Briefe mit dir herum?"

„Ja, sie befinden sich in meiner Tasche. Warum?"

„Weil wir die womöglich brauchen, um überhaupt zu ihr vorgelassen zu werden."

Kurz darauf fuhr er von der Autobahn ab und folgte der Landstraße, die sich durch die sanften Hügel der Toskana schlängelte, und war einmal mehr angetan von der Schönheit der Landschaft. Und auch Cortona, mit seinen Kopfsteinpflastergassen und seinem historischen Charme zog ihn sofort in seinen Bann.

Jasmines Haus lag etwas außerhalb des Zentrums, in einem weitläufigeren Gebiet mit mehr Grün zwischen den einzelnen Anwesen, im Schatten von drei hochgewachsenen Zitronenbäumen, die die gleißende Mittelmeersonne filterten.

Nachdem sie das Auto geparkt hatten, gingen sie auf das zweistöckige, von Weinreben überwucherten Mauern umgebene Gebäude zu. An der Tür befand sich anstatt einer Klingel ein alter Messingring, den Nick mehrmals betätigte.

Einige Minuten später öffnete ihnen eine junge, müde aussehende Frau, die ein Kleinkind auf ihrer Hüfte trug. *„Pronto? Come posso aiutarvi?"*

„Ist Jasmine zu Hause?", konterte Nick mit einer Gegenfrage und hoffte inständig, sie sprach zumindest etwas Englisch.

„Sie wollen zu meiner Großmutter?", fragte sie erstaunt in seiner Sprache, wenn auch mit starkem Akzent.

„Ja. Mein Name ist Nick Caruso. Vor langer Zeit war sie eng mit meinem Urgroßvater Tomas befreundet. Ich wollte ihr etwas vorbeibringen, das er ihr schon vor langer Zeit zu schicken versucht hat."

Sie starrte ihn misstrauisch an. „Nonna weiß kaum noch, wer ich bin, von daher kann ich mir nicht vorstellen, dass sie sich an einen Mann aus ihrer Jugend erinnert."

„Dürften wir sie trotzdem kurz sehen? Ich spreche auch ein wenig Italienisch, falls das ein Problem sein sollte."

„Nein, sie versteht Englisch ... zumindest generell. Aber sie redet nicht mehr viel. Wie Sie bestimmt wissen, ist sie mittlerweile zweiundneunzig Jahre alt."

Irgendwo im Haus schrie ein weiteres Baby, und die junge Frau rückte das Kleinkind auf ihrer Hüfte zurecht und zuckte mit den Schultern. „*Va bene. Entrate.*" Sie führte sie einen langen Flur entlang, klopfte an dessen Ende an eine Tür und stieß sie auf. „Noni", sagte sie. „Hier ist Besuch für dich."

Nick betrat das Zimmer, und Isabella folgte ihm dicht auf den Fersen. In einem Sessel am Fenster saß eine weißhaarige Greisin und blickte hinaus auf das Tal. Sie war extrem dünn und ihr Gesicht sowie die Arme vom Alter gekennzeichnet. Langsam wandte sie den Kopf in ihre Richtung. Als sie sie erblickte, trat ein Funkeln in ihre zuvor matten, grünen Augen.

„Tomas?", fragte sie, als würde sie einen Geist sehen.

Nicks Magen krampfte sich zusammen, als er begriff, dass sie in ihm seinen Urgroßvater sah.

Das Babygeschrei im Flur wurde lauter.

„Ich lasse euch dann mal kurz allein, damit ihr euch in Ruhe unterhalten könnt", sagte ihre Enkelin. „Allem Anschein nach erinnert sie sich ja an diesen Tomas."

Nick ging auf die alte Frau zu und setzte sich neben sie auf die Bettkante, während Isabella sich noch im Hintergrund hielt.

„Hallo, Jasmine", begrüßte er sie.

„Ich hätte nie gedacht, dass ich dich noch einmal wiedersehen würde", entgegnete sie mit brüchiger Stimme. „Und dennoch schaue ich jeden Tag aus dem Fenster und frage mich, ob heute vielleicht der Tag sein könnte, an dem du zu mir zurückkehrst. Man sagte mir, du seist tot, aber das bist du nicht, oder?"

Er hatte nicht die leiseste Idee, was er darauf antworten sollte und blickte sich hilfesuchend nach Isabella um. Sie reichte ihm den Brief, den Tomas an Jasmine geschrieben hatte. „Warum liest du ihr den nicht vor?"

„Du siehst ebenfalls vertraut aus", sagte Jasmine, als ihr Blick auf sie fiel. „Bist du das, Lucinda?"

„Ich bin ihre Urenkelin", antwortete sie. „Und Sie waren ihre beste Freundin, nicht wahr?"

„Das war ich, aber es ist schon sehr lange her. Sie hat mir geholfen, meinen Traum zu verwirklichen und Künstlerin zu werden. Meinem Ehemann passte diese Liebe zur Malerei überhaupt nicht. Er wollte, dass ich zu Hause bleibe und mich um die Kinder kümmere. Die waren damals aber schon älter und brauchten mich nicht mehr. Also ging ich häufig hinunter auf die Piazza und zeichnete, und dort lernte ich auch Lucinda kennen, die mich zu sich ins Atelier einlud und versprach, sie und Tomas würden mich unterrichten. Irgendwann schaute ich tatsächlich dort vorbei, und sie lehrten mich nicht nur etwas über Kunst, sondern eröffneten mir eine komplett andere Welt. Doch es war nicht die Welt, die ich haben durfte." Erneut wandte sie sich an Nick. „Es tut mir leid, Tomas, aber ich brachte es einfach nicht übers Herz, ihn oder meine Kinder zu verlassen."

„Ich verstehe", sagte er, obwohl er nicht die leiseste Ahnung hatte, wie er mit der Komplexität dieses Augenblicks umgehen sollte. Die alte Frau schien akzeptiert zu haben, dass Isabella Lucindas Urenkelin war. In ihm jedoch sah sie nach wie vor ihren früheren Liebhaber. „Ich habe hier einen Brief an Sie, der jedoch als unzustellbar zurückkam." Er drückte ihr den Umschlag in die Hand, und ihre Hand zitterte, als sie den Bogen herauszog.

„Ich dachte, du hättest mir nicht geantwortet. So lange habe ich auf eine Nachricht von dir gewartet, und dann sind wir weggezogen. Mein Mann hatte schon immer den Verdacht, dass da etwas zwischen uns war und hat die Kinder und mich außer Landes geschafft. Viele Jahre lang lebten wir in Washington, DC. Erst nach seinem Tod kehrte ich nach Italien zurück, aber das Atelier war verschwunden, ebenso wie dein Laden und dein Heim. Man sagte mir, Lucinda und du wären gestorben. Das brach mir erneut das Herz. Ich wünschte, ich hätte nicht so lange gewartet."

Während Jasmine die Zeilen las, die Tomas ihr vor langer Zeit geschrieben hatte, blickte Nick erneut zu Isabella hinüber, und sie ermutigte ihn mit einem Kopfnicken, weiterzumachen.

„Du hast also herausgefunden, dass es David war, der beabsichtigte, dich zu hintergehen", sagte Jasmine und blickte von dem Brief auf. „Ich war mir nie sicher, ob es tatsächlich so war, wollte dich jedoch zumindest warnen. Du hattest doch immer so große Träume, wolltest die italienische Kunst retten, indem du die Originale, die *La Mano Negra* zu stehlen plante, durch Kopien ersetzt hast. Wie oft haben wir alle bis spät in die Nacht in deinem Atelier an den Fälschungen gearbeitet. Und die Originale hast du sicher versteckt. Du warst überzeugt, alle stünden hinter dir, aber David arbeitete auch mit dieser Diebesbande zusammen, wollte doppelt Geld verdienen. Ich hatte Angst, ihn in meinen Briefen namentlich zu nennen, aber du hast seine Machenschaften trotzdem aufdecken können."

„Ja", sagte Nick, obwohl er vor Schock über diese Enthüllungen kaum ein Wort herausbrachte. Jasmine hatte gerade bestätigt, dass sie alle Fälscher gewesen waren, aber der Grund dafür war ein komplett anderer, als er vermutet hätte.

„David hat alles vermasselt", fuhr sie fort, „denn er hat es Juliette erzählt. Ich wusste von Anfang an, dass wir ihr nicht trauen konnten, denn sie war ihrem Mann und ihren Brüdern hörig. Dennoch wollten wir alle glauben, dass sie mit deren Machenschaften nicht einverstanden und uns gegenüber loyal war. Aber letztendlich war sie es, die aus David einen Verräter machte. Was ist eigentlich aus ihm geworden?"

„Er ist schon lange tot."

„Ist es falsch zu sagen, dass ich darüber froh bin?"

„Nein, ist es nicht." Er hielt inne, als er Isabella nach Luft schnappen hörte.

Sie stand neben dem Nachttisch und hielt einen Ring in der Hand, den sie eingehend studierte. Dann kam sie zu ihnen herüber. „Ist das Ihr Ring, Jasmine?"

„Ja. Normalerweise trage ich ihn, aber in letzter Zeit bin

ich so dünn geworden, dass er mir ständig vom Finger rutscht." Sie nahm ihn Isabella aus der Hand und fuhr mit der Fingerkuppe das *P* nach. „Es ist so lange her, dass wir die *Protettori* waren."

„*Protettori*?", wiederholte Isabella verwirrt. „Was hat dieses Wort zu bedeuten?"

„Beschützer", antwortete Nick anstelle der alten Frau.

„Richtig. Wir hatten es uns zur Aufgabe gemacht, unsere nationalen Kunstwerke vor Dieben zu schützen. Es war das Wichtigste, was ich je in meinem Leben getan habe." Das Gespräch schien Jasmine zu ermüden, denn sie schloss für einen Moment die Augen.

Erneut blickte Nick sich Hilfe suchend nach Isabella um, und sie deutete ihm an, die alte Frau zum Weiterreden zu bewegen, während sie sich erneut in deren Zimmer umsah. Sie schloss die offen stehende Tür des Kleiderschranks, und an der Wand dahinter kam ein Gemälde zum Vorschein.

Sein Herz setzte einen Schlag aus, als Isabella ihm ein Zeichen gab. Dieses Bild glich den anderen. Der Fokus lag auf einem einzigen Objekt, in diesem Fall einem Schloss auf einem entfernten Hügel, und auch hier waren die Farben an den Rändern verschwommen.

„Jasmine", sprach er die alte Dame erneut sanft an. „Ist das mein Gemälde?"

Sie öffnete die Augen und ließ den Blick von ihm zu dem Kunstwerk schweifen. „Es war all die Jahre gut versteckt, so wie du es verlangt hast, Tomas. Aber dann habe ich dich so sehr vermisst, und um mich dir näher zu fühlen, habe ich es herausgeholt. Du hast mich stets so sehr inspiriert."

Er hörte kaum noch, was sie sagte. Sie hatten das fehlende Gemälde gefunden, ein weiteres Puzzleteil. „Kann ich es wiederhaben? Darf Isabella es abnehmen?"

Sie zögerte kurz, nickte dann jedoch zustimmend. „Ja, natürlich, es gehört schließlich dir. Ist die Zeit gekommen, sie alle zusammenzusetzen? Leider weiß ich nach dieser langen Zeit nicht mehr, wo sich die übrigen befinden oder wie ich durch sie an die anderen herankomme."

„An die anderen?", wiederholte er verblüfft.

„An die Originale eben. Du erinnerst dich doch noch daran, oder lässt dein Gedächtnis auch langsam nach?"

„So vage weiß ich es noch", murmelte er. „Aber was genau habe ich damals darüber erzählt?"

„Dass der Ort, an dem sie versteckt sind, offenbart wird, sobald man sie zusammenfügt. Und dass wir dann die von uns gestohlenen und durch Kopien ersetzten Originale zurückholen und sie ihren rechtmäßigen Besitzern zurückgeben würden. Allerdings durften wir nicht zu früh handeln, denn sonst wären uns die Diebe auf die Schliche gekommen, und unser vorrangiges Ziel, dass die ganze Welt sich daran erfreuen soll, wäre erneut in weite Ferne gerückt."

Ein weiteres Puzzleteil, das sich in das Ganze einfügte. Sobald sie sämtliche Gemälde zusammengebracht hatten, würde das Gesamtbild das Versteck der Originale preisgeben.

Isabella nahm es ab und reichte es ihm, und ihre Augen funkelten verdächtig. Offensichtlich hatte sie das Rätsel bereits gelöst.

„Vielen Dank dafür, dass Sie all die Jahre so gut darauf aufgepasst haben", sagte er, an Jasmine gewandt.

„Ich hoffe, du weißt, dass ich dich immer geliebt habe, Tomas, auch wenn ich mich gegen dich entschieden habe. Aber ich konnte mein Ehegelübde einfach nicht brechen."

„Ja, ich weiß." Er griff nach ihrer Hand und drückte sie sanft. „Lesen Sie meinen Brief noch einmal, er wird Ihnen bestätigen, was ich von jeher für Sie empfunden habe."

Tränen traten ihr in die Augen, aber sie lächelte ihn tapfer an. „Du musst jetzt gehen, nicht wahr?"

„Ja, ich muss die Bilder holen."

Sie nickte, und als er sich erhob, fügte sie hinzu: „Wir werden uns nicht wiedersehen."

Es war keine Frage, also antwortete er auch nicht darauf,

sondern beugte sich lediglich zu ihr hinunter und küsste sie auf die Wange. Dann folgte er Isabella aus dem Zimmer. Sie konnten hören, wie Jasmines Enkelin sich am Ende des Flurs mit ihren Kindern beschäftigte, also verließen sie eiligen Schrittes das Haus, bevor sie sie aufhalten und fragen konnte, warum sie das Bild ihrer Großmutter dabeihatten.

Draußen angekommen, sprangen sie ins Auto, und Nick fuhr mit quietschenden Reifen los. Erst einige Kilometer weiter hielt er am Straßenrand und betrachtete nochmals eingehend das Gemälde, das Isabella auf dem Schoß hielt. „Du weißt, wo sie sind, oder?"

„Ja. In der Schule", erwiderte sie, und ihre Augen funkelten vor Aufregung. „Die Schule, die Frederico gegründet hat, mit dem Innenhof, wo die Künstler unter freiem Himmel zeichnen können. Erinnerst du dich an das, was wir gesehen haben, als wir dort standen?"

„Die Bäume, die Felsmauer, den Fluss ..."

„Und in der Ferne auf dem Hügel das Schloss."

„Verdammt, du hast recht. Aber ..."

Sie stöhnte auf. „Warum gibt es immer ein Aber?"

„Wenn die Gemälde in der Schule versteckt waren, warum hat Frederico sie dann nicht angerührt? Warum nicht zusammen mit seinen eigenen verbrannt?"

„Louisa und Victoria erzählten doch, er sei in seinen letzten Jahren aufgrund seines Alkoholkonsums nicht mehr zurechnungsfähig gewesen."

„Aber da ist irgendetwas, das wir übersehen haben."

„Lucinda", entfuhr es Isabella. „Sie hat ebenfalls an der Akademie unterrichtet. Vielleicht hat sie sie dort versteckt und Frederico wusste gar nichts davon."

„Okay, das würde Sinn ergeben. Doch wenn dem so ist, wo könnten sie dann sein?"

Sie dachte kurz nach und bedachte ihn dann mit einem triumphierenden Lächeln. „O mein Gott, natürlich! Es ist so was von offensichtlich. Erinnerst du dich an all die Bilder in den Fluren?"

„Ich dachte, bei denen handelte es sich um Werke der Schüler."

„Vielleicht war es eine Kombination aus Reproduktionen alter Meister und Arbeiten der Studenten. Weißt du noch, Lucindas Skizzenbuch – das Bild, das ich dir vor ein paar Tagen gezeigt habe? Das war ebenfalls eine Kopie eines berühmten Gemäldes. Und Mom sagte, es gehöre zur Ausbildung dazu, diese zu studieren, um die Technik zu erlernen."

„Willst du damit allen Ernstes andeuten, dass in dieser Schule seit Jahrhunderten unbezahlbare Kunstwerke herumhängen, ohne dass jemand davon wusste? Was ist mit den Lehrern? Würden die nicht ein Original von einer Fälschung unterscheiden können?"

„Vielleicht verbergen sie sich hinter den Reproduktionen. Wie auch immer, wir müssen nochmals zu dieser Akademie fahren. Und ich bin mir ziemlich sicher, die beiden anderen Bilder, die Treppe und die gemusterten Kacheln, spiegeln das Innere des Gebäudes wider. Wir haben uns ja leider drinnen nicht weiter umgesehen, und dem Boden habe ich keine großartige Beachtung geschenkt, aber vielleicht führen uns die Fliesen zu dem eigentlichen Versteck."

Nick startete erneut den Wagen und fuhr los, und Isabella legte das Bild auf den Rücksitz.

Die Vorstellung, dass die Gemälde sich in der Schule befanden, war verrückt, ergab aber auch Sinn. Er drückte aufs Gas und erhöhte das Tempo. Dennoch würde es noch mindestens zwei Stunden bis zurück nach Rom dauern, was ihn ziemlich frustrierte. Sie waren so nah dran. Was, wenn ihnen in letzter Minute noch jemand zuvorkam?

„Hattest du ein schlechtes Gewissen, weil du Jasmine angelogen hast?", fragte Isabella ein paar Minuten später. „Vorgeben musstest, ihre verlorene Liebe zu sein?"

„Schon ein wenig. Aber für sie war es einfacher, mich für

Tomas zu halten, als eine langwierige Erklärung oder die Wahrheit verkraften zu müssen."

„Und es machte es uns einfacher, das Gemälde zu bekommen. Womöglich hätte sie es dir nicht überlassen, wenn sie nicht überzeugt gewesen wäre, dass es dir gehört."

„Mit Sicherheit nicht."

„Du solltest dich nicht schlecht fühlen, Nick, denn eigentlich hast du sie glücklich gemacht, indem du ihr den Brief überreicht hast, in dem Tomas ihr seine Liebe gestand. Der ist für sie viel wertvoller als ein Stück Leinwand."

„Stimmt, und ich habe auch kein schlechtes Gewissen wegen dieser Aktion. Es war nicht das erste Mal, dass ich gelogen habe, und dieses Mal hatte ich einen triftigen Grund dafür. Traurig bin ich nur darüber, dass die beiden nie zusammenkamen. Ich konnte die Liebe in ihrer Stimme hören. Sie war echt." So echt, dass er über ihre Worte richtig erschüttert gewesen war. Und er hatte sich gefragt, wie es wohl wäre, wenn es jemanden gäbe, der derartig starke Gefühle für ihn hegte. Oder selbst jemanden so zu lieben, wie sein Urgroßvater diese Frau.

Aber Tomas und Jasmine hatten sich voneinander losgesagt, weil sie andere Menschen nicht verletzen wollten. Und er war sich nach wie vor nicht im Klaren darüber, was er von ihrer Entscheidung halten sollte: War sie edel und großmütig oder einfach nur dumm und kurzsichtig gewesen? Egal, all das lag Ewigkeiten zurück. Im Moment sollte er sich auf den wichtigeren Teil ihrer Geschichte konzentrieren – die Rettung unbezahlbarer Originalkunst.

„Sie gründeten eine Gruppe namens *Prottetori*", wiederholte er, was er von Jasmine erfahren hatte. „Und sie kopierten Gemälde und tauschten sie irgendwie gegen die Originale aus, bevor diese gestohlen werden konnten."

„Doch woher wollten sie denn wissen, welche die Diebe zu stehlen beabsichtigten?"

„Wahrscheinlich von Juliette."

„Aber wie gelang es ihnen, diese noch vor dem Raub auszutauschen? Das muss ja in einer Nacht-und-Nebel-Aktion geschehen sein."

„Sam erzählte uns doch, dass einige Leute aus der Schule für Museen und Galerien arbeiteten. Durch diese hätten sie sich auch kurzfristig Zugang verschaffen können."

„Trotzdem hätten sie erst einmal wissen müssen, welche Gemälde Ziel des Raubs waren und wann dieser stattfinden sollte. Und laut Jasmine konnte man Juliette nicht trauen, weil sie ein doppeltes Spiel spielte."

„Vielleicht war sie doch nicht einverstanden mit dem, was ihre Brüder taten, also erzählte sie ihren Künstlerfreunden, welche Bilder die im Visier hatten. Dann kopierten die *Protettori* exakt diese Werke und tauschten sie gegen die Originale aus. Und die Falconeri-Bande dachte, sie hätten die wahren Kunstwerke erbeutet, was aber nicht der Fall war."

„Denn diese wurden versteckt, mit der Absicht, sie, sobald sich die Wogen geglättet hatten, ihren rechtmäßigen Besitzern zurückzugeben", schloss Isabella seine Ausführungen.

„Aber David hat die Sache irgendwie auffliegen lassen."

„Vielleicht nicht nur er, sondern auch Juliette, und deshalb wurden Tomas und Lucinda getötet. So muss es gewesen sein, Nick."

„Das denke ich auch. Aber wer hat *La Mano Nera* wieder zum Leben erweckt? David oder Juliette ja wohl kaum."

Sie seufzte. „Wieder so eine schwierige Frage, auf die wir keine Antwort haben. Catherine wäre eine gute Wahl gewesen, da sie ja eine Falconeri war. Das hat sich aber leider erledigt."

„Und auch sie wurde umgebracht. Aber warum? Hatte sie vor zu reden, bekam sie plötzlich Gewissensbisse?"

„Was, wenn Lavezzo hinter all dem steckt?", überlegte sie. „Womöglich hatten Catherine und er was miteinander. Er bat sie, die Gemälde unter dem Vorwand, eine Ausstellung zu organisieren, aus ihren Verstecken zu locken. Sie schaltete den Alarm aus, und jetzt tut er so, als würde er den Raubüberfall untersuchen, findet aber merkwürdigerweise nichts."

„Du wärst besser Ermittlerin anstatt Reporterin geworden“, sagte Nick, beeindruckt von ihrer Kombinationsgabe. „Wenn diese Theorie zutrifft, könnte der Streit, den du zwischen den beiden beobachtet hast, den Hintergrund haben, dass Catherine ihm mitteilte, sie wolle aussteigen.“

„Genau. Vielleicht hatte sie nicht erwartet, dass die Diebe so weit gehen würden und fühlte sich schuldig, dass der Wachmann bei dem Überfall beinahe gestorben wäre.“

„Aber sie wusste zu viel, und deshalb hat Lavezzo oder jemand anderes sie umgebracht.“ Er hielt kurz inne. „Wer mich immer noch beschäftigt, ist dieser namenlose Junge, den Juliette in Paris zur Welt brachte, nachdem sie ihren Mann verlassen hatte. Auch er war ein Falconeri. Catherine war um die sechzig, glaube ich – wir müssen noch ihr Geburtsdatum überprüfen –, und ungefähr acht, als ihr Bruder geboren wurde. Somit wäre er jetzt in seinen Fünfzigern. Das grenzt unsere Suche zwar nicht wirklich ein, ist aber zumindest ein Anhaltspunkt.“

„Es ist wahrscheinlicher, dass jemand wie Lavezzo Catherine töten würde anstatt ihr eigener Bruder, wer auch immer er sein mag. Es sei denn ...“ Plötzlich wurde sie ganz aufgeregt. „Was, wenn er dieser ominöse Bruder ist? Kennen wir seine Familiengeschichte?“

„Ich habe Flynn gebeten, sie zu überprüfen, die Sache dann jedoch nicht weiter verfolgt. Juliette hat mich abgelenkt.“

„Er hätte ungefähr das richtige Alter. Aber würde er seine Schwester wegen gestohlener Kunstwerke ermorden?“

„Mord unter Angehörigen gibt es häufiger, als man denkt“, antwortete er ernst. „Manchmal sogar ohne einen triftigen Grund. Aber lass uns diesen Punkt auf später verschieben. Vorrangig müssen wir zu dieser Schule fahren und die Gemälde finden. Bevor uns das nicht gelungen ist, ist der Fall nicht gelöst und niemand in Sicherheit.“

KAPITEL SECHSUNDZWANZIG

Während Nick sich auf die Straße konzentrierte, überlegte Isabella, was sie nach ihrer Ankunft in der Schule als Erstes tun sollten. Dann jedoch ereignete sich auf ihrer Strecke kurz vor Rom erneut ein Verkehrsunfall, und die sich zurückstauende Fahrzeugschlange machte sie direkt wieder nervös. War das etwa eine weitere Falle?

Und selbst wenn nicht ... Es dämmerte bereits, und der Zeiger der Uhr wanderte gen sechs. Womöglich war die Schule bei ihrem Eintreffen bereits geschlossen, und sie wollte keinesfalls bis morgen warten.

Sollte sie aber noch offen sein, was dann? Sie würden sich jedes einzelne Bild ansehen und entscheiden müssen, ob es sich um ein Original handelte oder nicht ... aufgrund ihrer fehlenden Kunsterfahrung eine enorme Herausforderung. Vielleicht könnten sie Louisa und Victoria um Hilfe bitten. Oder wäre es besser, die beiden außen vor zu lassen? Immerhin wussten sie nicht, ob nicht auch Frederico innerhalb der Bande eine Rolle gespielt hatte. Andererseits – sie leiteten die Schule. Ohne deren Wissen oder Zustimmung könnten sie dort ohnehin nichts ausrichten.

Sie wünschte nur, die Bilder enthielten einen detaillierteren

Hinweis. Warum gab es keine genauere Wegbeschreibung? All diese Leute hatten sich so viel Mühe gemacht, eine Reihe von Gemälden anzufertigen, die zu einem bestimmten Ort führen sollten. Und jede weitere Spur verlief sich im Sand?

Einer plötzlichen Eingebung folgend, schnappte sie sich erneut das Bild und drehte es um. Die Leinwand war mit kleinen Nägeln am Rahmen befestigt und nicht weiter markiert, aber sie entdeckte, dass ein winziges Stück des Gewebes abstand.

„Was hast du vor?“, erkundigte sich Nick.

„Ich nehme das Teil auseinander.“

„Wozu?“

„Um nachzusehen, ob sich darunter noch ein anderes Gemälde versteckt. Allerdings bräuchte ich irgendein Werkzeug, um die Heftzwecken herauszuziehen.“

Er verlagerte seine Position und zog eine kleine, kompakte Box aus seiner Tasche. „Ich denke, darin findest du das, was du brauchst.“

„Wow. Du bist ja ein richtiger Pfadfinder.“

Er lachte. „Nein, ein Pfadfinder war ich tatsächlich nie, aber ich komme oft genug in Situationen, in denen mir dieses Sortiment gute Dienste leistet.“

Isabella entschied sich für einen Schlitzschraubendreher und schob ihn unter die erste Reißzwecke. Es kostete sie etwas Kraft, aber dann löste sich diese, und sie fuhr in ihren Bemühungen fort, bis sie zwei Seiten der Leinwand freigelegt hatte. Auf dem Rahmen konnte sie nichts entdecken, aber nachdem sie schon einmal so weit gekommen war, entschloss sie sich, auch noch den Rest abzulösen. Dann drehte sie das Holzgestell um, und ihr Puls schoss in die Höhe.

„Da stehen Zahlen“, sagte sie. „Eine Eins und eine Fünf. Was die wohl zu bedeuten haben?“

„Keine Ahnung“, erwiderte Nick. „Vielleicht ist dies das fünfte Gemälde?“

„Möglich. Aber wofür steht dann die Eins? Hoffentlich

können wir es herausfinden, wenn wir die anderen in der Schule gefunden haben."

„War da nicht eine Zahl in Lucindas Skizzenbuch, die wir nicht zuordnen konnten?"

„Stimmt", sagte sie und erinnerte sich an die Zwei, die auf der Skizze auf einer der Treppenstufen stand, dann jedoch zumindest teilweise wieder unkenntlich gemacht worden war. Sie sah sich das eigentliche Gemälde noch einmal an, aber darauf selbst waren keine Zahlen zu sehen. „Auf der Leinwand ist nichts, nur auf dem Rahmen."

„Irgendeine Bedeutung haben sie. Wir müssen nur rausbekommen, welche."

Sie gab ihm das Etui mit dem Werkzeug zurück. „Wenn hier nur endlich mal etwas vorwärtsginge", stöhnte sie auf, als der Verkehr erneut zum Erliegen kam. „Ich befürchte, bis wir an der Schule sind, hat diese geschlossen."

„Das wird sich bald herausstellen."

Leider war *bald* fast eine Stunde später und bereits kurz vor sieben, als sie ihr Ziel endlich erreichten. Tatsächlich lag die Akademie im Dunkeln, und auf dem Parkplatz daneben stand kein einziges Auto.

„Das war fast zu erwarten", sagte Isabella enttäuscht. „Was machen wir jetzt? Ich will nicht bis morgen warten."

„Sehen wir nach, ob eine der Türen offen ist", schlug Nick vor.

„Das kann ich mir kaum vorstellen."

„Man weiß nie. Aber warte noch einen Moment. Ich stelle den Wagen lieber ein Stück weiter weg ab, damit keiner merkt, dass jemand hier ist."

Er parkte das Auto einen Block entfernt, und sie liefen zu Fuß zurück zur Schule. Isabella trug den zerlegten Rahmen in der einen und die aufgerollte Leinwand in der anderen Hand, für den Fall, dass sie die Teile aus irgendeinem Grund noch brauchten.

Sie umrundeten das Gebäude und betraten den Innenhof.

Selbst in der Dämmerung konnte sie das Schloss auf dem Hügel in der Ferne sehen, den Baum an der Felswand und den Fluss. Was sie allerdings nicht entdecken konnten, waren Treppen oder gemusterte Fliesen. Vielleicht befanden diese sich wirklich im Inneren des Hauses. Aber hier zu sein und dieselben Szenen zu sehen, die fünf idealistische Künstler vor über fünfzig Jahren gemalt hatten, bestärkte sie in ihrer Überzeugung, dass sie am richtigen Ort waren.

Nick lief die Außenwände ab und überprüfte sämtliche Türen und Fenster.

„Es gibt keine Kameras und kein offensichtliches Alarmsystem", sagte er, als er zu ihr zurückkehrte. „Nach allem, was Victoria über ihre bröckelnde Infrastruktur und finanziellen Probleme erzählt hat, nehme ich an, dass eine Überwachungsanlage ihre geringste Sorge war." Ein weiteres Mal zog er die kleine Werkzeugbox aus der Tasche und machte sich an der Hintertür zu schaffen.

„Wir brechen einfach so ein?", fragte Isabella erstaunt und fühlte sich bei der Vorstellung ein wenig unbehaglich.

„Ja." Er hielt inne und bedachte sie mit einem prüfenden Blick. „Es sei denn, du möchtest das nicht. Dann warten wir bis morgen."

„Da müssten wir dann aber Louisa und Victoria einweihen, und wir wissen ja nicht, ob wir ihnen trauen können. Da wir jetzt schon mal hier sind, lass es uns einfach tun."

Nick arbeitete schnell und effizient, und innerhalb weniger Minuten sprang das Schloss auf.

„Respekt", sagte sie anerkennend. „Wenn es irgendwann mit der Agentenkarriere nicht mehr klappt, kannst du ohne Weiteres auf die dunkle Seite wechseln."

„Das ist für mich keine Option, denn ich habe leider schon zu viel von dieser dunklen Seite mitbekommen." Er öffnete die Tür für sie. „Besser, wir machen kein Licht an, sondern nur die Taschenlampen unserer Handys."

Beide griffen nach ihren Prepaid-Telefonen und schalteten

sie ein. Dann machten sie sich auf, den Gang abzulaufen.

„Hier sind ja so viele Gemälde“, stöhnte Isabella. „Damit es etwas schneller geht, würde ich vorschlagen, du nimmst dir eine Seite vor, und ich mir die andere.“

„Gut, aber ich weiß leider gar nicht, wonach ich suchen soll.“

„Nach etwas, das richtig professionell aussieht.“

„Alles klar, ich gebe mein Bestes. Ein hochkarätiges Gemälde sollte ja besser und auffälliger sein als dieser Schrott hier, oder?“

Sie wusste nicht, was sie darauf erwidern sollte. Kunst war definitiv subjektiv.

Als sie an einem Klassenzimmer vorbeikam, entdeckte sie auf der Tür die Ziffer sechs und fragte sich, ob die Zahl eins-fünf auf dem Rahmen, den sie nach wie vor in der Hand hielt, etwas mit der hier zu tun haben könnte. Während Nick sich in die entgegengesetzte Richtung aufmachte, schritt sie weiter diesen Teil des Flurs entlang. Das nächste Klassenzimmer war mit einer Fünf gekennzeichnet. Sie ließ den Strahl ihrer Taschenlampe über die Gemälde neben der Tür wandern, und dann stach ihr eines ins Auge, das ihr unglaublich bekannt vorkam.

Es war dasselbe Bild, das sie bereits in Lucindas Skizzenbuch gesehen hatte. Ihr Herz begann zu rasen, doch sie hatte es kaum abgenommen, als sie plötzlich ein ächzendes Geräusch vernahm. Sie wirbelte herum und sah Nick bewusstlos auf dem Boden liegen, während ein ganz in Schwarz gekleideter Mann über ihm stand. Die Waffe in seiner Hand war direkt auf sie gerichtet.

Er sagte etwas auf Italienisch, was sie natürlich nicht verstand. So blieb sie einfach unbeweglich stehen und drückte das Gemälde, einem Schutzschild gleich, dicht an ihre Brust. Natürlich würde die Leinwand sie nicht vor einer Kugel bewahren, aber etwas Besseres fiel ihr im Moment nicht ein.

Wie in aller Welt hatte der Typ sie gefunden? Und waren außer ihm noch weitere Personen im Gebäude? Alles schien ruhig zu sein, sie hörte weder Schritte noch andere Stimmen.

Der Angreifer gab einen weiteren, diesmal lauteren Befehl

auf Italienisch von sich und deutete mit seiner Waffe auf das Bild.

Isabella schluckte schwer. Sobald sie es ihm übergeben hatte, würde er sie beide mit ziemlicher Sicherheit töten. Sie musste ihn irgendwie hinhalten. Nick war nicht tot, lediglich bewusstlos. Wenn sie noch ein wenig Zeit schinden könnte, käme er vielleicht wieder zu sich, und sie könnten entkommen.

„Es gibt noch vier andere Gemälde", setzte sie an, „und ich weiß, wo sie sich befinden. Sie können mich nicht umlegen, denn ohne meine Hilfe finden Sie sie nie." Natürlich hatte sie keine Ahnung, ob er überhaupt Englisch sprach und sie verstehen konnte. Nur eine Sekunde später war das aber ohnehin egal, denn hinter ihr ertönte ein lauter Knall.

Instinktiv duckte sie sich und wartete darauf, dass der Schmerz einsetzte oder Blut aus Nicks Kopf geschossen kam. Jedoch war es der Mann mit der Waffe, der zu Boden ging.

Als sie sich schockiert umwandte, sah sie Stefano mit einer Waffe in der Hand den Flur entlangkommen. „O mein Gott", keuchte sie.

„Bist du okay, Isabella?", fragte er und steckte die Pistole weg.

„I-ich glaube schon", stotterte sie. „Woher wusstest du, dass wir hier sind?"

„Ich habe vorhin mit deiner Mutter telefoniert. Sie hat sich Sorgen um dich gemacht und vermutet, du wärst auf dem Weg hierher. Allem Anschein nach hatte sie in beiden Punkten recht. Was treibt ihr hier?"

„Wir haben ein weiteres Gemälde von Tomas gefunden, und uns ist klar geworden, dass die gestohlenen Werke zusammengesetzt ein Bild der Aussicht vom Innenhof dieser Schule ergeben."

„Und warum sollte das wichtig sein?"

„Weil Tomas und Lucinda zu einer Gruppe von Leuten gehörten, die es sich zur Aufgabe gemacht hatten, Kunstwerke vor Dieben zu schützen, indem sie sie selbst stahlen,

Fälschungen davon anfertigten und diese gegen die Originale austauschten."

Abrupt hielt sie inne. Irgendetwas war hier faul. Warum war Stefano allein? Wo waren die anderen Polizisten? Warum hatte er den Kerl einfach erschossen und nicht einmal versucht, ihn in Gewahrsam zu nehmen?

Und was noch wichtiger war: Ihre Mutter hatte nicht gewusst, dass sie zur Schule fahren wollten. Ihr hatten sie lediglich gesagt, dass sie Jasmine aufsuchen wollten.

„Ist das eines der Gemälde?", fragte Stefano.

„Ich denke schon."

„Und wo sind die anderen?"

„Das weiß ich noch nicht, aber sie könnten irgendwo hier an den Wänden hängen. Auf der Rückseite der Rahmen der gestohlenen Bilder steht eine Nummer, die anscheinend auf das Stockwerk und das Zimmer hinweist. Weiter bin ich aber bisher nicht gekommen."

„Wie lautet die Zahl auf diesem hier?"

„Eins-fünf, und dieses Klassenzimmer hat die Nummer fünf", erwiderte sie.

„Ich habe den Bericht über das Gemälde gelesen, das aus der Galerie in Florenz gestohlen wurde."

„Das von David Leoni?"

„Ja. Auf dessen Rahmen stand zwei-zwölf."

„Das muss der zweite Stock sein, Klassenzimmer zwölf."

„Lass es uns herausfinden. Nach dir."

„Aber was ist mit dem Typen dort? Solltest du nicht einen Krankenwagen rufen?"

„Er ist tot, und Nick anscheinend bewusstlos. Ich nehme an, der Angreifer hat ihn niedergeschlagen."

„Ja, das denke ich auch. Allerdings habe ich nicht gesehen, wie es passiert ist. Ich werde mal nach ihm schauen."

„Das kannst du auch später noch machen. Ich würde dich ungern hier zurücklassen, für den Fall, dass der Mann nicht allein unterwegs war."

Trotz seiner eher fürsorglichen Worte lag eine gewisse Kälte in seiner Stimme und in seinen Augen. Er würde kein Nein akzeptieren. Sie hatte Angst, dass er die Waffe ziehen und sie erschießen könnte, wenn sie sich nicht fügte, und als sie sich auf die Treppe zubewegten, überkam sie die schreckliche Gewissheit, dass Nick und sie hier nicht mehr lebend herauskommen würden.

Durch den Klang des Schusses hatte Nick das Bewusstsein wiedererlangt, und trotz des scharfen, pochenden Schmerzes in seinem Kopf klärte sich der Nebel in seinem Gehirn und er hörte Stimmen. Es kostete ihn seine ganze Kraft, sich nicht zu bewegen, um sich somit zu verraten.

Isabella sprach mit Stefano, der offenbar seinen Angreifer erschossen hatte. Der Mann war schwarz gekleidet, und sein Kopf lag in einer Blutlache, die sich allmählich über die ganze Breite des Flurs ausdehnte. Es war ein gezielter, tödlicher Schuss gewesen. Vielleicht war Nick da noch ohnmächtig gewesen und hatte nicht mitbekommen, wie Stefano den Schurken aufgefordert hatte, seine Waffe niederzulegen. Was ihm jedoch gar nicht behagte, war die Tatsache, dass der Beamte allein hier zu sein schien.

Und er kümmerte sich weder um sein Opfer noch um ihn. Er wollte nur die Gemälde. Er steckte in dieser Sache mit drin, war entweder der Kopf der Bande oder arbeitete zumindest mit jemand anderem zusammen. Verdammt, vielleicht tatsächlich mit Lavezzo.

Als die beiden den Flur hinuntergingen, öffnete er die Augen und sah, wie die Strahlen ihrer Taschenlampen an den Wänden des Treppenhauses abprallten. Er erinnerte sich noch, wie Isabella gesagt hatte, sie hätte das Gemälde gefunden. Sie musste vermuten, dass die anderen sich oben befanden, oder aber sie versuchte, Stefano hinzuhalten, indem sie ihn in ein anderes

Stockwerk lockte, in der Hoffnung, Nick würde in der Zwischenzeit wieder zu sich kommen.

Er rollte sich auf den Bauch und zog die Waffe unter seinem Shirt hervor, die er bereits in der Hand hätte halten sollen, als sie das Gebäude betraten. Dieser Fehler war sie teuer zu stehen gekommen, da er sich überrumpeln ließ, aber er schwor sich, dass er nicht tödlich enden würde. Er würde Isabella retten, und wenn es das Letzte war, was er tat.

Sein Handy lag neben ihm auf dem Boden, und er schnappte es sich und kam torkelnd auf die Beine. Der Schmerz war so übermächtig, dass erneut Dunkelheit über ihn hereinzubrechen drohte. Nach Luft schnappend, lehnte er sich gegen die Wand und bemühte sich, nicht erneut das Bewusstsein zu verlieren. Just in diesem Moment hörte er leise Schritte, die sich von der Tür zum Innenhof näherten.

Er hob seine Pistole, entschlossen, jeden auszuschalten, der hereinkam. Allerdings würde ein Schuss verraten, dass er bei Bewusstsein und bewaffnet war. Also wartete er noch ab ...

Ihm stockte der Atem, als er erkannte, dass es eine Frau war, die, sich stets im Schatten haltend, den Gang entlangschlich. Er richtete den Strahl seiner Taschenlampe auf sie, und sie erstarrte.

„Sylvie“, murmelte er schockiert.

Als sie ihn erkannte, kam sie auf ihn zugeeilt, blieb jedoch erneut wie angewurzelt stehen, als sie die Leiche entdeckte.

„Mein Gott“, hauchte sie und presste eine Hand aufs Herz.

Er ging auf sie zu, packte sie am Arm und zog sie von der Leiche weg in eine kleine Nische neben der Toilette. „Was tun Sie denn hier, Sylvie?“

„Ich habe herausgefunden, dass die Bilder Motive vom Hof der Schule zeigen. Und da ich Isabella nicht erreichen konnte, beschloss ich, auf eigene Faust nachzusehen.“

„Haben Sie Stefano erzählt, dass wir hier sein könnten?“

Verwirrt starrte sie ihn an. „Nein. Er rief mich an und sagte, Isabella sei in Schwierigkeiten. Aber ich erinnerte mich daran, was Sie gesagt haben, dass man ihm nicht trauen dürfe. Also erklärte ich ihm, ich wüsste nicht, wo sie sich aktuell aufhält. Allerdings wuchs meine Sorge dadurch noch mehr. Wo ist sie jetzt?“

„Oben“, erwiderte er und hörte in dem Moment, wie Stefano Isabella befahl weiterzugehen.

„Sie ist bei Stefano?“, fragte Sylvie schockiert. „Woher wusste er denn, dass er sie hier finden würde?“

„Ich nehme an, er hat uns beschatten lassen. Oder vielleicht Sie.“

„Dann war es meine Schuld? O Gott!“

„Bitte, Sie müssen von hier verschwinden. Verständigen Sie die Polizei. Sagen Sie ihnen, was los ist.“

„Was, wenn ich an die falsche Person gerate? Stefano ist doch ebenfalls bei der Polizia.“

Damit hatte sie natürlich recht, aber nicht jeder Beamte war korrupt, und zudem war der Typ allein hier. „Gehen Sie einfach und rufen Sie an.“

„Nein, das erledigen besser Sie.“ Sie schüttelte den Kopf und bedachte ihn mit demselben sturen Blick, den er bereits von Isabella kannte. „Das ist meine Tochter, die in Schwierigkeiten steckt, und Stefano ... Ich kann ihn zur Vernunft bringen, ihn überreden, sie gehen zu lassen.“

„Das bezweifle ich. Er hat gerade kaltblütig diesen Mann erschossen, der dort drüben am Boden liegt.“

„Ich kann nicht glauben, dass er das getan hat.“

„Doch. Und wenn Sie jetzt nicht gehen, werden Sie am Ende auch noch verletzt. Das würde Isabella das Herz brechen.“

„Aber wenigstens wäre sie am Leben, und nur das zählt. Ich muss es zumindest versuchen, und Sie werden mich nicht aufhalten.“

Als sie sich von ihm entfernte, fluchte Nick leise auf. Am liebsten hätte er sie gepackt und nach draußen geschleppt, aber das würde auch nichts bringen und am Ende nur Stefano auf ihre

Anwesenheit aufmerksam machen. Vielleicht konnte sie ihm ja tatsächlich von Nutzen sein.

Während sie die Treppe hochstieg, die auch Isabella und Stefano benutzt hatten, schlich er auf die andere Seite, von wo aus man ebenfalls ins Obergeschoss gelangte. Wenn sie den Kerl ablenken könnte, hätte er vielleicht bessere Chancen, ihn zu überwältigen.

Kurz erwog er, selbst die Polizei zu verständigen, verwarf diese Idee aber wieder. Wenn die Beamten eintrafen und sahen, dass einer ihrer Kollegen in Schwierigkeiten steckte, würden sie am Ende noch auf ihn selbst schießen. So schnell wie möglich schlich er die Stufen hinauf, wobei ihm bei jedem Schritt der Kopf zu platzen drohte. Aber er musste den Schmerz ignorieren. Es galt, Isabella und ihre Mutter zu retten.

KAPITEL SIEBENUNDZWANZIG

Isabella hatte gerade das dritte Bild gefunden, als sie die Stimme ihrer Mutter vernahm. Erschrocken wirbelte Stefano herum.

„Sylvie", sagte er schockiert. „Was machst du denn hier?"

„Das wollte ich gerade dich fragen", konterte sie. „Hast du mich beschatten lassen?"

„Du musst auf der Stelle verschwinden", sagte er, ohne auf ihre Frage einzugehen.

„Nicht ohne meine Tochter." Zielstrebig schritt sie auf die beiden zu. „Was soll das, Stefano? Hast du den Mann unten umgebracht? Und Nick bewusstlos geschlagen? Was ist mit dir passiert? Seit wann bist du ein kaltblütiger Mörder?"

Isabella konnte spüren, wie seine Anspannung mit jedem Satz wuchs.

„Halt die Klappe!", fuhr er sie an und fuchtelte mit seiner Waffe in der Luft herum. „Ich bin dir keinerlei Rechenschaft schuldig. Wir haben nichts miteinander zu tun, Sylvie."

„Früher einmal waren wir Freunde, und später sogar mehr als das. Du hast mich geliebt, und ich dich ebenso."

„Blödsinn! Du hast immer nur dich selbst geliebt. Ich war dir doch völlig egal", erwiderte er verbittert. „Anscheinend war ich dir nicht gut genug, denn du hast nicht einmal zurückgeschaut."

„Das stimmt doch überhaupt nicht. Und wenn ich zurückgeschaut hätte, was hätte ich dann gesehen? Einen Polizisten, der geschworen hat, die Menschen zu beschützen, und jetzt meine Tochter bedroht?"

„Sie ist mir leider in die Quere gekommen. Wie oft habe ich sie gebeten, Rom zu verlassen, aber sie ist wie du ... stur und entschlossen, stets ihren Willen durchzusetzen."

„Du hast doch die Bilder, die du wolltest. Also lass sie gehen."

„Nicht alle – noch nicht. Von daher brauche ich sie noch."

Bei seinem teuflischen Lächeln krampfte sich Isabellas Magen zusammen, und auch ihre Mutter, auf die Stefano nach wie vor den Strahl seiner Taschenlampe gerichtet hielt, wurde blass.

„Leider weiß sie zu viel", fuhr er fort. „Und du ebenfalls."

Da er aktuell von ihr abgelenkt zu sein schien, trat Isabella unbemerkt ein paar Schritte zur Seite und überlegte, ob es ihr gelingen könnte, ihn mit dem Gemälde, das sie in Händen hielt, niederzuschlagen. Aber er war größer und kräftiger als sie, und der alte Rahmen würde wahrscheinlich einfach zersplittern, ohne ihn zu stoppen. Sie brauchte etwas anderes.

Als sie den Kopf drehte, konnte sie am gegenüberliegenden Ende des Flurs einen Schatten ausmachen. Dort war jemand, aber es war nicht zu erkennen, ob es sich bei der Person um Nick oder einen weiteren Mann in Schwarz handelte.

Der Schatten bewegte sich nicht mehr. Wäre es ein Komplize, wäre er Stefano doch längst zu Hilfe geeilt, oder? Es musste also Nick sein. Und instinktiv wusste sie, was er vorhatte. Da sie so viel Zeit miteinander verbracht hatten, konnte sie inzwischen praktisch seine Gedanken lesen. Er brauchte Platz, um Stefano auszuschalten, ohne ihre Mutter oder sie zu verletzen. Leider stand dieser aktuell zwischen ihnen beiden. Also musste sie ihn dazu bringen, seine Position zu ändern, damit Nick einen Schuss abfeuern konnte.

„Ich glaube, das ist ein weiteres Gemälde", sagte sie von

daher und lenkte damit seine Aufmerksamkeit wieder auf sich. Dann deutete sie auf ein Bild, das ein paar Meter von ihnen entfernt an der Wand hing. „Das wären dann vier. Das letzte findest du auch noch allein. Lass uns gehen, Stefano. Wir werden niemandem etwas von diesem Vorfall erzählen. Ich kehre zurück in die Staaten, und Mom wird vorgeben, sie wäre nie hier gewesen."

Er ignorierte ihre Bitte. „Welches ist es?"

„Dieses hier." Isabella zeigte willkürlich auf eines der Werke, ohne eine Ahnung zu haben, ob dem tatsächlich so war.

Er drängte sich an ihr vorbei, um einen genaueren Blick darauf zu werfen, erstarrte jedoch, als er auf der Vordertreppe Schritte hörte. Erneut hob er seine Waffe, als ein weiterer Mann um die Ecke bog. Das Licht am Visier seines Gewehrs war auf sie drei gerichtet.

„Was ...", begann Stefano, wurde jedoch durch den Knall eines Schusses unterbrochen.

Isabella packte ihre Mutter und zog sie rücklings mit sich gegen die Wand, bis sie geschockt erkannte, dass wieder einmal nicht sie das Ziel des Angreifers war. Stefano brach zusammen und hielt sich mit blutigen Händen die Seite, während er vor Schmerzen brüllte und den Schützen auf Italienisch verfluchte.

Als dieser näherkam, schob Sylvie sie hinter sich. Natürlich würden sie kaum eine Chance haben, wenn er als Nächstes auf sie anlegte, aber der Mann schien es nicht eilig zu haben, sie auszuschalten. Stattdessen blieb er vor ihnen stehen und betrachtete sie aufmerksam. Da sah sie, dass er keine Handschuhe trug, jedoch etwas an seinem Finger aufblitzte ... Ein silberner Ring mit dem Buchstaben *P*. Und als er sich die Kapuze vom Kopf zog und die Sonnenbrille abnahm, erkannte sie ihn sofort wieder. Es war Matthew Pierre, Darios Partner.

„Sie?", keuchte sie überrascht auf und trat um ihre Mutter herum. „Sie stecken in dieser Sache mit drin? Warum? Und woher haben Sie diesen Ring?"

„Von meiner Mutter – Juliette. Sie wissen ja bereits, wer sie war, oder?“

Damit fügte sich auch das letzte Puzzleteil in das Gesamtbild ein. „Ja. Eine Falconeri. Demnach sind Sie ihr namenloser Sohn.“

„So kann man es auch sagen“, antwortete er trocken, aber seine Stimme klang hart und kalt. „Namenlos. Unwichtig. Das wird sich jedoch ab sofort ändern. Wie ich sehe, haben Sie einige der Gemälde bereits gefunden?“

„Warum haben Sie auf Stefano geschossen?“, fragte sie nach einem Blick auf diesen, der sich immer noch vor Schmerzen wand. „Sind Sie nicht Partner?“

„Er wollte mich ausbooten“, erwiderte Matthew barsch. „Das kann ich nicht zulassen. Die Gemälde gehören meiner Familie und mir, und es wird Zeit, sie zurückzuholen.“

Eine weitere schreckliche Tatsache kam ihr in den Sinn. „Wenn dem so ist, warum haben Sie dann Ihre Schwester umgebracht? Hatte Catherine nicht ebenfalls ein Anrecht auf die Bilder?“

„Sie war zu schwach, genau wie meine Mutter“, erwiderte er ohne den geringsten Hauch von Mitgefühl.

„Als schwach würde ich Juliette nicht bezeichnen, nach allem, was ich so über sie herausfinden konnte. Sie war eine Verbrecherin, so wie ihre Brüder, ihr Mann und schätzungsweise auch ihr Sohn und ihre Tochter. Warum hatte sie überhaupt diesen Ring? Sie gehörte doch nicht zu den Guten.“

„Sie gab vor, eine von ihnen zu sein. Aber irgendwann plagte sie das schlechte Gewissen, weil sie ihre Freunde verriet.“

Isabella fuhr sich mit der Zunge über die Unterlippe und überlegte verzweifelt, wie sie ihn dazu bringen konnte, weiterzureden. „Warum haben Sie so lange damit gewartet, die Gemälde wieder in Ihren Besitz zu bringen?“

„Ich habe erst vor anderthalb Jahren davon erfahren, als meine Mutter im Sterben lag und ihre Sünden gestand. Erst da offenbarte sie meiner Schwester und mir, wer wir eigentlich sind und woher genau wir stammen.“

„Und was genau hat sie Ihnen offenbart?"

„Alles", erwiderte er. „Sie erzählte uns von ihren Brüdern, meinem Vater, *La Mano Nera,* und den *Protettori*, den Künstlern, die die Absicht hatten, meine Familie zu ruinieren. Sie wurde geschickt, um sie auszuspionieren, und nachdem sie von der Gruppe akzeptiert wurde, gelangte sie tatsächlich an wertvolle Informationen. Sie hat sogar Tomas und Lucinda unter Drogen gesetzt, damit ihr Bruder ins Haus eindringen und die Fälschungen an sich nehmen konnte."

„Juliette hat sie unter Drogen gesetzt?", wiederholte Isabella schockiert. „Also war sie an dem Mord beteiligt?"

„Eigentlich nicht. Sie hatte nicht die leiseste Idee, dass Roberto beabsichtigte, die beiden umzubringen und das Atelier niederzubrennen. Das zumindest war ihre Version der Geschichte. Sie sagte auch, mein Vater war ebenfalls in die Sache verstrickt, und das hätte ihr Angst gemacht. Sie war von schlimmen Menschen umgeben. Also schnappte sie sich meine Schwester und tauchte unter, und fünf Monate später wurde ich geboren. Unser Leben in Frankreich war von Armut geprägt. Ich hatte nichts ... Kein Geld, keinen Namen, keine Geschichte."

„Sie war bestrebt, Ihnen allen ein besseres Leben zu ermöglichen."

„Tja, das ist ihr leider nicht gelungen", antwortete er verbittert. „Aber selbst, ohne mir der Falconeri-Gene bewusst zu sein, trat ich in ihre Fußstapfen, indem ich stahl, was wir zum Überleben brauchten. Und manchmal auch mehr. Als ich dann irgendwann erfuhr, wer ich wirklich war, fühlte ich endlich so etwas wie Familienzugehörigkeit, und mir war klar, was ich tun musste: den Job beenden, den meine Onkel vor langer Zeit begonnen hatten. Ich musste die Gemälde zurückholen, denn sie repräsentieren alles, was unsere Familie ausmacht."

Sie konnte die Besessenheit in seiner Stimme hören, die schon fast an Wahnsinn grenzte. „Dennoch kann ich nicht nachvollziehen, warum Sie Catherine getötet haben. Sie war es doch, die Ihren Männern Zugang zum Museum verschaffte, oder?"

„Ja, aber dann plagte auch sie das schlechte Gewissen, vor allem, als dieser Wachmann verletzt wurde. Und da wusste ich, dass sie mich verraten würde und beschloss, ihr zuvorzukommen."

Der Typ war wirklich eiskalt. Er würde auch sie umbringen, ohne mit der Wimper zu zucken. Der einzige Grund, warum sie noch am Leben waren, war, dass die letzten beiden Bilder fehlten. Sie blickte auf Stefano, der jetzt deutlich schwerer atmete und die Augen geschlossen hatte. „Und wie sind Sie mit Stefano zusammengekommen?"

„Meine Mutter erzählte mir, dass sein Vater früher für ihre Brüder arbeitete. Er war ihr Mann innerhalb der Polizeibehörde. Als ich davon erfuhr und mir zudem zu Ohren kam, dass er Geldprobleme hatte, schien es mir nur passend, dass wir beide an eine Beziehung anknüpften, die vor langer Zeit begann."

Dass bereits Stefanos Vater mit *La Mano Nera* zu tun gehabt hatte, war Isabella neu. Aber unter diesem Aspekt ergab natürlich auch ihre aktuelle Zusammenarbeit Sinn. Dafür sollten sie beide in den Knast wandern, und sie würde alles in ihrer Macht Stehende tun, damit das geschah. „Stefano war gerade dabei, das nächste Gemälde abzunehmen", sagte sie daher. „Es ist dieses hier, an der Wand direkt über seinem Kopf."

Matthew machte einen großen Schritt über sein Opfer hinweg, hielt jedoch die Waffe nach wie vor auf sie gerichtet. Erst als er die Wand erreichte, wurde er kurz unaufmerksam und wendete sich ab.

In diesem Augenblick ertönte ein weiterer Schuss.

Sylvie schrie auf und riss ihre Tochter mit sich zu Boden.

Als Isabella den Kopf hob, entdeckte sie Matthew, der, nicht weit von ihnen entfernt, zusammengekrümmt und mit weit aufgerissenen Augen auf den Fliesen lag. Aus seinem Hinterkopf sickerte unaufhörlich Blut. Sie legte die Arme um ihre schluchzende Mutter, als auch schon Nick auf sie zugerannt kam.

„Mach dir keine Sorgen, Mom. Das war Nick. Wir sind jetzt in Sicherheit."

„Sind wir das? Ist es wirklich ausgestanden?“, keuchte Sylvie. „Was, wenn noch jemand auftaucht?“

„Ich glaube nicht, dass sonst noch jemand im Gebäude ist, aber für diesen Fall der Fälle haben wir Nick. Uns wird nichts passieren.“ Und dann biss sie sich auf die Unterlippe, um zu verhindern, dass sie zusammen mit ihrer Mutter in Tränen ausbrach.

„Seid ihr okay?“, fragte Nick, nachdem er die beiden Frauen erreicht hatte. Am liebsten hätte er Isabella in seine Arme gezogen, was jedoch nicht möglich war, da diese sich an Sylvie klammerte.

„Ja, uns ist nichts passiert“, versicherte sie ihm. „Und ich wusste auch, dass du da bist.“

„Das dachte ich mir schon, da du Stefano dazu gebracht hast, etwas Abstand zwischen euch zu bringen.“

„Ja, ich wollte dir die Gelegenheit geben, ihn anzuvisieren, aber Matthew war schneller.“

„Ich muss zugeben, ich war fassungslos, als ich ihn den Flur entlangkommen sah“, gab er zu. „Und ich hätte auch nie erwartet, dass er auf Stefano schießt. Danach wollte ich ihn eigentlich direkt ausschalten, aber er war ebenfalls zu nah an euch dran. Das konnte ich nicht riskieren. Verdammt, Isabella, du hättest draufgehen können.“

Sie sah ihn unter Tränen an. „Aber ich bin noch am Leben, und Mom ebenfalls. Und auch du. Das ist alles, was zählt.“

„Ich hätte es besser machen müssen.“

„Nein, Nick. Mach dir nicht schon wieder Vorwürfe. Dank dir ist uns nichts geschehen. Allerdings mache ich mir Sorgen, dass noch weitere Verbrecher auftauchen könnten. Vielleicht sollten wir besser von hier verschwinden.“

„Richtig“, stimmte er ihr zu, als sie sich erhoben, aber das Heulen sich nähernder Sirenen ließ sie erstarren. Eigentlich hätte Nick sich über die Ankunft der Polizei freuen sollen, aber nach dem, was Stefano widerfahren war, versprach der weitere Verlauf unschön zu werden. Schnell wischte er mit dem Ärmel über seine Waffe, um mögliche Fingerabdrücke zu beseitigen, und schleuderte sie dann weit von sich weg. Natürlich würde es ihnen irgendwann gelingen, sie zu ihm zurückzuverfolgen, aber fürs Erste hatte er mit dieser Aktion hoffentlich etwas Zeit gewonnen. Die Lage war ohnehin kompliziert genug, und wenn er eine Pistole in der Hand hielt, könnte sie speziell für ihn nur noch schlimmer werden.

„Wenn die Beamten gleich hier hereingestürmt kommen, möchte ich, dass ihr die Hände hochnehmt", wies er die beiden Frauen an.

„Wozu?", fragte Isabella und klang leicht hysterisch.

„Weil ein Polizist angeschossen wurde und sie denken werden, dass das auf unser Konto geht", erwiderte er knapp.

Isabellas Blick wanderte zu Stefano. Zwar waren seine Augen geschlossen, aber er atmete noch. „Aber nicht wir sind die Verbrecher, sondern er."

„Schon, aber es könnte einige Zeit dauern, das zu beweisen. Wenn die Polizei diesen Anblick sieht – zwei tote Männer und ein schwer verletzter Kollege –, wird sie uns erst einmal in Gewahrsam nehmen. Sollte das der Fall sein, sagt nichts. Wenn sie euch Fragen stellen, bittet darum, dass Kommissar Lavezzo dazugeholt wird oder verlangt nach einem Anwalt."

„Ausgerechnet Lavezzo? Er könnte doch nach wie vor in die Sache verwickelt sein, oder?", fragte Isabella herausfordernd. „Immerhin war er in der Nacht, als Catherine umgebracht wurde, bei Matthew und Dario."

„Du hast doch gehört, was Matthew gesagt hat. Er hat seine Schwester auf dem Gewissen."

„Dennoch ... Da war dieser Streit zwischen ihr und dem Capitano. Woher wollen wir wissen, dass er nicht auch mit drinsteckt?"

„Mein Bauchgefühl sagt mir, Catherine wollte aussteigen und

hat Lavezzo um Hilfe gebeten. Aber egal, äußert euch so wenig wie möglich zu dem Vorfall und besteht auf einem Anwalt."

„Können wir nicht zusammenbleiben?"

„Das werden sie kaum zulassen", erwiderte Nick, und schon hörte er, wie die ersten Beamten das Gebäude stürmten. „Also los, Hände hoch."

Sylvie und Isabella folgten seiner Aufforderung, und nur Sekunden später kamen die Polizisten auf sie zugestürmt und befahlen ihnen, sich auf den Boden zu legen. Beiden Frauen stand die Angst ins Gesicht geschrieben, und Nick hätte nichts lieber getan, als sie zu trösten. Leider lief es exakt so ab, wie er es vorausgesagt hatte. Sie wurden direkt getrennt, nach unten geschafft und in separate Streifenwagen verfrachtet. Das einzig Gute an der kompletten Aktion war, dass sie überlebt hatten.

Die Miene des Beamten, der ihn ins Auto stieß, drückte die blanke Wut aus.

„Rufen Sie Capitano Lavezzo vom Carabinieri T.P.C. an", wies er ihn an. „Er wird Ihnen erklären, worum es hier eigentlich geht."

Als Antwort darauf wurde ihm die Wagentür vor der Nase zugeknallt. Somit hatte er keine Ahnung, ob jemand diesen Anruf tätigen würde und konnte nur beten, dass er mit Lavezzo richtig lag. Wenn nicht, wäre das ihr Untergang.

KAPITEL ACHTUNDZWANZIG

Über Stunden, die sich wie eine Ewigkeit anfühlten, wurde Isabella erst von zwei Kommissaren und anschließend von einem Mann verhört, der sich als Commissario Toran vorstellte. Immer und immer wieder wiederholte sie das, was Nick ihr aufgetragen hatte – sie sollten Capitano Lavezzo vom Carabinieri T.P.C. dazuholen und ihr einen Anwalt besorgen.

Schließlich, bereits weit nach Mitternacht, wurde sie in eine Arrestzelle gebracht, in der auf einer der harten, schmalen Bänke bereits eine andere Frau kauerte. Erleichtert registrierte sie, dass es sich um ihre Mutter handelte.

Bei ihrem Eintreten sprang Sylvie auf, und minutenlang umarmten sie einander schweigend, wobei Isabella sich an ihr festklammerte, wie sie es als Kind immer getan hatte, wenn sie sich vor irgendetwas fürchtete. Und auch heute wirkte die unmittelbare Nähe ihrer Mutter beruhigend und tröstlich.

„Mein kleines Mädchen", flüsterte Sylvie und streichelte ihr über den Rücken. „Es geht dir doch gut, oder?"

„Ja, ich bin okay." Isabella löste sich von ihr und trat zurück, um ihr in die Augen sehen zu können. „Und dir?"

„Mir sind Gefängniszellen leider ziemlich vertraut", antwortete sie mit einem grimmigen Lächeln. „Dich jedoch wollte ich nie an einem Ort wie diesem sehen."

„Ich dich ebenso wenig."

Die Jahre verblassten, und Isabella erinnerte sich wieder an den einzigen Besuch, den sie ihrer Mutter abgestattet hatte, als diese im Gefängnis saß. Danach war sie nie wieder dort hingegangen, und Sylvie hatte sie auch nie darum gebeten.

„Ich wünschte, du hättest mich dort nie gesehen", sagte sie. „Dein Gesichtsausdruck war schlimmer als alles, was ich sonst ertragen musste. Er hat mir das Herz gebrochen." Sie holte tief Luft. „Und bitte verzeih mir, wenn ich heute Abend erneut einen Fehler begangen habe. Was euren Besuch bei Jasmine betraf, habe ich geschwiegen, jedoch erwähnt, dass ihr nach den gestohlenen Gemälden sucht. Das hätte ich nicht tun dürfen."

„Ich denke, das wusste er bereits."

„Aber vielleicht habe ich doch mehr verraten, als mir bewusst war. Offensichtlich war ihm klar, dass wir uns getroffen haben. Was ich jedoch nach wie vor nicht verstehe, ist, ob ihm das geholfen hat, dich aufzuspüren ... oder ob er mich schlichtweg überwachen ließ."

„Ich kann mir nicht vorstellen, dass er dir persönlich gefolgt ist, denn er war vor dir an der Schule."

„Nein, das stimmt so nicht. Ich war schon wesentlich früher hier, aber die Akademie hatte bereits zu. Also beschloss ich, in ein Café zu gehen und noch eine Weile zu warten. Nach etwa dreißig Minuten entschied ich mich, es noch einmal zu versuchen, und als ich dort ankam, fand ich die Hintertür offen stehen und bemerkte Lichtstrahlen im Inneren. Er könnte sich also tatsächlich an meine Fersen geheftet haben."

„Dann wäre es natürlich möglich. Dennoch überrascht es mich, dass du bei diesem Verkehr vor uns da warst."

„Ich bin etwa eine Stunde nach eurem Besuch losgefahren und habe ja auch keinen Zwischenstopp in Cortona eingelegt."

„Okay, das ergibt Sinn. Wir mussten ewig auf den Mietwagen warten, und dann waren wir auch noch eine ganze Weile bei

Jasmine. Sie hatte Tomas‘ letztes Gemälde. Da hat sich für mich alles zusammengefügt. Aber wie ist es dir ohne dieses letzte Puzzleteil gelungen zu erraten, dass sie sich in der Schule befinden?“

„Ich habe früher viel Zeit dort im Hof verbracht, um eben diese Szenen zu malen, und da kam mir plötzlich die Idee. Wo könnte man Bilder besser verstecken als in einer Kunstschule? Schon seltsam ... Als Teenager habe ich sie mir so oft angesehen, hätte aber nie vermutet, dass sie etwas anderes sein könnten als hervorragende Reproduktionen. Und sie hängen schon seit über fünfzig Jahren an den Wänden. Glücklicherweise wurden diese nie gestrichen, sondern die Risse im Mauerwerk einfach mit Kunst überdeckt.“

„Warum bist du nicht wie ausgemacht nach Mailand gefahren?“

Ihre Mutter bedachte sie mit einem prüfenden Blick. „Da ich dich nicht erreichen konnte, weil dein Telefon aus war, und ich mir Sorgen machte, dir könnte etwas passieren, habe ich mich kurz entschlossen umentschieden. Ich dachte, ich könnte dir helfen. Aber als ich dann die Schule betrat und Nick neben einer Leiche sah, blieb mir beinahe das Herz stehen.“

„Du hattest Glück, dass er nicht auf dich geschossen hat.“

„Ja, Gott sei Dank hat er mich direkt erkannt. Eigentlich wollte er mich gleich wieder wegschicken, aber dann hörte ich euch oben sprechen und dachte, ich könnte Stefano überreden, dich gehen zu lassen. Das war dumm von mir. Immerhin hatte er bereits einen Mann getötet und hätte mit Sicherheit nicht auf mich gehört. Aber ich hätte nie damit gerechnet, dass er so gemeingefährlich ist. Okay, von dieser dunklen Seite wusste ich bereits früher. Schon damals, als wir als Jugendliche zusammen waren, ging er keiner Schlägerei aus dem Weg und übertrieb es gerne mit dem Alkohol. Das war einer der Gründe, warum ich ihn verließ und wegzog ... Weil ich mir ein Leben mit ihm einfach nicht vorstellen konnte. Dennoch hätte ich nie erwartet, dass er zu einem Mord fähig sein könnte.“ Sie stieß einen verzweifelten Seufzer aus. „Ich habe wirklich kein glückliches Händchen, was Männer anbelangt."

„Das war nicht deine Schuld, Mom. Stefano hat seine Spuren gut verwischt. Und du warst mir tatsächlich eine große Hilfe, indem du ihn abgelenkt hast, sodass er Nick nicht bemerkte. Und auch dein Tipp mit Jasmine, Lucindas bester Freundin, war Gold wert. Sie konnte viele unserer Fragen in Bezug auf Tomas und Lucinda beantworten. Die beiden leiteten nämlich eine Gruppe, die sich die *Protettori* nannte. Sie kopierten wertvolle Gemälde und ersetzten diese in sämtlichen Museen und Galerien Roms durch Fälschungen. Glücklicherweise bekamen sie Insiderinformationen, wo die Diebe zuzuschlagen gedachten, und somit fielen diesen nur die Plagiate in die Hände, und die wahren Kunstwerke konnten für zukünftige Generationen gerettet werden. Ganz ehrlich, ich glaube, dass Lucinda und Tomas zwanghaft idealistisch und auch ein wenig verrückt waren. Und diese Eigenheiten haben sie offensichtlich an die kommenden Generationen weitervererbt."

Ihre Mutter lächelte schwach. „Komm, setzen wir uns hin. Aller Voraussicht nach werden wir länger hierbleiben müssen."

Gemeinsam ließen sie sich auf einer der schmalen Pritschen nieder, und Isabella war froh über die Zeit mit ihr allein, dass sie endlich einmal ungestört reden konnten. „Als ich vor ein paar Tagen mit Nick die Schule besuchte, lernte ich auch Louisa und Victoria kennen", fuhr sie fort. „Jetzt frage ich mich natürlich, ob sie überhaupt eine Ahnung haben, was da an ihren Wänden hängt."

„Das bezweifle ich. Wenn dem so wäre, hätten sie längst versucht, die Gemälde zu verkaufen. Die Akademie war schon immer die große Leidenschaft von Fredericos Familie gewesen. Leider war nie genug Geld da, um sie vernünftig zu betreiben, trotzdem wollte niemand sie aufgeben."

„Stimmt, während unseres Gesprächs erwähnten sie finanzielle Probleme. Und sie erinnerten sich übrigens noch gut an dich, beschrieben dich als schön, wild und sehr leidenschaftlich."

„Ob das mit dem schön so stimmt, weiß ich nicht, aber definitiv ungestüm und rücksichtslos. Im Haus meines Vaters fühlte ich mich so eingeengt und wollte einfach nur frei sein. Speziell in meinen späten Teenagerjahren wurde ich zu einer richtigen kleinen Rebellin."

„Das kann ich nur zu gut nachvollziehen. Der Sommer, den ich mit Grandma und Grandpa verbrachte, war der kälteste meines Lebens. Großmutter hat zwar stets versucht, es mir so angenehm wie möglich zu machen, aber bei ihm war es offensichtlich, dass er mich nicht um sich haben wollte."

„Es tut mir so leid, dass er dich ebenfalls verletzt hat."

„Du kannst dich nur für die Dinge entschuldigen, die du getan hast, nicht aber für etwas, wofür andere verantwortlich waren." Sie schwieg kurz. „Danke, dass du vorhin versucht hast, mich zu retten. Du hättest nicht nach oben kommen müssen. Sicherlich hat Nick dir das sogar ausdrücklich verboten."

„Ja, er befahl mir zu gehen, aber dazu hätte er mich schon erschießen müssen. Ich wäre lieber gestorben, als mit ansehen zu müssen, wie dir etwas passiert, Isabella. Mir ist schon klar, dass du mir das wahrscheinlich nicht glaubst, weil du überzeugt bist, ich hätte dich vor langer Zeit im Stich gelassen. Ich habe viele schwerwiegende Fehler begangen und mich in Garys Machenschaften hineinziehen lassen, und damit habe ich dir sehr geschadet ..."

„Schön, dass du es zumindest einsiehst."

„Dabei habe ich mir immer nur gewünscht, dass du glücklich bist und deine Träume verwirklichen kannst. Deshalb beschloss ich auch, mich von dir fernzuhalten, weil ich dachte, es wäre besser für dich. Aber ich habe dich sehr vermisst. Und übrigens auch alles gelesen, was du je geschrieben hast."

„Tatsächlich?", fragte Isabella überrascht.

„Ja. Du bist eine hervorragende Journalistin, und so klug. Das hast du definitiv nicht von mir."

„Na ja ... Immerhin hast du ohne Hilfe herausgefunden, wo die Gemälde sind."

„Dann ist Kunst anscheinend meine einzige Stärke." Sie hielt kurz inne. „Was hast du eigentlich der Polizei erzählt?"

„Nichts, und das war äußerst schwierig, denn am liebsten hätte ich ihnen haarklein geschildert, was Stefano getan hat. Aber Nick hat ja deutlich davon abgeraten."

„Und du vertraust ihm?"

„Mehr, als ich jemals irgendeinem Menschen vertraut habe."

„Ich glaube, er ist in dich verliebt, Isabella."

Sie schüttelte den Kopf. „Nein, das denke ich eher nicht. Es wäre zu früh, zu schnell passiert. Da sind so viele andere Sachen, auf die wir uns konzentrieren müssen."

Sylvie lächelte. „Deine Reaktion zeigt mir, dass du dich anscheinend auch in ihn verliebt hast."

„Vielleicht ein klein wenig", gab sie widerwillig zu.

Plötzlich wurde die Tür geöffnet, und eine Beamtin erschien. „*Venite con me*", sagte sie und bedeutete ihnen, ihr zu folgen.

Sie wurden in einen Konferenzraum gebracht, der größer war als der Verhörraum zuvor. Um den Tisch saßen Nick, Capitano Lavezzo und Commissario Toran.

Als sie sich setzten, schenkte Nick ihr ein beruhigendes Lächeln.

„Wir haben eine Menge zu besprechen", sagte Lavezzo mit entschlossener Miene.

Isabella warf Nick einen fragenden Blick zu. „Dürfen wir jetzt reden?"

„Ja", antwortete er. „Ich habe den Kommissar über alles ins Bild gesetzt."

„Über alles? War das klug?"

„Ja, das war es", fiel der Capitano ihr ins Wort. „Catherine Vigonas hat mir gestanden, dass sie in den Museumsraub am vergangenen Sonntag verwickelt war. Sie wollte Informationen gegen Polizeischutz eintauschen und mir den Namen der verantwortlichen Person erst dann nennen, nachdem wir uns geeinigt hatten. Leider wurde sie ermordet, bevor es dazu kommen konnte."

„Ging es bei Ihrem Gespräch auf der Party darum? Ich habe Sie beide im Garten gesehen, konnte aber leider nicht verstehen, was Sie sagten."

„Ja", bestätigte er. „Aber mir war gar nicht bewusst, dass wir beobachtet wurden."

„Irgendwie machten Sie beide auf mich den Eindruck, als wäre da etwas Persönliches zwischen Ihnen. Sie kam mir aufgewühlt vor, und Sie versuchten, sie auf ziemlich intime Weise zu trösten." Sie blickte ihn herausfordernd an. „Oder täusche ich mich?"

Lavezzo hielt ihrem Blick Stand, aber es war ihr nicht möglich, in seinen dunklen, undurchdringlichen Augen etwas zu lesen. Schließlich antwortete er: „Ich habe Catherine vor etwa acht Jahren kennengelernt. Damals arbeitete sie in einem anderen Museum, das ebenfalls überfallen wurde. Sie half mir, die Diebe aufzuspüren und dingfest zu machen. Allerdings haben sie nichts mit dem aktuellen Fall zu tun", fügte er schnell hinzu. „Und wir wurden Freunde. Mehr aber auch nicht."

Sie wusste nicht, ob sie ihm glauben sollte, aber eigentlich war das auch egal. „Ihr Tod muss Sie doch schockiert und betroffen gemacht haben, oder?"

„In der Tat. Ich war wütend und ärgerte mich über mich selbst, weil ich ihr weder weitere Informationen entlocken noch für ihre Sicherheit sorgen konnte. Direkt nach unserem Gespräch im Garten verließ ich die Party. Schon damals vermutete ich, ihr Bruder Matthew könnte etwas mit der Sache zu tun haben. Das bestätigte sie mir zwar nie, ließ aber in früheren Gesprächen durchklingen, dass er zu Gewalttätigkeit neigte und sie daher eigentlich nichts mit ihm zu tun haben wollte. Solange er in Paris lebte, ging das problemlos, aber nach dem Tod seiner Mutter zog er ebenfalls nach Rom. Ich entschloss mich, Beweise gegen ihn zu sammeln, und durchsuchte noch in derselben Nacht sein Haus, solange er auf der Party war. Von daher erfuhr ich erst viel später von dem Vorfall."

„Und sind Sie dort auf irgendetwas Wichtiges gestoßen?"

„Vor Ort leider nicht, aber als ich weiter nachforschte, stieß ich auf Telefonate zwischen ihm und Kommissar Gangi. Deshalb schickte ich Nick und Ihnen auch gestern diese Nachricht. Ich wollte, dass Sie vorbeikommen, um Sie persönlich vor Stefano zu warnen, auch wenn er ein langjähriger Freund der Familie war."

„Wir waren zu dem Zeitpunkt in Florenz. "

„Darüber hat Nick mich bereits unterrichtet, ebenso wie über die Vorkommnisse in der Schule. Ich muss gestehen, ich hatte keine Ahnung, dass sowohl Catherine als auch Matthew Nachkommen der Familie Falconeri sind. Das war genau das Teil des Puzzles, das mir noch fehlte. Eigentlich nahm ich an, Matthew hätte sie einfach überredet, die Kunstwerke herauszuschmuggeln, aber einen Grund dafür hatte sie mir nie genannt."

„Der Typ war besessen davon, *La Mano Nera* wieder aufleben zu lassen und sich das zurückzuholen, was er als sein Eigentum betrachtete." Sie hielt kurz inne. „Glauben Sie, Dario Micheli war ebenfalls an der Sache beteiligt? Immerhin hat Matthew ja für ihn gearbeitet."

„Wir werden da nochmals genauer nachforschen, um auch ganz sicherzugehen, dass er unschuldig ist. Wovon ich eigentlich überzeugt bin. Ich habe nämlich bereits mit ihm gesprochen, und er hat mir erzählt, dass Matthew und der Leiter der Galerie in Florenz sich um alle Einzelheiten, die den Raubüberfall betrafen, gekümmert haben. Insofern denke ich, dass dieser allein auf sein Konto geht."

„Aber warum hat er sich nicht einfach David Leonis Gemälde geschnappt?", fragte sie. „Und warum hat Catherine die anderen drei nicht ebenfalls einfach verschwinden lassen? Wozu dieser Aufwand mit den Einbrüchen?"

„Wahrscheinlich, weil die Eigentümer auf eine Erklärung bestanden hätten, wo sie abgeblieben seien. Die beiden mussten das Verschwinden irgendwie vertuschen, und dafür bot sich ein Raubüberfall an. Aber bei Catherine meldete sich irgendwann das schlechte Gewissen, weil bei dieser Aktion beinahe ihr Wachmann getötet worden wäre. Daraufhin beschloss sie, mit mir zu sprechen, und hoffte, ich könnte ihr helfen. Was ich nach wie vor nicht weiß, ist, wann Gangi sich auf Matthew Pierre einließ."

„Matthew erzählte mir, dass schon Stefanos Vater für die Falconeris gearbeitet hatte, als diese noch mit *La Mano Nera* ihr Unwesen trieben. Anscheinend hat er ihn irgendwann angesprochen, ob er diese Familientradition nicht fortsetzen möchte. Mehr Informationen konnte ich ihm jedoch leider nicht entlocken."

Kommissar Lavezzo nickte. „Die werden wir bekommen, sobald Gangi aus dem OP raus ist."

„Ich bin überzeugt, mein Großvater ist Stefano auf die Schliche gekommen", mischte Nick sich ein. „Wahrscheinlich hatte Juliette sich ihm anvertraut, nachdem sie kurz vor ihrem Tod beschloss, all ihre Sünden zu beichten. Deshalb befand er sich auch im Besitz ihres Ausweises und stattete der Akademie einen Besuch ab. Und mit Sicherheit hat er auch mit Stefano über sie gesprochen." Er holte tief Luft und fuhr fort: „Ganz ehrlich, ich glaube, dass Stefano für seinen Tod verantwortlich ist." Er musterte den Beamten eindringlich. „Wie denken Sie darüber?"

Lavezzo nickte erneut, und seine Miene drückte Bedauern aus. „Das könnte tatsächlich der Fall sein. Wir versuchen nach wie vor, alle Teile zusammenzusetzen. Allerdings habe ich gerade von einem meiner Beamten erfahren, dass es damals Stefano war, der darauf bestand, die Ermittlungen bei diesem Unfall zu übernehmen. Und zu diesem Zeitpunkt hat das auch niemand infrage gestellt, denn er hatte eine persönliche Bindung zu Ihrem Großvater. Marcus war sein Mentor." Er schwieg kurz. „Sein Tod war eine Tragödie. Ich habe Marcus sehr geschätzt und wünschte, ich könnte das, was geschehen ist, im Nachhinein noch ändern."

„Ich ebenfalls", erwiderte Nick.

„Was passiert jetzt mit Stefano?", fragte Sylvie.

Isabella warf ihr einen fragenden Blick zu und wunderte sich, welche Antwort sie sich zu hören erhoffte.

„Er wird für den Rest seines Lebens im Gefängnis verschwinden, das kann ich Ihnen versichern. Die Liste der Anklagepunkte gegen ihn ist lang. Natürlich mag es etwas dauern, bis wir genügend Beweise gesammelt haben, um ihn auch für den Mord an Marcus zu verurteilen, aber ich werde alles in meiner Macht Stehende tun, um das zu erreichen."

„Gut", sagte Nick.

„Gut", wiederholte Sylvie, ein stählernes Funkeln in den Augen. „Und wie geht es jetzt weiter? Was passiert mit den Bildern? Konnten Sie das fünfte Gemälde finden?"

„Unglücklicherweise noch nicht", entgegnete Kommissar Lavezzo, und seine Worte überraschten sie alle. „Allerdings haben wir an einer der Wände eine leere Stelle entdeckt, wo es vermutlich hing. Von den Eigentümern der Schule, die wir hinzuzogen haben und die über den Vorfall mehr als schockiert waren, konnten wir in Erfahrung bringen, dass dort eigentlich seit Jahren ein Bild hing, die Kopie eines Werkes von Caravaggio."

„Das wahrscheinlich keine Reproduktion war, sondern das Original."

„Vermutlich. Ich habe direkt die Aufzeichnungen über alle in diesem Zeitraum gestohlenen Kunstwerke eingesehen, und dieses wurde bei einem Raubüberfall gestohlen, der auf das Konto von *La Mano Nera* ging."

„Also ist uns jemand zuvorgekommen", murmelte Isabella. „Wie ist das möglich?"

„Das weiß ich nicht, aber wir werden es herausfinden", versicherte Lavezzo ihr. „Für heute Abend reicht das erst einmal. Sie drei können jetzt gehen. Vielen Dank, dass Sie uns geholfen haben, diesen Fall zu lösen."

„Ihre Fahrzeuge stehen unten auf dem Parkplatz", fügte sein Kollege hinzu und legte die Schlüssel vor sie auf den Tisch. Dann erhoben sich die beiden Männer und verließen den Raum.

„Es ist tatsächlich vorbei", sagte Isabella. „Kaum zu glauben."

„Glaub es ruhig", sagte Nick. „Und jetzt lasst uns von hier verschwinden."

Es war bereits kurz vor zwei Uhr morgens, als sie bei ihren Wagen ankamen. Die Nacht war ruhig, und ein funkelndes Sternenmeer über ihnen versprach einen sonnigen Tag.

„Willst du uns zum Haus hinterherfahren, Mom?", fragte sie ihre Mutter.

Sylvie zögerte. „Nein. Ich kehre direkt nach Florenz zurück."

„Um diese Uhrzeit?" Die Idee gefiel ihr ganz und gar nicht.

„Ich bin dabei, mir ein neues Leben aufzubauen, und ein längerer Aufenthalt in Rom würde nur Erinnerungen wecken, die ich jetzt nicht gebrauchen kann."

„Wir wohnen doch nicht in Großvaters Haus, sondern bei Anna."

„Es würde sich ähnlich anfühlen. Sicher befinden sich dort einige Möbel und persönliche Dinge meiner Mutter."

„Dann gehen wir eben alle in ein Hotel. Ich möchte nicht, dass du jetzt noch fährst."

„Das Wetter ist gut, und mit Sicherheit herrscht ganz wenig Verkehr. Bei Sonnenaufgang bin ich dann zu Hause und kann in meinem eigenen Bett schlafen. Mach dir keine Sorgen um mich. Ich kann gut auf mich selbst aufpassen, Isabella."

Sie runzelte die Stirn. „Das Ganze gefällt mir trotzdem nicht."

Ihre Mutter lächelte. „Glaub mir, es ist die beste Entscheidung. Ich schreibe dir, wenn ich angekommen bin. Du müsstest allerdings dein Handy einschalten."

„Das werde ich. Aber eigentlich bin ich noch nicht bereit, mich von dir zu verabschieden", gab sie zu.

„Dann wünsch mir einfach eine gute Nacht und komm mich besuchen, wenn es deine Zeit erlaubt." Sie wandte sich an Nick. „Danke, dass Sie meine Tochter gerettet haben."

„Ohne Ihre Hilfe hätte ich das nicht geschafft, Sylvie", antwortete er.

„Doch, das hätten Sie, davon bin ich überzeugt. Sie sind sehr einfallsreich. Isabella aber ebenfalls. Vielleicht solltet ihr beide mal versuchen herauszufinden, was ihr sonst noch so gemeinsam habt."

„Mom", sagte diese warnend.

Lachend erwiderte ihre Mutter: „Ich bin ja schon still. Da wäre nur noch eine Sache: Bekomme ich eine Umarmung zum Abschied?"

Isabella zog sie an sich, und eine Minute lang hielten sie einander schweigend fest. Dann löste Sylvie sich von ihr, ging zu ihrem Wagen und fuhr davon.

„Irgendwie fühlt sich das merkwürdig an", wandte Isabella sich an Nick. „Erst wollte ich sie nicht besuchen, und jetzt möchte ich sie eigentlich nicht gehen lassen."

„Du wirst sie bestimmt bald wiedersehen." Er legte die Arme um sie. „Das wollte ich schon den ganzen Abend lang tun."

„Ich auch. Aber lieber irgendwo anders als hier."

„Willst du zurück ins Haus oder in ein Hotel?"

„Das Haus wäre einfacher ..."

„Aber?", hakte er nach.

„Hotel hört sich besser an. Vielleicht ein Zimmer mit einem großen Doppelbett und einer Whirlpool-Badewanne."

„Die gibt es in Rom leider nicht so häufig."

„Okay. Aber wie meine Mutter gerade festgestellt hat, bist du sehr einfallsreich. Dann zeig mal, was du drauf hast ..."

KAPITEL NEUNUNDZWANZIG

Sie checkten in einem Luxushotel in Trevi ein, wo sie dank Nicks Einfallsreichtum ein geräumiges Zimmer mit einer schönen Wellness-Wanne ergattern konnten, die groß genug war für zwei Personen.

„Das ist wunderschön“, sagte Isabella und begab sich zum Fenster, um den Blick über die Stadt wandern zu lassen.

„Was? Das Bad oder das Bett?“, neckte Nick sie und trat hinter sie.

Er legte die Arme um ihre Taille, und sie lehnte sich an seine Brust, unschlüssig, wofür sie sich entscheiden sollte. „Genau das hier“, sagte sie schließlich und kuschelte sich noch enger an ihn. „Das gefällt mir am besten.“

„Mir ebenfalls“, stimmte er zu, und sein warmer Atem streifte ihre Wange.

Plötzlich jedoch löste sie sich von ihm, drehte sich zu ihm um und zwinkerte ihm verschmitzt zu. „Ich denke, wir sollten ins Bett gehen. Und später nehmen wir ein Bad – zusammen. Was hältst du davon?“

„Dein Wunsch ist mir Befehl.“

Sie lachte. „Und wie lange wird das andauern?“

„Von mir aus ewig, solange wir beide dasselbe wollen.“

Eigentlich war diese Frage scherzhaft gemeint gewesen, und er war auch auf ihren lockeren Ton eingestiegen. Nun jedoch fragte sie sich, wie lange das tatsächlich der Fall sein würde. War diese knisternde Hitze zwischen ihnen nur vorübergehend, nur Teil der verrückten Situation, die sie durchlebt hatten?

„Hey, warum plötzlich so ernst?“, fragte er.

Darauf wollte sie in diesem Moment nicht eingehen. „Weil“, lenkte sie ab und griff nach dem Saum seines Shirts, „ich ernsthaft gewillt bin, dich so schnell wie möglich aus diesen Klamotten herauszuholen.“

Mit einem Ruck zog er sich das Oberteil über den Kopf. Isabella seufzte auf und ließ ihre Hände über seine starke, muskulöse Brust wandern. Nick jedoch gab ihr keine Zeit, dieses Gefühl auszukosten, sondern zerrte nun seinerseits ungeduldig an ihrem Pullover. Und dann war sein Mund auf dem ihren, und Isabella schaltete den Kopf aus.

Sie wollte nicht mehr denken, sondern nur noch schmecken, berühren, genießen und mit diesem unglaublichen Mann zusammen sein. Ohne voneinander abzulassen, arbeiteten sie sich in Richtung Bett vor, und Nick hielt gerade so lange inne, um ein Kondom aus seinem Rucksack zu holen und sie beide ihrer restlichen Kleidung zu entledigen.

Dann sanken sie auf die weiche, luxuriöse Matratze hinab, und es gab nichts mehr, das zwischen ihnen stand: keine Klamotten, keine Fragen, keine Zweifel – nur noch die absolute Gewissheit, dass sie genau an dem Punkt waren, an dem sie sein wollten.

Als Nick am Mittwoch die Augen öffnete, stellte er erschrocken fest, dass es bereits fast Mittag war. Die Sonne stand hoch am Himmel, und ihr warmes Licht fiel auf die wunderschöne Frau an seiner Seite. Isabella lag auf dem Bauch, ihr welliges Haar bedeckte, einem Fächer gleich, einen Teil ihres Rückens, und auf der glatten, gebräunten Haut an ihren Schultern entdeckte er ein paar winzige Sommersprossen, die ihn schier anzuflehen schienen, sie zu küssen. Er spürte, wie er erneut hart wurde. Offensichtlich konnte er von dieser Frau einfach nicht genug bekommen. Sie hatten sich vor ein paar Stunden zweimal geliebt und waren erst kurz vor dem Morgengrauen eingeschlafen.

Er sollte ihr wirklich noch etwas Ruhe gönnen. Immerhin hatte sie viel durchgemacht in den letzten Tagen, und bei der Erinnerung daran, dass er sie beinahe verloren hätte, verspürte er erneut einen Stich in der Brust.

Stefano hätte sie umbringen können, während er bewusstlos war oder bevor er es die Treppe hinauf geschafft hatte. Matthew Pierre hätte sie abknallen können, bevor es ihm gelang, den Kerl mit einem sauberen Schuss außer Gefecht zu setzen. So viele Dinge hätten schiefgehen können, und es wäre allein seine Schuld gewesen.

Die Gewissheit, wie nahe sie dem Tod gewesen war, lastete schwer auf ihm. Aber so etwas würde sich nicht noch einmal wiederholen. Ab jetzt würde er gut auf sie aufpassen, ob es ihr gefiel oder nicht.

Er hatte ihrer Mutter versprochen, sie zu beschützen, und es sich selbst geschworen, denn sie war ihm so wichtig geworden, wie er es sich nie hätte vorstellen können.

Plötzlich streckte sie sich wie eine Katze, öffnete die Augen und bedachte ihn mit einem so strahlenden Lächeln, dass sich sein Herz zusammenzog.

„Was tust du da?“, fragte sie noch leicht benommen.

„Dir beim Schlafen zusehen.“

„Habe ich etwa geschnarcht?“

Er grinste. „Ich habe nichts gehört, war aber bis vor ein paar Minuten komplett weg.“

„Ich auch. So gut wie heute Nacht habe ich seit meiner Ankunft in Rom nicht mehr geschlafen.“

„Ich ebenso. Hast du Hunger?“

„Ich denke schon“, sagte sie, während sie sich auf die Seite drehte und das Laken hochzog, um ihre herrlichen Brüste zu bedecken. Dann lächelte sie ihn unsicher an. „Du starrst mich schon wieder an."

„Das ist einzig und allein deine Schuld. Du siehst einfach zu gut aus."

„Du aber auch." Sie hielt kurz inne. „Wie fühlst du dich heute Morgen, Nick?"

„Was für eine Frage nach dieser Nacht."

„Nein, sie bezog sich nicht darauf", antwortete sie nachdrücklich. „Ich habe dich gestern Abend beobachtet, als der Kommissar bestätigte, dass Stefano die Ermittlungen zum Autounfall deines Großvaters übernommen und womöglich etwas damit zu tun hatte."

„Das war mir eigentlich schon klar. Nachdem ich von Victoria erfuhr, dass Grandpa in der Schule war und Fragen gestellt hat, war ich mir beinahe sicher, dass es kein Unfall war."

„Aber ausgerechnet Stefano ... Er hatte Marcus alles zu verdanken. Was für ein schrecklicher Verrat."

„Wir haben doch gestern am eigenen Leib zu spüren bekommen, was für ein schlechter Mensch er ist. Er hat getötet, ohne mit der Wimper zu zucken."

Bei dieser Erinnerung presste Isabella die Lippen zusammen. „Gott sei Dank ist Mom damals nicht bei ihm geblieben. Wahrscheinlich hätte sie ein noch schlimmeres Leben gehabt als ohnehin schon. Aber anscheinend wusste sie tief in ihrem Inneren, was für ein Mensch er war. Während wir in der Zelle warteten, erzählte sie mir, dass er bereits in jungen Jahren Probleme mit Gewalt und Alkohol hatte. Und das machte sie nervös. Allerdings hätte sie nie erwartet, dass er sich als Mörder entpuppen könnte."

„Offensichtlich hat er jahrelang das komplette Polizeirevier an der Nase herumgeführt, einschließlich meines Großvaters."

„Vielleicht ist es ihm bei Marcus nicht gelungen. Stefano hat doch dieses zufällige Treffen erwähnt, oder? Möglicherweise konfrontierte er ihn da mit seinem Vater und seiner eigenen

Kriminalität. Sollte Stefano überleben, wonach es ja aussieht, könntest du ihn das fragen."

„Das könnte ich natürlich, aber keine Antwort wird etwas an der Tatsache ändern, dass Grandpa nicht mehr da ist. Ich muss versuchen, meinen Frieden damit zu machen." Er bedachte sie mit einem kleinen Lächeln. „Und du musst dich nicht so anstrengen, um mich aufzumuntern."

„Es tut mir einfach so leid für dich, Nick, und ich will unbedingt etwas tun, damit es einfacher für dich wird."

„Das hast du bereits."

Sie errötete. „Nein, damit meine ich nicht das Körperliche."

Er war gerührt darüber, wie sehr sie sich um ihn sorgte. „Ich bin wirklich okay, glaub mir. Die Wahrheit herauszufinden, war einfach ein Schock, und mir graut davor, sie meiner Großmutter beibringen zu müssen."

„Musst du das denn wirklich?"

„Ja. Sie hat ein Recht darauf zu erfahren, wie ihr Mann gestorben ist."

„Natürlich, aber sowohl sie als auch meine Grandma werden erschüttert sein. Und noch entsetzter, wenn sie hören, dass Stefano auch uns umbringen wollte. Ich glaube, sie hat in ihm immer so etwas wie einen Sohn gesehen."

„Wir werden ihnen dabei helfen, diese Sache zu verarbeiten. Sie schaffen das. Tatsächlich glaube ich sogar, unsere Großmütter sind der Grund dafür, dass wir beide so starke Persönlichkeiten sind. Das haben wir von ihnen geerbt."

Ein Lächeln umspielte ihre Lippen. „Kann durchaus sein. Wir sollten sie anrufen."

„Es ist noch sehr früh in den Staaten. Lass es uns heute Abend probieren."

„Wir sollten auch dringend ihr Haus wieder in Ordnung bringen und vielleicht eine neue Eingangstür einsetzen. Oh, und da ist ja auch noch Annas Auto. Wir müssen ein neues kaufen."

„Das machen wir alles, aber eigentlich hoffe ich, sie bleiben noch eine Woche in L.A."

„Warum?“, fragte sie neugierig.

„Weil ich finde, dass wir endlich den Urlaub antreten sollten, zu dem wir beide verdonnert wurden.“

„Hmm ... Eigentlich bin ich nicht sehr gut im Nichtstun.“

„Ich auch nicht, aber vielleicht gelingt es uns ja gemeinsam?“, schlug er vor.

„Klingt nach einer interessanten Idee. Und was genau machen wir?“

„Was immer wir wollen. Fangen wir doch hiermit an.“ Mit diesen Worten gab er ihr einen langen, heißen Kuss.

„Und danach?“, fragte sie atemlos, als er sich wieder von ihr löste.

Er ließ seine Hand über ihren Körper wandern und küsste sie erneut, und der Seufzer, den sie ausstieß, war genau die Ermutigung, die er brauchte.

Den entspannten Tag im Bett, den sie in vollen Zügen genossen hatten, krönte ein ausgiebiges Bad in ihrer Whirlpool-Wanne. Anschließend bestellten sie beim Zimmerservice höllisch teure Leckereien, und gegen achtzehn Uhr zogen sie sich schließlich an und fuhren zurück zum Haus. Nick hatte zwar noch eine weitere Nacht im Hotel reserviert, aber Isabella bestand darauf, besser erst einmal nach dem Rechten zu sehen, bevor sie ihre Großmütter anriefen. Zwar tat es ihr ein wenig leid, diesen Luxus schon wieder aufgeben zu müssen, aber da Nick ja nach wie vor an seinem Plan festhielt, die restliche Woche Urlaub zu machen, war sie gespannt, was als Nächstes kommen würde.

Es fühlte sich an, als wären hundert Jahre vergangen, seit sie das Haus verlassen hatten, aber zumindest war noch alles beim Alten. Da es bereits zu spät war, um sich um die Tür zu kümmern, stellten sie Nicks Laptop auf den Küchentisch und riefen Anna per Videochat an.

Allerdings war nicht sie es, die sich meldete, sondern ein gut aussehender, blonder Typ.

„Ciao“, begrüßte er sie.

„Hey, Flynn“, erwiderte Nick lächelnd. „Das ist Isabella.“

„Freut mich, dich endlich kennenzulernen, Isabella“, sagte Flynn.

„Gleichfalls. Und vielen Dank nochmals für deine Hilfe. Die Informationen über Juliette Sabatini waren äußerst nützlich.“

„Das freut mich zu hören. Ich habe deine Nachricht erhalten, Nick. Jetzt, da alles ausgestanden ist, hoffe ich, dass du meinen Rat befolgst und endlich Urlaub machst.“

„Genau das hatte ich vor.“

„Sehr gut. Eure Großmütter sind hier bei mir und stehen schon in den Startlöchern. Allerdings muss ich dich warnen: Du könntest im Hintergrund einige Dinge bemerken, die vorher noch nicht da waren. Die beiden haben deine Wohnung nämlich etwas umgestaltet.“

„Na toll“, brummte er, und Isabella lachte über seinen mürrischen Gesichtsausdruck. „Klingt, als hätte deine Bleibe das nötig gehabt.“

„Allerdings“, sagte Anna, deren Gesicht jetzt hinter Flynn auftauchte. „Meine Güte, ich sehe dich gestochen scharf, Nick.“

Er grinste. „Du siehst klasse aus, Nonna.“

„Flynn hat sich gut um uns gekümmert, und Andi ebenfalls. Sie ist ein Schatz. Und Beck und Caitlyn haben wir auch schon kennengelernt. Wen sonst noch, Gloria?“, fragte sie ihre Freundin, die sich nun ebenfalls ins Bild drängte.

„Damon und Sophie und ihre süßen kleinen Mädchen“, antwortete diese.

„Das hört sich nach jeder Menge Freizeitstress an“, neckte Nick sie.

„Allerdings“, bestätigte Flynn. „Aber ich lasse euch jetzt mal allein, damit ihr in Ruhe reden könnt.“

Er machte ihren Großmüttern Platz, und Isabella freute sich, dass sie so gut aussahen. „Es ist so schön, dich zu sehen, Grandma."

„Ich freue mich auch", erwiderte Gloria. „Flynn hat uns ein wenig von dem erzählt, was so vorgefallen ist, aber mit Sicherheit nicht die ganze Geschichte. Allerdings wissen wir bereits, dass ihr die Bilder gefunden habt und wir nicht mehr in Gefahr sind."

„Und ich muss mich nicht mehr schuldig fühlen, weil mir Tomas' Gemälde abhandengekommen ist", fügte Anna hinzu.

In diesem Moment wurde Isabella klar, dass ihre Großmütter nicht von den wertvollen Kunstwerken sprachen, die sie in der Schule entdeckt hatten, sondern von den Familienbildern. Und wo die sich befanden, wussten sie nach wie vor nicht.

Nick legte ihr eine Hand auf den Oberschenkel und drückte ihn leicht, und sie verstand. Er wollte nicht, dass sie ihnen das sagte. Vielleicht würde Capitano Lavezzo sie ja ebenfalls aufstöbern und zurückbringen. Es wäre durchaus möglich, dass Stefano oder Matthew sie bei sich versteckt hatten.

„Wie gefällt es euch in L.A.?", erkundigte sich Nick.

„Wir haben so viel Spaß", antwortete Anna. „Jeder aus deinem Team ist so nett zu uns. Sie haben Ausflüge mit uns gemacht, uns mit Essen versorgt und sogar zum Shoppen mitgenommen. Wir haben ein paar hübsche Sachen für deine Wohnung gefunden, Nick."

„Das weiß ich sehr zu schätzen, Nonna. Wie wäre es, wenn Gloria und du noch ein paar Tage bleibt?"

„Wieso? Kommen Isabella und du auch demnächst zurück?"

„Eher nicht. Wir haben vor, noch ein paar Tage dranzuhängen und uns vielleicht die Toskana anzusehen."

Ihre Großmütter wechselten einen flüchtigen Blick, bemühten sich dann jedoch um einen neutralen Gesichtsausdruck.

„Das hört sich gut an", sagte Gloria. „Also kommt ihr zwei jetzt besser miteinander aus?"

„Um das herauszufinden, brauchen wir diese zusätzlichen Tage“, warf Isabella ein.

„Dann bleiben wir vielleicht doch noch eine Weile hier“, entschied ihre Großmutter.

„Oh, warte, das geht leider nicht“, unterbrach Anna sie. „Am Sonntag ist ja diese Zeremonie deiner Eltern, bei der sie ihr Ehegelübde erneuern wollen, Nick. Also muss ich spätestens Freitag zurückfliegen.“

„Warum bleibst du dieser Farce nicht einfach fern, Nonna?“

Zweifel trat in ihren Blick. „Das kann ich nicht tun. Dein Vater wäre so enttäuscht, wenn ich nicht käme, denn ich bin wahrscheinlich eh die Einzige aus der Familie. Einer muss die Carusos ja vertreten.“

Sie schwieg und wartete auf Nicks Reaktion.

Er zögerte kurz, sagte dann jedoch mit fester Stimme: „Ich werde hingehen und die Familie repräsentieren, Nonna.“

Mit dieser Antwort schien sie nicht gerechnet zu haben, und auch Isabella war überrascht.

„Also gut“, sagte sie schließlich. „Dann können wir tatsächlich noch ein wenig bleiben. Für heute Abend hat Flynn uns übrigens ins Restaurant seiner Frau eingeladen. Wir sind schon sehr gespannt.“

„Und Andi hat uns von einer Kunstausstellung in Laguna Beach erzählt, zu der sie uns am Freitag mitnehmen würde, wenn wir noch hier sind“, fügte Gloria hinzu.

„Das klingt nach einem vollen Programm“, freute sich Isabella für die beiden.

„Definitiv. Aber wie wäre es, wenn ihr uns jetzt noch mehr darüber erzählt, was bei euch so passiert ist?“, drängte Gloria.

„Das Wichtigste überhaupt war, dass ich Mom wiedergesehen habe und in ein paar Tagen erneut besuchen werde.“

Ihre Großmutter fasste sich an die Brust. „Das ist die beste Nachricht überhaupt!“

Sie wollten ihnen heute auch nur von den guten Dingen berichten. Den Rest konnten sie ihnen peu à peu schonend beibringen. Und da sich die Fragen der beiden ohnehin in Grenzen hielten, schien es ihnen auch recht zu sein, dass sie nicht alles erfuhren.

„Jetzt müssen wir aber los“, sagte sie daher. „Wir haben euch lieb.“

„Wir euch auch“, antworteten ihre Großmütter im Chor.

Sie verabschiedeten sich, und Nick beendete das Gespräch.

„Jetzt haben wir doch glatt vergessen, Capitano Lavezzo zu fragen, wo Tomas‘ und Lucindas Gemälde abgeblieben sind“, wandte sie sich an ihn.

„Das ist mir auch gerade erst aufgefallen. Ich schicke ihm kurz eine Nachricht.“

„Ich muss immer wieder an das fünfte Gemälde denken, das verschwunden ist und von dem Louisa und Victoria sagten, es sei mit Sicherheit vor ein paar Tagen noch dort gehangen.“

Er erwiderte ihren Blick. „Was ist damit?“

„Glaubst du, Sam könnte es gestohlen haben?“

„Dieser Gedanke kam mir auch schon“, gab er zu.

„Aber warum dann nur dieses eine?“, fragte sie verwirrt.

„Keine Ahnung. Bis zu einem gewissen Punkt hat er uns unterstützt, die Situation dann aber ausgenutzt. Er war schon immer ein Dieb, und er wird auch immer einer bleiben. Willst du deinen Verdacht jemandem gegenüber zur Sprache bringen?“

Isabella schüttelte den Kopf. „Nein. Flynn ist dein Boss und Freund, und er war unglaublich nett zu unseren Großmüttern. Ich möchte keinesfalls, dass er Ärger bekommt. Und man muss Sam ja zugutehalten, dass er uns wirklich geholfen hat.“ Sie hielt kurz inne. „Was mich ebenfalls überrascht, ist, dass wir nie wieder etwas von Francesca gehört haben. Das ist doch verdächtig, oder?“

„An die habe ich überhaupt nicht mehr gedacht, weil sich die Dinge so überstürzt haben. Eigentlich glaube ich nicht, dass sie etwas mit der Sache zu tun hat, aber falls doch, wird Lavezzo es herausfinden.“

„Du vertraust ihm jetzt, oder?“

„Ja, das tue ich."

„Vielleicht kann er auch den Typen überprüfen, mit dem Joelle zusammen ist, diesen Colin Devonshire. Immerhin arbeitet er für Dario, und obwohl es nicht den Anschein macht, dass der etwas mit der Sache zu tun hat, sollten wir sicherstellen, dass er nicht doch Dreck am Stecken hat. Ich möchte nicht, dass Joelle sich mit jemandem einlässt, der vielleicht etwas Illegales tut. Sie gehört zu meiner Familie, und ich möchte sie beschützen."

„Deine Familie wird von Minute zu Minute größer."

„Stimmt, und das ist eine unglaublich tolle Erfahrung. Und unsere Großmütter schienen recht glücklich darüber zu sein, dass wir planen, mehr Zeit miteinander zu verbringen, findest du nicht auch? Sie wirkten zufrieden, weil ihr Plan aufgegangen ist."

Er grinste. „Allerdings. Gönnen wir ihnen ihren Triumph."

„Auf jeden Fall." Sie blickte ihn nachdenklich an. „Hast du tatsächlich gerade erst entschieden, zu dieser Zeremonie deiner Eltern zu gehen?"

„Offen gestanden denke ich schon länger darüber nach, seit ich beobachten konnte, wie deine Mutter und du wieder zueinander gefunden habt. Ihr habt beide entschieden, euch so zu akzeptieren, wie ihr seid. Da dachte ich, vielleicht sollte ich endlich aufhören, so zu tun, als gäbe es meine Eltern nicht, und ihre Entscheidung, ihr Eheversprechen erneuern zu wollen, einfach akzeptieren."

„Das klingt sehr erwachsen."

„Wurde auch Zeit, oder?", erwiderte er grinsend. „Würdest du mich vielleicht dorthin begleiten? Es gibt bestimmt großartiges Essen und Drinks bis zum Abwinken. Was das andere anbelangt ... Da kann ich leider nichts versprechen."

„Mehr brauche ich auch nicht."

Das stimmte so eigentlich nicht, denn in erster Linie brauchte sie ihn. Aber sie war noch nicht bereit, das auszusprechen.

Vier Tage später, in einem prunkvollen Hotel in Mailand, stand Nick vor dem Spiegel und richtete sich die Krawatte, die er, zusammen mit einem passenden Anzug, vor ein paar Tagen für die heutige Zeremonie gekauft hatte. Auch Isabella hatte entschieden, sich etwas Neues zuzulegen, das sie nicht an Mord und Totschlag erinnerte. Das dunkelrote Kleid unterstrich die Farbe ihrer Augen und ihres Haares, und jedes Mal, wenn Nick sie ansah, stockte ihm der Atem.

Die Woche mit ihr war unglaublich gewesen. Sie waren kreuz und quer durch die Toskana gefahren, hatten Weinproben gemacht und die wundervolle Landschaft per Fahrrad erkundet. Außerdem hatte Nick sein Versprechen eingelöst und ein traumhaftes Picknick für sie organisiert, mit einheimischem Wein und herzhaftem Käse. Auf dem Rückweg machten sie einen Zwischenstopp in Florenz, sodass Isabella einen weiteren Tag mit ihrer Mutter verbringen konnte. Sie hatten die Galerie besucht, in der sie inzwischen arbeitete, und ihr beim Malen auf der Terrasse zugeschaut. Sylvie sah so zufrieden und glücklich aus, als sie ihre Träume auf der Leinwand festhielt, dass Isabella die Tränen kamen.

Danach waren sie weitergefahren an die Küste, nach Cinque Terra. Dort waren sie stundenlang am Wasser entlanggewandert, hatten die fünf Dörfer erkundet, so viel Pasta und Gelato gegessen wie seit Jahren nicht mehr, gelacht, bis ihnen die Seiten wehtaten, geredet, bis sie heiser waren, und so oft wie möglich miteinander geschlafen.

Einige Male hatten sie sich bei Capitano Lavezzo gemeldet, dem es tatsächlich gelungen war, die Familiengemälde aufzuspüren, die Matthew in seinem Tresor versteckt hatte. Er versprach, sie sicher bis zu ihrer Rückkehr zu verwahren. Somit hatten sie ihr ursprüngliches Ziel erreicht, und ihre Großmütter konnten hoffentlich mit diesem Kapitel ihres Lebens abschließen.

Blieb nur noch eine einzige Sache zu tun, bevor sie zurück nach L.A. flogen.

„Bist du so weit?“ Isabella stellte sich vor ihn und zupfte seine Krawatte zurecht. „So ist es besser. Sie saß etwas schief.“

„Danke fürs Richten. Meinem Vater wäre das bestimmt direkt ins Auge gestochen, und er wäre entsetzt gewesen. Für ihn muss immer alles perfekt sein.“

„Ich bin richtig gespannt auf deine Eltern. Hast du ihnen gesagt, dass wir hier sind?“

„Nein. Ich habe sie seit Ewigkeiten nicht mehr gesprochen, die Einladung aber offiziell angenommen. Also sollte ihnen bewusst sein, dass ich komme.“

„Wissen sie, dass du jemanden mitbringst?“

„Nein, tun sie nicht.“ Ihr besorgter Blick entlockte ihm ein Lächeln. „Keine Sorge, Isabella. Es wird kein Drama geben. Wir können von Glück reden, wenn sie unsere Anwesenheit überhaupt bemerken. Obwohl, wahrscheinlich sollte ich das eher als Pech bezeichnen. Denn ansonsten können wir ganz entspannt die Party genießen.“

„Aber du willst doch mit ihnen reden, oder? Nur deshalb gehen wir hin.“

„Ehrlich gesagt, ich weiß gar nicht genau, warum ich mir das antue.“

„Weil du die Dinge zwischen euch richten willst. Also lass es uns versuchen.“

Nick seufzte auf und folgte ihr aus dem Zimmer. Als sie die Hotelterrasse betraten, waren die meisten Plätze bereits besetzt, und so entschieden sie sich für eine der letzten Stuhlreihen. Dann jedoch entdeckte der langjährige Assistent seines Vaters, Jeff Gordon, sie und kam zu ihnen herüber.

„Schön, dich zu sehen, Nick“, begrüßte er ihn. „Du sitzt natürlich in der ersten Reihe.“

„Ach, tatsächlich?“ Seine Begeisterung hielt sich in Grenzen.

„Klar. Bitte folgt mir.“

„Na los“, drängte Isabella und versetzte ihm einen kleinen Stups in den Rücken.

Sie folgten Jeff zu den für ihn reservierten Plätzen. Auf der anderen Seite, ebenfalls ganz vorn, entdeckte er die Schwester seiner Mutter sowie deren zwei Töchter. Seine Tante winkte ihm kurz zu, was er mit einem Nicken quittierte.

„Wer ist das?“, fragte Isabella.

„Tante und Cousinen mütterlicherseits. Ich habe sie bestimmt erst fünfmal in meinen Leben getroffen.“ Er hielt inne, als sein Vater in einem schwarzen Smoking vor die Menge trat.

„Du siehst ihm sehr ähnlich“, murmelte Isabella.

Damit hatte sie vermutlich recht. Sie waren beide groß, mit dunklen Augen und schwarzem Haar, obwohl das seines Vaters an den Schläfen erste Anzeichen von Silber aufwies. Wie immer war sein Ausdruck kühl und distanziert, fast ein wenig einschüchternd.

Nur Augenblicke später setzte die Musik ein, und seine Mutter kam den Gang entlanggeschritten. Sie sah hübsch aus. In ihrem hellbraunen Haar glänzten blonde Strähnen, und sie trug ein cremefarbenes Seidenkleid. Als sie Nick entdeckte, blieb sie neben seinem Stuhl stehen und schien auf etwas zu warten.

Erneut stupste Isabella ihn an, und er stand eilig auf, nicht sicher, was eigentlich von ihm erwartet wurde. Dann jedoch blickte er seiner Mutter in die Augen und erkannte, was sie von ihm wollte.

Also hielt er ihr den Arm hin und führte sie zu seinem Vater. Dort angekommen, ließ sie ihn los, lächelte ihn an und gab ihm einen Kuss. Nun streckte auch sein Vater ihm die Hand entgegen, sodass Nick nichts anderes übrig blieb, als sie zu ergreifen. Es war ein seltsames Gefühl, bei der Erneuerung ihres Gelübdes dabei, eigentlich sogar ein Teil davon zu sein, und es traf ihn heftiger, als er erwartet hätte.

Als die beiden sich einander zuwandten, sah er seine Chance gekommen und kehrte zurück an seinen Platz.

Isabella nahm seine Hand in die ihre, und plötzlich war er

sich sicher, dass sich alles in seinem Leben zum Guten wenden würde. Er hörte kaum das Gelübde, war völlig gefangen in den Erinnerungen an die Vergangenheit. Natürlich hatten sie gute Zeiten gehabt, aber eben auch viele schlechte. Und wahrscheinlich waren ihm nur diese im Gedächtnis geblieben, weil seine Eltern ihm immer das Gefühl gegeben hatten, ein Außenseiter zu sein, die Dinge nur aus der Ferne betrachten zu dürfen. Heute jedoch hatten sie ihn ganz bewusst mit einbezogen. Und auch wenn er nicht verstand, warum, machte ihn das glücklich.

Als der kurze Gottesdienst zu Ende war, hüpften seine Eltern wie ein paar übermütige Teenager den Gang entlang und ließen sich von Freunden und Familie umarmen und beglückwünschen.

Isabella und er erhoben sich ebenfalls und beobachteten, wie die Menge in den Empfangsbereich strömte.

Abrupt drehte Nick sich zu ihr um. „Danke, dass du heute mitgekommen bist."

„Danke, dass du mich mitgenommen hast. Es war süß von dir, deine Mutter zum Altar zu geleiten."

„Eigentlich wusste ich in dem Moment überhaupt nicht, was ich tun sollte, aber es fühlte sich richtig an."

„Und auch gut?", hakte sie nach.

„Besser als erwartet. Natürlich ist mir klar, dass es für unsere verkorkste Beziehung keine magische Lösung geben kann, aber vielleicht sollte ich endlich anfangen, meine Verbitterung in den Griff zu bekommen und sie so akzeptieren, wie sie eben sind."

„Ich bin zu derselben Einsicht gekommen und richtig froh darüber. Und du wirst es ebenfalls sein." Isabella hielt inne und blickte ihn an. „Tja, jetzt ist unser Urlaub fast vorbei. Die Tage mit dir waren fantastisch, Nick. Einfach nur ... Mir fehlen schlichtweg die Worte für das, was ich empfunden habe", sagte sie und blinzelte die aufsteigenden Tränen zurück. „Keine Sorge, ich werde nicht weinen. Es muss an meiner Allergie liegen oder so."

„Oder vielleicht an so etwas wie ... Liebe?", fragte er und wagte endlich, das Wort laut auszusprechen.

Sie schnappte nach Luft und konnte nicht anders, als ihn anzustarren. „Sind wir auf dem besten Weg dorthin?"

„Ich zumindest bin bereits dort angekommen. Bitte sag mir, dass nicht nur ich so empfinde."

„Nein, du bist nicht der Einzige."

„Dann mag der Urlaub vielleicht vorbei sein, aber die Sache zwischen uns definitiv nicht", fuhr er fort. „Glücklicherweise leben wir ja in derselben Stadt."

„Ja, das ist praktisch, oder?", erwiderte sie und lächelte glücklich. „Glaubst du, unsere Liebe wird auch im Alltag Bestand haben?"

„Tatsächlich bin ich sogar überzeugt, sie wird ewig halten, und genau das macht mir irgendwie Angst."

Sie lachte. „Wir sind uns wirklich sehr ähnlich. Jedes Mal, wenn du mich küsst, will ich mehr. Jedes Mal, wenn du mich berührst, will ich mehr. Und jedes Mal, wenn du mit mir redest, will ich mehr. Das ist in der Tat beängstigend."

„Das sind ganz schön viele *mehrs*."

„Zu viele?" Ein besorgter Blick trat in ihre bezaubernden Augen.

„Auf keinen Fall, denn mir geht es ja genauso. Und wenn wir zurückkommen, werde ich Flynn sagen, dass ich nicht mehr gewillt bin, undercover zu arbeiten, es sei denn, es handelt sich um einen kurzen Einsatz. Ab sofort hat unsere Beziehung absolute Priorität."

„Ich möchte dich aber nicht ausbremsen, was deinen Job anbelangt, obwohl ich zugeben muss, dass es mir gefallen würde, an erster Stelle zu stehen."

„Das tust du bereits. Und du bremst mich nicht aus, im Gegenteil: Du treibst mich vorwärts. Ohne dich wäre ich jetzt nicht hier, Isabella."

„Und ohne dich hätte ich mich niemals mit meiner Mutter versöhnt. Ich denke, wir tun uns gegenseitig gut."

„Definitiv." Nick gab ihr einen langen, zärtlichen Kuss, und ließ erst von ihr ab, als er ein Räuspern vernahm.

Als er den Kopf hob, begegnete er dem fragenden Blick seiner Eltern. Und zum ersten Mal hatte er das Gefühl, dass sie diejenigen waren, die als Beobachter draußen standen. Doch das war ihm egal, solange er Isabella an seiner Seite hatte.

„Mom, Dad... darf ich euch Isabella vorstellen?“ Und als er ihre geröteten Wangen und ihre strahlenden Augen sah, fügte er mit einem zärtlichen Lächeln hinzu: „Die Frau, die ich liebe.“

WIE GEHT ES WEITER?

Verpassen Sie auf keinen Fall den nächsten spannenden Teil der FBI-Serie „UNTERGETAUCHT“:

BLUTIGES VORHABEN

Haben Sie eines der Bücher aus der FBI-Serie verpasst?

Während die ersten fünf Bücher aufeinander aufbauen, sind sämtliche Veröffentlichungen nach *Gefährliche Wahl* eigenständige Romane.

ÜBER DIE AUTORIN

Barbara Freethy ist eine *Nummer 1 New-York-Times* -Bestsellerautorin und hat 89 Romane veröffentlicht, unter anderem zeitgenössische Romanzen, spannende Liebesromane und Literatur für Frauen. Mit über 15 Millionen verkauften Exemplaren haben es 28 von Barbaras Büchern auf die Bestsellerlisten der *New York Times* und *USA Today* geschafft.

Barbara ist bekannt für ihre emotionalen und fesselnden Geschichten über Liebe, Familie, Geheimnisse und Romantik. Sie schreibt gerne über gewöhnliche Menschen, die in außergewöhnliche Abenteuer verstrickt werden.

Alle weiteren Informationen finden Sie auf Barbaras Website:
www.barbarafreethy.com

Printed in France by Amazon
Brétigny-sur-Orge, FR

23058901R00233